LUMINAIRE

光启

守望思想　逐光启航

弘陶题

文苑散录

李晓东 ———— 著

上海人民出版社　LUMINAIRE BOOKS 光启书局

目 录

第一部分　理论评论

第二部分　曹禺研究

第三部分　微小说述评

第五部分　文化阐发

第一部分

理论评论

构建新时代文学的大厦

党的十八大以来，以习近平同志为核心的党中央，团结带领全党全军全国各族人民奋勇前进，中国特色社会主义事业进入了新时代。党的十九大提出新时代中国特色社会主义思想包括八个明确、十四个坚持，涵盖了政治经济文化、内政外交国防、治党治国治军各个方面。新时代是比任何时候都更接近中华民族伟大复兴的时代，是前所未有地靠近世界舞台中央的时代，是全面建成小康社会的时代，也是以文化自信建设社会主义文化强国的时代。习近平新时代中国特色社会主义思想，为文学的繁荣发展提供了鲜明正确的引导、昂扬向上的精神。广大作家没有辜负新时代的呼唤，坚持以人民为中心的工作导向，深入生活、扎根人民，不断增强脚力、眼力、脑力、笔力，精品力作持续涌现，成果丰硕。

习近平总书记在2019年3月4日参加全国政协文化艺术界、社会科学界委员联组会时发表重要讲话，希望包括作家在内的文艺工作者坚持与时代同步伐、以人民为中心、以精品奉献人民、用明德引领风尚。在致中国文联、中国作协成立70周年的贺信中，习近平总书记又一次强调广大文艺工作者要记录新时代、书写新时代、讴歌新时代，努力创作出无愧于时代、无愧于人民、无愧于民族的优秀作品。深入学习习近平总书记关于文艺工作的系列重要论述，构建与中国特色社会主义新时代相适应的文学大厦，已成为广大作家和文学工作者自觉的责任和使命。

中国梦是新时代文学大厦的基础

2012年11月29日，习近平总书记参观“复兴之路”展览时深刻指出，实现中华民族伟大复兴，就是中华民族近代以来最伟大的梦想。实现中华民族伟大复兴中国梦的提出，是进入新时代的号角。我们的各项工作，都必须围绕和服务于这一战略目标，文学自然不能例外。2014年10月15日，习近平总书记主持召开文艺工作座谈会并发表重要讲话，讲话全篇分为五个部分，有一万四千余字，核心围绕一个问题，即文艺为什么事业服务。答案是明确的，文艺为实现中国梦服务。习近平总书记强调：“实现中华民族伟大复兴的中国梦是长期而艰巨的伟大事业。伟大事业需要伟大精神。实现这个伟大事业，文艺的作用不可替代，文艺工作者大有可为。”这就要求广大作家和其他文艺工作者，必须把自己的创作和工作，自觉融汇到民族复兴的壮阔洪流之中。

中国共产党成立以来，始终不忘初心、牢记使命，为中国人民谋幸福、为中华民族谋复兴。党的十八大以来，在毫不动摇地坚持以经济建设为中心的基础上，强调实现中华民族伟大复兴的历史使命。实现伟大复兴，建设富强民主文明和谐美丽的社会主义现代化强国，是建设经济、政治、文化、社会、生态全面复兴的盛世中国。文学与时代同步伐，就是要与新时代同步伐，记录新时代、书写新时代、讴歌新时代，就是要记录、书写、讴歌走在复兴之路上的新时代。在这一视野下，确定自己创作的品格，包括如何看待历史、如何考察现实、如何选取题材和素材，确定怎样的风格、格调、气象。民族复兴大视野烛照下，历史虚无主义、民族虚无主义显出了本来的虚妄和脆弱；“反观自身”，表现个人情绪和小我意识的创作显出了固有的局限，希望破茧而出，飞向更广远的天地；以“揭露”“批判”自许的创作，明白了认识的浅陋和素材选择的不客观；借“审丑”赚眼球、吸流量，企图获取利益的行为，背离了民族复兴中优秀文化繁荣发展的要义，必然被人民唾弃。而饱含民族精神和时代精神，有筋骨、有道德、有温度，书写和记录人民的伟大实践、时代的进步要求，彰显信仰之美、崇高之美，弘扬中国精神、凝聚中国力量，鼓舞全国各族人民朝气蓬勃迈向未来的作品，将越来越受到人民的喜爱和欢迎，构成新时代中国特色社会主义文学的主流。

人民是新时代文学大厦的主体

十八届一中全会后的记者会上，习近平总书记发表重要演讲强调："人民对美好生活的向往，就是我们奋斗的目标。"十九大报告指出："为什么人的问题，是检验一个政党、一个政权性质的试金石。""以人民为中心"，是以习近平同志为核心的党中央一切工作的宗旨，也是新时代一切工作的出发点、落脚点和最鲜明特色。关于文艺工作系列重要论述中，习近平总书记每一次都把"以人民为中心"放到突出位置予以强调：文艺工作座谈会上的讲话第三部分标题即为"坚持以人民为中心的创作导向"；看望全国政协文化艺术界、社会科学界委员时发表的四点意见，位列第二的依然是人民，"要坚持以人民为中心，一切成就都归功于人民，一切荣耀都归属于人民"。

毛泽东同志《在延安文艺座谈会上的讲话》强调"为什么人的问题，是一个根本的问题，原则的问题"，《讲话》确定了文艺的工农兵方向。习近平总书记关于文艺工作的重要论述，号召广大文艺工作者用心用情用功抒写人民、描绘人民、歌唱人民。新时代是人民的新时代，新时代文学同样是人民的文学，是人民美好生活的有机组成部分。文学源于生活，人民从来就是生活的主体，革命、建设、改革的所有成就，都是党领导人民不懈奋斗的成果，新时代通过两个阶段的努力，实现第二个百年奋斗目标和民族复兴，同样必须紧紧依靠人民。文学要想与新时代同步伐，不断有所发现、有所发明、有所创造、有所前进，持续繁荣发展，从“高原”迈向“高峰”，只有深入生活、扎根人民，向人民学习，向生活取经，萃取民族复兴伟大征程中的典型环境、典型事件、典型形象、典型精神，发掘本质力量、本质属性、本质品格，才能有大成就。新时代是经济社会文化空前发达的时代，新时代人民是具有许多新的特点和性格的人民。现在，人们习惯用出生年代标志人的特性，如“80后”“90后”“00后”等，其实并非自然的公元纪年带来的变化，而是社会发展所产生的代际差异，随着经济社会加速发展，代际差异将越来越明显，如何及时、准确、形象、生动地书写和记录新的人和他们所做的新的事，作家要面对的挑战不容小视。

文学创作，尤其是承担着意识形态和文化培育责任的严肃文学创作，应当更多地坚持现实主义创作方向和创作风格，把更多能引起广大读者共鸣、使人们获得精神陶冶和思想提升的精品力作呈现出来。总之，人民是新时代文学的内容主体、接受主体、评判主体，优秀的作品必须反映人民为实现中国梦努力奋斗的主体地位和生动实践，为人民所接受、认同、流传。

现实主义是新时代文学大厦的色泽

习近平总书记在中国文联十大、中国作协九大开幕式上的重要讲话中指出，“不论多么宏大的创作，多么高的立意追求，都必须从最真实的生活出发，从平凡中发现伟大，从质朴中发现崇高，从而深刻提炼生活、生动表达生活、全景展现生活”，这为发展繁荣以现实主义为底色的新时代文学提供了根本遵循。

记录、书写、讴歌新时代，是作家义不容辞的责任和使命。记录、书写、讴歌，其字意正与《诗经》之风、雅、颂相对应。记录，其类于风，到今天，作家深入生活还叫“采风”；书写之于文学，是经过艺术提炼和作家再创造的创作活动，包含从生活到艺术，由俗到雅的自觉过程；颂，取其颂扬、歌颂之意，是情感的赞扬和讴歌。记录是基础，书写是手段，讴歌是态度。《诗经》的本质，就是现实主义。习近平总书记强调，中国精神是社会主义文艺的灵魂。新时代文学，就要学习、继承、弘扬《诗经》以来，虽时代流变，一时代有一时代之文学，但始终构成中国文学主流主脉的现实主义文学精神、态度、风格。现实主义，也是中国现代文学和革命文学最鲜明的色泽。五四新文化运动时期成立的“文学研究会”主张“为人生”做文学，大革命时期、抗日战争时期、解放战争时期，以及中国当代文学阶段，现实主义都是中国共产党文艺工作的重要要求。

遵循现实主义创作方向，深入生活，就要真实反映新时代的社会现实。新时代是阔步前行、成就巨大的时代，同时也是经济体制深刻变革、社会结构深刻变动、利益格局深刻调整、思想观念深刻变化、矛盾易发多发的时期，各种风险依然存在，在一定条件下还可能激化。文学承担记录时代的责任，为新时代留下无可替代的文学记忆，就必须遵照习近平总书记在全国宣传思想工作会议上提出的“不断增强脚力、眼力、脑力、笔力”，既读万卷书，又行万里路，向柳青等老一辈作家学习，把深入生活、扎根人民作为立身之本、终身事业，而不是走马观花式地“体验生活”；自觉锻炼提高观察生活、把握现实的能力，在纷繁芜杂的万花筒中，既看到色彩，又厘清基调；不浮光掠影地表现生活的表象、避重就轻地表现现实的边缘、浅尝辄止地表现历史的浪花，而是沉潜到新时代生活与现实的最深处，既不回避矛盾风险，又用理性的思考，穿透现象看到本质，深刻把握矛盾和风险是民族复兴伟大征程中必然会经历，也必须要战胜的暂时困难；源于生活、高于生活，用与新时代相适应的笔力，创造更高、更强烈、更有集中性、更典型、更理想，因此就更带普遍性的典型环境下的典型人物；用现实主义精神和浪漫主义情怀观照现实生活，用光明驱散黑暗，用美善战胜丑恶，让人们看到美好、看到希望、看到梦想就在前方。

传播效能是新时代文学大厦的标杆

习近平总书记指出，只要有正能量、有感染力，能够温润心灵、启迪心智，传得开、留得下，为人民群众所喜爱，这就是优秀作品。习近平总书记为优秀作品下的定义中，“传得开、留得下”是关键要素，社会主义核心价值观需要弘扬，真善美需要传播，民族精神、时代精神需要彰显，民族复兴的伟大事业需要影响千万人，中国精神、中国故事需要让世界倾听，这些使命，都需要以优秀文化作品为载体传于远方、垂于后世。

互联网新技术的发展，是当前全世界关注的一个话题，传播技术的飞速发展和传媒领域的空前变革，不仅影响新闻事业，对文学的影响同样明显、巨大而深远。当前，现代传播手段无处不在，前所未有地作用于生活和工作的每一个角落。今后，传播手段会发展到什么程度难以预料，可以肯定的是，它们只会越来越快速、便捷，作用也将越来越大。因此，新时代文学传播能力的建设，比任何时候都更为重要而迫切，比任何时候遇到的挑战都要大，获得的机遇都要多。广大作家要自觉从意识、思想、能力、责任上适应新时代传媒形态对文学工作的要求。

习近平总书记寄语广大作家用明德引领风尚。作家作为人类灵魂的工程师，应该自觉修身立德，为社会树立榜样、做好表率，那些假作家之名，行自私自利之实，借新兴传播载体，以“搏出位”赚取利益的行为，都背离了作家启迪思想、陶冶情操、温润心灵的崇高责任，也是对传媒内容的伤害。我们常说传媒时代“内容为王”，其实作家本人的人格，才是最为重要的内容。

以互联网为基础的传播手段，比传统媒体更容易快速产生巨大效应，带来前所未见的声名和利益，网络文学等新兴文学形式影响着年轻人的阅读习惯甚至生活习惯，也重构着文学格局。本质上，网络文学传承的是中国在宋代就已出现，到明清白话小说达到高峰的通俗文学，以期刊、报纸副刊为园地的传统文学，则是“雅文学”“纯文学”的发展。“二水并流”，要相互学习借鉴，取长补短。传统文学要更多运用网络传媒，实现更大更多更远的传播效能，将熔铸新时代精神、展现新时代风貌、彰显新时代气质的精品力作传播给号称“互联网原住民”的“90后”“00后”甚至更年轻的一代又一代。网络文学作家要去除单一以经济收益为指针的创作状态，学习贯彻习近平新时代中国特色社会主义思想和习近平总书记关于文艺工作的系列重要论述，自觉提升责任感、使命感和创作水准、文化内涵，将“粉丝”巨大的传播优势与优秀作品的内容优势结合起来，实现经济效益、社会效益双丰收。

习近平总书记深情寄语，当高楼大厦在我国大地上遍地林立时，中华民族精神的大厦也应该巍然耸立。新时代赋予新使命，新时代提出新要求，举精神之旗、铸时代之魂、怀赤子之心、树凌云之志，构建新时代的文学大厦，恰逢其时、刻不容缓、责任重大、前景光明。

科幻文学的若干启示

科幻作家刘慈欣获得“雨果奖”等国际大奖，以及中国第一部科幻大片《流浪地球》上映，科幻文学华丽走入大众和文学界的视野。从哲学和文学角度看，科幻文学都有其独特价值。

一、拓展人的本质力量

从哲学层面看，科幻文学作品让我想起了马克思的一个说法：“人的力量的对象化”。人类对宇宙的探索还是非常有限的，而且大多数人认为太阳系之外的宇宙和人类没有多大关系，因为人的力量到达不了那么广远的地方；太阳系之外的恒星，对人类生产生活，也不会产生明显影响。但是看了科幻文学作品，比如刘慈欣的作品，我们突然发现人的力量可以延伸到银河系之外，甚至如刘慈欣讲的，在这个无边无际的空间和时间里面，人类变成了可以发挥自己影响力，且主观意念和创造力可以向无限空间延伸的一个超级物种。

比如，刘慈欣的小说《流浪地球》，虽然是一部少儿科幻作品，但是他所感受到的那种人类生存的危机意识非常强烈。这种意识西方从古希腊开始就一直有，我国古代也有杞人忧天的故事。刘慈欣给我们的设想是太阳毁灭了，地球还在。太阳毁灭了，地球赖以生存的母星不见了，地球踏上了流浪之途，人类把整个地球变成飞船、变成诺亚方舟，在宇宙中间飞向新的恒星，寻找新的家园。这里有很多天才的想象，包括地球发动机，以及流浪过程中碰到的形形色色的危机，还有情感和理智方面的一些挑战。这些不仅仅是科幻元素，更多时候也是文学元素，而且这种文学元素显示出了一种人情人性的本真，还有就是对人类命运的“前不见古人，后不见来者。念天地之悠悠，独怆然而涕下”的慷慨激烈。作者把人性的真善美或者假恶丑，放在极端状态下进行测试，文学性和哲理感非常强。

二、探索文学对现代化的审美表达

科幻文学在拓展文学思维和文化视野方面的作用是非常大的。中国文学很大的一个问题是，到目前为止，大多数的作家仍停留在农业时代。在我们这样一个农业文明根深蒂固的国度，审美标准依然是农业时代构建的，“鸡声茅店月，人迹板桥霜”是人人可以感知体会的美，到目前为止，还没有给科技文学、科幻文学，包括科普文学留下一个量身定做的审美评价体系。在信息时代、互联网时代、高科技时代，我们的文学该怎么反映现代化？这是令很多作家困惑的问题。

很多作家写山川、风景，随手就来，写诗歌、散文都很拿手，如果让他写高速公路、海南的文昌基地或者上海的洋山深水港，却有点难了，因为所有知识储备和审美储备都没有现代化的影子，这是个很麻烦的事情。科技文学和科幻文学的发展，在这方面是一个很大的补充。

现代化的一个很大缺点是没有温度，因为现代化都是对人的取代。现在都是无人售票、无人售货、黑灯工厂，可能以后有更多的地方人会被机器取代。但文学是以人文精神作为主题，感情作为内核的产物。人类逐渐被机器取代之后，文学到底怎么发展？我觉得科幻文学的创造和探索精神非常好。很多时候，把科技人格化是一个很好的前景，对写其他题材，包括写现实题材的作家，也具有很大启示意义。

其他一些门类的文学创作，应该向科幻文学学习。我们很多时候思考科幻怎样走进文学，其实更多的时候应该思考的是文学怎样走向科幻，向科幻学习。因为科幻作家大多是理工科出身，像我们中文专业出身的人，不大可能写出科幻文学作品。也有些作家开始向科学靠近。比如近来自闭症很受关注，自闭症题材的作品出现了一些，作家有情怀，也有比较好的文学表达能力，但是最大的问题是不专业，这些病症的表现，怎么能治疗好，怎么康复，知道得非常少，更多的时候是用想象，然后就只能用爱、用人性，或者是用关怀来解决问题，可问题根本解决不了。我们应该向科幻文学学习，把真正属于科技的专业的知识，包括科技的思维，融入到文学创作中去。

记得小时候学过鲁迅的一篇和青年作家谈创作的文章，说一些文学青年，除了读文学作品，别的都不读，结果连常识也没有，写出来都是错误，这个问题在现在的中国文学界依然存在。

三、恢复浪漫主义文学传统

小说创作提倡现实主义创作方法，同时也需要浪漫主义创作方法，包括浪漫主义思维方式。毛泽东主席写《念奴娇·昆仑》:“而今我谓昆仑，不要这高，不要这多雪。安得倚天抽宝剑，把汝裁为三截？一截遗欧，一截赠美，一截还东国。太平世界，环球同此凉热。”他把浪漫主义和现实主义相结合，还有很多超越于现实生活之上的意象，也是开拓了一种开明宏大的特征。现在更多的时候，文学，包括诗歌，全部贴着地面走，离自己的个人生活非常近，反而把我们文学创作的境界搞得狭窄了。就中国文学的浪漫主义传统如何回归的问题，我觉得科幻文学可以起到别的文学门类所起不到的作用。

中国文学中，科幻的元素非常丰富。屈原的《天问》就有很多科幻色彩在里面，他发问太阳是怎么生成的，月亮是怎么落下去的。辛弃疾有一首词，《木兰花慢·可怜今夕月》，词序："中秋饮酒将旦，客谓前人诗词有赋待月，无送月者，因用《天问》体赋。"词曰："可怜今夕月，向何处，去悠悠？是别有人间，那边才见，光影东头？是天外空汗漫，但长风浩浩送中秋？飞镜无根谁系？姮娥不嫁谁留？　谓经海底问无由，恍惚使人愁。怕万里长鲸，纵横触破，玉殿琼楼。虾蟆故堪浴水，问云何玉兔解沉浮？若道都齐无恙，云何渐渐如钩？"月亮落下去，可能还有另外一个人间，月亮刚刚升起来。虽然没有任何科学依据，但是他通过逻辑想象，就认为月亮不可能是像我们传说中的那样。辛弃疾用反证的方法证明了关于月亮的传统不可信，这里面渗透着科学的思维，一个纯粹的中国文学史上著名的词作，就和科幻联系起来了。

四、拓展传统文学领域

科幻文学和传统文学联系不多，因为在传统文学的观念里，科幻文学属于类型文学，大类可归入通俗文学，所以在纯文学领域，科幻文学的位置不是很明显。科幻文学如何进入传统文学的行列？一个比较简单、有效的办法就是获一次比较大的奖。在中国作协四大奖项——茅盾文学奖、鲁迅文学奖、全国优秀儿童文学奖和少数民族文学创作“骏马奖”里面，只有儿童文学奖里面有一个少儿科幻奖，所以很多时候大家把科幻文学归到类型文学或者儿童文学中，影响了科幻文学的位置。

在优秀的科幻文学中，纯文学的元素已非常充沛明显。《三体·死神永生》里面，有一个情节非常好。云天明要安乐死，需通过五次确认，如果五次确认全部同意，按下正确的数字按键，这个时候就可以启动注射药液。在每一次确认是否结束生命的提示语出现后，都有一小段话，回忆他的经历，回忆他人格精神形成的过程，回忆28年短暂的生命中他是怎样从一个接受贵族教育的人走向毁灭，得了癌症并且对生命没有什么眷恋。他买了新星，送给一个见过但不认识的恋人。这些已经超出了科幻类型小说惯常的感觉，把人情人性作为核心、以社会生活作为基础、以想象力和真善美作为导向的纯文学因素，加在科幻文学里面，确实显示出了纯文学的素养和比较高超的文学色彩。

不仅科幻文学界，很多原来写其他题材文学的作家，也开始写科幻文学。比如著名打工文学作家王十月，本来是东莞富士康的一名工人，现在在广州《作品》杂志社做编辑，也是鲁迅文学奖获得者。他已经放下了“文学贴着地面走”的感觉，开始侧重于科幻，而且科幻作品写得还非常好。作家出版社编辑李宏伟，关注“现实任务”，把科幻和我们当前的生存状况结合起来。科幻文学和现实生存境遇相结合，也是一条路。

文学要正确叙写党的革命和建设史

近年来，在文学创作，特别是个别人的小说写作中，时隐时现地出现了一种现象，那就是，对中国共产党领导的土地改革、“文革”前十七年的社会主义改造和建设越来越大胆地进行丑化描写。在当前一些作家的笔下，李双双那样泼辣干练、积极参加社会主义建设的阳光女性不见了，梁生宝那样为集体经济呕心沥血的农村领导人不见了，赵树理《小二黑结婚》《三里湾》里，虽有小缺点，但性格鲜明，具有农民式的狡黠的生动形象不见了，甚至“不好不坏，亦好亦坏，中不溜的芸芸众生”的“中间人物”也很难寻觅。弥望的，是愚昧、阴险、毒辣、可笑、反人性的，以至于跌破常理的人与事。

比如，有一篇小说，写解放军进城后，把有钱人全家杀绝，一小女孩躲入放在门楼的棺材才得幸免。其后数年，她不敢离开棺材一步，终不堪忍受，割脉自尽，被仆人秘密埋在门楼之下。仆人之子，为此终身守在门楼，以死抗拒拆迁，念念不忘“门楼本来就是她的”。还有一篇，讲身怀绝技的名厨，被迫给日本人做了一顿大餐，便被新四军游击队不分青红皂白，当作汉奸，从天灵盖劈了脑袋。相比之下，作者笔下的日本侵略者倒是只吃饭，不杀人，表面凶恶，内心善良的。还有一篇作品，写川东某大户，在被批斗的前一天，不愿受辱，全家上下，从老爷太太到下人仆妇，集体服毒，从容赴死。每个人都为自己掘坟，没有棺材，“软埋”于庭院之内，辉煌大宅顿成连绵坟场。老爷的阴魂数十年不散，每逢阴雨，天空雷声为其鸣冤。唯一幸存的儿媳，一一埋葬亲人，因深受刺激而失忆，金枝玉叶做了别人家的保姆。而且北至山西，南至四川，都有全家被杀者，描绘和隐喻的，都是惨不忍睹。

此类小说还着力塑造“忠仆”形象，为他们大唱赞歌和挽歌。为主人守灵数十年者有之，自杀为主人殉葬者有之，不愿下嫁普通劳动者，遁入空门者有之。“奴在身者，其人可怜，奴在心者，其人可鄙”，五四新文化运动和中国新文学最核心的宗旨，就是“人的文学”，不料到了今天，却在一些创作中涌现出为主子尽忠尽孝，忠贞节烈的“英雄群像”。而这从里到外全是奴性的人物，连“三言二拍”里都很少见，冯梦龙、凌濛初都看不上眼的。

如果不触动原有的社会结构和生产关系，老爷还是老爷、太太还是太太、仆人还是仆人，日本侵略者打进来就好吃好喝伺候着，今天会是什么样子呢?

之所以出现这种现象，主要有三方面原因。其一，人性论泛化。习近平总书记在中国文联十大、中国作协九大开幕式上的重要讲话中强调:“文运同国运相牵，文脉同国脉相连。”“文变染乎世情，兴废系乎时序”，真正优秀的文学，应该与时代同行，反映历史发展的必然要求，而不是一味把抽象的所谓“人性”放在至高无上的位置。新时期文学初期，“人性的复归”对于纠正“以阶级斗争为纲”的文学观念、“三突出”等机械的文学创作方法，解放文学生产力，的确发生了重要的历史作用。但是，这些倾向却逐渐偏离到了毛泽东等马克思主义经典作家和鲁迅等现代文学经典作家所批评的普遍的、抽象的人性论轨道上去，而且占据了文学创作的主要领域和文化批评的主流话语。在人性论泛化的前提下，历史的是非、正误、先进与落后等，都不构成标准，价值评判只有一个，那就是个人品德的所谓善与恶。于是，私德取代了公德，个人取代了历史，细节取代了潮流，而这些模糊甚至虚无的东西，都披上人性的外衣。这样的文学批评，也不复有真正社会历史批评对历史前进潮流趋势的把握分析，只能在“人性的扭曲”“人性的张扬”两个小旗间摇摆。

其二，一部分人没有坚持以人民为中心的创作导向。坚持以人民为中心的创作导向，是以习近平同志为核心的党中央对文学艺术界的根本要求，这句话不是只写在纸上、出现在讲话中的，是否在创作中真正落实这一方针，观察生活、选取素材、评判人物、营造氛围，是以人民为中心，以普通的劳动人民为中心，还是以其他什么人为中心，直接决定着一部作品的价值导向、人物形象、风格特色。在一些作品里，善良、慈祥、有修养的，为人所景仰的，都是老板老爷、少爷小姐、奶奶太太，甚至八国联军和日本皇军，旧时代的风花雪月，十里洋场的买办大亨，民国名媛的风情万种，被津津乐道、艳羡不已，引得读者也想化身为这些“成功人士”，浮想联翩。而工人、农民，还有共产党领导的革命和建设者们，则是被作者从心底里厌恶的，在下层人士中，除了忠仆，都愚昧、残忍、可笑、荒唐、色情，不仅应该被鄙视，而且不配有更好的命运，至少，要在“醒悟”后终身自责，念念不忘向以前的主子“赎罪”。

其三，某些价值评判发生变化。毛泽东同志有句名言：“卑贱者最聪明，高贵者最愚蠢。”中国近现代革命，在价值评判上，是一个扬卑抑尊，社会阶层高低重塑的过程。新时期以来，随着经济社会的发展和阶层分化，高低贵贱再一次翻转，与旧时代相近似。一些作家，作为社会上的“成功人士”“劳心者”，从感情上，与身处高位的人更亲近，更引为同类。一个有趣的现象是，有些作家，包括学者热衷于“寻祖”，考据自己的上辈、上上辈或者亲戚云云，是有身世、有学问、有地位的人，因经了共产党领导的革命和建设，才受苦受难，把自己的所谓家族打扮成落难贵族，并以此自骄于人。

底层思维及其异化超越

——评陈玺小说《欲醒之殇》《塬上》

陈玺虽然到广东东莞多年，心和笔却依然留在陕西的黄土高原上。自美国作家福克纳“邮票说”之后，中国作家也纷纷命名自己的“邮票”，如商洛是贾平凹的“邮票”、高密是莫言的“邮票”，陕北塬上，也应该算陈玺的“邮票”。而且，不同于贾平凹笔下传统的商州、莫言营造之传奇的高密东北乡，陈玺的黄土塬，是世界最厚的黄土层，中华文化之起源地与积淀最深之所，同时也时时为外界风气所感染，尤其是市场经济高度发展、现代科技手段与思想观念无处不在的今天。因此，陈玺的黄土塬，是传统与现代交织、老观念和新事物对接、新形象和老样子并存的模样，特别是在底层。

关于底层，中国现当代文学产生了形形色色的名词，“国民性”“零余者”“小人物”“中间人物”“打工文学”“底层写作”等，当然，也有许多“新形象”，如梁生宝、孙少平等。但这些人物，都带有作者理想化的色彩，或多或少，有些高大上的品质或小资的格调，身份虽在底层，面目却有些超脱了，行为方式更加理性或者周全。而陈玺这两篇小说中的多数人物，其思维方式、行事逻辑，依然停留在地道的底层，而超越者，又走了邪路。

《欲醒之殇》故事的结局，谁也没有料到，志宏居然开着车，撞死了水秀的儿子。儿子死了，杀人者志宏被判刑，水秀疯了。在传统观点看来，出轨者终受惩罚，恶有恶报，大快人心。然而，深入思考下，这样的结局为什么会产生？本来是件小事情，即使出轨，也不是要命的事，在当今社会，即使偏远的农村，也很能接受了。造成这一结局的根本原因只有一个，就是当事双方的不知妥协，各不相让，而这，正是底层思维的典型表现。因为微信，结果造成人命大案，在这一漫长过程中，任何一个环节上停下来，都不会造成如此严重的、不可挽回的后果。

然而，事情从一开始，就被底层思维控制了。担心老婆被她曾经的追求者、现在做结扎手术的医生接触，德胜代替妻子去结扎，结果被医生暗下黑手，废了功能。无论农民德胜，还是县医院做手术的胖医生，一个满脑子“男女授受不亲”的旧思想，一个假公济私，故意伤人，完全不考虑将造成的后果，或者认为，一个农民，翻不起大浪，自己的背景、资源完全可以摆平。事情的确不了了之，然而，后续的影响是严重的，虽然始作俑者已退场，大幕却才徐徐拉开。男性功能的丧失，使一对原本恩爱的夫妻各寻出路。德胜迷上了打麻将，水秀则看着手机视频自慰。两种形式，一早已有之，一属于新兴，性质其实一样，都在借助其他人暂时摆脱或忘记欲望的尴尬。结果，德胜先赢后输，越陷越深，欠下巨额赌债。水秀同样越陷越深，先通过微信邂逅志宏，发生婚外情，本来是久旷之后的性欲释放，结果一发而不可收。怀孕、私奔、生子，每一步，单独看来仿佛都是理性的，甚至可视作真爱的结晶，可同时，每一步都在错误的路上愈奔愈远。

当德胜发现妻子和外人私通怀孕后，再次启动了底层思维，不通过法律解决问题，而是先在医院当着儿子和众人的面，不顾一切地痛打已怀孕多月的妻子，本来因欠下赌债害怕妻子怪罪，做小伏低、满腹愧疚的他，一下子站在了道德制高点。别人给的侮辱，无论是针对他残废还是欠钱，都仿佛找到了最佳发泄和补偿渠道，他完全不顾及妻子的生命安全和自己还有家人的脸面。作为底层人，德胜缺乏应对突然变故的理智和能力，驱动其行为的，只有情绪，以及以暴力和争执显示自己所谓力量的价值观。鲁迅说，在凶兽面前显羊样，在羊前又显凶兽样，德胜就是这样。在医院打老婆，不仅没有让德胜更强大，反而落入黑社会催债的陷阱，水秀和她肚子里志宏的儿子，成了债主“黄鼠狼”手里的猎物。

后面的事情，便不由德胜做主了，虽然他会理直气壮地和志宏发微信、谈钱。同样，尽管已经算乡村的“成功人士”，但小包工头志宏的思维，还停留在他出身的乡村，依然在底层。底层思维的一个主要特征是不知妥协，其根源，在于仅从自己的立场、需求、利益考虑问题，缺乏换位思考的能力和习惯。面对水秀和自己私通并怀孕的事已经暴露，在水秀和腹中胎儿被人控制、不知下落的情况下，志宏不是全面了解情况，思考怎样解决问题，最大可能保护水秀和胎儿，而是从自己的需求出发，向法律和事实都占据主动的水秀的丈夫提出要水秀和孩子，然后又提出让水秀把孩子带到六岁。

当德胜同意，事情本来可以稳妥协调解决时，志宏却不想出钱了。钱的数目巨大当然是一个原因，但作为一个包工头，向人借钱、筹措工程款是日常工作，相比打工者德胜，志宏无疑具有强得多的筹款和挣钱还款能力。可志宏并不愿意付出这样的代价，水秀是他借助微信聊天“免费”获得的，只送了一部新款智能手机，因此，他依然延续着固有思路。虽然志宏是爱水秀的，更珍惜梦寐以求的儿子，但他和周朴园不同，周董事长知道鲁妈就是梅侍萍时，第一反应是开张三十万元的支票，用钱摆平危机。志宏却开着车跑到和水秀第一次幽会的地方，回忆、哀求、爆发。他爆发的表现是：“他彻底绝望了，拿起手机，对着话筒喊道：‘狗日的，看我怎么收拾你，咱就来个鱼死网破！’他晃悠着走到槐树下，对着树干，啪啪将手机拍碎，扔到山沟里。他颤巍巍站在山坎上，瞪着赤红的眼，跺着脚，双手举起来，捶打着头，垂下来在胸前舞着，好像要将这山川揉碎。”这是典型的，战国时期就被批评过的“免冠徒跣，以头抢地耳”的“布衣之勇”。

结果，最悲惨的一幕出现了。志宏开车撞死了水秀的儿子。还是鲁迅说的，见羊就是凶兽样，只能将不理智的愤怒发泄到最弱者身上，伤害最弱者，即使对方是无辜的。

可贵的是，陈玺写出了虽然同样身处乡村或小城镇，却出离底层思维的人，比如《欲醒之殇》里的“黄鼠狼”和《塬上》里的栓栓，尽管他们两位都是“混混”，是黑社会性质的人，并且犯下严重罪行。这并不矛盾，做坏事，也需要能力和眼界，而且“盗亦有道”，所谓“道”，不仅指道理或者规则，在中国传统文化里，“道”更多是指超越了具体日常经验之上的智慧。赌场庄家“黄鼠狼”是将德胜和志宏逼到绝境的关键人物，而且他在县城里民间和官场拥有的资源，包括姐夫是县卫生局局长，都使他将底层者德胜夫妇玩弄于股掌之间，并通过他们威吓没有见面的志宏，要他拿出钱来。

“黄鼠狼”的行径无疑触犯了法律，但与德胜、志宏不同，他始终没有真正伤害谁。只是恐吓，并未真的人流掉水秀肚子里志宏的儿子。遗憾的是，志宏会意错了，把恐吓当成真实发生的事，并且迁怒于德胜，甚至水秀，心里想，你不让我儿子活，我就不让你儿子活，于是发动车子，撞死小男孩。我们看小说中“黄鼠狼”的危机应对：“黄鼠狼听到德胜儿子的事，知道事情弄大了。他赶紧跑回家，将水秀叫到楼下，体贴地说：姐，我哥欠我的钱，我只找他，跟你无关。你娃住院，你又是这个身子，我怕他伤亏你，才让你吃住在我这里。这样，德胜回家了，我也就不留你了。”“事情弄大了”，出了人命，人命关天，不是钱的事了，最重要的，是自己不要卷进命案中去，所以，本来是罪魁祸首的“黄鼠狼”，马上狡猾地脱身了。更高明的是：“过了半个月，黄鼠狼的弟兄，趁着夜色，溜到德胜家门前。看到德胜弯着腰，咳咳着走出来，将他拉到边上，揽着他的脖了，塞给他一沓钱说：听好了，公安局已经知道了你和那个人的事了，以敲诈罪可能要抓你。你拿上钱，赶紧跑，再也不要回来了。德胜咯抖了一下，不解地看着，晃着身子说：那是我老婆，我是在维护自己的尊严。那人瞪着眼，揪着他的脖子，捏着说：那是你的愚昧，公安局可不这样看。”这个场景和对话，最准确、鲜明、生动地刻画出两种思维方式的本质差异。底层思维，让两个原本幸福的家庭家破人亡，彻底破碎。

在《欲醒之殇》里，“黄鼠狼”是次要人物，到《塬上》，“混混”栓栓就上升到主人公的地位了，而栓栓的行为，彻底超越了向所从来的底层思维。行为是思维的外化，思维方式的不同，决定着行为方式的差异，行为也透露着思维。因和塬下工厂子弟里的混混打架受伤，栓栓离开家乡，先到洛阳工厂做临时工，后去少林寺学武。当他再回到故乡农村时，已完全和以前一起打架斗殴争强好胜的对手或者伙伴不一样了，具有本质“代差”。

栓栓建立了自己带有黑社会性质的组织，但不争强斗狠打打杀杀，而是温文尔雅，即使在侵害他人、违法犯罪时，依然礼数周全。可能有人会觉得很奇怪，其实这正是他高明的地方。他看重的是实际利益，特别是经济利益，知道表面的虚张声势不仅于事无补，还会落下坏名声，让自己成为众矢之的，不能长久：“我栓栓办事，什么时候打打杀杀啦！那样层次太低，显得没有教养。”于是，栓栓成功地将自己打造成塬上的许文强，“上海滩的情节，印在栓栓的脑海中，他不但会算计，而且会把握火候”。

回到家乡，面对曾捅了自己一刀的仇人，栓栓毫不犹豫地夹下了他的小指，却不忘明确指出让赶紧到医院接指头去。既下马立威，又把损失降到最小，分寸把握非常得当。高明的手段立即带来明显的效果：“赶集的人懵了，呆呆地盯着栓栓，慢慢地散开了。回到饭馆，店主给他加了几个菜，提着捆啤酒过来，笑着说：你算给咱塬上人争气了！那一帮混混，这两年不知在我这儿白吃白喝了多少了！这顿饭，我请客，你们随便吃！”栓栓礼数周全，很有“修养”。“自家村里，栓栓就是联社的儿子，见到谁，他都按照辈分招呼，乖巧得很。”小说一开头，劈空而下，就是栓栓偷杏的情节。说是偷，趁夜而来，却明确告知看杏园的人；说是抢，却彬彬有礼。只能用中国传统的“盗”来界定，而且是讲文明、懂礼貌的盗。更绝的是，栓栓结婚，居然有心让人送菜给看杏园的五爷，不是道歉，而是关怀，五爷果然受宠若惊。

栓栓受到女孩子们的真心喜欢，因为他和塬上如父亲翻版的老实巴交的后生不一样。“栓栓成了塬上的名人，也成了姑娘们心目中的英雄。”“见到心仪的姑娘，他不但会吹口哨，还会在弟兄们的帮助下，精心制造出偶遇或侠义救美的情节，像电影里一样，合了姑娘们浪漫的诉求。半年后，他交了几个女朋友，她们互相嫉妒，争相献宠。他喜欢看着她们，互相掐算。争斗到了一定的时候，他将姑娘召集起来，嘟着脸，宣布纪律。她们就像挨了主人责斥的小猫，温顺地低着头。”可以说，栓栓俨然成了塬上的统治者，有自己的队伍，还有“后宫”。但栓栓除了在仇人面前显过一次身手，再未动粗，再未对他人使用暴力。他用的，是脑子和手腕，本质是高出周围人的思维层次：“老实巴交的农民，见栓栓骑着自行车，后面跟着伙兄弟，后座坐着不断更换的女朋友，再看着身旁扛着铁锨的儿子，他们迷茫了。村里人觉得自己的儿子，老实本分，有教养。栓栓从小便是村里人不齿的对象，而今人家风风火火，自家儿子却找不到对象。”

栓栓俨然成了侠客，成了乡邻们遇到困难时求助、依靠的“救星”：“槐树寨你堂姐有个娃，叫栓栓，现在成事了。听说帮人打理这些事。你骑车去看看你姐，问问这事该咋办！”而且，栓栓做事的确稳妥、可靠、有分寸，甚至可以说高明。把顺生的媳妇小琴绑架回家，这么抢取豪夺的事，他却在光天化日之下，不动声色地完成了，没有耀武扬威、威吓恐吓，而是包了一辆中巴车，用“专车”客客气气地把小琴“请”了回来：“中巴停在路边。栓栓站在一边，指着车门说：妗子，我顺生舅总觉得对不起你，专门雇了辆中巴，请了这么多人，过来接你。我相信，你们山里，除了你，没人有这么高的待遇了。你知足吧！人生就是活个排场！”栓栓这做派，简直已超越许文强，直逼上海滩大佬杜月笙“情面”“场面”“体面”“三碗面”的“境界”了。“顺生爸拉着栓栓的胳膊，瞅着他，竖起拇指，憨笑着说：联社厚道，要了个争气的变了门户的好儿！”栓栓受到以前看不起他的乡亲长辈由衷的钦佩。

栓栓还很有正义感。当顺生借栓栓的影响力做苹果生意挣了钱，和四川女客商混在一起，小琴又跑到甘肃平凉，顺生拿着礼品想让栓栓再把小琴接回来时，得到的反应却是：“栓栓捏了几下，腾然变脸，抡起袋子，扔到树沟的雪堆上。”“栓栓不顾旁边的人拦挡，抬起脚，踢着车子后轮的瓦圈，挥手瞪眼，吼道：顺生，告诉你，我没你这个舅舅。以后你再敢说我是你的外甥，我断了你的腕筋。”结果不出栓栓所料，“串亲戚的人驻步瞭望，嘀咕着知道了事情的因由，窃窃着夸赞栓栓是条汉子”。

栓栓的势力渗透到了基层政权。他开饭馆，摆麻将桌，借钱给乡镇干部赌博，抓住干部的把柄，向镇长告密，并从经济上控制参与赌博的干部。更厉害的，是他成功帮农机站长要账，说明栓栓所代表的黑社会势力，已部分取代了基层政府治理功能。栓栓已经不是通常意义上的“塬上混混”，而是经济攫取、政治渗透、威望塑造、形象洗白的全方位黑社会势力代表。

栓栓被扫黑除恶扫掉了。塬上的人却始终没有看清他的实质，只知道“瞄着一直风光的饭店，纳闷这些年，在塬上人五人六的栓栓，咋就没了踪影”。这就是思维层次的差异。《欲醒之殇》和《塬上》写得很冷静，既没有哀其不幸，怒其不争，也没有对“黄鼠狼”、栓栓义正词严地斥责，作者客观地叙写底层思维的局限，及其变异的超越。

宗教无力惩恶，江湖却可以

《收获》2018年第5期发表徐皓峰的中篇小说《弥勒·弥赛亚》，《小说选刊》2019年第1期“佳作搜索”栏目隆重推荐，推荐语说：“小说以犹太神学教师玫瑰山为叙述视角，讲述一群流离失所的犹太人来到东方避难，他们的避难所又恰恰庇护了一群中国的‘吉卜赛人’。惊心动魄的时代忽远忽近，人物命运数度反转，兵荒马乱义人出，东西文明通过这样一个故事激荡冲撞。而它并不是一个解决问题的文本，而是一个提出问题的文本，显得更为可贵。”这是一部别样的文本，在近年小说丛林中，都很难找出相似的面孔；它又是一部驳杂共生的存在，真实与虚构、崇高与可笑、信仰与解构、救赎与失望、东方与西方、犹太人与中国流民，鱼龙混杂般纠缠在一起，当残酷的事实冲毁神圣的信仰，一向不贞的女人毫不犹豫地为夫殉情，戏谑的表象随即被巨大的悲剧所渗透，奏出一曲人性崇高的激越颂歌。

一、文学与史实的对接

从1933年到1941年，大批从纳粹屠刀下逃生的欧洲犹太人远涉重洋来到上海，也有少数人从其他城市进入中国，总数达3万。除了数千人经上海过了第三国，至1941年12月太平洋战争爆发，仍有2.5万左右的犹太人把中国、上海当作他们的“诺亚方舟”，超过了加拿大、澳大利亚、印度、南非、新西兰五国当时接纳犹太难民的总和。上海与犹太人这段鲜血凝结的情谊，成为中国以色列民间交往的重要财富资源。

对“二战”期间在上海的犹太人的研究和纪念，一直是个不热不冷的话题。1988年，上海社会科学院就成立了“上海犹太研究中心”，在潘光主任的带领下，30年来，催生了一批标志性成果，如《一个半世纪以来的上海犹太人》《犹太人与中国：近代以来两个古老文明的交往和友谊》《犹太人在上海》《犹太人在亚洲》《犹太人在中国》《犹太学和以色列研究在中国的发展》《犹太研究在中国——三十年回顾：1978—2008》《离散与避难：犹太民族难以忘怀的历史》，国家社会科学基金重大课题“来华犹太难民研究”及其阶段成果“来华犹太难民资料档案精编”4卷等。以色列及欧美不少国家的政要，如以色列前总理拉宾、奥尔默特，德国前总理施罗德，奥地利前总统克莱斯蒂尔，美国前国务卿希拉里等，都曾到访上海犹太研究中心。

上海有专门的犹太难民纪念馆，位于市中心虹口区长阳路62号。上海犹太人的故事，包括他们后代的故事，也在收集，但整体而言，依然比较小众。对这段越来越为人所熟知的历史的文学表现，《弥勒·弥赛亚》作了卓越的尝试。

二、东西流民的对撞

这部作品一个很有趣的现象是，故事和冲突发生在沦陷时期的上海，但出场各方却都属于外来力量，逃难的犹太人、中国本土流民“骡子营村”人、黄泛区硬土区的土豪，以及貌似强大却始终未真正发挥作用的日军，而真正本土的上海人，却连背景都没有构成。三种原本的社会“边缘人”，在战争背景下的上海，偶然相遇。三类人群，背后是东西两类流民文化。

犹太人的“流民”性质，从历史和宗教两个层面被强化。摩西带领犹太人出埃及，犹太人流散世界各地，以经商为业，没有国家，属于世界上最著名的流浪者。在纳粹的极端反犹主义和种族灭绝政策下，犹太人要么被屠杀，要么进集中营，要么逃离家园。“二战”结束不久，以色列建国，所以，上海，可以说是犹太人立国前最后的家园。在这里，犹太人的信仰、性格、境遇，得到最充分的体现，流浪者的生活方式和思维模式，也体现在上海的细节中。

数千年流浪而不散，始终作为一个种族自觉存在，信仰无疑具有核心的精神支撑，也是犹太人最令人敬佩和引以为傲的地方。但信仰，与其说是原因，不如说是结果，是为了流浪世界而种族不散产生的精神纽带。和共同信仰相辅相成的，是经济上相互帮助支持。1943年2月到1945年8月，犹太难民被限定在虹口的“无国籍难民限定居住区”，小说情节发生的背景和地域，就是这里。在最艰难的处境中，绝大多数犹太人能够幸存下来，上海和海外犹太社团的大力支持，是重要原因。英籍上海犹太人财力雄厚，如嘉道理家族，出面召集讨论救援犹难民的会议，捐大笔金钱安置难民，创办上海犹太青年会，开办学校等。美国犹太人联合会分配委员会（JDC），平均每月为上海犹太人捐款3万美元。小说核心情节，骡子营人千方百计要被认定为犹太人，到保护区吃救济，其历史背景就在此。

小说浓墨重彩描绘了犹太委员会认定骡子营村民是否为犹太人。这样的情景，大约只有犹太人才会有。犹太人分散世界各国，千百年来，与所在国家地区的文化已深度交融，比如犹太人宋朝时来到开封，至今痕迹几乎荡然无存。小说中，“宋朝犹太人研究会”仅只一人，就是对这种情况含泪的笑。认定程序表面非常庄严神圣，其实无论是主席、旁听的俄籍犹太人大卫，还是玫瑰山，都有点底气不足，各怀心事。

流浪者犹太人遇到了另一伙流浪者，那就是来自河南南部的骡子营村村民。整体而言，中国古代聚族而居，安土重迁，但“流民”一直是隐藏在水面之下的一股有力的暗流。春秋时期墨家兴起，一度势力超过儒家，汉武帝“罢黜百家，独尊儒术”之后，转入民间。“墨门多侠”，中国的侠客文化、流民文化，即以此为精神支撑。中国古代多场农民起义，皆由流民发起，如汉之张角、唐之黄巢、明之李自成，皆属此类。

和犹太人相比，以杜冷丁为首，靠绑架为生的四百余骡子营村民，就显得层面低而可笑得多了。但在深层，二者却相似。犹太人被纳粹赶出家园，来到上海避难，骡子营村民，同样为躲避仇家追杀到沪。在这个意义上，骡子营村民坚持认为自己是犹太人，也似情有可原。为避祸，骡子营村民可谓机关算尽、丑态百出，荒唐事一件接着一件。作为骡子营村未来掌门人的买壮途一出场，“脚挂一串大蒜，垂达脚面”，把在寿衣店买给死者穿的衣服穿身上，可以想象，这身装束，在上海的街头是多么“违和”。而且，从出场到死亡，他始终有点懵懂。在认定是否属于犹太人的神圣会议上，骡子营村首领杜冷丁完全不懂规矩，讲话粗俗无礼，和以良好教育自豪的犹太人完全悖反。而村内女子婚前不贞的风俗，更是对传统礼法的公然践踏。

然而，如果认为骡子营村民是外来人或者中国境内的某少数民族，那就错了。买壮途出场情景中的“无国籍难民指定地关口，来了位戴蓝帽的青年，汉人脸，自称犹太人，要求进入”，直接点明其血缘身份就是汉人。那么，骡子营村民为何“服饰混杂中国的塔吉克服、撒拉族特征，似乎也有中东风格”？塔吉克族居住在新疆，撒拉族居住在青海和甘肃，都信仰伊斯兰教。之所以如此穿着，并非出于民族习惯，他们穿的是婚丧服，那是进行重要礼仪活动才穿的衣服。到上海繁华之地，特地把平时不穿的好衣服穿上身，一个衣着细节，骡子营村民的心态全出。这种衣着的另一含义在于，他们作为社会的边缘人，与世俗礼法相隔绝，另有一套江湖规矩，正如女子婚前可不守贞，刀头舐血，随时可能丧命，下一辈出生，及时补充战斗成员比贞节更为重要。

三、解构信仰

小说有个明显特点，对于犹太教的教义比较熟悉，细节的专业性，是这部作品一大优长。买壮途之所以一见面就吸引住以信仰为职业的耳语经学院教师玫瑰山，原因是“蓝帽青年撩起挂腰大蒜，说他着魔了，魔鬼是最好的身份证明”，玫瑰山立即反应“汉地没有魔鬼，只有死者化的鬼，动物成的精。对抗上帝的是魔鬼，被魔鬼纠缠，证明他不是汉人”。其他人看来甚至显得荒唐的细节，在犹太教义观照下，不仅是正常的，而且是神圣的。

犹太人极其信仰上帝。有记载，苏军攻破集中营时，有的犹太人拒绝被救，甚至原地不动，相信上帝会来救他。弥赛亚信仰，相信会被拯救，苦难终将过去，支撑犹太人流浪世界数千年而不散。在苦难时，寻找弥赛亚，希望弥赛亚降临，成了犹太教士们自觉的使命，而且苦难越深重，弥赛亚现身的可能性越大。纳粹的屠杀，将犹太人的苦难推到了空前的高度，三万多人能战胜种种障碍来到上海栖身，用犹太教义解释，本身就是弥赛亚显灵的明证，那么，在上海发现真实的弥赛亚，无疑最合逻辑。发现弥赛亚，在犹太教士心中，无疑是最大的功绩，因此，玫瑰山之所以把买壮途世俗看来“不着调”的举止视作弥赛亚的证明，心理深层，其实是藏着私念的。

玫瑰山确信买壮途为弥赛亚，最有力的证据，是他身上明黄色的长衫和一挂大蒜。“公元七世纪古籍《穆斯耐德》预言了弥赛亚出现时的特征——腰系银带，身着黄衣。他腰挂一串大蒜，剥了皮便是白色，符合银带。不管以何心态换的衣服，毕竟是明确的黄色。”东西两种文明，在买壮途这件独特的长衫上，对撞而交融了。黄衫出自寿衣店，汉人看来，是最不吉利的东西，其本意，在驱邪，而邪之所来，非常具体，就是十岁时，随父来上海绑架富商，父亲和三个村民被乱枪打死，年幼的他和同村女孩流浪街头，在幼年，过早地、直接地体味到了流民的艰辛与顽强。但五十三岁、熟知教义、老得让人信服的玫瑰山，明知“你心可怜”，却近乎偏执地将一个流浪街头的年轻人视作弥赛亚现世。这种近乎极端的做法，表面看，出于宗教逻辑，深层其实是软弱无助的表现。

遵循将买壮途视作弥赛亚的逻辑，玫瑰山不惜违背不撒谎的教义，教买壮途的妻子唱犹太人的古歌，以获得骡子营村民被认定为犹太人的资格。但在玫瑰山看来，此举并非舞弊，而是赋予弥赛亚应得的身份。第一招成功后，玫瑰山安排买壮途进耳语经学院学习、和经学院师生的妻子一起为人洗衣赚钱，都属于服务弥赛亚，期待现世之神，能将犹太人救出水火。

然而，现实的残酷却彻底毁灭了经学院教师的梦想，也毁灭了宗教的神圣和力量。当玫瑰山从电影中看到自己村子的村民，特别是自己的老婆和六个儿子全部被纳粹屠杀后，他从未怀疑过的弥赛亚救世信仰大厦全然崩塌了。他冲到电影放映机的强光下，向上方举起手指：“上帝，我判你有罪！你犯了杀人罪和诈骗罪！你纵容坏人作恶，残杀好人！你许诺弥赛亚拯救世界，只是骗人们受难，你失信于人，你有罪！”

马克思说，“宗教乃人民对实际困苦之抗议，不啻为人民之鸦片”，玫瑰山的经历和心理雄辩地证明，人民以宗教抗议苦难，多么地无力无效。潘光研究员《为什么犹太难民能够在上海幸存下来》一文分析：欧洲犹太难民在希特勒的盟友日本法西斯控制下的上海幸存下来，其中原因十分错综复杂，但主要在于三个方面：一、犹太难民自身奋斗；二、各方人士的大力支持；三、德日在对犹政策上的分歧和苏德战场上形势的逆转。没有一条与宗教信仰有关。

四、江湖底色下的本质崇高

信仰坚定的玫瑰山，将中国流民买壮途视作拯救人类的弥赛亚，最终信念被撕破，以喜剧的逻辑造就了悲剧的后果。中国流民，从来没有信仰，虽然小说提到了弥勒佛信仰，以《弥勒·弥赛亚》为题，似乎核心在于中西信仰之冲突，其实不然。虽然中国历史上有几次小规模农民起义以弥勒佛为号召，弥勒在佛教中为未来佛，但至少骡子营村民，以及因多年前绑架事件而与之仇杀的黄泛区富豪，都没有什么真实的信仰，他们只有一个信念，那就是“自求多福”，让自己活得好一些。当危险来临，便尽可能地远祸，以最小的代价，换得安宁的生活。

小说的叙述与经典话剧《雷雨》相似，先述当前事，然后回溯旧事，揭出本质，而后二线并一，展开后面的情节。增强了阅读的难度和叙述的力量，却又并不玄机处处，令人难以捉摸。在会上强大力量的追杀下，骡子营村民唯一的目的，就是逃，逃脱可能到来的全族被灭的命运。为此，首领杜冷丁毫不犹豫地按照保镖的命令，“到树林里选了两个人，交给保镖”，虽然明知道这两个人会立即被打死。但这就是江湖规矩，不仅首领知道，每个人都知道，被选中的人也知道，却毫无反抗地服从，这是他们的规则和铁律，而不是超越于实现利益考量之上的宗教信仰。

杜冷丁带村民到上海，自称为犹太人，千方百计获得犹太人的身份，他们看中的，不是犹太社团的经济支持，而是进入日本人设定的“无国籍难民指定地”，以获得人身安全。一个怪圈出现了，犹太人和骡子营村民，具有最坚定信仰的族群与一群只知活命为上的河南土著，殊途同归地来到另一更残酷集团的控制下，所希望的，是得到保护。因此，粒粒丝主动诱惑，离开买壮途而与曾直河同居，并非感情所然，而是敏锐地发现，只有与日本人合作的曾直河，才是骡子营村民生命安全最可靠的保证。当她与曾直河在印度犹太人的别墅里，通过单向玻璃观察街面上的上万人时，被追杀者终于可以居高临下地俯视，甚至用骡子营村民独有的徒手杀人技术杀死他人，所引发的快感，足以让她兴奋而满足。小说中，因早年为避孕喝苦茶而无趣于性事的粒粒丝，与前夫买壮途在单向玻璃前的高潮体验，正是这一心态的境遇的象征。

小说最震撼人之心灵的是，犹太人坚定的信仰外衣下，是可笑的怯懦，以绑架、杀人为生，死人衣服也可以上身，野蛮残酷的骡子营村民身上，却藏着最深的崇高与坚守。杜冷丁收不到赎金，假装杀死人质，却当儿子把他养大，宁愿被硬生生砍掉一条小腿，也不愿告诉会长买壮途就是他的弟弟。为避免大祸，他可以献出村民的生命，也可以自残。风流不贞的粒粒丝，却在前夫买壮途离开后，一直给他做衣服，听到死讯，已做了三十二套。撞击心灵的高潮是粒粒丝之死。买壮途暴死异国，她闻此信，毫不犹豫地平静地割脉殉情。“她割了腕，哼着那首耶路撒冷的歌。杜冷丁不要玫瑰山搀扶，拄双拐飞快到池边，气得眼光暴亮：‘你别死！不能死！以后谁还敢来这洗澡！坏人生意，不仗义！’粒粒丝乏力的左眼抬了起来：‘管不了那么多，我是个自私的人。’她不再唱歌，左眼皮垂下，没水里死了。”

整篇小说中，最精彩、有表现力的桥段，在这里。骡子营村民的价值观，也表现无遗。江湖人士，不信弥勒，但有他们的准则，就是“仗义”。当仗义遇到信仰，简单粗暴的仗义，更为有效。买壮途为仗义随犹太人远赴南美刺杀纳粹余党，最终牺牲。他成功了，做成了此生最后一宗绑架案，仗义，变成了正义。宗教无力惩恶，江湖却可以。

何其芳诗歌观念及创作的历程

“何其芳现象”作为小资产阶级知识分子参加革命，脱离原先熟悉的生活积累和生活体验，一味追踪政治，表现政治的现实功利需求，思想意识进步，艺术水准反而有所倒退，世界观和文学创作的矛盾，甚至政治对于文学美质戕害的典型例证，几成定论。然而，仔细考察何其芳诗歌观念及其创作沿革的全部历程，我们发现，它们并非仅以参加革命为界划为前后两个时期，而是分为四个明显的阶段，即《预言》第一辑时期，《预言》第二、第三辑时期，《夜歌》时期和现代格律诗的时期。不同于许多走向革命后风格“突变”的作家，何其芳诗歌观念和创作与其生活经历、人生理想之变革相一致，是完全自觉循序渐进的。其中既有大动荡时代知识分子对于人生、艺术出路的苦苦求索，又渗透着诗人一以贯之的对于诗歌本质的忠贞，更包含了作者对于人生精神家园的存在价值的哲学追寻，其丰富内蕴和形而上意义，绝非“何其芳现象”所可涵盖完全。

一、多思年华的梦幻

何其芳自幼生长于与世隔绝的环境中，万县环绕的群山囿住他的视野；刻板、保守的封建家族，腐朽、僵化的教育又人为禁锢幼小的心灵，使诗人童年充溢着无边无际难以排遣的寂寞，但不幸的现实却造就他敏感而喜好幻想的心灵。幼年何其芳静静体味着周遭世界，渴望心与心最直接的交流，书籍便成了他最早的心灵伴侣。安徒生《小女人鱼》的故事第一次深深震动了他，给幼年何其芳以最初的人生观，即美、思索、为了爱而牺牲。不自觉中，诗人的思想和以冰心为代表的“爱与美”哲学暗合，不同之处在于，冰心用“爱”，特别是“母爱”来拯救自我和世界，何其芳则偏重于“美”，“成天梦着一些美丽的温柔的东西”[1]，“心灵的眼睛向着天空，向着爱情，向着人间或者梦中的美完全张开地注视”[2]。在他笔下，一切事物被尽情美化了，甚至忧郁，死亡都概莫能外。他用诗句追寻“纯粹的柔和，纯粹的美丽”[3]，企图发现“未被诅咒之前的夏娃的真面目”[4]，描画出一个个缥缈美丽的梦境，希望以此在“白

---

1 《何其芳文集》，第二卷，北京：人民文学出版社，1982年，第120页。

2 同上，第61页。

3 同上，第128页。

4 同上，第57页。

色的墙壁上”开启通往地狱或乐园的“金色的门”，“在刹那间捉住了永恒”[1]。

一定的内心思想必然有相应艺术表现形式与风格，与以追求“美”为核心的世界相一致，何其芳不喜欢“觉得很是嚣张的情感和事物”，偏爱“冰心女士的清丽，闻一多的精练，泰戈尔的灵秀和安徒生的优美”[2]，进而熔诸家于一炉，冶制出包蕴着“全幅的美丽”和清柔、优雅、婉约特色的柔美诗风。

何其芳曾说：“有很长一个时期我生活里存在着两个世界，一个是出现在文学书籍里和我的幻想里的世界，那个世界是闪耀着光亮的，是充满着纯真的快乐、高尚的行为和善良可爱的心灵的。另一个是环绕在我周围的现实世界，这个世界却是灰色的，却是缺乏同情、理想而且到处伸张着堕落的道路的。”书籍为枯寂现实中的诗人描绘出世外仙源的美景，他沉湎其中，竭尽全力追寻，诗便成为通往这一美妙幻境的幽径。因此，何其芳将诗歌作为自我生命的寄托和自我存在价值的体现与确证，对于诗歌有一种近乎宗教般的虔诚，“我最大的快

---

1 《何其芳文集》，第二卷，第57页。

2 转引自周忠厚：《啼血画梦　傲骨诗魂：何其芳创作研究》，北京：文化艺术出版社，1992年，第35页。

乐或酸辛在于一个崭新的文字建筑的完成或失败”[1]。诗人用诗给自己“制造了一个美丽的安静的，充满着寂寞的欢欣的小天地”[2]，借此与外界隔绝，独守心灵最美好的王国，所以，何其芳早年的诗歌观念，强调着力表现自己，抒写自己的幻想、感觉与情感。

孤寂的生活和内向的性格，促使何其芳全身心注视内心世界“倾听那飘忽的心灵的语言”，体味其中的一花一叶、一金一紫。大家知道，许多情况下，感性思维不是通过符号化的语言而是直接以画面形式进行的，极具诗人天赋的何其芳这种倾向更其明显。他自叙自己的创作：“不是从一个概念的闪动去寻它的形体，浮现在我心灵里的原来就是一些颜色，一些图案”[3]，这些颜色和图案不经理智过滤直接呈现出来，便成为“闪光的意象”，是内心情感的直接诗化。在此，何其芳与其友人，现代派诗人卞之琳产生最本质的区别。

同样在这里，何其芳和西方象征派诗人及中国古典含蓄蕴藉的诗歌有了相通之处，并将二者融汇为一。象征派诗歌讲求借助“外在对应物”表现内心情感，所谓“外在对应物”便

1 《何其芳文集》，第二卷，第61页。

2 同上，第216页。

3 同上，第67页。

构成诗的意象。何其芳捕捉“闪着金光的景象”，其目的也是借此作为自己情感的象征。西方象征派诗论认世界为“象征的森林”，完全不相干的事物有着象征层面上的相通和一致性。何其芳诗歌中大量出现意象的奇妙连接，“略去那些从意象到意象之间的连锁”[1]，超越常规感官与事理的限制，来表现那种朦胧的、确乎存在却难以言明的情绪与情感。

如果说何其芳从西方象征主义那里借鉴来意象的表现手法的话，自中国古诗，特别是晚唐五代诗词中吸取的便是由若干意象和谐统一造成的朦胧蕴藉、暧昧难明而又情景交融的意境。《预言》第一辑中几乎每一首诗都是一幅或几幅色调调和、韵味悠长的图画，情调颇似李商隐、温庭筠。

何其芳得自中国古典诗词的另一泽惠即对于文字本身的注重。他说：“我从童时翻读着那小楼上的木箱里的书籍以来便坠入了文字的魔障。”[2]“我惊讶，玩味而且沉迷于文字的彩色，图案，典故的组织，含意的幽深和丰富。”[3]中国古典诗词将文言文运用到淋漓尽致、登峰造极的地步，何其芳深味其中之美，并自觉运用于创作实践。他认为“一篇完美的诗是一个

---

1 《何其芳文集》，第二卷，第66页。

2 同上。

3 同上，第63页。

奇迹。我们要用文字制作一个肌肉丰满的肌体，其困难正如雕刻师企图在冥顽地抵抗着斧斤的大理石身上表现出他的思想和情感”[1]。语言自身具备完整的体系与规则，任何以语言为媒介的表现活动都在某种意义上对其构成一种粗暴介入，必然受到语言的抵制，相互间达成某一程度的妥协，表现活动方可顺利进行。何其芳用雕刻师的斧斤与石头作喻，形象而巧妙地说明了这种关系。由此可见，何其芳走上创作道路之前，便孕育着对语言的自觉意识，他后来提倡“现代格律诗”，其原因于此可见一斑。

何其芳喜欢中国古诗“那种锤炼，那种色彩的配合，那种镜花水月”[2]，因此，他与古代诗人一样，极重“炼字”，特别是动词的推敲与锤炼，甚至形成过分“苦吟”的文风，《画梦录》中的《楼》便可看作诗人创作甘苦的隐喻。他远师温李，取法“精致冶艳”之长的同时，不可避免地带上“画屏金鹧鸪”遗风，故而此时何其芳诗歌用语文雅、繁缛，时见“错彩镂金，雕绘满眼”之病。

人类艺术深层相通，生长于“欧风美雨”东渐时代，又得传统文学深深熏浸的何其芳为东西方文化在注重艺术性这一

---

1 《何其芳文集》，第二卷，第61页。

2 同上，第66页。

点上找到相通的血脉，“在几位班纳斯派以后的法兰西诗人的篇什中”发现和晚唐五代诗词“憔悴的红颜上的妩媚”“同样的迷醉”[1]，受到唯美主义思潮的一些影响。这一思想不仅作用了他的诗歌观念，使他特别用心于艺术表现，更深入其人生观念，与自幼形成的以“美”为旨归的三大“精神基石”遥遥相通。“对于人生，我动心的不过是它的表现。”[2]诗人将人生进一步艺术化了，在用文字和青春造设的小天地中做着温柔美丽的梦，短小精美的诗与散文便是青团扇子上一个个“染着剩粉残泪的烟云”的画图。

二、荒芜古城的孤岛

一件小事有时会最直接地影响一个人的思想，尤其是那些生活于迷漠之中又富有探索精神的人。何其芳恰恰属于这一类。

第一时期，诗人用幽雅的诗行为自己编织美丽的梦幻，构造安顿灵魂的乡土，将自我完全融入其中，“在无边的密吻

---

1 《何其芳文集》，第二卷，第65页。

2 同上，第57页。

里深深安埋”[1]，尽情体味多思年华“幼稚的欢欣”。然而，一次故乡之旅却将其从甜梦中唤醒，丧失心造的海市蜃楼而直面现实人生。他咀嚼从未经验过的感觉，迷惘着，挣扎着，更探索着，从《柏林》到《云》以及《画梦录》中绝大部分篇章（除第一篇《墓》和第二篇《秋海棠》外）都是诗人心路历程的足迹。他的创作风格随之发生极大变化，尽管其诗歌观念的位移不若创作这般明显和巨大。

何其芳回乡并未遭遇什么特殊事件，却的确是一次悲哀的体验，他寻觅不见童年欢乐的遗痕，相反却发现“这童年的阔大的王国/在我带异乡尘土的脚下/可悲泣地小”[2]。诗人此次回乡，具有极强烈的象征和形而上意味，与其说是现实的，毋宁说是心灵的，即从更高层面对童年的天地——自己一向经营、拥抱、沉浸的心灵王国在一定“机缘”下的审视与反省，诗人“从小以来的生活经验的堆积在这里达到了一个突变”[3]，天上的乐园消逝了，诗人如被逐的亚当般降落地上“无罪而度着迁谪的岁月”[4]。诗人从梦中醒来，越过“情感的界石”“带着

1 《何其芳文集》，第一卷，第14页。

2 同上，第27页。

3 《何其芳文集》，第二卷，第219页。

4 同上，第47页。

零落的盛夏的记忆走入荒凉的季节里”[1]。虽然理智上清醒认识到这些，感情上却直觉醒来得太早、太快，怯弱的心灵还远没有能力承受现实的苦难。他一次次试图乘着缪斯的翅膀，找到“失落了墓门的钥匙”再回梦中去。然而，现实一次次将诗人的努力击得粉碎，觅不见回归的路，即便侥幸回去，故国也早已“楼阁依旧人民非”，不接纳归人，《画梦录》集中以《画梦录》为题的三篇小故事，便可视为这一心境的隐喻。

既然梦中道路已断，便不得不睁眼注视现实世界，无论多么不情愿。关注之下才知道，原来人世令人惊诧地寒凉与荒芜。面对山之国的岭嶂，幻想平沙列万幕的山外旷野的诗人走入生活的旷野，方才明白现实对人生之压抑、束缚甚至戕害更强大、更本质，且无边无际，无处躲藏，无可选择。幼年时代环境、家庭的羁绊带给他的仅只是寂寞，而且他彼时尚可遁入心造的王国，感味“寂寞的欢欣”，充满孤芳自赏的眷恋，超越了幼稚的他则真正体验到“梦醒了无路可走”的悲哀，体味到前所未有的、完全不同于寂寞的、真正意义上的孤独，“我从空中坠落到地上。我晚上的梦也变了颜色；从前，一片发着柔和的光辉的白色的花，一道从青草间流着的溪水，或者一个穿着燕子羽毛一般颜色衣衫的少女；而现在，一座空洞的

1 《何其芳文集》，第二卷，第65页。

房子，一个愁人的雨天，或者一条长长的灰色的路，我走得非常疲乏而又仍得走着的路”。[1]寂寞是无人响应时的顾影自怜，孤独却是于人声嘈杂中依然感觉无所依归，较之前者，后者愈加深沉。

由“幼稚的欢欣”进入“成人的苦闷、透明的忧愁”转而为深沉的思索，成熟的诗人抑制住浓烈的情感，将它们融在冷峻的艺术创造之中，洗尽了浪漫主义情绪与色彩的铅华，浓墨重彩的修饰语也消匿踪影。虽然依旧寄情感于意象，但已不复见缥缈的女神、溢流的月华、美丽而忧愁的小溪或遍地牵延的长春藤等柔靡润泽的象征体，而由颇具硬度、力度的意象取代，唯美倾向消失殆尽。如果将前期诗作比作南方温润的夏夜，这时期应是北国冷漠的冬晨。“柔和的法兰西风的小说换成陀思妥耶夫斯基的受难的灵魂的呻吟”[2]，无以排遣的孤独是何其芳第二时期诗歌的总主题，围绕核心，诗人创造了古城、墙、风沙为代表的三大类意象。

何其芳出身封建家族，窒息生命的大宅在他心灵上留下沉重的阴影，他无时无刻不在竭力逃离。然而，逃出家庭的诗人也无法逃出当时中国这个更大的古宅——古城，而做了古

---

1 《何其芳文集》，第二卷，第217页。

2 同上，第218页。

城中的陌生客，与世人隔绝，饱孕着无家可归的悲哀，仿佛乘桴浮于海的莎士比亚《暴风雨》中的米兰公爵或他的孤女美兰达。因此《预言》第二辑《画梦录》中，笼罩着浓重的孤岛意识。

墙象征人与人之间的隔绝。尽管非常渴望沟通，想象"墙内草坪上/日午有亭亭的树影升腾……"，"然而灰色的墙使长巷更长"，于是"朦胧间觉我是只蜗牛/爬行在砖隙，迷失了路"[1]，梦醒后，"依然身在墙外"——最终难以穿越人为的隔膜。因此，何其芳常使用独语或灵魂直接对语来揭示心理世界的深层，《扇上的烟云》便是极成功的一篇。风沙的意象屡屡现于诗中，它吹湖水成冰，将正午阴成黄昏，在大街上、厚墙外盘旋，加重了古城荒芜的色彩，甚至要"埋藏这巴比伦"带给人愈加无可抗拒的灭绝。

何其芳的孤独完全源于自身经验，但他那荒地里"绝望的姿势，绝望的叫喊"[2]却超越了个人情感的限制，表现出现代人类的共通意识，从而具备了强烈的形而上哲学色彩。正在这一点上，何其芳应合了现代派艺术对于人类生存困境的思索和寻求精神家园的艰难跋涉——不仅表现手法上借鉴，而且精

1 《何其芳文集》，第一卷，第46页。

2 《何其芳文集》，第二卷，第65页。

神实质上与现代派血脉通连，艺术手法也从意象的微观象征发展到微观象征与宏观象征相结合而偏重整体象征，几乎每一首诗都可看作一种哲理的阐释。然而，何其芳毕竟不是真正意义上的现代派诗人，他没有自觉立足哲学高度审视人类，依然挖掘自我情感，乃自我情感的哲理化，而非理念的哲理呈现，因此，本质上与第一时期一脉相承。

沉浮于无涯孤独中的诗人并未彻底绝望，而是像“霍普特曼《寂寞的人们》中的那个失掉了丈夫的爱情的妻子，一边痛苦到用针尖刺着她自己的手指都不能感到疼痛，一边还对她的婆婆谈说她的幼年的梦想；又像那个为着同情当妻子的人的痛苦而决定放弃爱情的女客人，在黄昏里，对她将要别离的情人，在钢琴上弹着悲哀的小曲”[1]；更学在现实威胁下振翅高飞的丁令威，去寻求新的家园，虽然无限渺茫。诗人倾听早已僵死了的地壳上仅存的几条动脉的颤动，幻想热带高大的菩提树。

独自跋涉的旅程伴着诗人不懈的求索，与前一时期单纯表现个人情感不同，第二辑中的一些诗透出诗人对国民精神丧失的哀叹和民族振兴的信念，尽管灵魂在古城中逃奔，所见皆是荒凉与绝望，但“巨大的城将要崩坏/埋在墓里的人将要起

1　《何其芳文集》，第二卷，第218—219页。

来/大地老这样沉默才真古怪”[1]。1935年诗人走出学府的高墙深院，到天津和山东莱阳教书后，亲眼见到人间的不幸与罪恶，对他产生极大的影响和震动，“情感粗了起来，也就是强壮了起来”[2]，诗歌观念也相应日渐改变——转变到面对现实、反映现实的方面上来。

《楼》借寓言形式反省自己的艺术观：从前尽管花费无数心血，但终究在营造空中楼阁，及至现时方明白："唯有在地上才建筑得起一座乐园，唯有用自己的手"[3]，标志着诗人开始关注现实。不仅如此，诗人还“甘愿生活在最荒凉的地方，冰天雪地，牧羊十九年，表示我一点忠贞之心”[4]。这“忠贞之心”既是对艺术的，更是对生活的。

画满青春之梦的“悬在壁上的宫扇”早已不知被遗落到什么所在，诗人更需妆台间的镜子。“悬在壁上的宫扇”象征虚幻美的艺术观念，镜子则是再现人生现实的艺术观念的隐喻物。何其芳检讨了原有艺术观的虚妄与迷误，决心以文学反映现实，后来更明确宣称："诗，如同文学中的别的部门，它的根株必须深深地植在人间，植在这充满了不幸的黑压压的大地

1 《何其芳文集》，第一卷，第36页。

2 《何其芳文集》，第二卷，第220页。

3 同上，第47页。

4 同上。

上。把它从这丰饶的土地里拔出来一定要枯死的，因为它并不是如一些幻想家或逃避现实者所假定的，是一棵可以托根、生长并繁茂于空中的树。”[1]

诗歌功用方面，何其芳告别了诗只表现自己情感的观念，将其用作改造社会、反抗现实的工具，“要使自己的歌唱变成鞭子，还击到这不合理的社会的背上”。[2]

何其芳艺术观的转变经历了一个不算太长却循序渐进的过程。莱阳时期，虽然变化较为本质，艺术表现方面也“厌弃了自己的精致”[3]，但《预言》第三辑中创作的变化却不甚明显，即使描写农民的苦难与人世之不幸，也只是偶然和零星的，且带有极强烈色彩，究其缘由，盖创作立足点尚未变迁之故也。《梦中道路》结束，何其芳指责别人批评新诗的晦涩时说：“我们难于索解的原因不在作品而在我们不能追踪作者的想象。有些作者常常略去那些从意象到意象之间的链锁，有如他越过了河流并不指点给我们一座桥，假若我们没有心灵的翅膀，便无从追踪。”[4]可见，他依然以作者的旨归，仅只表现自己所要表现的，而不顾及能否被读者接受。这最后一块堡垒的攻破期待

1 《何其芳文集》，第二卷，第123页。

2 同上。

3 同上，第66页。

4 同上，第66—67页。

着一个重大事件的催化，那便是抗日战争。对于何其芳，正如他自己所言，抗战来得正是时候，伟大的民族解放战争彻底震醒诗人迷梦，他找到最光明的——人生的和艺术的——出路，一个更为崭新的阶段揭开序幕。

三、茅草屋顶的欢歌

“战争改变了一切，也改变了我”[1]，抗日战争激起中华民族空前的民族精神，也极大拓展了何其芳的视野，催促他最终冲破心灵的桎梏。对广阔伟大的时代，他到了延安，“走完人生中太长，太寂寞的路”[2]，终于发现了生活的价值和意义，支持它走向这一终点的美、思索、为了爱的牺牲，获得了全新的含义与指向，那便是为人民和民族的解放而牺牲，漂泊的灵魂找到最后的停靠地。比之前两个阶段，此时的何其芳异常明确、扎实。

莱阳时期，诗人让一个最坚决反对自杀的个人主义者投海自尽，标志着他放弃多年信守的个人主义思想。到延安后，他走向工农，认识到暴力革命的作用，决心和那些勇敢的士兵

---

1 《何其芳文集》，第二卷，第237页。

2 同上，第215页。

一起肩起抗战的苦难，思想随之向集体主义、共产主义进化。与当时大多数加入革命队伍的知识分子一样，何其芳自觉地、努力地，又无比艰难地进行着自我思想的蜕变，理智与情感又一次在心灵深处剧烈撞击，生出无比的痛苦。与前一时期的不同之处是，童年梦幻破碎后是“梦醒了无路可走”的隔绝，孤独、迷惘，现在则体味着知晓道路但不知如何去走的苦痛。由于不能与全身心信仰并愿为之付出一切的事业相融合，何其芳承受着心灵巨大的道德谴责，忏悔着，挣扎着，探索着，甚至透出自虐的倾向。“一种强烈的矛盾的思想情感”[1]化为诗行即是《夜歌》。《夜歌》的每一篇，都可具体化为对自己早年思想某一点或数点的批判。集体主义最终战胜个人主义，而且愈来愈明确、坚定，诗人的灵魂经受了全新的洗礼，彻底告别“那些沉重的阴暗的记忆/那种孤独和寂寞/那些悲观的倾向和绝望”[2]而加入到“巨大合唱里”，心情由沉郁、孤独转成为开朗、欢快。

随着自己思想转变的轨迹，应和着抗战初期全国文艺界的狂潮巨响，何其芳抛弃固有诗歌观念的最后一块碎片，站在新的高度、新的立场，重新认识文学、认识诗歌。

1　《何其芳文集》，第五卷，第149页。

2　《何其芳文集》，第一卷，第111页。

何其芳早年以“无弦琴”喻诗，意即只作为兴之所至，抒发自我情感的手段与途径，不在意是否发出声音，即与现实功用无关。抗战开始后，他自觉意识到抗战中文学工作的责任，努力将文学事业与民族解放事业结合起来，成为其中战斗的一翼，“我们相信脱离人生，脱离时代，脱离了为民族的自由而战斗，而死伤，而受难的群众，无论任何形式的文学作品都不会伟大起来”[1]。文学的现实功利作用上升到何其芳诗歌观念的中心地位，其余诸要素由此衍生。其视角也由向内转而向外，由偏重作家变为服务读者。

何其芳离开“画在宫扇上”的“一些辽远的东西，一些不存在的人物和许多在人类地图上找不出名字的国土”[2]，从“飘忽的云端”降至“茅草的屋顶”，自觉以文学为镜，紧紧贴近世间本相，反映当时中国的现实。他曾自责：“对于这个世界，我实在知道得太少了，这个时代，这个国家，所发生的各种事情，人民和他们的受难，觉醒和斗争，所完成的各种英雄主义的业绩，保留在我的诗里为什么这样少啊！”[3]他甚至因诗不能概括伟大的时代而动过写作长篇小说的念头。

1 《何其芳文集》，第二卷，第141页。

2 同上，第56页。

3 《何其芳文集》，第四卷，第61页。

何其芳是个具有史诗意识的诗人，他力图用自己的诗描绘出伟大的时代，及其过去和未来，《北中国在燃烧》便是这种意识和尝试的代表。《〈北中国在燃烧〉断片（一）》中，诗人通过“岚县城”“轰炸”“进军”“俘虏河”四个相互独立而又有内在联系的场景，从不同侧面、不同角度绘制出北中国军民抗战的宏伟画卷。《〈北中国在燃烧〉断片（二）》则以自己的成长映照出在中国觉醒的艰辛历程。另外如《我们的历史在奔跑着》这类作品也反映各种问题，暴露旧时代的黑暗，赞扬被解放人民的欢欣。

应和着文学观念的嬗变、作品内容的拓展，何其芳诗作体式也呈现前所未有的风貌。《预言》时期短小精致的抒情诗不见了，取而代之的是篇幅扩大，容量增加，体裁丰富，抒情诗、叙事诗、诗剧并举而以叙事长诗为主体的新局面。

知识分子在与工农兵相结合的过程中改造自己，同时也改造原有的艺术，尽一切努力使艺术走向工农兵群众。何其芳的诗歌观念完全融入这一大潮，强调“艺术应该与人民群众结合，首先是在内容上更广阔、更深入地反映人民的要求，并尽可能合乎人民的观点，科学的观点”[1]要求诗歌叙人民之事，抒人民之情，脱离小资产阶级知识分子情调趣味，表现人民群

1　《何其芳文集》，第四卷，第98页。

众“更粗糙，更朴质，也更正常，更伟大”的情感。因此，工农兵的生活，斗争方面的题材占据本时期何其芳诗作的极大篇幅。与表现大众、服务大众的宗旨相联系，自然衍生出形式方面的大众化。何其芳反思过去的艺术道路，深感自己“是一个害欧化病很深的人”[1]，而欧化倾向，“便于知识分子用来表达其曲折与错综的思想情感”[2]却不适用广大人民群众。于是他决心丢弃旧的一套写作方法，创造出“一种一方面是新鲜活泼的，一方面又为老百姓所喜闻乐见的中国作风”[3]。其途径便是在民族、民间形式基础上，吸收新诗经验，融汇惠特曼、马雅科夫斯基及歌德的风格，创造出一种使用朴素、单纯的口语及其句法的散文化诗风。

“何其芳现象”就是指转变后散文化诗作相对早年旧作艺术上滑坡的现象。这一阶段，何其芳诗歌观念中，诗歌艺术所占地位的确不高，“政治标准第一，艺术标准第二”同样也是何其芳评判诗作的标准，将“能够解决中国革命的问题”当作诗歌“高的起点”[4]。这个曾二度宣称“对于人生我动心的不过是它的表现”的艺术至上主义者，此时则主张“文艺形式问题

---

1 《何其芳文集》，第四卷，第7页。

2 同上，第64页。

3 同上，第10页。

4 同上，第13页。

是从属的，比较容易解决的”[1]，即使如此，何其芳始终没有一味追随政治，迎合政治的需要，也未放弃对诗歌艺术的探索。

何其芳1944年评论一个青年作者的诗作时说：“今日的文学，象征实在不能解决问题。光明不是一个太阳所能代表，黑暗也不是夜晚所能形容。文学不能罗列现象，但一个譬喻即使是一个非常妙的譬喻，也还是不足以说服人……更直接地举出一些更残酷的事实……是更有力的。”[2]这几句话可以看作诗人对自己前后期风格、手法转变的一个说明。以意象为情感对应物的“意象抒情诗”尽管达到极高审美境界，但也存在局限，即不适于表现豪迈的感情、宏大的场面，容量也极有限。诗的内容上的特点，决定形式上的差别，这一表现领域要求直白奔放的形式。中国古代豪放派和婉约派之区别便足以为证。何其芳力图表现中国抗战的史诗式全景，那种精雕细刻的小制作自然不再够用，也不能再用了，开阔舒缓、清峻通脱的散文化形式代替了唯美主义、象征主义熏浸下的精细形式，呈现出与以前迥然不同的独异风格，简括起来，即为质朴、自然、明快、开朗、豪放、坦荡；由优美转而壮美。由此可见，其前后期创作分属不同美学领域，应配以相应美学准则，不可简单

1 《何其芳文集》，第四卷，第40页。

2 同上，第63—64页。

划分优劣。

表面变异掩盖下的是深层的血脉相连，微观的情感载体——意象、意境，由繁复变得单纯，但并未消隐，生动细节描写所构成的画面弥漫诗中，展现出宏观抒情主人公的形象。何其芳是个极真诚、极情感化的诗人，他一直挖掘自己的经验、自己的情感。即使宣称“我们不是用写作来代替个人的日记”，但始终不能跳出自身，站在第三者的角度来叙事、抒情。那些具备史诗风格的作品，其所叙事件，全部基于作者自身经验，纪实色彩强烈，没有如经典史诗那样客观展现一个时代全方位的宏阔场面。经典史诗观念认为，史诗展现的是民族的生活和民族的命运，不表现个性和命运，不表现个人的独立存在，在实现“自我”的超越中失去自我体验的丰富性。何其芳的诗作显然与此不符。因此，他尽管有自觉的史诗意识，却并未创作出真正意义上的史诗。代同类人忏悔的《夜歌》同样完全根源于诗人的自身情感，但由于表现内容本身的广泛代表性，它具有了典型性质。由此，何其芳与解放后“代人民抒情”的政治抒情诗人不同，没有从“小我”到达“大我”，而是以“小我”来反射和印证“大我”。对此，何其芳有明确认识：“我并不把‘我’大写象基督教大写着‘神’/我只是把他当作一个具体的例子/一个形象/通过它/我控诉/我哭泣/我诅咒/我反抗/我攻击/我辩护着新的东西/新的阶级。”[1]“大我”所抒之普遍情感，需要理智认识与过滤，但何其芳从未经过这道工序。《预言》集寓情于意象，意境，《夜歌》寓情于事件，形象或直抒胸臆，都是自我情感的直接外化。这一特色使诗人没有如许多同代作家那样，将创作作为时代观念和党的政策的单纯传声筒或图解，一定程度上保卫了诗歌艺术的独立性，但也正是这一特色，局限了何其芳向更高、更深层次的掘进、提升。

四、探索真正的中国新诗

前三个时期，何其芳以其各具特色而又一脉相承的创作占据了中国现代诗坛一席之地。现阶段他则以文艺理论家的身份确定了“现代格律诗”的独特理论建树。

“现代格律诗”理论的诞生经历了一个长时间循序渐进的过程。1942年整风运动之后，何其芳逐渐不满意于自由诗，开始酝酿从内容到形式，特别是形式方面的改变。自《黎明》始，自由诗这种“比较浮夸的写法”被抛弃，由长篇复归于短制，情调也重趋细腻。写于1944年的《谈新诗》一文，一

1 《何其芳文集》，第一卷，第138页。

定程度上纠正了原先以文学功利为一切旨归的偏向，再次阐述诗的艺术本质，并在此基础上分析中国新诗的缺陷，初步提出建立民族形式的主张。同年十月，在《〈夜歌和白天的歌〉后记》里，何其芳再次论及对诗歌形式问题的苦恼，但仍未找到很好的解决办法。其间他曾试写白话五七言诗，然终于不成功，自此极少诗歌创作。1950年他参加《文艺报》诗歌问题笔谈，发表《话说新诗》一文，尽管仍无具体主张，但已从文学发生学角度指出“人类有些情感非普通的语言即散文式的语言所能表达，所以才有诗歌的存在必要”[1]，明确意识到“诗的内容正是要求诗的形式有异于散文的形式”第一次出现“韵脚”和“有规律的节奏”两个现代格律诗理论的主要概念；诗歌体裁方面虽然“从快板诗到自由诗，从旧形式到新形式，只要写得好，我都是肯定的”[2]，但也谈到读者更习惯于格律诗，同时重点论述了五七言诗和民歌这两种形式的诸多限制。新诗形式虽尚不能决定于一，然而一种“既适应现代的语言结构和特点，又具有比较整齐、比较鲜明的节奏和韵脚”[3]的诗，极可能成为支配形式。至此，现代格律诗

1 《何其芳文集》，第四卷，第250页。

2 同上，第255页。

3 同上，第256页。

理论雏形已具。

1951年何其芳在《更多的作品，更高的思想艺术水平》一文中，批评当时诗人语言加工不充分和诗作不精练后说“我们完全是可以在符合现在的语言规律之上成功地建立现代格律诗的形式的”[1]，“我们现在很有建立现代中国的格律诗的必要”[2]，开始正式使用“现代格律诗”的名称。

1953年11月1日，何其芳在北京图书馆发表题为《关于写诗和读诗》的演讲，将诗定义为“一种最集中地反映社会生活的文学样式，它饱和着丰富的想象和感情，常常以直接抒情的方式来表现，而且在精炼与和谐的程度上，特别是节奏的鲜明上，它的语言有别于散文的语言”。[3]这一定义是他多年理论探索的结晶，也是“现代格律诗”理论的总纲，标志着现代格律诗理论的成熟。发表于1954年的《关于现代格律诗》则从诗歌传统、诗歌内容、诗歌读者的习惯和诗歌发展诸方面集中全面地解释了他的理论。《关于诗歌形式问题》和《再谈新诗形式问题》则是为捍卫“现代格律诗”理论而进行的学术论争。

---

1 《何其芳文集》，第四卷，第446页。

2 同上。

3 同上，第450页。

何其芳的诗歌定义涉及诗的发生、内蕴、表现方式、语言等方面，其中又以“发生”和“语言”两项，即“最集中地反映社会生活”和“他的语言有别于散文的语言”为核心，构成现代格律诗建立的理论基础。

本时期何其芳不仅重新重视诗歌的艺术性，而且着重强调诗之所以为诗，不同于其他文学门类的独特品格，他认为“诗，是人在激动的时候，是人受了客观事物的刺激，其情感达到紧张与高亢的时候的产物”[1]，反映着更加激动人心的生活，因此，它必须选择更具典型性、代表性的情感及细节，所以较之其他文学样式，诗更为单纯而集中。与特殊的内容相适应，诗要求一种更富于音乐性，反复回旋的一唱三叹的表现形式，一定的格律有助于造成这种表现效果。同时，格律也可以起到组织诗行，使诗歌更趋集中的作用。由此可见，诗之本质属性决定了诗歌体裁存在的必要与合理。

文学是语言的艺术，不同文学种类要求不同的语言表现形态，诗歌语言区别于散文语言的最大特色，便在于它节奏的鲜明。自由诗尽管包含所谓内在旋律与节奏，但并不能从外在形式上直接表现出来，因此，相当程度上，自由诗使用的是散文语言。具有自觉诗歌语言意识的格律诗与自由诗最本质的

1 《何其芳文集》，第四卷，第59页。

不同，即格律诗每行都具备不是内隐而是外显的规律化节奏，“格律诗的节奏是以很有规律的音节上的单位来构成”[1]合乎规律的押韵有助于增强诗的节奏感，所以格律诗的押韵严格且富有规律。我国传统五七言诗是严格意义上的格律诗，民歌也可视为格律诗之一种，但这两类形式都以文言文为语言基础，不合乎现代汉语口语的规律，不能有效表现现代社会丰富多彩的生活，所以，有必要借鉴我国古典诗歌和民歌格律上的优点，同时吸收外国格律诗的某些有益成分，立足现代汉语口语，建立合于现代汉语口语词汇与句法规律的现代格律诗。它与五七言诗及民歌有一定联系，但更有本质不同。

“顿是指古代的一句诗和现代的一行诗中的那种音节上的基本单位”[2]，它是诗歌节奏的具体体现，格律诗每句或每行的顿数必须相等。顿的划分和意义单位基本一致，古代汉语单音词占多数，所以顿数相等的诗句字数也随之相等，但现代汉语口语两个字的词占到主流地位，还包括不少多音词，故此，要求顿数整齐的同时便不能苛求每行诗字数的整齐。何其芳批评白话五七言诗和闻一多提倡“新格律诗”，其中一个很大的缘由便基于此。每顿字数不一定相等，从一字到四字均可，但每

1 《何其芳文集》，第五卷，第7页。

2 同上，第8页。

顿所用时间必须相等。适应现代汉语口语双字词居多的特点，每行诗最后一顿基本上应是两个字，即以双字收尾，不同于以单字收尾的五七言诗和以三字收尾的民歌体诗。（二字收尾还是三字收尾，是现代格律诗和民歌体诗最明显的差异。）

现代格律诗须有规律的韵脚，但比古典格律诗的韵脚宽泛得多，押大致相近的韵即可，且不必一韵到底，可以少至两行一换韵，四行一换韵。由于押韵很有规律，格律诗的每节行数也应遵循一定规律。

现代格律诗虽然规定较严格，但在一定范围内仍可变通，它包括每行三顿、每行四顿、每行五顿三种主要形式，而以每行四顿为主导。再则，“在长诗里面，如果有必要，在顿数上是可以有变化的，只是在局部范围内它们仍然应该是统一的。在短诗里面或者在长诗的局部范围内，顿数也可以变化，只是这种变化应该是有规律的”。因此，只要合乎基本原则，“现代格律诗”有较大活动余地，可以衍生出无数多样的形式，比五七言古诗和民歌体灵活得多。

自由诗打破传统格律诗的束缚，自由表达思想，获得前所未有的广阔天地，然而，由于情感不再需要特别集中，也就没有了“强烈的诗的情绪”[1]，故而极易流于松散，语言锤炼也

---

1 《何其芳文集》，第四卷，第247页。

较欠缺，一定程度上抹杀了诗与散文的本质区别，削弱了诗歌独特的艺术魅力。再者，自由诗主要从外国移植，欧化色彩浓烈，与中国诗歌以五七言格律诗为主体的传统距离很远，虽然都以汉语为表现媒介，但属于两个不同的体系。自由诗脱离诗歌的民族形式，也违背中国广大群众的欣赏、接受习惯，“无法到比较广泛的读者中间去”[1]，从而为最广大的民众服务。自由诗的这些常见弱点，可以通过学习中国古典格律诗来加以克服，因为它们具有“形象的优美和丰富，特有的精炼……带有民族特点和表现方法及独创的风格”[2]，而“继承我国古典诗歌和民间诗歌的格律传统，又按照五四以后文学语言的变化建立新的格律诗”是可融汇各体之要，从根本上弥补自由诗的诸多缺陷的。

通过以上分析，我们知道，何其芳建立现代格律诗直接的、根本的动因便在于欲匡正自由诗。中国新诗的发展，形式上遵循无序、有序相间的规律。从初期白话新诗到新月派提倡的“新格律诗”，是第一次无序至于有序的转变，此后复归于无序。何其芳主张“现代格律诗”便是第二次自觉引导新诗趋向有序的尝试。何其芳明确意识到这一点，“五四以来的新

---

1 《何其芳文集》，第二卷，第256页。

2 《何其芳文集》，第五卷，第158页。

诗，从形式方面概括地说，就是在格律诗和自由诗两者之间曲折地走了过来”[1]。何其芳自己的诗歌创作也走过相近似的历程，初登诗坛时学习新月派“新格律诗”，《预言》集渐趋自由，但诗行仍大体整齐，一般押随韵，第三时期彻底趋于散文化，“现代格律诗”吸收了散文化诗的口语特色，又取格律诗有规则的形式，实现更高层次的回归。

“现代格律诗”理论生发的另一动因即何其芳参加革命后，一以贯之的诗歌大众化的思想，为表现抗战和广大人民的生活，使诗走向大众，服务工农兵，何其芳抛弃了精巧的形式，采取散文化写法。后来发觉这种写法欧化倾向依然很重，不容易为广大读者接受，其建立现代格律诗的起因便是：“它的形式比较符合读者的习惯，如果它的内容又符合读者的要求，那就可能使新诗和广大人民结合得更好些。”

何其芳认为现代格律诗“反映了诗歌发展的客观规律，也是反映了读者对于诗歌的要求的”，因此一经提倡必将大大发展起来。但实践却与他的愿望大相径庭，尽管提倡者本人自《回答》起，不断实践这种诗体，但追随者甚少，“半自由体”也毕竟不属于格律体而归于自由体诗，“成功地建立了并

1 《何其芳文集》，第四卷，第254页。

且丰富了现代格律诗……我们这个时代的杰出诗人”[1]最终没有出现。即使何其芳自己，为合规则，也时见生硬矛盾之处，如“北京飞着雪/广州还开着红花”一句，以单字词“花”收尾较双字词“红花”更自然、顺畅；“我们没有黑面包下肚/他们的狗却吃牛肉”一句中“肉”顺读古音“rù”方可合韵，违背“现代格律诗”立足现代汉语口语这一原则；等等。尽管“现代格律诗”在实践中遇到极大阻碍，得到与它反对的民歌体诗、白话五七言诗同样的命运，甚至在推广程度上还不及后两者，它却是当代诗歌史上第一次诗体本身自觉，所提方案或许不当，却敏锐地抓到了自由诗的致命弱点，仍具极大参考价值。

1　《何其芳文集》，第五卷，第158—159页。

呼唤宽容与放下的智慧

——杨少衡中篇小说《我不认识你》简评

《人民文学》2013年第12期首篇发表了杨少衡的中篇小说《我不认识你》。与杨少衡的许多小说一样，这篇小说的主人公也是官员，带有官场小说的印痕。仔细品读会发现，小说蕴含着一种深刻的哲学意味，篇中人物的命运沉浮、生死际遇，表面上看缘于尔虞我诈、逞勇斗狠，其实质，却根植于他们的人生观，那就是，秉持资源而不知放手、与人相争而忘却宽容，最终数败俱伤，唯看透者可得保全。

《我不认识你》的一号人物，初看是孟奇，其实在骨子里他反倒超脱，仿佛一个穿针引线者，而真正的主人公，故事的推动者，却是另外三个人，即安再厚、林东华、郑涵。三人经历不同、身份各异，却有着共同的性格特征，都是能人、强者，都有强烈的意志与不达目的决不罢休的坚强决心，三人在孟奇执政的土地上，展开了一场殊死的搏杀。

三人之中，林东华的下场最惨，可以说是全盘皆输。先天的资源、地位优势，表面上助力他一路顺风顺水，无所不能，其实恰恰为他最后的死种下了最深层的祸根。由于优势太过明显，林东华在任何事情上都不能让步，而且有一种置对手于死地的快感，并且还刻意追求、享受这种快感。林东华到金城拿地，以势压人，完全一副横扫千军的姿态，不仅完全不把安再厚这样的本地土老板当回事，连区长也不看在眼里。如果孟奇不是与林家世交的高干子弟，他可能都不会面见相求，从省里高层找人压下来就是了。而林东华与孟奇的交往，完全摆出一副高干子弟间“自己人”的姿态，无论自己登门拜访，还是让和孟奇谈过恋爱的姐姐林姗出面，其潜台词都在告诉孟奇“咱们是自己人”。先在的“血缘”关系使从商的高干子弟具备了常人难以比拟的优势，为官商勾结、共同进行利益瓜分建立起了坚固顺畅的内部通道。让林东华始料不及的是，作为区长的孟奇完全不照顾“自己人”，他认为十拿九稳的事没有成功。

凭父兄势力一路高歌猛进、攻城略地的林东华遭受了意外挫折，便开始了疯狂的报复行动，不仅报复在竞争中战胜自己的民营老板安再厚，而且包括区长孟奇。林东华之所以如此不择手段、不依不饶地报复，在其心理深层，并非在意具体项目的得失，而是咽不下这口气，要教训胆敢冒犯他及他背后高干家族势力的人，无论对方是官还是商。因为孟奇这样的处级干部，在他看来实在算不得什么，而民营老板安再厚，更不值一提了。于是，以“顺我者昌，逆我者亡”为人生信条的林东华，开始了一系列置人于死地的疯狂行动。

林东华的心理深层，是有权势者的胜者通吃。在市场经济条件下，精英群体的合作是不可避免的。政治精英、经济精英和文化精英间的资源整合与利益交换，如果形成比较正常的机制，对社会发展是有益的。但一种新的现象开始出现，那就是有权者依仗权势进入经济领域、文化领域，由所谓官商结合变为直接的亦官亦商。正如林家，父亲是省人大常委会主任，四个孩子，一个儿子当市长、一个儿子当厅长、一个女儿当大学党委副书记，最小的儿子林东华经商。因此，林东华既是在父兄的荫护下经商，同时也是为家族打理生意。官本位的强霸和“无坚不摧”的经历，造就了他“擅长记仇，睚眦必报”，绝不宽容的性格，也正是这性格，把他引向了死路。

分析完林东华，第二个应该是他的对手安再厚了。其实不然，在深层，第二号人物应该是郑涵。因为她与林东华一样，有着绝不宽容的性格，而这种性格，最终导致了她无比悲惨的结局。林东华的不宽容是因为自身的超常能量，郑涵则是无比深切的复仇意志。郑涵把自己变成了一台复仇机器。她先借助安再厚，再报复安再厚。如果不是突遭车祸，林东华就会成为她下一个复仇的目标。为了复仇，郑涵愿意付出任何代价，仿佛古希腊神话中的复仇女神。但可悲的是，她自身拥有的资源实在太有限，可以说只有自己——自己的身体和能力。她以为自己有足够的能力把握男人、掌控事态，其实男人看中的，只是她的身体。郑涵用自己的身体资源与安再厚、林东华交换的同时，又非常迷失。她不清楚自己拼命得到，然后又舍弃的根本动机是什么。如果有，那只能是对社会的憎恨和自己命运巨大坠落的非理性反弹。郑涵在当县委书记的父亲和当局长的母亲因腐败分别被判处死刑和十年有期徒刑，家庭巨大变故，自身境遇一落千丈后，便走上了这条不归路。她是京城著名高校高材生，却舍得用身体服侍文化程度极低的偏远地区土老板安再厚，目的只有一个，就是获得巨额财富，东山再起，活出精彩人生。表面上，郑涵忍辱负重，内心却无比自尊，可以说，她以忍辱负重维持自尊，又以自尊解释自己的忍辱负重。她在二者的错位对接中，独自品味自己的牺牲、孤独与“伟大”，却又最终毁在这扭结里。

安再厚最终能逃过一个个看似无可避免的劫难，其内在的精神动因就是，他知道自己虽然有钱，有经济资源，但起于草根，没有强有力的政治势力支撑，所以，他每每在关键时刻选择放弃、放下。一次次地放下，看似未能达到目的，却赢得了较大回旋空间，并最终促成在关键时刻的得救。安再厚的第一个妥协、放下，是按孟奇要求爬上水塔把一小部分工钱给了威胁要跳塔的工人。虽然安再厚一百个不情愿，而且可能真的有恐高症，并且想借此机会倒逼孟奇把欠他的工程款还掉。孟奇、安再厚、工人三方怒目对视，安再厚先眨眼了。在与孟奇的斗争中，安再厚输了一着。安再厚输的第二着，是在与郑涵、林东华的斗法中。一直视郑涵为“花瓶”“玩物”，并且自恃对郑涵有知遇之恩的安再厚，最不曾料到的就是，郑涵会背叛、出卖自己。更严重的是，郑涵故意把安再厚最看重的、视作自己发迹之源的老坟划入工程动迁范围，在安再厚心里重重地插了一把刀子。安再厚拼死动员乡邻守卫祖坟，当然是与林东华斗争，但在心灵深处，却是对郑涵深切的痛恨。但当被黑社会打成重伤躺在重症监护室，而且自我认定是林东华、郑涵安排的人手所为时，安再厚“带伤含泪打电话”，让村里到省城上访的乡邻散伙回家，放弃了自己手里最具杀伤力的一张牌。但安再厚的一再放弃，却让谁都不认识，甚至连自己都不认识，只认死理的孟奇改变了看法。不仅为他当市政协委员讲了情，更关键的是，在最危急的时候通风报信，助其逃过大劫。

一路势不可当的林东华和终于要报仇雪恨、重回上层社会的郑涵，在全面胜利之时突遭车祸横死，万事俱灰；一再失败，赔了钱、被挖了祖坟、丢掉了到手的市政协委员的安再厚，却能全身而归，盖因人生所处境遇不同、为人思路有异。

小说结尾处，用极简要的话交代了林东华、郑涵的死因，竟然又是“生性强硬，仗势欺人，寸步不让，逼得黑老板无路可行，终于铤而走险，派人在林东华奔驰车上做手脚”。林东华不仅依其势力，不把民营老板放在眼里，连无法无天、完全在既有行事法律规则之外的黑恶势力，也全然不顾忌。黑老板讨好林东华，如果成功，林东华将构建起横跨政、商、黑三界，权、钱、势、色互为支撑的王国。在这样严密的网罗之下，安再厚这样的地方小老板和孟奇这样的中基层干部，正常的生存空间将被严重压缩，不顺从只有死路一条。

再说说出场最早的“第一主角”孟奇。“我不认识你”是孟奇的口头禅、语言风格，也是他性格最具标志性的体现。孟奇深知区长面对的情况复杂，为远害，他使出了拒绝人情，只认如数学般的“死理”，“不认识”任何人的办法。他本以为，用这种办法可以有效保护自己，最大限度地保证为官做事公平公正。岂知这种态度接连受到挑战。孟奇可以“不认识安再厚”，却不能如愿做到“不认识林东华”。两家世交的关系，加上与林东华姐姐的旧日交往，让孟奇无法不在招标开始前的敏感时刻宴请林东华。而当他未帮助林东华实现目标，林便“纠缠如毒蛇，执着如怨鬼”般时时给他下绊子，甚至捏造莫须有的事情，毁了他的政治前途。林家的作梗、老父亲遗愿未竟的憾恨，让孟奇重回官场现实，一点点地“认识”了越来越多的人和事。

孟奇重新“认识”的人，主要是安再厚。可以说，孟奇任区长时，以“我不认识你”保护自己，主要是防备安再厚这样的私营老板“糖衣炮弹”的攻击。让他始料不及的是，最大的威胁并非来自私营老板，而是与他同属官员子弟的林东华。孟奇先后任区长、副市长，拥有行政资源，安再厚有经济资源，单纯的行政资源在面对单纯的经济资源时，是有调控能力的。但单纯的行政资源当面对强大行政资源和强大经济资源的融合体时，便举步维艰了，更何况林东华还差点儿整合了黑恶势力。因此，孟奇的“认识指向”逐渐向安再厚转移。

小说最俗套而又最精彩的细节，恰恰是安再厚向黄从文行贿，替孟奇要官的一幕。这种事情，出身官宦人家，又聪明过人的孟奇无疑会一眼看穿。但与本来认识而渐渐陌生的林家姐弟相比，安再厚更易于控制。孟奇与他进行适度权钱交易，一可以在自己本身的权力范围内搞定，不会因另外求人而暴露；二从经过的事情可以看出，安再厚本性比林东华善良。所以，在受林东华杯葛，升迁受挫之际，孟奇为完成父亲心愿，只好或明或暗求助于安再厚，“我不认识你”的信条渐渐失守了。当孟奇冒着风险暗示安再厚跑路时，“我不认识你”这个被说过多次的句子便有了与先前截然不同的含义，孟奇与安再厚之间，达到了高度默契。而正是这句与字面含义相反的话，救了安再厚，也救了孟奇。“我不认识你”或类似的话，在小说中一共出现了八次，可以说是全篇文眼，标志着主人公孟奇的信念、坚持、自嘲、无奈、放弃。孟奇本想以“不认识”安再厚来“认识”自己，结果一步步“认识”了安再厚，却“不认识”了自己。最终，他既认识了安再厚，也认识了自己。孟奇的结局，是怀抱理想，想以“独善其身”来“兼济天下”的官员无奈的叹惜，也是最终冲破权势与金钱织就的网罗，得以自保的欣慰。

小说四个主要人物的结局都不好，但抓得越紧，下场越惨。林东华从不让人，赢者通吃，结果不仅自己身遭横死，还拉上了郑涵殉葬。郑涵不顾一切地报复安再厚，想在后者身上加倍找回失去的尊严，最终死无葬身之地。孟奇渐渐放弃了“我不认识你”的为官信条，帮助安再厚跑路，却意外地因祸得福，避免了似乎必然会受到的处罚。安再厚似乎最无层次，从头到尾，既是挑事者，又成为受害者，但他的结局最好，不仅无罪归来，而且自己的企业没发生什么损失，完全可以延续过去的日子。

市场经济下，资源按要素配置。政治、经济、文化精英借助自身优势，为自己积聚更多资源。如果没有实际有效、共同遵守的外在约束，将盛行丛林规则，竞争残酷无序，没有人是安全的。赢者通吃，各路精英将不满足于仅在自己本身的领域发展，而是得陇望蜀，希望占据各类资源。林东华依政治势力进军经济领域，安再厚使尽手段结交官员，黄从文、陈胜利接受钱物和美色贿赂，郑涵以自身姿色为杠杆撬动林、安间的争斗，甚至黑社会人物利用暴力手段示好林东华等，深层本质都在于此。但同时，又没有人可以真正成功，真正实现通吃的梦想。孟奇希望以“我不认识你”这样的个性与决绝，既保护自己，又冲破这张越织越密的网的束缚，他失败了。林东华占尽天时，似乎不可阻挡，黑社会却是他的势力难以到达的“化外之地”。安再厚既得罪不起林东华，又要巴结孟奇，本以为完全可以控制郑涵，却不料后者成了刺向自己心窝的利刃。郑涵得意于自己驾驭男人的能力，其实不过是个工具。众人的这种困局，其实是自己造成的。外在的体制机制当然要逐步健全完善，但每个人的修养修为更为本质和重要，在利益纠结如此复杂紧密的当今时代，适当地宽容和放下，给人以让步，方可给己以空间，呼唤宽容与放下的智慧。

兼爱思想的当代文本

——评《碑上刻什么就等你来定》

杜斌的小说，主要取材于他亲身经历的商战风云、人生浮沉，似乎多英雄气概，少儿女情长，但《碑上刻什么就等你来定》却走了别一路线，爱情，成了情节的动力、故事的主角，但又是别样的爱情。

爱是排他的，似乎成了现代人对于爱情属性最本质的定义，“情敌”这个词，无论在生活中还是文学作品中，都高频率出现。但在这篇小说里，在同样深爱着王九九的陈少志和刘青山那里，却消失了。当九九告诉陈少志准备和刘青山结婚时，“少志听到惨然一笑，比哭还难看。她准备接受少志一顿臭骂。少志却满眼泪光地看着她说：我原打算咱俩结婚的。她又抠掉一块树皮说：我清楚。我以为你会嫁给我的……我觉得青山更合适……他努力控制住自己，眼中挤出一汪笑来：祝福你们！声音凄切得让九九想哭。九九大学里的初恋是少志，可鬼使神差地嫁给了青山。后来在珠海的新婚之夜，她扑闪着丹凤眼问少志：那天，我告诉你我要嫁给青山，你不恨我吗？”

恨，还是不恨？如果按通常人的想法，肯定是恨之入骨。有对青山的“夺妻之恨”，有对九九的负心之恨。按电视剧的思路，应该上演“情敌厮杀”或“焚稿绝情”的桥段。然而，却没有。为什么呢？因为少志不恨。他的心中有震惊、有失望、有悲伤、有懊悔，懊悔自己只顾学习，没有花时间多陪九九，以致女友的心随他人而去，自己无限憧憬的美满姻缘、神仙佳侣化为泡影。五味杂陈中，唯独没有的，是恨。因为在陈少志心中，爱情的结构物，除了情，还有义。情义无价，情者，心相知、意相融也；义者，为对方牺牲奉献也。

五四新文化运动不仅“打倒孔家店”，墨家、道家、法家等诸子百家，其实都被打倒了。新儒家运动，致儒家开始复兴，形象日益光辉正面，墨家、道家、法家等，却从未复兴，甚至被有意无意地污名化。如墨之侠义，扭曲为江湖义气，似乎仅为地下群体、反社会者遵循；道家与修仙、学道、炼丹、气功，以及诸多迷信活动相关联；法家则简单化为驭人之术、专制之道。其实，在中国古代，诸子百家之学术、思想、精神、方法，既相互独立、各有特色，又共同作用于中国人的生产生活，和而不同、相辅相成，不同情形需要，则不同思想发挥作用。义，是墨家思想的核心，儒家也同样重视弘扬。

墨子评价自己的思想“此仁也，义也”，谓之“天德”，谓之“天志”，谓之“圣王之道”。墨家的义，不同于儒家仁义之义所标示的个人道德感、正义立场，而是“一同天下之义”，其核心在兼爱、非攻。《碑上刻什么就等你来定》中，陈少志、刘青山、王九九、张倩是生活在现代的人，但他们成长的环境，亦即蛇城，又是中国传统文化，特别是侠义文化最深厚地之一。

熟悉的人一看即知，蛇城在实际中即山西省省会太原，太原古称龙城。杜斌小说中，蛇城是一个重要所在。蛇城所蕴含的，不仅是太原，而是整个山西，三晋大地、三晋文化的精髓。翻开山西历史，舍生取义，舍己为人，兼爱天下者，比比皆是。后羿射日、女娲补天、精卫填海、神农尝百草、炎帝教民稼穑，此传说之事，中华民族精神之源起也。尧舜禹禅让，上古三代仁义相传，为后世永远景仰。而介子推割股侍晋文公，聂政刺侠累毁容自尽，豫让漆身吞炭“士为知己者死”，蔺相如完璧归赵等，都是发生在这块土地上舍生取义，流传千古的故事。传统文化在山西人的骨骼血脉之中源远流长，至今潜而不绝。《碑上刻什么就等你来定》就是情且义，兼相爱、交相利价值观的当代文本。

陈少志出身大学教授之家，书香门第，自幼诗书过眼，及大学时，更是专业翘楚，文质彬彬。钢铁工人子弟刘青山，身高体壮，长于篮球，性格外向，孔武有力。王九九生长于农村，容貌俏丽，乡愁温婉。张倩乃钢铁厂领导千金，医生为业。四个人出身不同，性格各异，但在生命的深层，却和这块养育了王维、柳宗元、关汉卿、元好问的土地一样，充满着义的精神。在他们的意识深处，爱，不仅仅是拥有，还包括奉献和托付，以爱人之心为心。所以，九九要嫁给青山，少志无比痛苦，但他没有臭骂，没有歇斯底里，而是凄惨地笑着祝福。而后，他带着痛苦离开家乡，放弃留大学工作的机会，远赴珠海。面对改革开放前沿的繁华诱惑，他不忘初心，一直单身。在他心里，没有怨恨，有的，是对爱的人的祝福，包括对九九和青山两个人的祝福。青山罹患癌症，来日无多。在生命的倒计时里，他选择的，是把最爱的人——老婆和儿子，托付给少志。这让人想起中国历史上最有意义的托付，嵇康临刑，把两个儿子托付给的人，不是亲哥哥嵇喜，也不是志同道合的阮籍，而是写了长信绝交的山涛。“山巨源在，汝不孤矣！”这一临终托孤，和《与山巨源绝交书》相反相生、相辅相成，共同光耀千秋。在他们心里，道不同，可相为谋，因为都是真心实意为朋友好。

青山之所以敢于自污清白，以自己外面有人，发生婚外恋为理由逼九九和他离婚，因为他深知少志和九九的感情，更深知少志的为人。正如少志知道青山夺了自己的最爱，却惨笑着祝福一样。他知道青山会对九九好，会用生命珍惜自己爱的女人。青山果然没有辜负少志的期望，他没有少志显赫富足的家庭背景和丰厚收入，但九尺男儿掌饭勺，球场上奔跑的脚，一趟趟跑起了菜市场，拍惯篮球的手，做出了最合九九胃口的刀削面、过油肉、土豆丝，都是最日常的山西饭食，这“跨界”美味包含的，是无限深挚的爱。小说中，对青山做饭着墨甚多，看似平常，却恰是金圣叹、脂砚斋点评《水浒传》《红楼梦》时特别点出的，“不可不细察处”。因为九九到珠海嫁给事业有成、香车别墅的陈少志后，海参、鲍鱼、佛跳墙、红酒牛排……成了日常餐饭，回到母校参加校庆，同样豪华酒店、高档宴席，都是和青山相识相恋时大树下的辣羊肉串、结婚后的小屋土菜不能企及的。但后者却是九九心中最深切的记忆，也是少志所托正是此人的最雄辩证明。

墨子主张，以德义服天下，以兼爱消弭祸乱。兼爱可以止攻，可以去乱，兼爱是非攻的理论基础，非攻是兼爱的结果体现。于国如此，于人亦然。所以，陈少志、刘青山、王九九三人的情感，无论前一段的青山夺爱，还是后一段的少志接盘，都没有你死我活的争执，甚至恶语相向都始终未见。所有的，是青山终得九九时对于少志的愧疚，妻儿托付少志时的放心。“他找陈少志，就是安排你和刘欣的去处。你们去珠海后，他在晋祠边租了一间房，每天带着那只流浪猫，骑着当年你们组装的自行车，到晋祠，到天龙山石窟，到蒙山大佛，到崛围山，到柳林河，沿着你俩过去游玩过的路线重游。他还叮嘱我，他死后不要告诉你，他不愿打扰你和儿子，只要你俩过得好，他就快乐满足了。三个月后，他去世了。”少志果然无怨无悔、满心幸福地迎接九九和青山的儿子。各阶段的情节，都出离了常见的爱情小说戏剧电视剧的惯常，不是叙事策略有多高妙非常、写作手法多么别出心裁，根本的，是人物独特的、为中国古代所遵从，而现代已不常见的价值观。

遵循这一价值观的，还有张倩。这个“第三者”，或者说“第四者”，同样是主角，小说后半部分情节的推进，包括谜底揭开，都有赖于她的给力。张倩与刘青山两代交好，一起长大，两小无猜，却未青梅竹马。他们之间，同样没有言情剧所见的爱而纠结，或者旧情不舍，有的，是为朋友完成心愿而不惜背上恶名的牺牲精神，以及照顾妻儿离去，心灵和身体双重痛苦的朋友的临终生活，为朋友送终，立了无字碑，并且等了七年的大义无声。“照片下面一片空白。张倩对九九说，碑上刻什么，就等你来定呢。”小说到此结束，也是全篇标题，首尾呼应，言有尽而意无穷。张倩怎么知道王九九一定会来？她知道九九会来的，因为她们是具有同样价值观的人，虽未见过面，但同心相应，同气相求，这才是真正的心有灵犀，互为知己。

小说用的，是回溯的叙述手法。已为成功者妻，夫荣妻贵，幸福美满的王九九随丈夫陈少志衣锦还乡，从改革开放的前沿珠海回到曾经学习生活的内陆蛇城。万众瞩目却独自向隅，一片片地回忆起以前的生活，情节被回忆补充，又接着发展。这种方式，让人想起《雷雨》。但《雷雨》里，曾经的爱在现实的利益考量下不堪一击，这篇小说里，却如刘青山墓前的碑一样，虽一语不发，却坚如磐石。王九九从晋南农村到了省会蛇城，又到南方的珠海，越走越远，却时时梦见老家门前的大槐树。“要问家乡在何处，山西洪洞大槐树”，槐树，是家乡的代名词——不仅是现实的家乡，也是心灵的家乡，更是文化的家乡。看得见山，望得见水，记得住乡愁，这乡愁，也是文化的乡愁。经济体制深刻调整，社会结构深刻变动，利益格局深刻调整，思想观念深刻变化，许多传统的精神、文化、价值，都回不去了，都被个人主义、个性主义、自我意识、独立精神等来自西方的观念取代得差不多了。礼失而求诸野，中华民族的复兴包含文化的复兴，当然不仅是儒家文化的复兴，而是优秀传统文化的全面复兴与和衷共济，各施其能。我们在杜斌的小说——在《黄河》杂志首发，被中国作协《小说选刊》转载的《碑上刻什么就等你来定》里，发现了墨家兼爱思想的当代闪光，我以为，这正是此小说最深切而无可替代的价值。民族复兴的丰碑，必然由我们每个人来镌刻，但碑上刻什么，大不相同，就等你我来定。

救救孩子

——鲁迅的儿童教育思想

鲁迅在《狂人日记》的结尾痛切地呐喊："没有吃过人的孩子，或者还有？救救孩子……"揭开了数千年的吃人黑幕后，这位中国现代最深沉的思想家热切地希望后代子孙不再重蹈这样的命运，而救孩子和怎样救孩子，便是如何改革和实施新的儿童教育。这是一个鲁迅至为关切且投入巨大精力的问题。第一篇白话小说而外，他的第一篇杂感——《新青年·随感录二十五》更专论儿童教育。在其日后的思想与创作中，他不仅写出一系列专门讨论儿童教育的文章，如著名的《我们现在怎样做父亲》《我们怎样教育儿童的》《看图识字》《从孩子的照相说起》等，而且其他题材的创作也于此颇用心力：《朝花夕拾》绘制出真趣盎然的儿童世界；一篇篇"表现的深切和格式的特别"的小说里，跃动着一个个小主人公迥异而生动的面影；散文诗《野草》和为数不多的诗歌创作里，也包含着《雪》《风筝》和《桃花》，还有翻译介绍外国的童话与图画。就创作历程而言，从《狂人日记》《新青年·随感录》起，每一时期，甚至每年都有关于儿童和儿童教育方面的创作与论述。无论个人境遇与思想发生怎样的变化，始终未曾丝毫放弃，由于后来自己有了孩子，其观念愈益坚实和富有可操作性。可以说，鲁迅不仅非常重视儿童教育（他曾说："倘有人作一部历史，将中国历来教育儿童的方法、用书，作一个明确的记录，给人明白我们的古人以至我们，是怎样的被熏陶下来的，则其功德，当不在禹下。"），而且形成了自己的儿童教育观，构成这位中国现代思想革命主将之思想体系的重要一翼。

"有了四千年吃人履历的我，当初虽然不知道，现在明白，难见真的人！""救救孩子"的根本目标便是要没有吃过人的孩子不再吃人，从而成为"真的人"。"立人"思想是鲁迅一生的思想核心，也是其儿童教育思想之理论原点。

《新青年·随感录二十五》源起于对严复记述的北京儿童生存状况的共鸣。鲁迅不仅"也时时发起这样的忧虑，一面又佩服严又陵究竟是'做'过赫胥黎《天演论》的，的确与众不同：是一个十九世纪末年中国感觉锐敏的人"。如所周知，赫胥黎《天演论》（现译《进化论与伦理学》）是社会进化论的经典，鲁迅同样深受浸润，这句话正表明他同样以进化论为透析儿童问题的解剖刀。如果说1918年5月发表的《狂人日记》

里的呼喊尚显空洞的话，刊载于同年9月15日的这篇“随感录”则明确找到了“救救孩子”的理论依据。“童年的情形，便是将来的命运”，“看十来岁的孩子，便可以逆料二十年后中国的情形，看二十多岁的青年——他们大抵有了孩子，尊为爹爹了——便可以推测他儿子孙子，晓得五十年后七十年后中国的情形”。孩子是“‘人’的萌芽”，也是社会进步的希望所寄。然而，“人”不会自发产生，中国数千年来生息过无数代的人，也即无数代的儿童，“然而这许多人口，便只在尘土中辗转，小的时候，不把他当人，大了以后，也做不了人。……中国娶妻早是福气，儿子多是福气。所有小孩，只是他父母福气的材料，并非将来‘人’的萌芽”。因此，“中国人向来就没有争到过‘人’的价格，至多不过是奴隶”；中国社会的变迁，也便是“一、想做奴隶而不得的时代；二、暂时做稳了奴隶的时代”的交替循环。要想“完结了四千年的旧账”，跟上“东方发白，人类向各民族所要的是‘人’”的时代步伐，便必须“完全解放了我们的孩子”，让他们走上真正做“人”的道路。这就要求先觉者——虽然他们本身也深受吃人礼教之浸染、毒害，却觉醒起来——变先前的“孩子之父”为“‘人’之父”，“先从觉醒的人开手，各自解放了自己的孩子。自己背着因袭的重担，肩住了黑暗的闸门，放他们到宽阔光明的地方去；此后幸福的度日，合理的做人”。

《狂人日记》的“没有吃过人的孩子，或者还有？”其实可以分析出两层意思：一、孩子尚未吃人，应及早将他们救出垂传数千年的人肉筵宴，使他们不再吃人和被吃；二、孩子尚未开始吃人，那么，他们便仍保持真纯的人性，还是“真的人”，故而一定程度上可视为“立人”的典范与标准。孤独冷漠的魏连殳将房东的四个“总是互相争吵，打翻碗碟，硬讨点心，乱得人头昏”，且“丑得可以”的孩子“看得比自己的性命还宝贵”，就在于相信“大人的坏脾气，在孩子是没有的。后来的坏……那是环境教坏的。原来却并不坏，天真……我以为中国的可以希望，只在这一点”。魏连殳怀抱着深沉的启蒙思想，甚至可以说是作者的精神投射。“我”和闰土童年的纯真友谊已为岁月和生存的艰辛筑起一道厚障壁的时候，“我”依然坚信“我们的后辈还是一气，宏儿不是正在想念水生么。我希望他们不再像我，又大家隔膜起来”，真诚地祝愿“他们应该有新的生活，为我们所未经生活过的”，并由此驱除了回乡所引发的悲凉，燃起对生活新的希望。鲁迅之所以“从记忆中抄出来”《朝花夕拾》，乃源于对曾为“先觉者”的“名人名教授”和寄予厚望的青年的愤懑与失望，转而回顾儿时生活，营造一个个真趣盎然的童年世界，以拯救自己“现在心目中的离奇和芜杂”。而最初的认识人性之恶，也起于童心的为之刺伤而至破碎，当“S城的人的脸早已看熟，如此而已，连心肝也似乎了然”的时候，少年鲁迅决定“寻别一类人们去，去寻为S城人所诟病的人们，无论其为畜生或魔鬼”。走出了S城，也走出了自己的童年，但童年的记忆深留心底，成为日后“改造国民性”思想，也即“立人”思想之最初潜伏。

中国现代启蒙思想是以反对封建礼教为己任的，所谓“立人”即将人从旧道德的束缚下解放出来，赋予高扬的个性精神。鲁迅的儿童教育思想在这一背景下提出，同样以抨击封建礼教对儿童的扼杀为基础和前提，而且由于亲身在那一环境下成长起来，所展示与剖析因之更全面与深切。

鲁迅的小说里，也有为疾病和迷信送掉性命的宝儿（《明天》）；因居深山，被狼所食的阿毛（《祝福》）；动辄遭打，被迫缠足的六斤（《风波》）。但更多也更本质的，则是“精神的虐杀”。

鲁迅正是提起这一总绳，一步步展开自己对旧时代儿童教育的批判与讨伐的。《我们现在怎样做父亲》是鲁迅早期专论儿童教育的名文，作者开宗明义："想对于从来认为神圣不可侵犯的父子问题，发表一点意见。总而言之：只是革命要革到老子身上罢了。”之所以由此立论，乃“因为中国亲权重，父权更重”，“中国的‘圣人之徒’……以为父对于子，有绝对的权力和威严”。中国的旧礼教建立在中国式的宗法家族制之上，其伦理道德必然是长者本位的，“以为父子关系，只须‘父兮生我’一件事，幼者的全部，便应为长者所有”，“长者本位与利己思想，权利思想很重，义务思想和责任心却很轻”。儿童无疑属于幼者，故而仅只是长者，是父亲的衍生物与附属品，不具备做人的资格。他们只承担义务而不拥有任何权利，在根上为长者所漠视与忽略。这样便产生了两种“教育”儿童的方法，其一是“生他的人，不负教他的责任”，“随便辗转，没人管他”，“任其跋扈，一点也不管，骂人固可，打人亦无不可”——无论如何，父亲的权威已由生育一事绝对地树立起来。其二则是完全不顾儿童的意愿和心理特征，将长者的意志强行灌注给儿童，用长者本位的思想对儿童施以精神虐杀。鲁迅在其各类创作，特别是在散文集《朝花夕拾》里，展示了各种各类“教育”儿童，实质则是扼杀儿童的方式与途径。

而“孝”正是专一要求幼者为长者做无条件的牺牲，故而鲁迅于兹抨击最烈。《二十四孝图》里记述“我所收得的最先的画图本子，是一位长辈的赠品:《二十四孝图》。这虽然不过是薄薄的一本书，但是下图上说，鬼少人多，又为我一人所独有，使我高兴极了。那里面的故事，似乎是谁都知道的；便是不识字的人，例如阿长，也只要一看图画便能够滔滔地讲出一段的事迹”。人的思维成长是先形象思维而后理性思维，故而儿童对图画便怀有极大兴趣，加之人所共知的故事图文并茂，本应给儿童带来快乐和教益。然而，“我请人讲完了二十四个故事之后”，却由原先的兴奋一变而为扫兴，因为其中宣扬的所谓“人伦之本”的“孝道”竟如此之虚伪残忍：老莱子年届七十却“常著五色斑斓之衣，为婴儿戏于亲侧。又常取水上堂，诈跌仆地，作婴儿啼，以娱亲意”；郭巨仅因“贫乏不能奉母，子又分母之食”，便欲将年仅三岁，在母亲怀里高高兴兴玩耍的儿子埋掉。儿童的心是极自尊而且真诚的，但张扬“孝道”的人却要一个行将就木的老者假扮儿童，“整年假惺惺地玩着一个咕咚”，这本身就是对儿童的侮没；而“诈跌仆地”更与儿童天性大相径庭，因为它明确表示出“行孝”可以违心撒谎，然而“无论忤逆，无论孝顺，小孩子多不愿意‘诈’作，听故事也不喜欢是谣言”，因此，“道学先生以为他白璧无瑕时，他却已在孩子的心中死掉了”。“郭巨埋儿”则为了长者的生存，让最弱、最该受保护，而又最无辜的幼儿承当最可怕的牺牲——以儿童的生命做“行孝”的祭品。尊之为儿童教育的典范，无疑诱使乃至胁迫幼者为长者的利益付出任何代价。这种“以不情为伦纪”的教育使儿时的鲁迅深感厌恶与恐惧。不仅再不看“老莱娱亲”的一页，而且为自己的命运暗暗担忧，“已经不但自己不敢再想做孝子，并且怕我父亲去做孝子了。家景正在坏下去，常听到父母愁柴米；祖母又老了，倘使我的父亲竟学了郭巨，那么，该埋的不正是我么？如果一丝不走样，也掘出一釜黄金来，那自然是如天之福，但是，那时我虽然年纪小，似乎也明白天下未必有这样的巧事"，更何况《二十四孝图》中还有"卧冰求鲤""割股疗亲""曹娥投江"等同样让幼者有性命之虞的所谓"孝迹"呢。

如果说"孝道"是依长者本位思想"教导"儿童为长者做无条件无限度牺牲的话，这一前提下的另一结果则是掌握儿童教育权的成人对儿童天性的彻底无知与漠视。他们以儿童为"缩小的成人"，用成人的标准来要求他们，任何不合乎这一准则的言行都必遭粗暴压制。《五猖会》叙述作者幼时兴奋地准备去看渴盼已久的"五猖会"之际被父亲强令背诵《鉴略》的事。文章最后说："我至今一想起，还诧异我的父亲何以要在那时候叫我来背书。"其实原因很简单，就源于"我笑着跳着，催他们要搬得快"。"圣人之教"要求儿童"驯良""温文而雅"，而做到与否的一个重要标识便是看"步伐"——以为可由步履见出修养学问——"有教养"的儿童必定是，也必须是"步履徐缓"的。童年鲁迅仅为看"殊与'礼教'有妨"的读书士子从来不肯赶去看的"五猖会"便"大失体统"，当然该"当头棒喝"了。这一场面，是"父权"使儿童横遭戕害的最充分展示。"'去拿你的书来。'他慢慢地说。……我忐忑着，拿了书来了。”父亲“慢慢地说”，一方面为子做“行为表率”，另一方面则蕴含着绝对的威严；而孩子只能心怀恐惧地服从，等待将到来的命运。父亲发出“给我读熟。背不出，就不准去看会”的命令后“便站起来，走进房里去了”，而“我似乎从头上浇了一盆冷水。但是，有什么法子呢？自然是读着，读着，强记着——而且要背出来”。“朝阳照着西墙，天气很清朗”，迎神社赛，万民同乐的春日里“听到自己急急诵读的声音发着抖，仿佛深秋的蟋蟀，在夜中鸣叫似的”，内心翻卷着精神的凄风苦雨。于是“开船以后，水路中的风景，盒子里的点心，以及到了东关的五猖会的热闹，对于我似乎都没有什么大意思”，长久的梦想在实现前夕却被粗暴地剥夺了。

其实，鲁迅是知道父亲让他背书的原因的，他所诧异的，是父亲对一个年仅七岁的儿童精神扼杀如此之彻底决绝，“要使孩子的世界中，没有一丝乐趣”；更诧异的是，虐杀者竟对自己的残忍毫无感觉，反而以之为正确、应该，而且道德。对后者的展示与批判集中在散文诗《风筝》里。“我”不仅不赞成、理解“大概十岁内外”的小兄弟出自儿童游戏的天性的对风筝的心爱，而且“以为这（放风筝——引者）是没出息孩子所做的玩艺”，“是笑柄，是可鄙的”。当发现了小兄弟偷做风筝之后，“我在破获秘密的满足中，又很愤怒他的瞒了我的眼睛，这样苦心孤诣地来偷做没出息孩子的玩艺”，于是“即刻伸手折断了蝴蝶的一支翅骨，又将风轮掷在地下，踏扁了”。特别值得注意的是，这一切都在道德的名义下进行，“我”自信十足地以为自己是在为小兄弟好，所以才在破坏之后“傲然走出，留他绝望地站在小屋里”。追本溯源，仍在于“论长幼，论力气，他是都敌不过我的”，而两条件之中又以前者为本质，“悌”与“孝”一样，也是幼者必须无条件尊奉的伦理准则——依然是长者本位思想。

“我”“得到完全的胜利”之后，“他怎样，我不知道，也没有留心”，短短一句，便极充分表现出成人对儿童的极大漠视，而这种漠视贯穿到几乎所有旧的儿童教育中。幼年鲁迅极想得到一套绘图的《山海经》，以至于“一坐下，我就记得绘图的《山海经》”，“过于念念不忘”，但“问别人呢，谁也不肯真实地回答我”——没有人会认真对待，甚至注意到一个孩子的愿望，即使他的心愿再强烈。当听到阿长说“有画儿的‘三哼经’，我给你买来了”时，“我似乎遇着了一个霹雳，全体都震悚起来”，之所以如此，乃因大出意外，之所以大出意外，乃因当时无视儿童心愿是普遍的，也是正常的，而重视和满足儿童心愿，哪怕只是很小的心愿，都极为少见，因此当然地“又使我发生新的敬意了，别人不肯做，或不能做的事，她却能够做成功。她确有伟大的神力”。但就是这“有伟大的神力”的长妈妈却只因小隐鼠要缘着她的腿爬上去，便将其一脚踏死了，而这隐鼠是鲁迅儿时第一个心爱的小宠物。

书塾是旧时儿童接受正规教育的地方，也是系统压制，以至消灭儿童天性的所在。少年鲁迅在百草园里可以寻到“无限趣味”，但到了三味书屋后却即使偷空到后园玩耍也必须“静悄悄地没有声音”，因为先生有戒尺和罚跪的规则。“游戏是儿童最正当的行为”，而好奇与爱美也是儿童的天性，然而在书塾里一并受到压制。“不知从哪里听来的，东方朔也很渊博，他认识一种虫，名曰‘怪哉’，冤气所化，用酒一浇，就消释了。我很想详细地知道这故事，但阿长是不知道的，因为她毕竟不渊博。现在得到机会了，可以问先生”，七八岁的孩子满心以为“渊博的宿儒”会圆满解答学生的疑惑。然而，“‘不知道！’他似乎很不高兴，脸上还有怒色了。我才知道做学生是不应该问这些事的，只要读书”，儿童的好奇心受到无情打击，而且由之“自觉”地将好奇心消弭。有画的《山海经》曾给一个孩子带来多大的喜悦，然而“只要略有图画的本子，就要被塾师……禁止，呵斥，甚而至于打手心”，只许读《千字文》《百家姓》及“可以知道从古到今的大概”的《鉴略》，而教学方法则是“读熟”“背出来”，学生“一字不懂”，只能而且也只要“读下去，记住它”，然后“梦似的就背完了”。

《朝花夕拾》里有一个颇独特的人物，那就是衍太太，

"她对自己的儿子虽然狠，对别家的孩子却好的，无论闹出什么乱子来，也决不去告诉各人的父母，因此我们就最愿意在她家里或她家的四近玩"，然而这位孩子们最视为可近的人却并非真的关爱理解他们，而是"将他们看作一个蠢才，什么都不放在眼里"，对儿童极尽欺骗、取笑，甚至于侮辱之能事。儿童一旦觉悟，这一方式所带来的心灵伤害是至为巨大的，鲁迅的最终走出故乡的直接起因便是衍太太的流言。

上述的所有都贯穿一个思想，那就是不把儿童当人，虽然"中国人向来就没有争到过'人'的价格"，但儿童是其中最为不当人者。这些思想、体制、方式下教育出来的儿童不是"畏葸退缩，仿佛一个奴才，一个傀儡"，"未老先衰，甚至不到二十岁，早已老态可掬"，便是麻木愚昧。《长明灯》里要熄灯放火的疯子被孩子们旁观取笑，结尾"我放火"的呐喊与孩子们的笑嚷儿歌相交织，似乎象征着对狂人"救救孩子"的呼声的消解；大良二良们不吃胸怀启蒙思想，真心爱他们的连殳的东西，却兴高采烈地在已"真是失败者"的连殳那里"装一声狗叫，或者磕一个响头"换一点赏赐，他之所以"躬行先前所憎恶，所反对的一切"，固然与经济的极度困窘有关，但深层却是对孩子——他一向的希望之所在的极度失望；而在"首善之区"里，无论买包子的孩子还是小学生，都仍是"示众的材料和看客"。

鲁迅在第一篇杂感《新青年·随感录二十五》里说："小的时候，不把他当人，大了以后，也做不了人。"这句话是鲁迅对旧式儿童教育的精到概括。如何使孩子从小就被当作人，从而让他长大以后成为真正的人，便是鲁迅儿童教育思想的总纲。

要做到这一点，首先便是旧伦理的废弃与新伦理的产生，简单地说，就是由长者本位转到幼者本位，自成人本位变为儿童本位，将"恩"换作"爱"。中国的长者之所以"独对于自己的孩子，却威严十足"，乃因旧伦理认为幼者的一切俱自长者而来，父母对子女有绝对的"恩"。鲁迅以进化论为武器，对这一传统道德观念做了彻底的颠覆。《我们现在怎样做父亲》明确指出："饮食的结果，养活了自己，对于自己没有恩；性交的结果，生出子女，对于子女当然也算不了恩"，生育就其本质而言只是生物界新陈代谢的自然规律，父母虽然生出了子女，但根本上也是仅在生命的长链中"做一个经手人罢了"，"前前后后，都向生命的长途走去，仅有先后的不同，分不出谁受谁的恩典"。而"生命何以必需继续呢？就是因为要发展，要进化"，而之所以进化，根源于一种"内的努力"，它使生命向更高层次发展，"所以后起的生命，总比以前的更有意义，更近完全，因此也更有价值，更可宝贵"。由此可知，后起的生命是进化的归趋，也是前代生命存在的意义，个体既然免不了死亡，“前者的生命，应该牺牲于他”。人类也一律，父母的生命应该为子女牺牲，而不是如中国旧道德那样相反，这就要求父母“对于子女，义务思想须加多，而权利思想却大可切实核减，以准备改作幼者本位的道德”。

这种新的道德观念指导下的长幼关系的维系不用“恩”而用“爱”。因为“爱”是生物的天性，“挚爱他的幼子，不但绝无利己的心情，甚或至于牺牲了自己，让他的将来的生命，去上那发展的长途”。人类本性亦如此，“有了子女，即天然相爱，愿他生存；更进一步，便还要愿他比自己更好，就是进化。这离绝了交换关系利害关系的爱，便是人伦的索子，便是所谓‘纲’”。这种幼者本位的亲情伦理在欧美的家庭和中国“未曾受过‘圣人之徒’作践的人”那里一直存在（鲁迅的作品多处描绘了无知识的民众父母对子女的无限的爱：祥林嫂不厌其烦地重复阿毛的故事；宝儿在身边吃茴香豆，单四嫂子感到“真是连纺出的棉纱也仿佛寸寸都有意思，寸寸都活着”，而儿子之死却留给这个“粗笨女人”难言的无边空虚）。父母为子女牺牲，并不希图得到什么报偿，这种出于“天性的爱”的牺牲本身便是长者最大的收益。

因此，中国觉醒的人们应站在新的立场上“先洗净了东方古传的谬误思想”，抛弃“抹杀了‘爱’，一味说‘恩’”的虚伪道德，秉持以天性真情为基础的幼者本位伦理，并“将这天性的爱，更加扩张，更加醇化；用无我的爱，自己牺牲于后起新人不但不该责幼者供奉自己，而且还须用全副的精神，专为他们自己养成他们有耐劳作的体力，纯洁高尚的道德，广博自由能容纳新潮流的精神”。总而言之，最终使他们成为一个独立的真正的人。正是在这一原则下，鲁迅展开了自己的儿童教育的具体方式途径。

他在《我们现在怎样做父亲》中提出，实施正确的儿童教育“开宗第一，便是理解孩子的世界，与成人截然不同；倘不先行理解，一味蛮做，便大碍孩子的发达”。这一主张的本质正是将儿童视作真正的“人”，而对无视儿童本性的反驳。鲁迅对儿童有着极深的理解：“凡一个人，即使到了中年以至暮年，倘一和孩子接近，便会踏进久经忘却了的孩子世界的边疆去，想到月亮怎么会跟人走，星星究竟是怎么嵌在天空中。但孩子在他的世界里，是好像鱼之在水，游泳自如，忘其所以的。成人却有如人的凫水一样，虽然也觉到水的柔滑和清凉，不过总不免吃力为难，非上陆不可了。”《朝花夕拾》便是年过不惑的鲁迅“踏进久经忘却了的孩子世界的边疆去”的一次成功的尝试。十篇散文不仅娓娓述出儿时的宗宗件件，而且叙儿时事则完全用儿童视角，所思所想所虑所行都是真正儿童的。如幼年喜欢小小的隐鼠。“祖母她们虽然常恨鼠子们啮破了箱柜，偷吃了东西，我却以为这也算不得什么大罪，也和我不相干，况且这类坏事大概是大个子的老鼠做的，决不能诬陷到我所爱的小鼠身上去。”得知家人要送自己到书塾去的时候，“我不知道为什么家里人要将我送进书塾里去了，而且还是全城中称为最严厉的书塾，也许是因为拔何首乌毁了泥墙罢，也许是因为将砖头抛到间壁的梁家去了罢，也许是因为站在石井栏上跳下来罢……”。孩子的心以为自己一定是做错了什么事，家人才托严厉的先生管束，于是幼小的心灵一一反思自己做过的“错事”。《朝花夕拾》里，交相使用成人与儿童双重视角，时而在“水里”，时而在“岸上”，自由切换，随意进出，两种视角相互对照，愈见其差异，其深层则在唤起成人对于儿童天性的注意。只有理解儿童、尊重儿童，才能谈得上真正意义上的儿童教育。

只有立足儿童本身，顺从儿童天性，才可能有真正的儿童教育，而只有真正的儿童教育，才可能培养出有健全的身体和人格的孩子，使他们能够“健康，活泼，顽皮”地成长。而只有儿童真正作成了“人的萌芽”，中国才有走出奴隶循环圈，建立历史上从未有过的第三样时代的希望。

向中国文学界的霍金致敬

非常高兴来参加李伶伶作品研讨会。我觉得不仅仅是作品研讨会，而应该是李伶伶研讨会，要研讨李伶伶这个人。伶伶是《小说选刊》的老作者了。

我把李伶伶研讨会的事，向铁凝主席、张海迪主席汇报了。铁主席希望把伶伶的作品寄给她看一下。海迪主席给我回了短信，其中说“有些残疾作者文笔很棒，相信他们面对痛苦的人生会更有深度”。

海迪主席非常关心咱们的残疾作家。受到总书记接见的一百多位自强模范，与文学有关的可能就一个。海迪主席也是作家，通过文学的自强不息，最终成为残联主席，是自强不息的永远旗帜。

中国作协现在正在做一个“文学照亮生活”的演讲。我们很多人都在讨论是文学照亮生活，还是生活照亮文学？我觉得这是相互照亮的，生活是文学的源泉。如果没有文学，如果伶伶没有文学的才华，她的生活肯定是另外一副样子，不管她的精神世界还是她的物质世界，她的影响力和现在都不可同日而语。这可以从另外一个角度看出精神的力量、文学的力量，它可以产生的现实的效果。

2014年，我刚刚从作协办公厅秘书处处长的岗位上到《小说选刊》当副主编，第一次参与年度的“茅台”杯评奖。李伶伶的《数学家的爱情》获得了“茅台”杯的年度奖。当时评奖，说实话，我在作协工作时间长，认识很多大作家，但不知道李伶伶是谁，男的女的都不知道。评奖很公平，就是投票，按照票数，最后把这个奖授予李伶伶。

颁奖的时候才知道她有这个特殊情况。当时是在中国作家协会十楼会议室颁奖。我们请她的父亲和她一起过来，住了三四天，专门派个车带她去故宫、天坛、颐和园等地方转了转。因为伶伶第一次到北京。

这次来葫芦岛之前，我专门从库房里找出来这本2015年第5期的《小说选刊》。为什么找这期刊物呢，因为这期刊物的最后一篇，是李伶伶写的“我与《小说选刊》”专栏文章《〈小说选刊〉改变了我的生活》。能上《小说选刊》专栏的，都是名家。伶伶被《小说选刊》选用的作品，第一篇是《翠兰的爱情》，第二篇是《数学家的爱情》。然后《小说选刊》给她发了创作谈《〈小说选刊〉改变了我的生活》，她写到俞胜利老师，写到《翠兰的爱情》，写了她的一些创作经历，也写了《小说选刊》和她的交往，虽然篇幅不长，但写得令人非常感动。我觉得这是《小说选刊》从上世纪80年代创刊以来，非常具有独特价值的一个事件。从这件事可以看出来，一本文学刊物和一个作家的联系，不仅仅能够给她提供作品发表的平台，更可以改变她的生活状况。也许俞老师不通过《小说选刊》，从别的地方也可能看到《翠兰的爱情》，但机会就小了。这对《小说选刊》也是一种机缘。这种时候，我们作了伶伶人生一个很重要的支点。一个比较优秀的文学刊物，它的传播效应可能不仅仅在精神层面，更多的是在现实生活里面。我们把一个身体有点特殊的作家的才能发挥出来，把她的生活状况改变，帮她进入了城市，使她从一个写作者，成为一个自强模范，受到了总书记的接见，受到铁凝主席和海迪主席两位中国妇女界的领袖人物的鼓励，这是非常不容易的。

伶伶的创作谈写得非常好。她不仅仅在创作，在创作领域的思考也很有心得体会，她的心得体会，更多的是从她的创作理念、阅读理念，从她的生命里体验出来的，比如文学之命运、性格之命运，这几个阶段的划分。如果没有这种痛苦的经历、奋斗的历史，是写不出来这样的东西的，和我们大学里面教书、和我们学习的叶以群的文学理论、童庆炳的文艺理论不同，没有痛彻心扉的生命体验，都讲不到这个层面。我感觉伶伶的进步，一方面是她的创作进步，创作数量的增加，从微小说，到短篇和中篇，起点都不低。她更多的是把文学创作和生命体验结合，对文学理论的总结提炼，这是一般的作家，一个健全的人所难以体验的。不仅写了东西，重点是在这中间，有了生命的体验、自强不息的精神，用文学的形式表达出来，这非常难能可贵。

《起舞》和《羊事》这两本集子都很厚，但每一篇作品都不超过两千字，大多是在一千五百字以内，篇幅非常简短。这么厚的书，创作上非常丰富、非常勤奋。按说她的生活经历是比较单一的，每天在房子里面，出来一次都需要她爸爸帮助，但是你发现这里面没有生活的枯竭，生活都很鲜活，非常生动。写农村啊，写城市的一些白领啊，一方面来自她生活的这片热土，来自她的生活积淀，另一方面就是大量读书。伶伶相对单纯的生活里面，能有这么丰富的创作资源，是个奇迹，同时也是对我们作家深入生活的一种启发。再举个例子，王安忆。王安忆也是个很宅的人，喜欢看《新民晚报》。《新民晚报》是上海市民看的报纸，一些家长里短、养狗养鱼什么的都有。为什么她的创作有这么多的生活呢？其实是她有很多生活的体验，生活的积累和积淀，阅读的一些成果，这些都被加到小说里面。所以现在李伶伶也不要担心生活会不会枯竭，现在还看不出资源枯竭，反而很丰富。

我感觉，伶伶是中国文学界的霍金。霍金研究宇宙，伶伶探索人生，我们应该把中国文学界的霍金的事迹传播出去。

为摆脱贫困放歌

全国脱贫攻坚总结表彰大会上，习近平总书记庄严宣告，经过全党全国各族人民共同努力，在迎来中国共产党成立一百周年的重要时刻，我国脱贫攻坚战取得了全面胜利。

这一伟大进程中，中国文学没有缺席，中国作家没有缺席，广大作家深入脱贫攻坚一线，亲身参与脱贫攻坚工作，到脱贫现场采访采风，用手中的笔，记录、书写、讴歌脱贫攻坚的伟大成就、感人事迹、先进人物，涌现出一大批精品力作，其中不乏优秀诗篇。

军旅诗人、鲁迅文学奖获得者王久辛，多年来坚持围绕重大事件、重大工程、重大战略开展诗歌创作，写出了《狂雪》《致大海》等名篇，风格温婉而浑沉、内敛而热烈，《李小丹的一家子》也如是。诗作拉家常般写了建档立卡贫困户，贵州省紫云县板当镇青山村村民李小丹丈夫老罗去世，三个孩子上学，生活陷入贫困，得益于精准扶贫政策，大女儿靠助学贷款完成大学学业，在贵阳中医院二附院当医生，她全家异地扶贫搬迁，告别茅草屋，住上“这三室一厅/带着厨房阳台”的房子，生活发生了翻天覆地的变化，“李小丹收拾得干干净净/像贵阳城里人一样/出来进去/清清爽爽/里里外外　上上下下/都打理得　干干净净/人也天天洗澡/用香波　浴液……”并且想象女儿找到一位同样当医生的“城里娃”男朋友，想象未来的女婿到家里来……党的十八大一中全会后，习近平总书记会见中外记者，强调“人民对美好生活的向往，就是我们的奋斗目标”，脱贫攻坚，使近一亿人过上了美好的生活。他们获得的，不仅是“两不愁三保障”，更本质的，是做人的尊严和希望，“李小丹慢慢睁开了双眼/她说　孩子们大了/一切　都有了指望/我也有了仰仗/是　一个人与芸芸众生/一个党　与众生芸芸/正像一个人的睁眼/与闭目的距离”。习近平总书记指出，“脱贫群众精神风貌焕然一新，增添了自立自强的信心勇气”，这风貌、信心、勇气，是诗歌最应表达的内容。

许多诗人同时就是扶贫工作队员，是参与者、实践者、劳动者，“饥者歌其食，劳者歌其事”，自然更加深刻。诗人北乔，曾在甘肃省甘南藏族自治州临潭县挂职扶贫副县长，足迹遍布全县16个乡镇、141个行政村和230多户贫困家庭，累计下乡410多天、520余次，先后两次被评为“甘肃省脱贫攻坚帮扶先进个人”。他的组诗就叫“入村记”，“在村里，高原深山里的小村庄/每位乡亲的身影都会按住我的脚步/无意间，抽出一小部分的我”。“每位乡亲的身影都会按住我的脚步”，没有和当地群众血脉相通的亲情，是不可能到达这种境界的。他的《庄稼地时间》写道：“挥开镰刀/成熟的麦子倒在身后/少年时在庄稼地劳作的景象刚涌起/腰就以疼痛的方式叫停/六十多岁的老农笑了/你们城里人干不了这活计/我说，我在农村长大的/老农又笑了/离开土地久了/你们腰不好了/你们头发少了/你们眼神不济了/你们三高了/你们腿脚不利索了/你们手开始发抖了/你们心里装得太满了/我不服气，那您什么好呢/老农扬了扬手里的镰刀/这伙计，好使。”扶贫，就是和老百姓同吃同住同劳动，中国共产党之所以能从胜利走向新的胜利，根本一条就是扎根人民、扎根群众，扶贫，是这一优良传统在新时代的赓续。虽然借老农的口，其实是自况，反思自己离开土地、脱离人民之后，意志与身体的消退。扶贫，不仅帮助扶贫对象，也是培训干部的重要途径，和谐党群关系的有效载体，正如总书记提出的，“党群干群关系明显改善，党在农村的执政基础更加牢固”。

有的诗人，本来在北京这样的大城市有比较舒适的生活条件，写作事业顺风顺水，一个电话，就直接来到最偏远的小山村。诗人王单单“满天下行走，惯看秋月春风，与坦率豪爽之人交往，诗酒人生，十分快意。哪知在毫无征兆的情况下，突然接了个电话，立即就从北京城来到花鹿坪这个偏远的犄角旮旯里”，放下笔记本电脑，拿起了贫困户的档和卡，一家一家摸情况，解难题，没有一句怨言，更无违和之感。想起茅盾先生的名篇《风景谈》中说到了延安的知识分子，“看他们的手，这是惯拿调色板的，那是昨天还拉着提琴的弓子伴奏着《生产曲》的，这是经常不离木刻刀的，那又是洋洋洒洒下笔如有神的，但现在，一律都被锄锹的木柄磨起了老茧了”。延安时期和中国特色社会主义新时代，时间上相差了近八十年，然而精神却一脉相承。中国共产党之所以能百年青春，根本的一条就是群众观点、群众路线，一切为了群众、一切依靠群众，从群众中来，到群众中去。我们新时代的作家，同样践行这一宗旨，并不断增强脚力、眼力、脑力、笔力。

诗人们深深感觉到，到扶贫一线，将巨大的，甚至是主要的精力投入扶贫工作，不仅没有影响创作，反而为好诗的诞生开辟了广阔天地。诗人芦苇岸说“能够参与《诗刊》社‘驻村诗人’计划，是我夙愿以求”，“‘驻村’两个字太要紧了，一下击中我深埋心底的乡土情怀”，“《诗刊》社选派诗人深入基层，去聆听，去学习，去互动，感受新时代进程中的壮举，推动诗人的继续教育和创意写作，富有积极意义”。“由于地域和工作关系，有些诗人始终参与其中，与帮扶对象同呼吸共命运，更多的诗人则耳闻目睹乡村脱贫事业，那些众志成城的攻坚举动已经进入他们的写作当中。”芦苇岸是生在贵州的土家族诗人，长期在浙江工作生活，到方志敏发动革命的江西上饶市横峰县做驻村诗人。欠发达地区、发达地区、革命老区三类型地区的生活工作经历，让他感激、感慨、感怀，当然更多的，是创作上空前的收获。和驻村扶贫不一样，驻村诗人不是驻在一个村，而是在一定区域内的许多村庄采访写作，“每天落脚不同的村庄”，也为他们从更宽广的视野深入生活，提炼素材，进行创作奠定坚实的基础。

总书记对新时代文学提出的三项任务，记录、书写、讴歌，其间逻辑关系严密。奋斗在扶贫一线的诗人，无论是驻村扶贫队员还是驻村诗人，首要而最直接的，是“诗言志”“我手写我口”，以诗的形式，为这个人类史上最伟大的事业之一立传，直录其事。看下诗题就知道，湖南常德诗人周碧华《陈家湾纪事》组诗，共五首，《进村》《入户》《摸底》《途径》《脱贫》。如果从“为艺术而艺术”“现代派”“格律”“意境”等角度，这些诗可能简单直白一些，但接地气、有生活，刚健、清新、质朴，因此也更有生命力和永久的意义。

文学本性的复归与传统文学的总结

——明中叶复古派论略

关于以“前后七子”为代表之明中叶复古派文学，研究业已殊盛，似乎无须再费笔墨。然先前论述褒少贬多，大凡认为其生硬模拟，了无生趣，制造了大量拙劣的作品，对文学造成了巨大的损害。然而，从中国文学发展流变的整体审视，复古派的存在却自有其合理性和积极意义，以及无可替代的历史地位。

一

北宋以降，中国思想史上最重要的现象，便是理学兴起与独尊。通过数代理学家的不懈努力和宋、明当政者的扶植推广，理学上升为“国家意志”，渗透到社会生活的各个角落，主宰着意识形态的方方面面，文学自不能外——不仅不能例外，而且更加强烈。

然而，理学是哲学的一种，而哲学是理性抽象思维最纯粹的体现，文学则属于前理性的形象思维。在最根本的思维层面上，两者便相迥异。文学主情，理学主理，而讲究“性情之辩”，要求“性其情”“约其情合于中”，使情感完全合乎先在的儒家道德本原，甚至完全消灭人之情感，恰恰是理学的最核心之义。因此，理学与文学根本不能相容。

对此，理学家是有清醒认识的，程颐称“作文害道”[1]，认为文学是“闲言语”，“足以丧志”，妨碍对“理”的领悟与践履。但他们同时明白文学在中国文化中的地位，以及其深入人心的独特作用。于是，“文以载道”，取文学为己所用，便得到更广泛认同，并以此为核心，拓展到本体论、创作论、功能论诸方面，形成体系化的“文学观念”。

理学家认为，“圣人亦摅发胸中所蕴，自成文耳，所谓有德者必有言也”[2]，只要将对于理学的体味领悟抒写出来，便自成诗词文章，而且诗文的价值与其理学内涵成正比，“但须明理后，文字自然典实”[3]。文辞本身是无须计虑的，工美的词句反妨害义理的表达。

1　程颢、程颐：《二程遗书》，卷十八，上海：上海古籍出版社，1992年。

2　同上。

3　朱熹：《朱子语类》，卷一三九，长沙：岳麓书社，1997年。

文学毕竟是形象的，理学家同样明白这一点。但他们自有观照、认知外部世界，获得“意象”的方法，那就是“以物观物”。“以物观物又安有我于其间哉”，“不我物则能物物，圣人利物而无我，任我则情，情则蔽，蔽则昏矣。因物则性，性则神，神则明矣”[1]。意即去除认识主体的主体性与自身情感，从“性”“理”的立场来认知世界，便可以不受“情”的干扰而体察到纯粹的“天理”。若作诗“诚能以物观物，而两不相伤者焉。盖其间情累都忘去尔。……其或经道之余，因闲观时，因静照物，因时起志，因物寓言，因志发咏，因言成诗，因咏成声，因诗成音。是故哀未尝伤，乐未尝淫，虽日吟咏性情，曾何累于性情哉？”[2]秉持“以物观物”的认知方式，借外界事物来寄寓表现“性理”，使“象”彻底化为“理”的载体乃至符号。

至于文学的效用，理学家定位为“吟咏性情涵畅道德之中而歌动之”[3]，至开阔者便着眼于“诗有美刺，歌诵之以知善恶治乱兴废”[4]——辅助个人“圣学修为”、有益伦理道德教化，文学最本质之审美愉悦功能已彻底废弃。

1　邵雍：《皇极经世书》，卷六，郑州：中州古籍出版社，1992年。

2　同上，卷八。

3　程颢、程颐：《二程遗书》，卷三。

4　同上，卷十一。

面对如此彻底的摧毁，文学自然要反击。“蜀洛党争”实质即是文学为卫护自身独立而与理学展开的斗争。然而，理学日趋强势，文学的自卫渐趋衰微。逮于南宋，文学家也操起了理学的调子，陆游诗云“文辞终与道相妨”[1]。理学家更努力将文学纳入统辖，朱熹编《昌黎文粹》《欧曾文粹》，汇通统一“道统”“文统”，划定了其后数代文学受制理学的总体态势。

如此观念作用于文学，便产生了大量“语录、讲义之押韵”，或以“意象”图解性理的所谓作品，文学受到了根本性的侵坏。这一态势到了理学空前强盛，以“文道合一”为文化国策的明前期，愈益凸显出来，产生了性理诗、台阁体及“高台教化”的戏剧。文学沦为根本异质的理学的附庸，异化了自身的本质存在。

二

正在这一语境下，“前七子”崛起文坛。其领袖人物李梦阳曰：“诗至唐，古调亡矣，然自有唐调可歌咏，高者犹足被管弦。宋人主理不主调，于是唐调亦亡。黄、陈师法杜甫，号

---

1 《陆放翁全集》，卷上，北京：中国书店，1986年。

大家，今其词艰涩不香色流动，如入神庙坐土木骸，即冠服与人等，谓之人可乎夫诗比兴错杂，假物以神变者，难言不测之妙。感触突发，流动情思，故其气柔厚，其声悠扬，其言切而不迫。故歌之心畅，而闻之者动也。宋人主理作理语，于是薄风云月露，一切铲去不为，又作诗话教人，人不复知诗矣。诗何尝无理，若专作理语，何不作文，而为诗耶？今人作性理诗，辄自贤于‘穿花蛱蝶’‘点水蜻蜓’等句，此何异痴人前说梦也？”[1]这段话既从宏观上指明了理学与文学的根本异质，理学摧折文学，阻断了中国文学长河的事实，又“个案分析”了最早受理学影响的南宋江西诗派及明人性理诗，揭出它们的致命之处，显示了对文学本质和理学之害于文学的极深致理解。

上段引文正面阐述作者见解时曰“夫诗……”，梦阳文论中，这一句式使用频率极高，表现了作者对真正的文学的不懈探究。探究文学的“物之自则”，恢复文学本性，“前七子”复古派的自觉使命。他们判定“真诗”的标准是“真者，音之发而情之原也”[2]——准确把握住了“情”这一文学最本质因素，并以之为基点，倡复文学。

1　李梦阳：《空同集》，卷五十一，上海：上海古籍出版社，1991年。

2　同上，卷五十。

“前七子”之自命“复古”，正本于“情”。李梦阳《诗集自序》云：“夫诗者，天地自然之音也。今途而巷讴，劳呻而康吟，一唱而群和者，其真也，斯之谓风也。孔子曰：‘礼失而求之野。’今真诗乃在民间。而文人学子，顾往往为韵言，谓之诗。”[1]李梦阳痛感文人诗作丧失文学本性而将目光转向民间。他认为，只有由最下层人民创造而未为理学浸污的民歌尚秉持“情”这一文学核心要素。

然而，“途巷蠢蠢之夫”的歌吟毕竟不能登上文学的大雅之堂，必须在雅文学的传统中寻求其同类。《诗集自序》详细记述了李梦阳的探寻历程——由唐而晋魏、汉，最终“入风出雅”，独尊“国风”。之所以如此，盖因“国风”本为上古民歌，较之后代诗文，甚至“雅”“颂”二体，都更富含“情之真”。故此，梦阳之属方效法《坟》《典》，追薄《风》《骚》，卓然以复古自命，以期“彻远以代蔽，律古以格俗”[2]，拯救文学于危亡。李梦阳从思维方式的层面明确认识到文学与哲学的不同和文学的本质属性，指出文人学子，也就是当时占据文坛的性理诗、台阁体等一流人物的创作之所以缺乏形象性和文学性，不仅仅是因为文学才能的不足，根本乃源于没有把

1　李梦阳：《空同集》，卷六十一。

2　何景明：《大复集·内篇》，上海：上海古籍出版社，1993年。

握住情这一文学创新的根本。而比兴手法，是“非直呈性”的文学必然的表现方式。

以上论述都极其深切准确，把握住了文学的根本。然而，进一步生发自己文学观念时，李梦阳却犯了一个致命的错误。正是这个错误，致生了复古派的致命弱点。这一错误就是将文学本性、文学创作和某些固定的手法等同起来。虽然其本意在于“夫追古未有不先其体者也”[1]，外在的为文之法较之内在情感易把握，自此入手便于“操作”，然而“矫枉过正”，将本质与现象、目的与手段混淆了。结果，提出“生有此体，即有此法也”[2]，“文必有法式，然后中谐音度，如方圆之于规矩”，“堂非不殊，户非同也，至其为方也，圆也，弗能舍规矩。何也？规矩者，法也”[3]，将文学创作等同于依照圆规、矩尺等工具画方、圆等几何图形。

规矩、法则何处可觅呢？既然上古诗人创作出优秀的文学作品，文学的“物之自则”自然存在于他们的作品中，“古人用之，非自作之，实天生之也”，先在地获得了文学的“天机”[4]，后代作家欲为诗作文，便应该学步古人，并且必须“守

1　李梦阳：《空同集》，卷五十二。

2　同上，卷六十一。

3　同上。

4　同上。

古而尺尺寸寸之耳”——一趾一步都必须中规中矩。这里，李梦阳等甚至“忘记”了尊“情”的初衷与原点，于是，走上了机械摹古的道路。

“前七子”复古派活动于弘治、正德年间。萌芽的商品经济破坏传统经济的同时，也冲击着上层建筑，程朱一统的局面开始动摇，“成、弘间师无异道，士无异学。程朱之书立于掌故，称大一统，而修词之学墨守欧、曾，平平尔。时文之变而师古也，自北地（李梦阳）始理学之变而师心也，自东越（王阳明）始”[1]。王、李二人“一为道德，一为文章”[2]，共同冲决了程朱的网罗。

虽然李梦阳、何景明领导的复古派从文学本原到表现手法俱有缺陷，且滋生种种弊病，但毕竟把握住了“情”这一文学最本质要素，上承“国风”，接续了由之倡始而为理学阻断的“抒情言志”传统，故而“操觚谈艺之士翕然宗之。明之诗文于斯一变”[3]。他们不仅一振明前期百余载文坛衰微，自南宋以来理学对文学的侵入占领也就此终结，其功不下韩柳。

更为重要的是，复古派为晚明个性主义文学扫清了道路。

1　何良俊：《四友斋丛说》，卷四，北京：中华书局，1959年。

2　李贽：《焚书》，增补一，北京：中华书局，1975年。

3　《明史·文苑·李梦阳传》。

众所周知，个性主义文学反对最烈的便是复古派。但个性主义本身并非一种文学思潮，它之运用于文学，首先必须有文学的基础。复古派倡复了文学本身，个性主义文学才得以站在相当高度的起点上前行。晚明个性主义文学的代表人物对此有明确认识与充分肯定，李贽云："弘治间，李公梦阳以命世雄才，洞视元古，谓文莫如先秦两汉，古诗莫如汉魏，近体诗莫如初盛唐。乃始与姑苏徐祯卿，信阳何景明，作为古文辞，以荡涤南宋、胡元之陋，而后学有所准，彬彬郁郁，蔑以尚矣！"[1]袁中郎亦曰："草昧推何李，闻知与见知。机轴虽不异，尔雅良足师。"[2]

三

嘉靖年间，出现了李攀龙（于鳞）、王世贞（元美）为核心，承李、何衣钵，以矫正唐宋派为榜样之"后七子"复古派。阳明心学代程朱理学为思想界之大宗，特别是左派王学兴起后，同样影响于文学，最突出者便是唐宋文派。唐宋派力求

1　李贽：《续藏书》，卷十六，北京：中华书局，1974年。

2　袁宏道：《袁宏道集笺校》，卷二，上海：上海古籍出版社，1981年。

表现“真精神千古不可磨灭之见”[1]，而此一段“精神命脉骨髓，则非洗涤心源，独立物表，具今古只眼者，不足以与此”。所谓“洗涤心源”即“从独知处着工夫……而还其青天白日不欲之初心”[2]，也就是把握、养育现成良知。

王学，即使左派王学，虽面目大异程朱，然仍属理学范畴。唐宋派归附之，追求“文词、义理并胜”。于是，“悟欧、曾文法……一意师仿，尤得力于曾巩”[3]，以欧、曾之笔墨诊龙溪（王畿）之名理。“前七子”一力反拨，且已阻断的“文道合一”被恢复，文学面临再一次丧失本性的危险。

“后七子”准确抉发“持论太过，动伤气格，惮于修辞，理胜相掩”[4]的唐宋派实质，针锋相对地宣称“视古修辞，宁失诸理”，指出艺术与理学的对立，文辞对于文学的不可或缺，以及再救文学的途径。

然而，李攀龙与前期王世贞非但未能矫正“前七子”之失，反而愈加片面强化之。他们不仅认为诗文之法早已完美地存在于“国风”至盛唐的作品中，而且如严刑苛法般绝对不可违背，后世作者必须“摭其华而裁其衷，琢字成辞，属辞成

1　唐顺之：《荆川先生文集》，卷七，北京：商务印书馆，1924年。

2　同上，卷十。

3　《明史・文苑・王慎中传》。

4　李攀龙：《沧溟先生集》，卷十六，上海：上海古籍出版社，1992年。

篇，以求当于古之作者”[1]，完全抹杀了创作主体的思维空间与创作能动性。

“假古董”“赝法帖”昭示着复古派的末路。因此，不得不起而更新之。李攀龙于隆庆四年卒，研究者通常将李攀龙后划为复古派的衰亡变化期。之所以如此认定，盖因于鳞殁后，元美日益“觉悟”，文学思想发生了极大变化。

“前后七子”以维护文学本性为自觉使命，对文学多有定义。后期王世贞的“觉悟”亦以此为基点。其言曰“夫诗，心之精神发而声者也。其精神发于协气，而天地之和应焉。其精神发于噫气，而天地之变悉焉”[2]，较李梦阳突出了“心”，以之为文学发生之源。这一理解无疑更突出与重视创作主体的能动性与创造性，抓住了复古派先贤的致命弱点。

王世贞认为，复古派之为格调所缚，盖因“大梁则人人习古歌诗，后进蹑影称说李氏家言矣。乃黠者瓜分而蝇袭之，标识传响以为己有，而忘其自”[3]，“方寸间先有它人，而后有我，是用于格者也，非能用格者也……盖有真我而后有真诗”[4]，准确指出以格调规则侵夺了创作者的创作能动性，可谓

1　王世贞：《弇州山人四部稿》，卷八十三，台北：伟文图书出版社，1976年。

2　同上，卷六十五。

3　同上，卷六十四。

4　王世贞：《弇州山人续稿》，卷五十一，台北：文海出版社，1970年。

一语中的。欲矫正之，必须以“真我”驾驭格调，变“用于格”为“用格”。

“才生思，思生调，调生格。思即才之用，调即思之境，格即调之界”[1]，古人之格调成法不再是金科玉律、严刑苛法，而是创作主体才思情调的自然衍生。“有物有则，能极其则，正亦可，变亦可”[2]，在这里，王世贞对文学的“物之自则”做了与李梦阳等人不同的理解，文学的“则”不再是古人的创作成式，而是一种更为本质的东西，只要把握住这一根本性的规律，便可以创作出真正的文学，至于既成格套，则不必拘泥。

如何获得为文“极则”呢？王世贞主张：“日取《六经》《周礼》《孟子》《老》《庄》《列》《荀》《国语》《左传》《战国策》《韩非子》《离骚》《吕氏春秋》《淮南子》《史记》，班氏《汉书》，西京以还至六朝及韩、柳，便须铨择佳者，熟读涵泳之，令其渐渍汪洋，遇有操觚，一师匠心，气从意畅，神与境合，分运策驭，然后指挥台阁山林，绝迹大漠，岂不快哉！”[3]通过对经典作品的反复诵读，致使诗文心法逐渐浸润入思维深层。如此，便可任意为之而恰合真正优秀的文学所必须

1　王世贞：《弇州山人四部稿》，卷一。

2　王世贞：《弇州山人续稿》，卷五十二。

3　王世贞：《弇州山人四部稿》，卷一。

遵循的根本原则。

王世贞的取法对象尽管仍限“大历而上”，但已宽泛了许多，既崇儒家经典，也有道学名篇，甚至历代复古者都激烈反对，不屑与之的“齐梁纤调”也进入视界。因为虽较“西京建安”少了“风骨”，但毕竟尚为真正的文学。《宋诗选序》更云：“自北地信阳显弘正间，古体乐府非东京而下至三谢，近体非显庆而下至大历，俱亡论也。二季（宋元）由是屈矣……余尝从二三君子后，抑宋也……余所以抑宋者为惜格也，然而代不能废人，人不能废篇，篇不能废句……虽然，以彼为我则可，以我为彼则不可。非求为伸宋者也，将为善用宋者也。”[1]回顾检讨了李梦阳、何景明乃至自己鄙弃宋代诗文的历程与原因，清楚认识到宋代文学不可一概而论，其中不乏可资汲取者。这样，王世贞便打破了复古派最严密的，也是最后一道防线。

王世贞提出“以彼为我”，强调立足创作主体对于先代文学的自主运用，如此方可“出之自才，止之自格”[2]，情思与格调两个对立范畴相互协调补充、融合统一，“尚法则为法用，裁而伤乎气，达意则为意用，纵而舍其津筏……吾来自意而

1　王世贞：《弇州山人续稿》，卷四十一。

2　同上，卷四十四。

往之法，意至而法偕至，法就而意融乎其间矣……此所谓相为用也”[1]。这样，便创作出“意足于象，才剂于格，纵之可歌，而抑之可讽”[2]的佳作至文。

“才剂于格”为王世贞格调观的精确概括，“剂”即“相为用”。元美认为，“剂”正是文学创作之关键所在，“文故有极哉，极者则也。扬之则高其响，直上而不能沉，抑之则卑其分，小减而不能企，纵之则旁溢而无所底，敛之则郁塞而不能畅。等之于乐，其轻重弗调弗成奏也；于味，其浓淡弗济弗成餐也”[3]。基乎此，进而提出意与象之剂、变与恒之剂、古与今之剂等，于文学体式派别则融剂了秦汉派与唐宋派，乃至古文与时文。中国文学理论与文学史之素相对立者，王世贞俱欲和而剂之。

后期王世贞从“前后七子”复古派之致命处着手，突出创作主体的创造能动性，更全面恢复了文学之为文学的本质属性，最终完成了复古派之事业，而又容纳百川、和剂众说，超越复古派的特定视角与视野，对中国传统文学进行整体观照与辩证把握。

1　王世贞：《弇州山人四部稿》，卷六十七。

2　王世贞：《弇州山人续稿》，卷四十一。

3　同上，卷四十七。

王世贞较之李梦阳更能动地理解了儒家诗教的“情”及其相应文学表现手段，使这一“有意味的形式”的各层面达到空前的密致统一。胡应麟认为“古惟独造，我则兼工。集其大成，何忝名世”[1]，“兼工”“集大成”为明代文学之自觉意识与一大特色，而“诗家之有弇州，证果位之如来也，集大成之尼父也”[2]。极恰切地道出了王世贞在中国文学史上的位置，即中国传统文学之总结者。

辩证通脱、持衡周全的理论却并未随之产生完美的作品与伟大的作家。及王世贞本人，虽“霜降水落，槛空衡平，奏刀必中觚，发矢必中的，抓搔必中痛痒，断案一新，精彩万变”，却“非笔随人老，尽识随人老也”[3]，只是从理论上认识到、总结出了许多切中机心、契乎规律的东西，却已无法创作出他自己所认识到的高度。这种“眼高手低”的现象却最典型地体现了王世贞的文学史地位和中国传统文学所面临的境遇。

事物发展到极致，必然要从根本上进行突破，而根本突破以儒家诗教为核心之中国传统文学，必须自作为其“原始概

1　胡应麟：《诗薮·外编》，卷四，北京：中华书局，1962年。

2　钱谦益：《列朝诗集小传》，丁集上，上海：上海古籍出版社，1983年。

3　陈继儒：《弇州〈读书后〉序》，载王世贞：《弇州四部稿：外六种》，上海：上海古籍出版社，1993年。

念”的“情”着手，使“情”“横溢于调外”，彻底摆脱任何先在伦理规范的制约束缚。晚明社会经济文化的发展正催生了冲决封建伦理，张扬自然人性与自我个性的个性主义思潮，并影响作用于文学。文学自身的逻辑演进与历史发展的现实情势相契合，迎来了晚明个性主义文学大潮。

新发展理念的高超阐释

《小说选刊》2019年第3期刊发了辽宁省作家协会党组书记、主席老藤的中篇小说《上官之眼》。这是一篇“主题先行”的小说，核心主题，是新旧发展观念对比，描述旧的以单纯经济导向和资本、土地推动的发展对自然、生态，还有普通群众利益所造成的无可挽回的巨大伤害，弘扬以人民为中心的发展思想和绿水青山就是金山银山的发展理念。

改革开放以来，中国文学进入新时期，反对“主题先行”，断言“主题先行”一定出不了好作品，必须让人物和故事自己跳出来，创作仿佛成了如有神助，或如有神示的奇迹。特定时期反对“三突出”这样的创作理论是必要的，但如果视作必然规律，就以偏概全了。试想一下，写作之前，既不知道写什么也不知道怎么写，是多么不可思议的事情。马克思在致拉萨尔讨论悲剧《弗兰茨·冯·济金根》的信中说，“你就得更加莎士比亚化，而我认为，你的最大缺点就是席勒式地把个人变成时代精神的单纯的传声筒”，恩格斯也致信拉萨尔“不应该为了观念的东西而忘掉现实主义的东西，为了席勒而忘掉莎士比亚”。这是马克思主义文艺思想的核心，其所反对的，是让人物脱离丰富真实的环境和背景，成为某种抽象观念的代言人，而并非不要核心的思想，只有事件、人物。

《上官之眼》，就是观念与人物、理念与细节高超结合的实例。小说的核心意旨非常清楚，就是弘扬以人民为中心的发展思想和绿水青山就是金山银山的生态文明理念。长期任职党政机关领导的工作经历，使老藤更深切地认识到，以资本和土地驱动的发展，在短期内获得巨大经济效益，改变一个地区面貌的同时，也产生许多难以挽回的负面效应。那么，如何表现这一主题？近年来，此类主题的中短篇小说时有所见，但概念化、模式化、表达生硬是通常缺点。《上官之眼》却别开路径，生动活泼，理念与故事、人物、细节、冲突，水乳交融。

批判官场之弊，矛头应对准哪一级领导？好像是个没有答案的大问题。有传说最高不能到县一级，春晚小品《演戏给你看》，鞭挞的对象是村主任。其实，村里真正的带头人是村支部书记，不少村还配了第一书记。作为村民自治机构负责人的村民委员会主任，主要负责村日常事务和村民纠纷调处。不知编剧不熟悉村政权运作规则，还是其他原因，犯了个知识性错误。《上官之眼》在这一点上，处理得非常巧妙，把焦点对准一个名字里有“上官”，却不是“上官”的人。

上官春，蒲南大学经济学院院长、蒲南市专家咨询委员会主任，有三名得意弟子，一任蒲南市市长，一为市委组织部部长，一是市环保局局长。上官教授本人，更亲身论证许多重大项目。眼耳鼻舌身意，上官教授身在学府，眼耳鼻舌意，却越过学校的围墙，时时在官场。所以，上官教授，是不在官场的官场中人，虽未亲自决策，但蒲南市诸多重要项目，他都是首席专家。很多时候，他并非简单的顾问或咨询专家，而是展宏图于未竟，挽狂澜于既倒。

自孔子始，“为帝王师”就是儒家知识分子的理想。孔子弟子三千、贤人七十，大家共同追求的，是为臣宰。上官春在蒲南市，就是“为帝王师”者。其一，弟子身居重要岗位；其二，他是重大政策措施项目的被咨询者。老子云“圣人常无心，以百姓之心为心”，那么上官春是否以百姓之心为心呢？是否站在百姓立场，秉持百姓情怀提出建议、论证方案呢？而且，党政领导干部流动很快，“新官不理旧账”，很难把已离任的领导再拉回来做个“官场现形记”。上官春就很合适。他在蒲南大学工作，不会离开这座城市，名气大、水平高，不论谁来主政，都很难动摇他的位置，都会发挥他的作用。所以，蒲南市首席咨询官上官春，就成了小说主人公的不二人选。

小说人物不能成为观念的单纯的传声筒，观念要在事件发展过程中自然地流露出来，而且还需描绘出“福斯塔夫背景”。

所谓反思，即以今天的眼光观念，反观过去的事情。小说一开头，就来了个以退为进。上官春主动退休，辞去诸多决策咨询头衔。“不在其位不谋其政”“无官一身轻”，退休之后，褪去诸多身份限制，返璞归真，回归一名普通百姓的身份和视角。常言道“屁股决定脑袋”，不同的身份立场，看问题的角度和结果是不一样的。作者的这个细节设计，起到了四两拨千斤的作用，而且内含看问题的视角，从庙堂官方，转到民间百姓。

于是，一个有点幽默感的细节出现了，上官春“重瞳”。“重瞳”在中国传统文化中，是圣人的标志，最著名的，舜即是重瞳。小说里，重瞳却是反语，“圣人之眼”一度看到的，却是变形的世界，既是聚焦不准导致的照片模糊，更深层的，指他看问题、提建议、做论证的角度和立场，丧失了“圣人之眼”“圣人之心”。上官春拿着相机拍摄自己先前“得意之作”的经历，就是回归圣人之心，回归百姓之心的经历。

苏北风教上官春摄影，规则主要两条：一、“镜头即良心”；二、“焦点要朝下”。这再次点明题旨。毛泽东说，马克思主义是“望远镜”和“显微镜”，可以解决“眼力不够”的问题。上官春手里的徕卡S007相机，便起到了“望远镜与显微镜”的作用，带他发现向来引以为傲的项目华丽外衣下的短视与细节上的粗暴。

上官春摄影的第一选材，是蒲河大坝。从小规模的农田水利设施，到“更立西江石壁，截断巫山云雨，高峡出平湖”，修水库拦河蓄水，在相当长一个时期内，是国家和地方的重要政策。随着生态保护理念深入人心，众多水利设施的利与弊、存与废，成为争论热点。然而见仁见智，莫衷一是。作为长期工作在行政一线的作家，老藤并非“环保原教旨主义”者，不会对工业设施不分青红皂白一棍子打死批倒，而是寻求发展经济与保护生态之间的平衡。因此，当苏北风批评蒲河大坝是“水棺材”“断头铡”时，上官春不接受，苏北风的回应似乎也很无力，居然拿出了《水知道答案》这本书。《水知道答案》系列，十年前曾引起阅读旋风，但很快被证明是伪科学，消失无存。在这里，并非真的指水，而是暗示中国古代著名的政治论断：“君，舟也；民，水也。水能载舟，亦能覆舟。”水知道答案，就是人民知道答案。上官春向来以为，领导的梦想宏图，自己“在论证会上引经据典、力排众议”就是真理，“谋事在人，成事也在人”“气场非凡，前途无量”……这些英雄的意识与行为里，根本没有群众的位置，没有对“这座城市名副其实的母亲河”的敬畏和尊重，不仅“人定胜天”，而且“人定胜人”，所有的动作，都指向一个梦想，就是“被提拔当了书记，接着又荣升省长，成了名副其实的封疆大吏”。

如果说上官春初试摄影，只是被老师批评一下，后面的遭遇就越来越不妙了。

金琦给水底先人烧纸的举动，可谓惊心动魄、直指人心。“望得见山、看得见水，记得住乡愁”，“乡愁是一方矮矮的坟墓/我在外头/母亲在里头”，在金家村，乡愁成为一水库水，活人在外头，死人在里头。近年来，河南、江西等省的平坟事件引起关注，中国人安土重迁、敬天畏人，阴宅风水涉及迷信，思念祖辈先人却真心实意。群众利益无小事，其中也包括善待坟茔。

“当年蒲河大坝是否利用雨季提前一年蓄水，马三运征求过他的意见，他算了一笔账，然后答复说：只要大坝质量没问题，早蓄早见效”，在相当长一段时间里，“效益”是各级政府紧紧抓在手里的第一追求。建立在“理性人”假说上的经济学界，更把效益视作唯一目标。“时间就是金钱，效率就是生命”的口号，“下岗分流，减员增效”的改革决策，在财富快速增长积聚的同时，付出了多少代价、掩盖了多少矛盾，不秉持以人民为中心的发展思想，不以创新、协调、绿色、开放、共享为标准衡量，就不会明白。所以，上官春才认为:“蒲河大坝，泽被后世的一项大工程，却赢不了金家村百姓的理解，村民那点诉求与蒲河大坝的功用相比，不可同日而语嘛！”

如果说蒲河大坝是与人争地，毁人家园，高档物业金渤小区，就是与海洋生物争地。“上官春想，金渤小区是向海要地，没有损害谁的利益，一个地标性高档小区在蛤蜊窝拔地而起，无论怎么讲都是一个杰作！”上官春之所以如此有自信，正在于他心里没有生态观念。现实却教育了他，在他的自信一点点消失的同时，新的观念在不知不觉中生长。

建蒲河大坝，目的是蓄水发电，解决长远问题，填平沿海滩涂，却旨在破解燃眉之急。“上官春没有讲大道理，只是算了几笔账，他说大家都知道蒲河财政不宽裕，几年之内不会有大的改观，但政府刚性支出却像标枪在身后顶着……”“上官春又给大家算了一笔账，说蛤蜊窝滩涂有七十五公顷，填海成本每亩十一万，填起来卖地可以卖到一百万，一亩净赚八十九万，大家算算会有多少盈余？”作者老藤的确是“官场中人”，对相对欠发达地区政府财政入不敷出的实际和土地财政的思路了如指掌，刻画得非常生动准确。

开发滩涂，既解决了财政困难，又树立了标志政绩，可谓一举两得的“妙着”，考虑周全，唯一未被考虑的，就是生态。于是，生于大海，美丽的九尊莲花岛，风水极佳的九座小山，被碎成了填滩涂的材料。原来生机蓬勃的滩涂荡然无存，特产和尚头蛤蜊也无迹可寻。故乡在胃里，乡愁，有时就是一口熟悉的味道，却再也寻不到了。大手笔开发的结果，是稀有物种灭绝，儿子无法尽孝，老人遗憾终老。失去了山峰环绕，海边村子自然环境大变，树死屋倾，与高档亮丽、外人难以进入的现代化小区形成鲜明对比。

《红楼梦》草蛇灰线，伏脉千里，《上官之眼》也借用了这一高超手法。小说开篇即点出上官春“重瞳”，在故事展开一半以后，产生了现实的效用。哲学层面的象征与现实层面的实指重合。上官春的重瞳，是左右两眼有视差。于是，又一上官春利用专家身份、智囊、“第三方力量”推动的重大项目浮出水面。

建蒲河水库、填滩涂开发房地产，背后的实质因素是土地，而公立的市第三医院改制为金利医院，则是资本的作用。小说在这里，敏锐把握到了改革开放以来，推动发展的两大因素——资本和土地。

眼睛做手术的过程很顺利成功，更成功的，是上官春心态和观念的变化。从名人成为普通人，再成为患者，身份的变化和落差，使他一步步放下原来的“架子”，脱离“为政者之师”的既定立场，从新的视角反思自己，也反思一味追求大干快上大项目的所谓发展观。他看到，公立医院改制后，仪器设备更新换代带来的，不是普通患者受益，而是医疗费用高涨，资本获得最大收益。究其根本原因，正如上官春的主治医生白医生所言："三院上千职工，你听过他们的想法吗？你报告里哪一条是他们说的？涉及上千人生路的事，你这个专家就给定了，你眼里有他们吗？"为什么人的问题，不是抽象的，而是具体的，具体到每一次重大决策之中。

作为新发展观念生动而高超的阐释，老藤没有忘记正面引导，唯有正反对比，方才更有说服力。于是，眼睛手术成功，校正了视差，也重树了以人民为中心、以生态为旨归发展理念的上官春，再一次被赋予首席咨询专家的责任，为蒲河市老城区关东街改造出方案、做动员、统一思想。老藤再一次显示出在政府一线长期工作的积累。当前，老城区改造正是许多城市积极推进的事情。文章合为时而著，现实主义小说的现实性，于此得到体现。

果然，立场一转变，观念和方法随之变化。上官春不再对着电脑、喝着咖啡，套用经济学理论向壁苦思、闭门造车，而是走向民间、走进关东街，现场听民情、知民意，和民俗专家、说唱老人、进城务工农民、刻皮影的艺人交流。以前，作为精英专家，他开论证会、做报告、上电视，都是自说自话，眼里根本没有普通群众，只唯上，看当政者意愿，只唯书，以理论为依据；现在，他唯实，以实情实地为准，唯民，接近群众、倾听群众意见，终于体会到了城市之所以生机不绝的血脉贯通之理。不能全部是光鲜的高大上，也必须有让底层民众生存生活的地方，“总要给这些人留一条出路”。所以，当如往常一样做项目论证主题发言时，相同的形式，却有了迥异的内容。上官春没有打开电脑、没有PPT、没有高深理论，也没有长篇大论，甚至说出了“肚脐眼儿”“肛门”这样不登“大雅之堂”的词，使“主席台左右两侧的领导都把目光聚焦到上官春脸上，上官春的话令他们错愕不已”。但更需要领导“错愕”和学习的，不是上官春的话，而是新时代的发展理念和立场方法。

稍感不足的，是对上官春思想和情感都产生重大影响，并暗示二人产生了爱情的白医生，本来形象知性、正义，已很丰富，却增加了参加援非医疗，受一位在当地义务行医染病而死的挪威医生的影响，“愉快地和自己的灵魂对话”，并把这一观念传递给上官春，小说结尾：“上官春眼里盈上泪花，道：我不能欺骗自己的灵魂。”这可能是为了更文学一点，却有些画蛇添足、凿枘不合了。

新女性形象的别样塑造

2019年第2期《小说选刊》头条刊发刘汀的中篇小说《魏小菊》。作者在“创作谈”中，虚构了和魏小菊在咖啡馆见面的场景，魏小菊虽土气未脱，但已经显示出精明、凌厉、警惕的城市人性格。“创作谈”和小说文本中，都提到一个日子，魏小菊的生日，1983年6月3日。

1982年至1986年，中共中央连续五年出台中央一号文件，聚焦农业、农村、农民问题。1983年的中央一号文件为《当前农村经济政策的若干问题》，1983年6月3日，《人民日报》头版头条为《全国二十九个省、市、自治区建立农村信息点——加强调查研究传递农村信息——反映农村信息，既要报喜，又要报忧》，还配发了社论《进一步搞好农村调查》，目的在于落实一号文件，掌握新情况、新信息。这说明，自1978年农村改革以来，随着生产组织形态的变化，农业、农村，特别是农民生活和思想意识，正逐渐发生着变革。

魏小菊，正是在这一背景下出生、长大的。作者虽未点明她故乡何在，从每年夏季下大雨、发大水成灾的描述可推测，应该是安徽淮河沿岸地区。众所周知，安徽滁州市小岗村是中国最早实施联产承包责任制的地方，距离魏小菊家乡不远。因此，虽出身农村，只读书到小学毕业，魏小菊却与封闭、落后的大山深处的年轻人不一样，外界的、现代化的新鲜事物，迅速就会传播到她所生长的地方。而且，由于连年受灾，淮河沿岸“安土重迁”的观念不重，自古就出流民、土匪，百姓价值观中，景仰强梁人物。改革开放之后，外出打工成为大多数人谋生的第一手段，每年春运，安徽阜阳站如潮的人群，已持续三十多年，至今不减。因此，魏小菊虽从小到大，直到结婚生子，都没有离开故乡的村子，属于“生在本村，长在本村，嫁在本村”这类最封闭的人，但外出打工的同村青年带回来的信息，还有亲妹妹魏小竹到北京上学、留京工作的影响，使魏小菊对村子外的世界早有耳闻。

百闻不如一见，一次到镇上参加亲戚的婚礼，魏小菊亲眼见到了外面精彩的世界。皖北人口稠密，如阜阳市颍上县，人口220万，小镇人口聚集很多，与旅游者通常想象的西部小镇完全不同。人多，需求大，社会服务便齐全，市场活跃，便繁华。魏小菊正是被这繁华世界所吸引，动了花心，忘了初心。

常说“工农差别、城乡差别、脑力劳动与体力劳动的差别”三大差别，是以生产方式为依据分别的，现今，却越来越以消费方式相区分。甚至以家庭收入为依据的阶层划分，体现到日常生活，依然是消费品，特别是日常消费之间的差异。由消费，引领生活观念、生活态度和行为方式。

魏小菊转变的直接动力，其实就是一部智能手机。妹妹送她的手机，让她可以上微信，了解小镇之外的世界。用两个月工资买的新手机，她看到了从未见过的美丽的自己。功能强大的智能手机，早已不再是单纯的通信工具，甚至不是新兴传媒载体，而是乌托邦的构筑者。来自底层、农村的魏小菊，在微信里读到心灵鸡汤段子，向往诗与远方。正如走在北京的人群中，魏小菊认为自己出身、学历、长相都一般，“唯一的优势是心态”。

不要小看心态，充斥微信朋友圈的鸡汤文，其核心观点就是“心态决定论”。而心态，正是不需要任何成本就可以使底层年轻人产生智力和道德优越感的错觉。这变化了的心态，引领几乎“一无是处”的魏小菊一步步离开原来的生命轨迹。从镇上回家，她不习惯了家里的饭菜，前所未有地“感到家里的菜油太大、太咸，很不健康”。送给家里人的衣服，家里人“其实不喜欢，觉得那根本不是干活和居家穿的衣服，花里胡哨，厚不厚薄不薄”。两件事，仿佛一主动一被动，内在因素却一样，即魏小菊开始用城里人的眼光和习惯来鄙视自己乡下的家人和亲人了。人的基本需求共六类，从低到高依次为：食、衣、用、住、行、娱。改革开放初期主要解决的，就是吃饭和穿衣问题，从缺吃少穿到丰衣足食，而且花样越来越多。吃什么饭穿什么衣，最直观地把人分出等级。

“饮食男女，人之大欲存焉”，这里的“欲”，不仅指欲望，还指需求。性道德和规则，构成人类道德的基石、家庭的基础，是夫妻间最隐秘、最核心的内容。魏小菊同样用城里的规矩来改变原来的习惯。毫无疑问，她从手机视频上学来的方法更科学卫生，但却让丈夫难以接受，甚至有些强人所难，魏小菊连解释一下都没有，城里人的强势与优越感，暴露无遗。

魏小菊与丈夫郑智离婚，标志着她与农村生活的彻底决裂。她与郑智，青梅竹马，两小无猜，郑智又在大洪灾时救了魏小菊和她父母的命。幼时感情和救命之恩，如果尚不足以托付终身，那么郑智划竹筏救魏小菊一家人时的沉着、稳重，“他划船时安静的脸”，让她“想自己应该嫁给他”。

从农村人的标准来看，郑智实在是个好男人、好丈夫。家境富裕，在村里最早盖起二层小楼；有担当，父亲车祸去世，家里破产后，还清债务，不仅没有堕落，而且学会编竹器，一点点改善生活境遇；结婚后，对魏小菊很体贴，挣的钱全“上交”，花钱再要；将魏小菊父母接到家里的小楼居住，可以说，郑智符合好男人、好丈夫、好女婿的所有标准，而且，两个人已生育一子一女，这种生活，在村子里是很为人羡慕的。

然而，“魏小菊的婚离得很坚决”。之所以离婚，并非外部原因，“郑智没有出轨，她也没婚外恋，家里的日子呢，总归比前些年好很多”，魏小菊离婚，学术点的说法，就是价值观发生了改变；用她自己可以理解的，就是心态变了。“看了手机微信上的各种有关婚姻和恋爱的文章后，她开始反思，当年嫁给郑智到底是因为爱情还是因为恩情，可能后者多一些”，这是理由，但不是全部，魏小菊要离开的，不仅仅是郑智，她要和过去的生活彻底告别，成为一个从“90后”女孩那里听来、从手机上看来的那样的女人。

到妹妹魏小竹家带孩子，魏小菊实现了离开村子、离开镇子，甚至离开县、市、省，直接到达首都的飞跃，却没有离开家人，反而由于在妹妹家做保姆，早年被妹妹压抑的不平等和被剥夺感，集中发酵并爆发。这显然不是已经觉醒，要“为自己活”的魏小菊所能忍受的。于是，她果断离开了。离开妹妹家的细节很有内涵。魏小竹希望多给她2000元，让姐姐回家乡，魏小菊却算好自己的工资，一分钱不多拿，也不少拿。这不是和妹妹生气，而是市场经济下的契约意识已扎根她心里，影响着她的行为。在离婚后从郑智手里拿回原本属于她的土地，特别是母亲去世后，和父亲、妹妹分占地补偿款时，魏小菊说“我只是拿回自己的一份”，更强烈直接地反映出她的思想观念。她对卖早点男人的关注，和骨折画家做爱，与其说是为寻找爱情，不如说是在寻找合适的合伙人，以便在北京长期待下来。在首善之区、国际大都市北京给富人打扫卫生的魏小菊，依靠手机滋养人生的魏小菊，正如她的工作，在眼见的富贵和真实的贫困之间变换，在高楼的幻象和地面的现实之间辗转。于是，才出现小说开头的一幕，“她正靠着有着巨大落地窗的阳台的紫蓝色靠垫，脸上涂着一片日本原装进口的面膜，手旁的果盘里，美国进口的车厘子和欧洲空运过来的大樱桃娇艳欲滴”。在离地面多少米的高楼上，魏小菊实现了自己的梦想，达到了高峰体验，终于成了微信段子和视频里隔空羡慕的人。

然而，现实很快把梦想击得粉碎。这个“过了一个半小时贵妇瘾的钟点工”刚下到地面，便遭遇一连串尴尬。衣服把皮肤磨出痱子，和假乞丐的冲突，满身垃圾水，吃了过期哈根达斯肚子疼，无不提醒着她本来所属的阶层。从贵妇家带出来却没有扔掉的垃圾，最鲜明地象征着魏小菊对那种生活的依依不舍，但她和贵妇家真实的联系，就一袋垃圾。这里，没有讽刺，没有黑色幽默，甚至没有同情或“含泪的笑”，有的，只是客观叙述与真诚的理解。魏小菊，一个少年贫寒、各方面都无出色处的农村妇女，同样有向往美好生活的权利，哪怕是想象的权利。人民日益增长的美好生活需要和不平衡、不充分发展之间的矛盾，是当前社会的主要矛盾，来自发展不充分地区和阶层的魏小菊，在不啻天地的不平衡面前，没有怨恨、没有报复，有的只是暂时的、想象的满足，这正是在微信段子和手机视频引领塑造下的底层社会的主流心态。在一定意义上，微信鸡汤段子，起到了宗教舒缓人心理情绪的作用。

然而，海市蜃楼毕竟不是现实。魏小菊拿到20万元征地款，拥有从未有过的巨额财富后，她却并未如许多人一样，付首付，在远郊买个小房子，扎根北京。而是踏上旅游之路，并在西北城市，甘肃省会兰州居住下来。言外之意，魏小菊认识到，北京的确不是自己久居之地。小说一开头就详细描绘了魏小菊做钟点工时，在贵妇家短暂的高端享受，是魏小菊告别原有生活，一路追寻的最高端，也是转折点。从此，魏小菊踏上了回家之路。

她在兰州，“无可救药地喜欢上了那里的牛肉面”。魏小菊吃贵妇家的哈根达斯拉肚子，吃牛肉面却无论辣子放多放少，越吃越上瘾。牛肉面，和沙县小吃一样，是底层民众的日常美餐。魏小菊终于又回到自己本来属于的那个阶层。因此，她随前夫返回家乡，也就顺理成章了。

在“创作谈”里，作者和魏小菊谈到了鲁迅的《娜拉走后怎样》，一是堕落，二是回来。因为娜拉手里没有经济权，也就是钱。魏小菊没有堕落，她给人家做家政，自食其力，自始至终，没有出卖身体换得一分钱。其背后的原因，正是改革开放市场经济，为普通人在市场上公平而有尊严地出卖自己的劳动力提供了机会、平台和保护。不错，魏小菊最终又回来了，但她没有回到农村，而是回到镇上，保持了最基本的城镇生活品质。虽然在生命危急时，是前夫不远千里赶到兰州照顾她，并且她跟随前夫回到故乡，但没有像她家人包括在北京工作的妹妹所期望的那样，和郑智复婚，其中原因，不是单纯的“要为自己活”，而是和一直守着小本生意的郑智，已属于两类人。魏小菊的回来，和《伤逝》里子君的回到“烈日般威严”的伯父家本质不同，子君只有死路一条，魏小菊却带来了外面的事物。牛肉面店，无论是否正宗，首先使魏小菊有了经济权，支撑她独立地活下去，正如南北风味的两罐辣椒一样，可以选择自己喜欢的生活方式，同时，为小镇打开一扇了解遥远西北内陆的窗口，在开放的百花园中，种植出属于自己的花朵。

想起著名的《人生》，高加林为更好的生活，只身去了县城，最后狼狈回村，引起无数口诛笔伐，那是改革开放初期的价值观和舆论场。改革开放四十年后的今天，更加严重决绝的魏小菊，却让人理解甚至赞赏，魏小菊这样的女性，现实中会越来越多，改革开放产生了她们，支撑了她们，也理解她们。

第二部分

曹禺研究

曹禺与中国现代戏剧本土化进程

序论：先驱者的迷惘——西方戏剧与中国观众的错位对接

戏剧作为立体形式的综合艺术，其运动遵循三角循环的模式，然而进一步归结则只有两个相互对立而又相互依存的构成因子，即创作一方的剧作、表演系统和接受者一方的观众系统。戏剧是一种群体性的精神交流，一切戏剧活动的最终目的都为了最大限度获得接受反应。因此，较之其他诸艺术，戏剧与接受者的互动关系更为直接必要。观众是赋予剧作及表演以目的和意义的绝对必需条件。

虽然，以表演为核心，将戏剧娱乐功能生发到极致的中

国古典戏曲始终以观众为本位，且中国现代戏剧初一萌芽便体味到观众选择的巨大力量，然而中国现代戏剧观众意识的觉醒却走过一段长期、曲折、充满迷惘的荆棘之途，无数戏剧家为之殚精竭虑，苦苦追索。可以说，中国现代戏剧萌芽、发展期的历史，便是一部观众意识日趋明朗、正确的历史。

中国人最初接触西方戏剧可上溯到19世纪末叶，清政府派官员赴西洋考察。资产阶级改良派发起“诗界革命”“小说界革命”的同时，也提出“戏剧界革命”，零星出现“但说白而不唱”的演剧。但标志中国现代戏剧正式起源的则是1907年春柳社演艺部在日本东京的戏剧活动。春柳社员均为当时留学日本专攻艺术或戏剧的学生，其时适逢日本学习西方演剧模式风格的新派剧和新剧运动兴起。欧洲近代剧直接影响下的日本新剧否定日本传统歌舞伎和旧剧遗痕尚存的新派剧，以欧洲小剧场运动和易卜生代表的写实主义戏剧思潮为指导和奋斗目标。春柳社成员便在这种语境下受到较系统全面的戏剧教育，从戏剧观念到演出形式都接近西方。演剧尽可能采用完整脚本，采取分幕式，追求舞台形象的整饬统一，表现出认真、严肃之特色，风格自然、细致、熨帖，整体已达相当水平。锋芒初试的《黑奴吁天录》在东京首演即轰动剧坛。由此可见，中国现代戏剧起点相当之高，纵使无法与西方戏剧比肩，却完全取得与学习西方多年的日本现代戏剧对接的资格，在现代化转型的艺术大道上迈出有本质意义的一大步。然而，国内观众却给归国伊始的春柳诸君当头一棒，轰动异国的名剧在本土却观者寥寥，颇为冷落。究其原因，乃在于中国戏曲和西方戏剧属于截然不同的两种审美体系。为中国戏曲长期“熏、浸、刺、提”培植出来，且积淀着民族数千年文化传统的中国观众，早已形成自己的审美心理定势。所谓审美心理定势，意指审美对象的形式结构与审美主体的心理结构之间的因果对应，在社会历史筛选之后，具有很大的稳定性和定向性。也就是说，戏剧作品和观众心理总是以相当稳定的倾向互相对应着，这种稳定的心理倾向称为审美心理定势。它规定着观众的审美选择、接受习惯及艺术趣味。中国观众看戏的目的乃在于欣赏演员“唱、念、做、打”的功夫和享受缓慢、舒展的戏剧流程，获得身心的娱乐休息。春柳社西式演剧，自然与观众审美期待相抵牾，故难为中国观众理解、接受、欢迎。再者，春柳演剧多选外国剧作或外国小说改编的剧作。尽管当时大量译介外国小说，但即使影响最广之“林译小说”，读者仍限于知识界，没有普及到文化修养相对较低的普通民众。对域外文化人情的隔膜也阻碍了春柳演剧在中国获得更多观众。

如果说春柳派属于早期话剧“洋派”一脉的话，那么“新剧”的另一支流，即任天知代表的“天知派演剧”则相当程度保留了传统戏曲的表演形式。该剧种分幕多，接近中国传奇的结构，演出时将戏曲的一些程式手法融汇剧中。尽管古今杂糅，不伦不类，却不至于使观众感觉过分生疏，较之“现代化”的春柳派演剧，更适合中国观众欣赏习惯。

“天知派演剧”的另一特色是常常于剧中加入大量攻击现实的演讲，甚至不惜游离剧情。虽然对艺术本身构成损害，然而当时维新革命成为社会热点，广大民众极度关注，投入巨大热情，往往盖过对艺术本身纯正性的要求。因此，随意、散漫、粗疏的“天知派演剧”获得极大共鸣。然而，危机甚至衰落的种子也在此时播下了。中国现代戏剧是应和革命浪潮，为宣传反清革命而生的，隆盛一时的“天知派演剧”更是附丽于革命的。然而戏剧毕竟是一种大众娱乐艺术，当革命退潮、民气消歇之后，其娱乐本质便凸显出来。它的具体表现便是1914年（农历甲寅年）的“新剧”界之所谓“甲寅中兴”。当时“新剧”团体很多，著名的便有春柳、新民、民鸣、开明、启明、文明“六大剧团”。诸团都是职业性的，史称“第一次职业演剧运动”。由原来其他事物的附属而获得独立地位，对于艺术的纯正和发展本极为有利，然而，“中兴”诸团都在商业资本控制之下成为后台老板赚钱的工具，而观众无疑是收入的来源。于是观众被推到压倒一切的绝对地位，“观众意识”也似乎空前强化。各剧团都在招揽观众方面很下功夫，不仅回溯到传统戏曲的演剧结构及形式，上演散漫冗长的连台本戏，将学习引进的西洋演剧成绩大半抛弃，更严重之处在于，这种与中国传统戏曲不尽相同的所谓“新剧”，为取悦观众，将占据中国传统戏曲观念核心位置的娱乐性发展到极致，却不能在新的演剧情势下，把握传统戏剧艺术的精髓，只是一味追求“轰动效应”。演剧迎合观众庸俗浅薄的低级趣味，演戏态度和台风极不严肃，不仅脱离剧情，插入但求观众一笑的滑稽表演和场面刺激的杂技，甚至下流胡闹，满台唱春，渲染宫闱秘事，用色情表演招徕观众。这些手法初一出现，果然引起极大轰动，然而不久却为观众鄙弃。究其根源，在于观众意识的不健全。

戏剧作为艺术之一门类，审美性乃是其最本质属性，观众看戏的根本目的在于审美情感的满足，即使娱乐也应是审美的愉悦。然而，文明戏一味趋俗，已突破审美范畴的最低限度，展示在舞台上的不是“美”，而是“丑”。背弃了戏剧本义与审美目标，或可得势一时，却绝难持久。

“文明戏”尽管打着“新剧”的牌子，但除春柳派外，其余“文明戏”剧团，特别是“中兴”诸团并未掌握真正的现代戏剧，过渡色彩极为浓烈。因此本质上，“文明戏”是戏曲在新的历史环境中的遗痕，是旧剧的喜剧时代。真正现代戏剧之引进与确立，有待五四新文化运动的催发。

五四新文化运动的重心乃在文化批判。一切旧的东西都要在新思潮面前被审视、批判，甚至被颠覆。《新青年》派学者发起激烈的“戏剧改良”运动，从思想内容到表现形式对中国旧戏进行全面彻底的批判，主张以西洋戏剧取代之，“采用西洋最近几百年来继续发达的新观念，新方法，新形式，如此方可使中国戏剧有改良进步的希望”[1]。

应和着五四新文化运动和“戏剧改良”理论的要求，以及对因商业化而导致“文明戏”堕落的警惕，五四时期的戏剧家们“仿西洋的Amateur和东洋人的‘素人演剧’”提倡“爱美剧”运动[2]。“爱美剧”倡导者多留学欧美，并受五四精神熏染，具备完全得自欧美的现代戏剧知识和为戏剧艺术献身的顽强精神。经过十余年艰苦努力，“爱美剧”活动家们逐渐廓清“文明戏”遗痕，建立起较完备的中国现代戏剧创作表演体制，如脚本制度、排演制度和管理制度等。中国现代戏剧至此方从旧剧的拘囿中挣扎出来，具备了“现代形态”。然而，“爱美剧”在匡正“文明戏”之失时却走到极端，拒绝商业化控制的同时，连职业演剧也一并拒之门外，将普通观众的欢迎视作艺术的堕落。为保艺术的纯正，“爱美剧”热衷于小剧场运动。剧社同人不赖此为生，而以探索剧艺、创建真正的中国现代戏剧为使命，自觉将自己置于中国现代戏剧“实

1　胡适：《文学进化观念与戏剧改良》，载赵家璧主编、胡适选编：《中国新文学大系·建设理论集》（影印本），上海：上海文艺出版社，1981年。

2　《时事新报》，1927年1月27日。

验室”的位置。因此，与“文明戏”一味趋就观众趣味相反，“爱美剧”偏重对中国戏剧观众心理的调节，希望“造成高尚的观剧阶级”[1]。然而，戏剧活动是创作、接受双向交流的动态流程，戏剧创作与观众心理存在深刻的辩证联系。观众的戏剧审美心理结构是他本人观剧实践和前人心理结构延续的总和，一切审美心理需要，都以已有的心理结构边缘为起点。因此戏剧创作必须以观众现有心理结构为基础，与之相适应。但“爱美剧”则将西洋戏剧全盘照搬，并希图以之改变中国人的戏剧审美心理，虽属积极健康，但毕竟缺乏必要的心理基础，所以，是灌输性、强制性的逆向调节。几种因素共同决定，这一戏剧运动始终只能封闭在狭窄的圈子里，与中国最广大的戏剧观众隔膜甚深。这一时期，中国现代戏剧观众意识得以较正常发展的，是“爱美剧”的一小支流，即“趣味派”剧作。早期戏剧活动家汪优游，通过英国萧伯纳名剧《华伦夫人之职业》在中国上演的失败，认识到“我们演剧不能绝对的去迎合社会心理，也不能绝对的求知识阶级看了适意”，而应“拿极浅近的新思想，混合入极有趣味的情节里面，编成功叫大家要看的剧本”[2]。宋春舫更批评五四时期推崇的“写实派”戏剧的剧本

---

1 《时事新报》，1927年1月27日。

2 《导言》，载赵家璧主编、洪深选编：《中国新文学大系·戏剧集》（影印本），上海：上海文艺出版社，1981年。

“构造法”与我国一般观众审美习惯大相径庭，有违中国人戏剧审美心理。他强调戏剧作为剧场艺术，“迎合社会之心理”，带给观众审美愉悦，维系审美兴致的特殊重要性。[1]基于此，他向中国剧坛推荐意蕴浅薄但结构绵密、技巧熟练、具有较好剧场效果的斯克里勃“佳构剧”和李渔戏曲，以“切合我国人之心理”[2]。在不完全排除戏剧现实社会功用的前提下，更重剧作的实践性、剧场性和趣味性。“趣味派”剧作已扫尽“文明戏”残迹，属于较完全意义上的现代戏剧，但它们又能较充分发挥戏剧的娱乐功能，与传统戏剧审美特性颇相近似，也和中国观众审美心理颇多契合。创作者与接受者之间已达成相当程度的能动平衡。待洪深在全面总结中国现代戏剧最初阶段成果的《〈中国新文学大系·戏剧集〉·导言》中从观众的角度提出戏剧之“真”（“是否能令观众对台上事物不起疑问”）、“美”（“是否能兴起观众之美感”）、“善”（“是否能感化改善观众之性情”）的时候，中国现代戏剧观众意识已走过“正题”“反题”两个对立的阶段，历史和中国现代戏剧观众期待站在历史高处的艺术巨人的出现。

1　焦尚志：《中国现代戏剧美学思想发展史》，北京：东方出版社，1995年，第108页。

2　同上，第110页。

一、新里程的界碑——曹禺的戏剧美学观念

任何一座艺术高峰的出现都是特定的时代、契机与高峰人物自身独特、恰切的素质交汇作用的结果。本文的研究对象曹禺正因拥有这些必要条件，才形成一整套属于自己的戏剧观念，创造出一部又一部美妙绝伦的艺术珍品，为话剧这种完全移自西洋的艺术在中国文化语境中转换生成的本土化历程画了一道清晰完美的轨迹线。他因此成为中国现代戏剧史上划时代的，迄今最为重要的大师。

曹禺虽为中国现代戏剧艺术巨匠，但恰恰是传统戏曲培养起他对戏剧最初的兴趣的。年纪极小时，曹禺便随母进出天津的戏园子，其父万德尊任职宣化时，看戏更成了偏僻小城的唯一娱乐。小儿的痴迷尽管连“爱好”也算不上，更遑论“欣赏”，却是他人生艺术的第一课。稍通文墨，他便开始翻阅家中戏剧方面的藏书，接触戏剧文学文本，“读《戏考》读得很熟，一折一折的京戏，读起来很有味道”[1]。幼年经历对一个人常产生极深切影响，虽有时为表面纷繁所掩盖，可一旦激发，便会显示强大的本质力量。早岁观剧及阅读对曹禺的作用，正

1　曹禺：《我的生活和创作道路》，载《曹禺论创作》，上海：上海文艺出版社，1986年，第127页。

在于此。大学阶段，曹禺更常去广和楼看京戏。大家知道，中国古典戏曲到清末传袭了发展数百年的艺术精华，承载着丰厚的中华传统文化，因此，不仅臻于登峰造极的完美之境，而且与中国观众审美心理定势极为契合。戏剧活动的两极交流相当默契，“一句唱出，满场叫‘好’！剧场震得楼顶都要掀开”[1]。曹禺在这里亲身经验到戏剧活动最为完美成功的艺术境界。

曹禺虽喜爱戏曲，但在辛亥革命以后成长起来，“看得最多”的却是“文明戏”。“文明戏”给曹禺“印象深的是，中国的观众十分善感……观众那样热烈的欢迎，那种热烈鼓掌的情景。男女洒泪告别时，台下也有妇女一片呜咽抽泣，擦湿了手帕。可以说观众和舞台演出打成一片，真叫‘交流’之极了”[2]。也许正从这里，曹禺初步认识了中国戏剧观众。这也可解释为何他能在拒绝普通观众的“爱美剧”主潮中独标新格，建立自己独特的戏剧美学体系。

曹禺作品诞生的另一更加重要而直接的温床是南开新剧团。南开新剧团由南开中学校长张伯苓于1914年创办，1918年上演按照准纲准词的创作剧本严格排演的《新村正》，从而拉开“爱美剧”的序幕；1925年上演洪深改译自王尔德《温德

1　曹禺：《我的生活和创作道路》，第128页。

2　同上。

米尔夫人的扇子》的《少奶奶的扇子》，“自此剧词固定，南开剧团始有背剧词一事”[1]，可视作“爱美剧”演出模式定型的标志。曹禺正好这一年加入南开新剧团，虽未参加演出，但深入钻研剧本，受到比较典范的“爱美剧”文本的洗礼。而他在南开新剧团亲身参加的演剧活动则真正对其产生决定性影响，“培养起我对话剧的兴趣”，“使我最终决定搞一生的戏剧”[2]。

曹禺在南开新剧团参排丁西林的《压迫》和田汉的《获虎之夜》时为留美归国、怀抱正宗西洋戏剧知识的导演张彭春赏识。1928年曹禺男串女角主演《娜拉》大获成功，从此演艺逐步成熟，步入其舞台艺术黄金时期，陆续主演了一系列重要剧作：1929年翻译并主演高尔斯华绥名剧《争强》；1934年重编《新村正》，并饰剧中人侯仲寅；1935年改译、主演莫里哀喜剧杰作《财狂》(《悭吝人》)。虽终因身体条件不理想而放弃职业表演艺术家的梦想，但他舞台活动时间跨度从1925年至1935年，整整十年，贯穿了“爱美剧”第二阶段发展的全部历程。南开新剧团是北方“爱美剧”运动的中心，曹禺则是该剧团中坚。因此可推知，曹禺身处“爱美剧”重镇的位置。据当时观众回忆，曹禺演剧水平相当之高，演娜拉“把娜拉和海尔

1　夏家善等编：《南开话剧运动史料（1909—1922）》，天津：南开大学出版社，1984年，第54页。

2　曹禺：《我的生活和创作道路》，第129页。

茂夫妻间的感情，甚至她的感情分寸，都很细腻地精湛地表现出来”，甚至认为“至现在这样好的艺术境界，艺术效果是很难找到的”，“曹禺的天才首先在于他是个演员，其次才是剧作家”[1]。可以说，《雷雨》问世之前，曹禺已作为优秀的“爱美剧”演员而声誉鹊起了。

“戏剧有它自身的内在规律，不同于小说或电影。掌握这套规律的重要途径，就是舞台实践。因此，如何写戏，光看剧本不行，要自己演，光靠写不成，主要在写作时知道舞台上应如何举手投足。”[2]这是曹禺的经验之谈。亲身登台演剧使他懂得表演，体察到戏剧的本质规律。文学艺术诸体式中，戏剧与接受者联系最为紧密、直接。观众的审美期待是决定戏剧存在方式的基础，因此把握戏剧本质特征的最重要一着便是必须洞察观众心理，“熟悉观众，熟悉如何写戏才能抓住观众”[3]。在这一点，曹禺超越了许多没有演剧经验的“爱美剧”作家。初步的观众意识与纯正严格的现代戏剧训练共同构成他向更高阶段飞跃的基础。

“爱美剧”时代，剧本匮乏，上演国内短剧外，更多需译

1　田本相：《曹禺传》，北京：北京十月文艺出版社，1988年，第87页。

2　曹禺：《回忆在天津开始的戏剧生活》，转引自马俊山：《曹禺：历史的突进与回旋》，北京：中国工人出版社，1992年，第38页。

3　同上。

演西洋戏剧。为消除不同文化的隔阂障碍，使中国观众易于知解，移译常将原剧风俗人名中国化。曹禺参与了南开新剧团许多剧作，如《冬夜》《太太》《争强》《财狂》等的改译。改译剧作是为了上演，因此直接制成舞台脚本，较之单纯戏剧文本，更加切近观众。于此，他经受了剧本创作如何趋近中国观众审美心理的训练。梳理曹禺成为剧作家之前的艺术之旅，我们发现他走了一条由观众到演员再到舞台脚本创作者的道路。特定经历决定他始终与观众血肉相连，因而可以在剧本创作时于观念和艺术实践层面实现对观众的观照。

“爱美剧”运动挣扎维系十余年后，终因组织松散、观众寥落而难以为继，1933年上海戏剧协社的解散标志其终结。但它引进了较完全意义上的西方戏剧艺术，确立了中国现代戏剧的现代品格，完成了自己的历史使命。因此，更深层次，“爱美剧”没落的根源在于，中国现代戏剧经充分孕育发展，早已不满足蛰居“实验室”的小角落，而渴盼一次本质意义上的蜕变，由小剧场进入大剧院，向更多的观众——不仅是“爱美剧”拥有的知识分子观众群，更向民众广泛展示自己的风采。同时，由于近现代都市的急剧成长和30年代国民党统治在都市的渐趋稳固，娱乐已成为市民的日常需求。对于无力参与更高档次娱乐活动的普通市民，看戏无疑属最佳选择。两方力量共同作用，中国现代戏剧再次职业化的时机终于成熟了。

1933年，唐槐秋领导的半职业性质的中国旅行剧团（“中旅”）成立，拉开“第二次职业演剧”的序幕。与“文明戏”时期的“第一次职业演剧”根本不同，“第二次职业演剧”站立在“爱美剧”奠定的真正现代戏剧基础之上。更为重要而本质的是，它摆脱了后台老板商业资本的控制，戏剧家自主经营，自己决定剧团事务，真正职业化，通过“以剧养剧”的方式求取生存。因此，戏剧家可以直接面对观众，而不需他人操纵。新兴职业演剧在中国现代戏剧两度偏颇之后登上现代戏剧舞台，如何正确对待观众，处理演剧与观众的关系，无疑是最重要、最本质的问题。它必须消除“文明戏”与“爱美剧”观众意识的偏颇，建立起真正完备的戏剧演出与接受的交互流程。

曹禺戏剧观念体系正根植于对戏剧活动流程中观众重要地位及其决定作用的明确辩证认识。曹禺认为，观众乃戏剧活动存在、进行的最基本条件，舞台艺术之所以在更现代化的综合艺术（如电影）出现的时代永远不可被取代，正由于“舞台上的戏与观众有直接的交流”[1]。观众虽处接受一极却决定着创作一极的状况状态，是“剧场的生命”[2]。能否抓住观众是戏

1　曹禺：《和剧作家们谈读书和写作》，载《曹禺论创作》，第425页。

2　曹禺：《〈日出〉跋》，载《日出》，北京：人民文学出版社，1994年。

剧活动成败的标志，观众的选择认同乃戏剧优劣的最终评判标准，“一切戏剧的设施须经过观众的筛漏；透过时间的洗涤，那好的会留存，粗恶的自然要漏走”[1]。

不仅如此，演剧职业化时代，观众直接决定戏剧的能否生存发展。为“顾到职业演员的生活”，便是莎士比亚、莫里哀这样的戏剧大师有时也需“加进些无关宏旨的小丑的打诨”或者“塞入毫无关系的趣剧”，“不惜曲意逢迎”，目的只是希望“得到普通观众的欢心”，“下次再来买票看戏”。曹禺从戏剧艺术本身和职业演剧客观需要两方面论证了观众无可替代的重要地位和作用，得出“一个弄戏的人，无论是演员、导演，或者写戏的”都必须“立即获得观众，并且是普通的观众”[2]的结论，含蕴丰厚的曹禺戏剧观念体系便由这一最基本命题推衍展开。

意欲吸引观众，首先必须懂得他们，“戏是演给观众看的，观众的性质若不了解，很容易弄得牛唇不对马嘴，台上的戏尽管自己演得得意，台下的人瞠目结舌，一句也不懂。这样的戏是无从谈起的”[3]。恰恰在对观众，特别是中国现代戏剧观

1　曹禺：《〈雷雨〉序》，载《雷雨》，北京：人民文学出版社，1994年。

2　曹禺：《〈日出〉跋》。

3　曹禺：《编剧术》，载《曹禺论创作》，第281页。

众的了解把握上，曹禺表现出最过人之处，超越了前代戏剧家，深入而准确地探究到戏剧审美心理最具决定性意义，却也最微妙，为无数戏剧家迷惘不解的奥妙所在，并以兹为基石，提出自己的观众美学原理，即“一面会真实不歪曲，一面又能叫观众感到愉快”[1]。

“真实”一词曹禺阐释颇多，此处所谓“真实”并非逼真模拟现实生活的“人生世相的本来面目”[2]，而是经作家提炼加工生活素材，“用头脑去思索所看到的种种，并把真正感受和思索的东西写成作品”[3]，揭示出来的“生活的真实”。尽管这种“真实”表现为“象真实而非真的事物，象人生而非实际的人生”[4]，然而恰恰是经过选择、提炼、加工的“真实”，才更合乎生活发展的逻辑必然性，因而也更近“情理”。

戏剧接受作为艺术活动之一组成部分，必然是情感化、主观化的。因此，观众对戏剧作品是否“真实”的判断并非以客观实存的外部世界为基准，而是参照由生活中体味得来，却又经过主体熔铸过滤、积淀生成的生活经验和文化传承，也即依照在特定文化语境下约定俗成的“情理”，“合情合理的不

1　曹禺：《〈日出〉跋》。

2　同上。

3　曹禺：《我对戏剧创作的希望》，载《曹禺论创作》，第405页。

4　曹禺：《编剧术》，第282页。

可能，比不合情理的可能更令人信服”[1]，且“只有近情理的东西，才不遇到听众和观众方面的抗拒”[2]。由此可知，艺术真实根本上是观众感觉与期待中的真实。美国当代著名文学批评家和理论家艾布拉姆斯将文学活动描绘为四元循环大系统。作家感觉世界而创造成为作品，读者则阅读作品，解码而复归于世界。因此，创作、接受是两个互逆对应的美学过程。曹禺的真实观，即所谓“生活的真实”，正是在“真实”这一艺术活动极为重要本质的范畴上实现了创作、接受的同一。他之所谓“真实”，虽针对创作而言，但与观众的真实感相契合。所以，“真实不歪曲”从观众意识的角度便可理解为契合观众的审美期待。

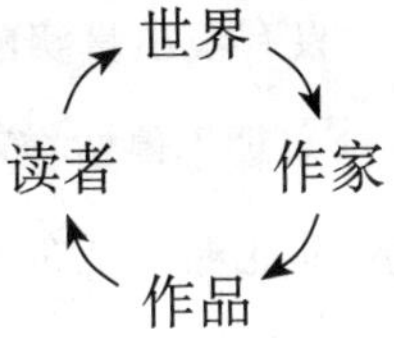

曹禺戏剧美学原则的另一半，“一面又能叫观众感到愉快”，其核心在“愉快”。因为娱乐性毕竟是戏剧最重要的功用之一，人们到剧场的目的绝不是求取苦难，而是意欲获得身

1　亚里士多德：《诗学》，罗念生译，北京：中国戏剧出版社，1986年。

2　转引自余秋雨：《戏剧审美心理学》，成都：四川人民出版社，1985年，第53页。

心的愉悦。特别是中国戏曲发展到晚清时期的成熟阶段，娱乐功能也发挥到极致。在那一特定文化环境下成长起来的中国现代戏剧观众，必然极为注重戏剧的娱乐性能，但“文明戏”低俗逗乐却终为观众遗弃。曹禺在前人失利的关节点上深入思索探寻“艺术上真正动人的力量”[1]，超越“多少皮相的手法，几多滥用的情绪”[2]，深入体验角色的情感，化开人物言行表层的冻土，裸露出他的心灵来，而且轮廓分明，有层次变化，富于立体感。即深入戏剧人物内心深处，把握展示戏剧人物精神世界、心路历程，及人与人之间相互应和的精神交流，把人物的灵魂挖掘出来[3]。只有这样，才能真正触动观众内心最深处的审美潜能，把观众为表层低级的、爱刺激的趣味所遮蔽的深层真正审美兴味激发起来，“只有演出真实的人物，演出人物灵魂深处的东西，才能使观众兴趣不停留在对生活的表面上”[4]，臻于创造者、接受者经验共同心理体验的戏剧审美理想境界。因为人的审美心理并非“铁板一块”，而是由不同层次的审美积累共同组成，在一定文化语境中成长起来的戏剧观众，无论有意无意，文化修养高下差异，都承袭积淀着多少代的文明成

1　曹禺：《自己费力找到真理》，载《曹禺论创作》，第53页。

2　曹禺：《〈日出〉跋》。

3　曹禺：《自己费力找到真理》，第56页。

4　同上，第53页。

果。所以，观众趣味的表层虽充斥着寻求趋就刺激、噱头的低级趣味，但其心灵深层经过选择，“好的留存，粗恶的滤走”，因而是真正审美的。这种真正审美兴味的激发便是审美的愉悦。曹禺所谓让观众感到的“愉快”意指的正是这种审美愉悦。依戏剧审美心理学原理，艺术真实和“真实感”是戏剧审美的基础，只有真实感方可引发真正的审美愉悦。

中国现代戏剧史上素来对立的“真实”与“趣味”两大范畴终于在曹禺这里得到统一，两相交融的结果便是曹禺独有的“心理现实主义”美学原则。但此处我们使用的“现实主义”一词与通常意义上的“现实主义”含义有所不同，曹禺说“现实主义的东西，不可能那么现实”[1]，因此，此处“现实”一词即艺术真实或“真实感”，“心理现实主义”意即以“真实感”为引导，深入挖掘戏剧人物深层心理，从而激发观众真正的审美愉悦。

“心理现实主义”美学原则是曹禺戏剧思想的总纲，也是他创作实践的向导，贯穿戏剧艺术的几乎一切方面。虽然他多就创作一极，即戏剧文本创作和表演展开论述，却时时以观众为旨归。戏剧文本创作第一步的工作是选材。“心理现实主义”以唤起观众深层审美情趣为最终目的，因此文本本身

1　曹禺：《曹禺谈〈北京人〉》，载《北京人》，北京：人民文学出版社，1994年。

必须首先饱蕴感情。这就要求创作者将自己的情感投射到作品中去。所以，戏剧创作必须“写我们最感兴趣，最关心的东西”，因为“我们最有兴趣的，最关心的东西，往往是我们最了解的”[1]。不仅如此，更要“写自己的精神世界中真正深思熟虑过的，真正感动过的，真正感情充沛的东西”[2]。只有这样的题材方可最有效激发创作者的情感，从而启迪接受者的心灵。戏剧题材的选择更必须虑及观众，特别是观众的审美承受能力。过分刺激的材料不易选作戏剧题材，因为它带给观众的只有恐怖和惨酷，使观众心理承受巨大压力从而顾不得同情，难以收到审美效果[3]。

至于主题，曹禺主张，应该从题材中自然生长出来。而且必须合乎两点要求，“第一应该‘显明’，不要含糊，令导演戏的人觉得眼花缭乱，东也是主题，西也是主题”；“第二应该‘简单’，应当清楚地指导观众怎样同情的方向，要紧紧地抓住他们的同情，死也不要放松”[4]。这两点要求在抗战时期的演讲《编剧术》中提出，某种程度印上“政治宣传剧”的色彩，但它们是中国现代戏剧所应遵循的一般艺术准则。因为中

1 曹禺:《切忌“浅尝辄止”》，载《曹禺论创作》，第336页。

2 曹禺:《我的生活和创作道路》，第148页。

3 曹禺:《编剧术》，第285—286页。

4 同上。

国观众习惯中国戏曲感知、情感二位一体的审美模式，不愿在理解层面过分着力，主题不明确将使观众耗费过多时间精力于剧情的理解，从而阻碍观众情感卷入，不利于戏剧审美流程的圆满完成，所以必须主题简明。主题要“显明”“简单”，便需“头绪不能太多”，“多了易乱”，而且头绪“应设法逐渐介绍，有兴味地来介绍，搀合着‘动作’来介绍”[1]，尽力减少观众情感阻隔的同时，利用感知手段将观众导入规定情境，激发审美同情。

“文学是人学”，“心理现实主义”更强调挖掘人物深层心灵，塑造人物便成重中之重。曹禺主张“要写那些叫人揪心的，使人不能忘却的人物”，刻绘出“有层次，有发展，有两面性”的性格，但又“不要满足于已经知道的人物性格”，而“要放开眼界看到更多人的心灵”，“勇敢地、艰苦地探索人物的灵魂”[2]。具体操作，则“选择最动人的细节，加以不断地锤炼，使这些细节能集中表现出真正的戏来”[3]，即表现出人物内心的冲突斗争，“人与人之间相互反应的精神活动”。但次要人物只需勾勒出大致轮廓，如《雷雨》中鲁贵的性格便“没有

1　曹禺：《编剧术》，第290页。

2　曹禺：《自己费力找到真理》。

3　曹禺：《为了写作的真实》，载《曹禺论创作》，第330页。

什么发展，只是一味地坏”。原因在于戏剧这种高度集中的艺术不允许写出次要人物性格发展的层次，免得占用过多的观众知解力，以便他们匀出更多时间精力，体味戏剧主要人物。因此，塑造这类人物最好将某一类型的共同点完全装在一个人物身上，造成类型化（曹禺名之“典型化”）人物，但同时注意不能写得太夸张，以免悖离真实，违背“心理现实主义”美学原则。

“心理现实主义”还主张戏剧创作应该言不尽意，给观众留下创造添补的空间，充分发挥观众的创造力和想象力。让观众感觉有趣的同时，更进一步“迫使人们看后不得不思索”[1]。戏剧欣赏本来就是一个相互交流的创造性艺术过程，只有留下余地方能充分调动观众的审美主观能动性，诱导他们自觉、积极地参与到戏剧审美流程中来。“文明戏”一味迎合观众，完全屈服于观众之下，在深层反而不给观众提供任何发挥创造力、想象力的可能，限制甚至抹杀了观众的接受能动性。他们难以获得审美的平衡，必然厌倦。只有能动地参与戏剧创作审美互动流程，观众心中积淀的审美潜能才必然被较充分地激发，达到真正的审美愉悦。

作为立体综合艺术的戏剧，是一种见诸舞台和观众眼前

1　曹禺：《戏剧创作漫谈》，载《曹禺论创作》，第388页。

的动作，其核心在表演。曹禺舞台经验丰富，“对于演技有着自己的理论与方法”[1]。“心理现实主义”的许多主张、原则也是借论述表演提出来的。

展现戏剧人物深层心理，是“心理现实主义”美学原则本质的要求。演员只有深切把握角色，方可能塑造具备心理深度的人物。因此曹禺首先要求演员趋近角色心理，切身体验所饰人物的真情实感，“接近实际的原型……在周围的人生社会里……挑选形形色色的人物来观察，来表演，来体会种种不同心理的真实”，然后才在自己的内心培养相应的角色心理，把握人物形象的基调，“实有所感，始能形于外；感到什么，才能表演什么”[2]。他的几乎每部作品的主要人物都配有诗意葱茏的小传。小传涉及人物诸多方面，但其核心则无疑是人物精神品格与心灵状态。曹禺自述人物小传的目的在于“演员们可以借此看出些轮廓”[3]，积蓄起与剧中人物相一致的真切丰富的“无量的情感”。如此方可准确、传神地表现人物。

“体验”与“表现”构成戏剧表演相辅相成的两方面。曹禺注重情感体验，但同时深知一味放纵情感，反而可能导致滥

1　刘念渠：《演员行列》，转引自马俊山：《曹禺：历史的突进与回旋》，第44页。

2　曹禺、丹尼：《我们的表演基本训练的方针和方法》，转引自马俊山：《曹禺：历史的突进与回旋》，第101页。

3　曹禺：《〈雷雨〉序》。

情主义，如南国社上演田汉某些抒情意味浓烈的剧作那样。曹禺因此主张体验积蓄的情感必须理智节制、“情理结合”，“有了无量的情感可以舍得出，再去谈‘收敛’与‘节制’，然后演员才能‘有物’”[1]，塑造出深刻丰般的舞台艺术形象，获得理想效果。就理智如何节制情感，曹禺论述尤其深切独到。

“心理现实主义”追求唤起观众“审美的同情”，但这种同情来源于观众为表演所激发的内心情感，而并非身受其难。观众永远处于“旁观者”位置，即使表演者与接受者双方“交流之极”的戏剧也应当如此。所以，演员运用自己体验得之的情感投入表演的同时，必须匀出一部分精力站在观众角度审视。两种相对相辅相成的要求集于演员自身。正由于此，曹禺认为：“没有感情做柱石，一味在表面上下功夫令人发生厌恶，所以应该有真情感。但是要学得怎样收敛运蓄着自己的精力，到了所谓‘铁烧到最热的时候再锤，而每锤是要用尽了最内在的力量’。”特别是《雷雨》第四幕鲁妈夜半周宅遇四凤那样情感极度强烈的戏，曹禺提醒演员注意“不要让情感的狂风卷扫了自己的重心，忘却一举一动应有理性的根据和分寸”以至于“叹起来成风车，哭起来如倒海”，因为“过度的悲痛

1　曹禺、丹尼：《我们的表演基本训练的方针和方法》，转引自马俊山：《曹禺：历史的突进与回旋》。

的刺激会使观众的神经痛苦疲倦，再缺乏气力来怜悯”，也即超出戏剧审美的范畴，不再能带给观众审美的愉悦。恰当的方法应是“找着自己情感的焦点，然后依着它做基准，来合理地调整自己成了有韵致的波纹”。“有韵致的波纹”，即作者所谓“思索过后的节制或沉静”。这种境界荡涤了对应观众表层浅俗兴趣之刺激与浮夸，直接作用于深层审美机制，“引导观众的情绪入于更宽阔的沉思的海”，所以“在舞台上更是为人所欣赏的”[1]。

与上述原则相适应，曹禺对不同人物的表现技巧也提出具体要求。主要人物应力避单调，“设法充实他的性格，令我们得到一种真实感”，将人物的复杂性表现出来。如对周萍，曹禺恳盼演员“设法替他找同情”；演周朴园也应注意他刻画孤独、幻灭的一面，但同时更应注意降低观众理解的难度。作者以周萍为例，希望有个好演员，“化开他的性格上一层云翳，起首便清清白白地给他几根简单的线条。先画出一个清楚的轮廓，再慢慢地细描去。这样便井井有条，虽复杂而简单，观众才不会落在雾里”[2]。“虽复杂而简单”极精确地概括出曹禺的表演观念，甚至“心理现实主义”美学原则的核心。真正实

1 曹禺：《〈雷雨〉序》。

2 同上。

现这种美学原则，演出效果必然是含蓄、隽永、静穆的。而对鲁贵这样“本子上已经写得很足的人物”[1]，表演更必须“小心翼翼地做到‘均匀’‘恰好’”[2]。因鲁贵一型人物（包括《日出》之顾八奶奶、张乔治；《原野》之白傻子；《北京人》之江泰）虽属配角，却颇具“戏剧性格”，极易“出戏”。然而，同时便易演得过火，“既不真实，又很夸张”[3]，以致破坏戏剧的整体情境。戏剧美终究是由与观众全方位心理需求相对应之戏剧整体情境承载的，破坏了情境的整体统一，在观众眼中便会成为“头上凸起隆包，尻上长了尾巴”的“可笑的怪物”[4]，减损了戏剧的审美效果。

二、歧路彷徨——曹禺剧作本土化的探索和曲折

曹禺首先作为一个杰出的戏剧家留在中国现代戏剧史上，而不是以戏剧理论家或美学家的身份。我们为论述方便，将曹禺的戏剧美学思想集中阐述，但并非创作《雷雨》之前，他的思想已完整成熟，而是在实践（表演实践与创作实践）的基础

1　曹禺：《自己费力找到真理》。

2　曹禺：《〈雷雨〉序》。

3　曹禺：《自己费力找到真理》。

4　曹禺：《〈雷雨〉序》。

上逐步生长起来，并与之同步发展的。他的每部作品都倾注着但同时更深化着“心理现实主义”美学原则。只有深入体察民族审美心理定势，即普通戏剧观众的审美倾向才可能激发积淀于观众心灵最深处的审美情感，实现荡尽低俗，浮显真正审美愉悦的理想效果。因此必然要走民族化、本土化的道路。所谓本土化，是指外来的异质文化传入特定文化语境中改变自己的表现形式，以适应传统文化要求，与之沟通、融合的过程。话剧这种完全自西洋移植的艺术形式，若欲真正在中国文化语境中扎根，便必须经历转换生成的艺术历程，也即必须本土化。本土化是中国现代戏剧发展的必然归趋，曹禺之所以能在强手如林的中国现代剧坛脱颖而出，成为本土化历程的代表，根本原因便是他提出正确地对待观众审美趣味的“心理现实主义”美学原则。正由于此，曹禺是这一历史进程中最自觉的作家。曹禺戏剧生涯中，这两条线索总体遵循由分离到交合的趋势，但其中时有龃龉，纠结发展。

中国现代文学史或戏剧史通常将《雷雨》视作中国现代戏剧成熟的标志，立论主要基于《雷雨》用话剧这种完全自西方舶来的艺术，娴熟完美地表现了现代中国人的生活、思想和情感。然而曹禺多次声明，写作该剧时并未有“反映或表现中国现实”的自觉，“并没有想到要讽刺、匡正或攻击什么”[1]。尽管作品一经诞生，便成为客观存在的文本，作者的自述并非唯一评判，然而即使就艺术发展本身而言，一种艺术形式的成熟绝非仅仅是“旧瓶装新酒”式的生硬移植组合，而必须达到形式与内容、外在表现与内在精神的全面融会贯通。而且，内容形式相比较，形式的成熟更加本质，因为内容流转变动极快，形式则更具稳定性与承传性。再者，形式本身在长时间审美交流中创造发展起来，经过无数淘汰选择，保留下来的必然凝聚着民族文化的精华，应和着民族审美心理定势。话剧这种完全自西方（不包括日本）舶来的艺术在中国文化语境中转换生成的本土化历程是曲折复杂而漫长的。我们判定一部作品，特别是《雷雨》这样具有文学史意义的作品，应将它放在中国现代戏剧发展的动态系统中，不仅考察它较先前剧作多了些什么，也必须清楚它较后来作品有何欠缺，并且顾及全篇，顾及作者全人，以及作品产生的现实情境。

《雷雨》创作于1933年，构思则始于1929年。其时曹禺尚在北方“爱美剧”的中心南开新剧团。“爱美剧”以西洋戏剧为规范，剧团导演张彭春排戏严格按照莱茵哈特的现代舞台技术原则。被张彭春直接深刻影响，并奉之为“导师”的曹禺必

1　曹禺:《〈雷雨〉序》。

然经受浓厚的西方戏剧浸染。曹禺自述写作《雷雨》之前，在清华大学西洋文学系读过几百种戏，但最引起兴趣的是古希腊悲剧："我喜欢埃斯库勒斯，他那雄伟、浑厚的感情；从欧里庇德斯，我企图学习他那观察现实的本领以及他的写实主义的表现方法，我很喜欢他的《美狄亚》。"[1]清华期间，曹禺读过朱光潜的美学著作。朱氏美学思想奠基《悲剧心理学》认为真正完全意义上的悲剧必须是也只能是古希腊式的悲剧。曹禺深表赞同，甚至多年后发表集中阐述自己悲剧观念的演讲《悲剧的精神》，仍主张"有崇高的理想，宁死不屈的精神的人，才能成为悲剧的主人"[2]，即将悲剧限定为英雄悲剧或曰高悲剧。由此可见，曹禺不仅受西方戏剧特别是古希腊戏剧作品的深切影响熏染，而且悲剧观念同样认同古希腊。《雷雨》初版，作者封面题词"四幕悲剧"，指示着作者对该剧渊源、性质的自我体认。结合剧作和作者的一系列自述进行分析，我们的确可以确认《雷雨》是一部全面"古希腊化"的作品，甚至可以说是迄今为止中国现代戏剧史上西化最彻底纯粹的一部作品。

剧作家自述创作源起于"念起人类是怎样可怜的动物"，"受着自己——情感的或者理解的——捉弄，一种不可知的

1 张葆莘：《曹禺同志谈剧作》，载王兴平等编：《曹禺研究专集》（上册），福州：海峡文艺出版社，1985年，第142页。

2 曹禺：《悲剧的精神》，载《曹禺论创作》，第297页。

力量——机遇的，或者环境的——捉弄”，“宇宙正像一口残酷的井，落在里面，怎样呼号也难逃这黑暗的坑”。《雷雨》所着力表现的正是“这种种宇宙斗争的‘残忍’和‘冷酷’”。而“在这斗争的背后或有一个主宰来使用它的管辖。这主宰……希腊的戏剧家们称它为‘命运’”。所谓“命运观念”是古希腊人特有的对宇宙人生的体认。希腊先民慑服于神力、命运的神秘、强大与不可抗拒的同时，生命意识深层却怀疑着命运的是否公平，与超验力量本身的合理、正义。以此为参照审视《雷雨》，我们发现，剧作所凸显的内在精神，即剧作主题，与古希腊命运观念完全相同。《雷雨》写出宇宙这个“残酷的井，黑暗的坑”的神秘与不可抗拒，但更发出“宇宙里并没有一个智慧的上帝做主宰”“这确是太残忍了”的充满深切怀疑与反叛精神的呼声。

文明初期，人类的精神成果多以文学艺术的形式呈现，这种“反抗绝望”的崇高精神的最完美体现便是古希腊的“命运悲剧”。因直接对手是超乎人类之上，拥有无限力量的命运（通常表现为神谕），所以悲剧主人公的力量也必然是非凡的，否则不足以构成对命运的怀疑与挑战。悲剧主人公虽最终必定归于毁灭，但正是在这注定无望的抗争中最充分地展现出人的精神、力量与无限价值。

曹禺倾全部心血甚至偏爱创造的《雷雨》主人公蘩漪，

便是这样的悲剧英雄。作者写给她的小传描绘出一位沉静、忧郁的“中国旧式女人”外形掩盖下郁结着果敢阴骛的力，燃烧着狂热的思想，“令人觉得有些可怕”的尖锐魅惑性格。阴森窒息的周宅里，她为追求自己作为一个真的人的爱与被爱的权利而奋斗挣扎着。虽然明知难以战胜无涯际的黑暗，却一次次更加激烈、无情，不顾一切地向自己的对立面发起攻击。一声声凄厉的绝叫尽管越来越清晰地预示着无可避免的必然毁灭，但她丝毫不退让的决绝精神与勇气却激起观众心灵的大震撼。当“生命交织着最残酷的爱和最不忍的恨”烧疯了她的心，在无边的雨夜里炼成一朵无比短暂却无比艳丽的火花时，观众感受到的是恐惧、惊异及因之产生的悲壮和崇高。若依中国传统的伦理道德，蘩漪背叛丈夫，与继子私通，已犯下“乱伦大罪”，第四幕更利用自己的亲生儿子阻止情人出走，“做了所谓‘罪大恶极’的事情 —— 抛弃了神圣的母亲的天职”，当更属十恶不赦。而她丧失理智的超常举动更悖离“妇道”。因此，蘩漪的确是“不可爱”的，“以寻常的尺来衡量她，她实在没有几分赢人的地方”，然而她的火炽的热情，一颗强悍的心，敢于冲破一切的桎梏，做一次“困兽的斗”的最“雷雨的”性格，却恰恰是高悲剧之“悲剧精神”的最充分体现。古希腊悲剧的核心精神是深层的怀疑及因之而起的人的意志与力量。故此，伦理道德并不构成悲剧评判的标准。古希腊悲剧画廊中许多人物都是非伦理甚至于反伦理的。他们给予观众的是力与美的震撼而非道德教训。《雷雨》主人公蘩漪同样是反道德的"美恶统一体"，她的真正价值在于力量意志体现的崇高美感。（作者将剧中人分为"极端""妥协"和"间色"三类，参照标准也正基于人物与高悲剧所要求之英雄性格距离的远近，而不依伦理道德。）

"在《雷雨》的氛围里，周蘩漪最显得调和"，弥漫全剧的，是阴沉、潮湿、烦躁的"苦夏""郁热"的空气。自然界的大气候与周宅的小气候叠加在一起，沉重压抑着剧中人。虽有"夏天里的春梦"——周冲这个"不调和的谐音"，但他的设置非但没有减轻紧张的气氛，反而"因了他才衬出《雷雨》的明暗"[1]，氛围因此愈趋紧张强烈。这样的氛围无疑更凸显出蘩漪反抗的决绝和力量，人格的伟大。可以说《雷雨》虽由于"技巧的不允许"[2]，没有直接呈现出命运这一先在的反对力量，但戏剧氛围无疑在某种程度上起了替补作用。

就全剧的结构组织，曹禺认为合乎"三一律"原则，"《雷雨》这个戏的时间，发生在不到二十四小时……故事发

1　曹禺：《〈雷雨〉序》。

2　曹禺：《〈日出〉跋》。

生的地点是在一个城市里……还有一个动作的统一”[1]。这种结构方法同样来源古希腊。它产生推广的最初原因本是当时舞台条件的局限，但它之所以能在“命运”观念已遭扬弃的时代依然为无数戏剧家接受认可，日趋完善，甚至发展成为戏剧创作的“铁律”，根本上是由于这种结构原则围绕由“发现”“突转”引出的高潮，将整部剧作纵横交错成密致的团块，合乎西方人从固定视点考察事物的所谓焦点式、团块式思维模式。

“《雷雨》有许多令人疑惑的地方，但最明显的莫如首尾的‘序幕’与‘尾声’。”于是，《〈雷雨〉序》里，作者对此作了集中详尽的阐述。设计这两小段戏是因为剧中“事理变动太吓人，里面那些隐秘不可知的东西对于现在一般聪明的观众情感上也仿佛不易明了”。作者唯恐过度的恐怖甚至惶惑可能摧毁观众情感的大堤，从而有损剧作审美效果，所以借序幕、尾声“罩上一层纱”，“把一件错综复杂的罪恶推到时间上非常辽远的处所”，以便观众在适中位置来看戏，如听故事似的。也即让观众处于旁观者的位置，于恐惧之外更满怀怜悯与同情，“仿佛有希腊悲剧Chorus一部分功能”。正是这一句道出曹禺设计“序幕”“尾声”之良苦用心。Chorus即古希腊悲剧中的“歌队”，其作用之一便是引导和收蓄观众的情感。另

1　曹禺：《曹禺谈〈雷雨〉》，载《曹禺论创作》，第91页。

外，不仅审美效果，而且序幕、尾声的形式也仿效古希腊。古希腊悲剧在形式上前有开场后有退场，“开场”部分交代冲突源起，即剧情背景或前史，提示将要发生的事件；“退场”的任务是交代结局，议论人物，引起观众的沉思，一般都比较肃穆。

如果单就戏剧文本考察，作者对序幕、尾声的设计及其本身的表现效果都堪称卓越理想。序幕、尾声与正文事件发生时间相距仅十年，但以破败的陈设、颓唐的老先生和无语凝望的痴呆妇人带给观众“相当辽远的感觉”。季节差异的运用更见绝妙，正文故事发生在郁热逼人的夏日，“夏天是个烦躁多事的季节，苦热会逼走人的理智”，“人们会时常不由己地，更归回原始的野蛮的路，流着血，不是恨便是爱，不是爱便是恨；一切都走向极端，要如电如雷地轰轰地烧一场，中间不容易有一条折衷的路”。因此，“‘极端’和‘矛盾’是《雷雨》蒸热的氛围里两种自然的基调，剧情的调整多半以它为转移”。序幕、尾声则展示一片白雪霏霏的冬景，将观众带入冷清、肃静的境地，以便“送看戏的人们回家，带着一种哀静的心情，低着头沉思地念着这些在情热，在梦想，在计算里煎熬着的人们。荡漾在他们的心里应该是水似的悲哀，流不尽的……流荡在人们中间还有诗样的情怀”，宗教音乐更足以

"引导观众的情绪入于更宽阔的沉思的海"[1]，使观众心灵从残酷的现实中解脱出来，得以净化升华。我们知道，"心理现实主义"在审美效果方面以激发观众内心真正审美情感为目的，作者设计序幕、尾声追求Chorus所能实现的审美效果，也即对这一美学原则的实践。

《雷雨》完成后，作者并不想发表，但足以让这位年仅二十几岁的年轻戏剧家无限惊异的是，剧作一经发表，即引起前所未有的大轰动。先在东邻日本，为中国留日学生搬上舞台，继而在国内上演，先业余演剧后职业演出，连演数月，场场爆满，形成"当年海上惊雷雨"[2]的空前盛况。至1936年底，全国上演已达五六百场。极短时间内，《雷雨》与中国现代戏剧（特别是职业演剧）的主要接受对象"各阶层小市民发生关联，从老妪到少女，都在替这群不幸的孩子流泪"[3]，观众从"爱美剧"的知识分子圈层极大地扩展开来。正是因《雷雨》的问世，自成立一直处于流浪状态的半职业的"中旅"剧团才获得一个保留剧目而得以安定下来，成为职业性话剧演出团体。上海卡尔登剧院也由于"中旅"演出《雷雨》"卖座

1 曹禺：《〈雷雨〉序》。

2 茅盾：《赠曹禺》，《人民日报》，1979年1月28日。

3 钱理群：《大小舞台之间——曹禺戏剧新论》，杭州：浙江文艺出版社，1994年，第41页。

之盛，前不多见，甚至超过电影”，才决定只上演话剧而停映电影，并将戏院改名为上海艺术剧院，除和“中旅”订长期合同外，也请业余剧人协会经常在该院演出[1]。中国现代戏剧终于走出“实验室”，进入大剧场，从事营业性质的职业话剧演出。而“从事话剧也可做职业的活动”是“以前所不敢想象的事”[2]。正是有了《雷雨》，中国现代戏剧史上第二次职业演剧运动才得以真正开展蓬勃起来，并从此持续繁荣十余载。

然而，剧作家本人却在这空前热闹中深味着被误读的孤独与痛苦。原因乃在于观众的接受与作者原意大相径庭，甚至正相反对。《雷雨》原本是表现命运观念，抒发作者情感的“一首诗”，“绝非一个社会问题剧”[3]。可几乎所有的接受者都从社会问题剧的视界解释它。日本演出时，著名戏剧家秋田雨雀即撰文评论《雷雨》是一出“近代中国社会家庭悲剧”；曹禺致信《雷雨》第一个导演吴天，表白自己写作初衷的信在《质文》月刊发表，编者所加的按语更说明这种不协调：“就这回在东京的演出上看，观众的印象都似乎完全与作者的本意相距太远了。我们从演出上所感觉到的，是对于现实的一个极好的

1　《卡尔登改为话剧场》，《舞台银幕月刊》第1卷第3期。

2　郑伯奇：《1933年中国戏剧运动之展望》，《戏剧月报》1937年第1期。

3　曹禺：《〈雷雨〉的写作》，载《曹禺论创作》，第3页。

暴露，对于没落者的一个极好的讥嘲。”[1]更有甚者，竟指责剧作“蒸母奸妹”“禽兽之不若”[2]。国民党当局也以“有伤风化”为由，逮捕拷打了《雷雨》八位主要演员。

对女主人公蘩漪的理解更与曹禺本意相距遥遥。蘩漪本是最抓住剧作家想象的人物，依曹禺预设，她同样应以她的尖锐、魔性和魅惑吸引住观众的心灵，抓住他们的想象。接受者中虽也有“迷上蘩漪”，明了“她的可爱不在她的‘可爱’处，而在她的‘不可爱’处”的艺术知音，但更多则是“舞台上的她与我原来的企图，做成一种不可相信的参差”，普通观众不能“把握着她的魅惑，只会觉得她阴鸷可怖”[3]，更有甚者，真的将这位倾注作者全部心血热情的悲剧英雄视作疯子，而将同情施于鲁妈、四凤，甚至周萍。[4]

以挖掘人物灵魂和激发观众真正审美愉悦为艺术旨归的“心理现实主义”美学原则，其风格表现必然深邃、含蕴，充满诗意色彩。然而接受者，甚至演员表演时，都没有体味到这一层次，而是更多为表面的悲剧效果吸引。即使凤子这样著名

---

1 曹禺：《〈雷雨〉的写作》，第3页。

2 钱理群：《大小舞台之间》，第47页。

3 曹禺：《〈雷雨〉序》。

4 王蒙：《永远的〈雷雨〉》，《读书》1998年第5期。“我缠足的，基本不识字的祖母，在我七岁时就向我介绍过戏里的人物。她说鲁大海是一个‘匪类’，而蘩漪是‘疯子’。”

的演员，演至四凤与侍萍相见一景时都当真悲痛难抑地晕倒在台上“不知怎样地被人抬到后台”[1]，不仅破坏了作者期待的“含蓄”“节制”的演出与观众的“距离感”“悲悯感”及整体诗意效果，而且不得不中断演出，犯了与南国社同样的毛病。

曹禺非常重视《雷雨》的序幕和尾声，以至于宣称删去它们，整部剧作便成为“无头无尾，直挺挺的一段躯干”。因为它们关系甚至决定着全剧演出效果，是曹禺诗化艺术风格也即“心理现实主义”美学的集中具体的体现。然而，从东京首演到90年代，却没有一次将序幕、尾声搬上舞台。曹禺殷殷期望的“了解的导演”一直没有出现。(便是曹禺自己，尽管在《〈雷雨〉序》中表达了这个愿望，但终未实行。天津人民艺术剧院1982年曾做过类似试验，但并未真的上演原剧序幕、尾声，而只用一种类似“空场”的象征手法代替，且表现的意境及其作用与原作正相反对，不是冷清静肃的冬日，而是用夏日正午的蝉鸣、日影愈衬出苦热的氛围。曹禺这一精心之作在中国现代戏剧接受者那里始终被拒绝。)恰切体现主题的，紧张而充满偶然性的情节结构也被批评为“太紧张”。

钱理群先生新作《大小舞台之间——曹禺戏剧新论》认为曹禺戏剧的接受史便是一部误读史，其中“误读”当推《雷

1　钱理群:《大小舞台之间》，第50页。

雨》为最。究其原因，乃在于它与中国观众审美心理差异太远之故。古希腊悲剧是特定时代文化哲学观念的艺术表现，但中国却未为这种观念的滋长繁荣提供适宜土壤。中国是一个讲求实际、极具世俗关怀的民族，很少超越现世的形而上的思索与怀疑。中国人尽管也感于命运的强大、神秘、无常，但他们对此既不会表现出特别好奇，也没有情感的骚动不安，更不可能对“天命”的是否合理提出怀疑，而是“乐天知命”，完全慑服、承认，并自觉顺从天意安排，丝毫不思反抗。占据中国人意识领域的，不是命运观念，而是与悲剧精神完全异质、正相反对、恰恰会导致真正悲剧衰亡之“宿命论”。然而《雷雨》展示的“并不是因果，并不是报应”[1]。剧作的原初主题因此不能为中国的戏剧观众接受、理解。他们只能在自己先在观念的限定通约下，从自己最熟悉的角度接受解读它。占据中国人意识最核心位置的，无疑是以血缘关系为纽带的伦理道德观念。对中国人而言，哲学也就是伦理学，所以中国观众从世俗伦理道德的角度解说《雷雨》，从而将作者用心良苦着意表现之形而上的命运观念弃之不顾。

误读蘩漪的根源在于，她尖锐的魔性不仅有违“妇道”，而且也与中国人数千年奉为修身守则的中庸、平和、礼让、谦

1　曹禺：《〈雷雨〉序》。

逊等信条大大悖离。在他们的观念里只有泼妇悍妇才如此，是为正人君子所不齿的，因而绝难触生同情，更遑论审美同情。与西方人思维模式不同，中国人的思维是流线型的散点思维，因此中国观众看戏时，注意力的分配图形也不是整块型的，而是流线型的。而注意力的分配则是戏剧结构的基础。《雷雨》完全遵循典型西方戏剧的焦点式结构，合乎“三一律”原则，采用锁闭式，现在的事件回溯过去的事情，同时过去的事件推动现在事情的发展，相互交织、扭结成极密致的团块，与中国人的思维方式差别极大。受思维方式深层决定和道家美学思想影响，中国观众追求轻松、灵动、飘逸、自然的审美境界，观剧的目的同样希望从这种优美从容的境界中享受身心舒适的休息，不习惯过度紧迫凝重，使心灵承受巨大压力。“爱美剧”引进真正的西方戏剧形式和完备的戏剧制度，但由于自身局限，并未对中国观众的戏剧观念与审美心理产生本质影响。据记载，那时的观众“象听京戏一样，闭着眼睛，打着拍子来听《雷雨》的台词”；戏剧商人则按当时邀请京剧名伶的条件，争邀“唱话剧”的“唐家班”(即唐槐秋之“中旅”剧团)[1]。由此我们可知，《雷雨》之结构、氛围与中国观众戏剧审美心理定势的确存在巨大差异，批评其“太紧张”，便事出有因，不

1 钱理群:《大小舞台之间》，第42页。

足为怪了。

序幕、尾声的被拒绝，更在情理之中。“卡塔西斯”为古希腊悲剧之审美理想效果，意指悲剧激发的怜悯与恐惧对观众心灵的“净化”或“陶冶”，中国普通观众对此从未接触。悲剧对于中国观众的作用，与其说唤起怜悯与恐惧，不如说为早已潜存心底的怜悯之情找到一个发泄口。同情弱者向来被视作美德，而且中国观众又“十分善感”，因此大多只在“为这群不幸的孩子流泪”，而很难进入曹禺所设想的怜悯恐惧之后“更宽阔的沉思的海”。

戏剧感染观众的力量主要源于真实感，而“切近”无疑乃真实感产生的必要条件。《雷雨》之序幕、尾声着意将观众与戏剧拉开距离，事实上造成观众心理阻隔，阻碍观众卷入规定情境和戏剧审美流程。而且差异巨大的戏剧情境之间突然切换，也使从未接触过如此手段的中国观众莫名其妙，不知所云，因此不具备可操作性，在演出实践中很难获得理想效果。

寓于舞台实践经验，以表演和观众为依归的曹禺为何竟创作出与中国戏剧观众审美心理如此差异巨大的作品呢？我们联系剧作家当时状况和作品产生的具体背景，便不难解释了。前者我们前文已作过阐述，至于后者则是创作《雷雨》时，“中旅”虽已成立，但仅处半职业状态，真正广泛的职业演剧运动尚未展开，“爱美剧”仍统治中国现代剧坛，曹禺当时正作为著名“爱美剧”演员，活跃于舞台。他所熟悉的舞台是“爱美剧”舞台，所了解的观众也限于“爱美剧”的观众圈子。中国现代知识者经受欧风美雨浸润，较熟悉西方文化，有欣赏古希腊模式悲剧的积累与准备。他们正是作者为《雷雨》预设的观众。

综上分析，我们可以说，《雷雨》是在“爱美剧”背景下被创作出来的，根本当属“爱美剧”系统。不仅如此，它还是最完善的“爱美”剧作，是“爱美剧”多年孕育发展的最高峰。然而，每一事物成熟的同时也潜存着超越和突破，《雷雨》不再是它以前“爱美”剧作那样的独幕短剧，而是长达四幕的大型话剧。只有大型话剧才可供职业性剧团在大剧院演出。中国第二次职业演剧的序幕恰逢其时地拉开，与《雷雨》的诞生历史巧合。因此，《雷雨》根本上是一部用于职业戏剧演出的“爱美”剧作。这样，创作《雷雨》的起因与目的和它实际的传播接受过程便产生割裂，种种误解在所难免。然而正是这种不和谐与断裂，才实现了中国现代戏剧史上一次最本质意义的飞跃。由此可知，《雷雨》是中国现代戏剧由业余“爱美剧”过渡到职业演剧的桥梁。因职业演剧面对尽可能广泛的，涵盖各级各类的观众，与他们进行直接的审美交流，因此为话剧在中国语境中转换生成的本土化历程提供最适宜土壤。

所以《雷雨》是中国现代戏剧本土化历程真正的开端，以它自身的西化品格为本土化进程提供了参照。它的这一历史地位是戏剧家和观众共同奠定的。

我们前文说过，一个艺术巨人的诞生是个人才能与时代潮流融汇的结晶。曹禺的杰出之处正在于，当他无意间撞开戏剧艺术的另一扇更为前景广阔的门时，能准确把握前进的脉搏，迅速适应，并调整自己的创作取向。亲身登台演剧培养起来的观众意识使他自觉尊重作为戏剧活动另一极的观众对创作的限制与通约。《〈雷雨〉序》尽管是一篇自我辩解色彩浓重的文章，但在“反击”误读和与创作初衷相去甚远的批评时，更深层是在进行自我反省。反思观众误读自己剧作的原因，思索新的观众群体，以新的职业化戏剧演出的观众为对象与基础“试探一次新路”[1]。

曹禺选择戏剧结构作为“试探一次新路”的突破点是颇具眼光的。因为“戏剧结构是戏剧家对观众注意力的一种设计”，“观众注意力的张弛节律和分配方式是戏剧结构的基础”[2]，而观众注意力是戏剧欣赏的首要前提。《雷雨》演出后有人批评“太紧张”，“紧张”依西方戏剧观念，是“戏剧性”

1　曹禺：《〈日出〉跋》。

2　余秋雨：《戏剧审美心理学》，第221页。

最突出的表现。但中国观众由于思维方式和传统戏剧线性结构的作用，注意力较随意、绵延，不习惯高强度集中于某一点。曹禺尊重中国戏剧观众的审美接受习惯，“写完《雷雨》，渐渐生出一种对于《雷雨》的厌倦，我很讨厌它的结构，我觉出有些‘太象戏’了”。因而，“想敲碎了我从前拾得那一点点浅薄的技巧”，“平铺直叙地写点东西”。戏剧结构即戏剧作品的叙述方式，结构的不同反映着戏剧思维、戏剧观念的迥异，并最终决定剧作风格、形态的差别。曹禺以结构为矛头探索新路的最终目的，在于提倡一种不同于受西方戏剧影响甚或决定的“爱美剧”，而这是一种能为中国职业演剧所面对的广大戏剧观众接受的新的戏剧样式。因此，这种戏剧样式必须尽可能与中国戏剧观众的审美心理定势和审美期待契合。

作为“试探一次新路”成果的《日出》，其结构“不再集中于几个人身上”而是“用片段的方法写起《日出》，用多少人生的零碎来阐明一个观念”[1]。缺乏所谓“主要动作”，戏剧结构因之相对松弛。由于戏剧结构与观众注意力的密切联系，观众的注意力便因之稍事松弛，而不若观看严谨密致的《雷雨》那样高度集中紧张。这无疑更符合中国观众的欣赏习惯和审美心理。

1　曹禺：《〈日出〉跋》。

《〈日出〉跋》中，作者使用大量篇幅激动、尖锐地为第三幕辩护。究其原因，一方面固然因为第三幕反映了最底层社会的不幸，最富现实社会意义。但更本质层面，在于第三幕是曹禺试探新的戏剧形式的最着力处。第三幕与全剧结构的“欠统一”乃作者有意为之。因为作者孜孜以求的正是“没有绝对的主要动作，也没有绝对主要的人物”，“减少些故事的起伏与夫‘起承转合’的手法”，由“损不足以奉有余”这一主题连缀起来的“横断面的描写”。因此《日出》的结构不是外在的而是内含的，各部分之间的联系需要观众予以创造性连缀补充。所以，精神内质上，《日出》不是一幅“用色点点成的光影明亮的后期印象派图画”[1]，而是连通融汇中国传统艺术“留白”“断笔”等艺术审美精神的本土化创制。

可惜的是，《大公报》约请当时中国最重要的文学家和批评家集体批评《日出》时，这些当时中国文坛的支柱性人物却极少理解剧作者这一良苦用心，而是用他们完全得自西方的戏剧观念对刚刚萌芽的本土化戏剧实施规范。因此双方争论虽集中于几个具体问题，但深层却展开着两种戏剧观念的论争。作者长篇自述文章《〈日出〉跋》争辩的核心问题是针对汉学家谢迪克和批评家孟实（朱光潜）的，他们认为《日出》第三

1　曹禺：《〈日出〉跋》。

幕，“仅是一个插曲，一个穿插，如果删掉，与全剧的一贯毫无损失裂痕”[1]；第三幕“在《日出》里只能使人想起骈拇枝指之感”，进而认为剧作者“把一篇独幕剧的材料做成一篇多幕剧”[2]。谢迪克是一个英国人，是燕京大学西洋文学系主任。朱光潜则在德国系统学习过心理学与文艺美学。他们正是以西方正统戏剧观念来规范有意突破西方模式、创制本土化新剧的最初尝试《日出》的。从戏剧结构方面反映出来的乃是戏剧观念的深层差异。对此，曹禺有明确认识，“这是一个新的企图，但是我怕我的技术表达不出原意，因而又将读者引入布局紧凑、中心人物、主要动作，这一些观念里，于是毫厘之差，这出戏便在另一种观点下领得它应该受的处分”，而“布局紧凑、中心人物、主要动作”这一些观念正是朱光潜、谢迪克等人所主张的。曹禺称删去第三幕为“挖心”，宣称“《日出》不演则已，演了，第三幕无论如何应该有，挖了他，等于挖去《日出》的心脏，任他惨亡”，根本上并非因为第三幕在全剧中的位置，而是恰恰由于它与第一、二、四幕的“欠统一”而显示着新的戏剧形式的探索锋芒，是作者苦心经营之所在。所以作者无限深情地说“如果承认我所试用的写法，我就有权利

1　谢迪克：《一个异邦人的意见》，《大公报》，1936年12月27日。

2　孟实（朱光潜）：《“舍不得分手”》，《大公报·文化》副刊，1937年1月1日。

要求《日出》的第三幕还须保留在戏里”，“《日出》里面的戏只有第三幕还略具形态”，“由于求布局紧凑的原故，《日出》的第三幕又得被删去的命运”，那么“作戏守法（当然守西方戏剧之法——引者注）的人，似应先求理会，果若一味凭信自己的主见，不肯多体贴作者执笔时的苦心，便率尔删除，这确实是残忍的”[1]。在这里，我们有必要回溯一下，《雷雨》的创作受朱光潜极深影响，《日出》则开始与朱光潜论辩。从遵从朱光潜到反驳朱光潜，我们可以看出曹禺在中国现代戏剧本土化方面的自觉。

曹禺挖掘中国观众审美心理之“心理现实主义”美学原则在《日出》里做了一次极具冒险色彩的试验，显示出曹禺探索新的戏剧形式又不违背既定美学原则的勇气与胆略。展示十里洋场“丢弃了太阳的人们”生活的《日出》，主要落笔于黑社会和妓女。这两种事物是最容易挑动观众低俗趣味的。沈从文当时就忧虑，“《日出》场面过于热闹，杂乱，在演出效果上，就容易把它的庄严性减少，而出于谐趣，反造成‘文明戏’的空气”[2]。然而恰恰在第三幕这一集中写下层妓院的戏里，于极端写实中（不仅妓女和嫖客的众生相，而且一些特定环

1 曹禺：《〈日出〉跋》。

2 《伟大的收获》，《大公报》，1937年1月1日。

境下的色情小调都如实绘出）却“在这堆‘人类的渣滓’里，怀着无限的惊奇，发现了一颗金子似的心”。“心理现实主义”绝非仅止于写作技巧，而是涵盖戏剧艺术全部因子的。翠喜这一挣扎在最黑暗角落却不失人类最深层本真的善良女子，便是曹禺独特美学原则的生动体现。《雷雨》里，曹禺以序幕、尾声等外在手段求得观众心中“诗意的情怀”；《日出》则由外入内，力求以剧中人物沉积在恶浊表面之下的真正人性美好，直接唤起观众心中的审美情感。正由于此，作者申言“果若有人只想打趣，单看妓院材料的新奇，可以号召观众，便拿来胡炮乱制，我宁肯把这一幕烧成灰烬，不愿这样被人蹂躏”[1]，而希望扮演者“会有圆熟的演技，丰厚的人生经验，和更深沉的同情”，把角色心灵深处的痛楚与慈悲细腻真实地传达出来。

尽管作者声言没有所谓“主要的动作”，但《日出》里仍可窥见两个事件的伸展轨迹。剧作表层，演绎着小东西的营救与失踪，深层则隐含陈白露心灵由希望至绝望的心路历程。作者全面突破《雷雨》遵奉的“三一律”原则，按事件时间先后展开剧情，变团块结构为线性结构，其实质则化焦点透视为散点透视。这一结构方式无疑使得观众注意力更加灵活自由，不

1　曹禺：《〈日出〉跋》。

必紧张地集中于剧情，以免一环错漏而影响整体的理解与投入，心境也因之随意、轻松许多。同时，这种结构方式，也可以使作者于剧情发展中加入色彩多样的插曲。《日出》全剧主题是诅咒“损不足以奉有余”的不公平社会现实，表现被污辱与被损害者辛苦挣扎而终至毁灭的人生悲剧，但其中插进胡四、张乔治、顾八奶奶、王福升等喜剧性人物，以及不少喜剧甚或闹剧场面，剧作整体的悲剧情调因之缓解。《雷雨》似的单一悲剧形态甚至高悲剧形态向悲喜混杂、多样色调交错统一的方向进展。

观众的审美接受始终是戏剧形态的最现实基础。西方较严格意义上的悲喜剧，固然可以将观众某一方面的审美情感推到极致，但其情调单一，过于强烈，结果往往易使观赏者心灵疲倦。中国戏曲内含儒道哲学，追求“中和”之境，表现为戏剧形态则苦乐相错，悲喜杂沓，致使观众“忽而眦尽裂，忽而颐尽解，又忽而若醉若狂，又忽而若醒若悟”，“时而解颐，时而鼻酸”[1]，情绪交替有致，变换均匀，从而消除单一感受所造成的审美疲劳。由此我们可知《日出》“丰富多彩的戏剧色调”[2]，并非曹禺艺术手法运用方面偶一为之，而是意欲由西方

1 周之标：《吴歈萃雅·题辞》，转引自郑传寅：《中国戏曲文化概论》，武汉：武汉大学出版社，1993年，第221页。

2 《曹禺论创作》，第124页。

戏剧观念限定的悲剧喜剧二元对立分野，向传统戏曲审美习惯回旋，造就中国本土特色的，合乎中国人审美心理的中国现代戏剧。

曹禺所有的这些自觉都立足于中国现代职业戏剧演出所面对的观众这一根基之上。《〈雷雨〉序》与《〈日出〉跋》各有论述侧重，前者关注创作（表演），后者则核心在观众，其落脚点则自觉将自己的创作与中国现代戏剧职业化的发展进步紧密联结在一起，“中国的话剧运动，方兴未艾，正在需要提携”，因此需“先造成普遍酷爱戏剧的空气”[1]。所以，他才反驳朱光潜“获得观众的同情，对于一个写戏的人是个很大的引诱”[2]这样的批评，申言：“如果无意中我已受了这种引诱的迷惑，得到万一营业上的不失败，令目前几个亏本的职业剧团，借着一本非常幼稚的作品，侥幸地获得一些赢余，再维持下去。这也是一个作者所期望的。”正是正确的观众意识和对中国现代戏剧发展所负使命的自觉，促使曹禺不断探索更加本土化的、合乎中国戏剧观众欣赏习惯与期待视野的中国现代戏剧。

尽管剧作《日出》和自述文章《〈日出〉跋》探索到中国

1　曹禺：《〈日出〉跋》。

2　孟实（朱光潜）：《“舍不得分手”》。

现代戏剧本土化的正途，但毕竟是进军的第一步，尚有许多不尽成熟、有待深入的地方。比如曹禺认为《雷雨》序幕、尾声的被删除，根本在于剧本太过冗长，其实中国戏剧观众由于注意力分配的流动分散，并不烦厌冗长，反而颇喜爱长得惊人的连台本戏，倒是看惯近代话剧的人不习惯那种流动自由、漫无边际、消消停停、没完没了的戏剧形式，会感到过分冗长。可见，曹禺仍没有完全从两方戏剧观念拘囿中解放出来。又如曹禺自述不学契诃夫的原因是中国观众“要故事，要穿插，要紧张的场面”，中国传统戏曲的确几乎部部都有插科打诨，甚至于专事科诨的“丑”成为中国戏曲之一门类，然而真正进入中国观众心灵深处，激发其内心审美情感的，却并非“惊心动魄的场面”而是“结构很平淡，剧情人物也没有什么起伏生展”[1]的大段抒情唱词。曹禺当时并未全面准确把握中国观众审美心理特征，因此才有这样的见解和情节设计构造。剧作的其余方面，比如题材，也有一些与观众审美心理不合拍的失误之处。故此，《日出》演出时，也没有完全达到作者预设的效果。据当时报纸报道，“现在的一般的人民，还只能看文明戏，而够不上看真正的话剧。比如在《日出》里面，当王福升说‘上有电灯，下有地板’那句话时，观众们都大笑起

1　曹禺：《〈日出〉跋》。

来。妓院里隔壁房间在唱‘五更调’博得了更多的掌声和叫好声”[1]，这恰恰印证了沈从文的忧虑。然而，我们并不能要求每一作品都是完美无缺的，放在历史的动态的系统中考察，唯其有相对缺欠才是正常而且应该的，才可为进一步发展完善提供可能。

作为一个颇具探索精神的戏剧艺术家，曹禺“有这种想法，一个戏要和一个戏不一样。人物、背景、气氛都不能重复过去的东西”，“要搞出些新鲜意思，新鲜招数来”。然而，他苦恼于“《日出》以后，我似乎就觉得没有什么办法了”。所谓“没有什么办法”，研究者认为应理解为作者在中国现代戏剧本土化发展道路上一时难以为继。因为毕竟对中国观众的了解认识尚不深刻、准确、明朗。在这种有点“走投无路”的情况下，“爱美剧”时期所接受的，已沉入生命深层的西方戏剧影响浮出历史地表（曹禺多次声明并未有意模仿西方戏剧，但这种表白并不能说明曹禺创作与西方戏剧无涉，从创作状况看来，这一声明反而证明西方戏剧已化入艺术修养的最深层，以至于受其影响决定而浑然不觉），其产物便是《原野》。

正如许多研究者指出的那样，《原野》与《雷雨》的确存在极强烈深刻的内在关联。《雷雨》表现古希腊式的命运观

1　钱理群：《大小舞台之间》，第101页。

念，即人类对神秘而难以抗拒的命运卓绝崇高悲壮的抗争。《原野》虽然演义一个复仇的故事，作者也没有再写一篇序或者跋对剧作诸方面作详细的阐明，然而我们仔细分析却不难发现《原野》同样表现人与命运抗争。如果说《雷雨》里由于“技巧的不允许”而缺失象征“渺茫不可知的神秘”的“一手执铁钉，一手举巨锤，青面红发的雷公”[1]的话，这一“命运的象征”却在《原野》中出现了，这便是身死而灵魂尤在的焦阎王。序幕拉开，仇虎一上场便“眼烧着仇恨的火”[2]高叫复仇，然而焦阎王死了，八年来时刻思谋报复的仇人缺席，使仇虎的复仇落入不知向何处下手的迷惘与尴尬。但仇虎怀着家破人亡，两代人的血海深仇，必须完成复仇的使命。这样，无目标无希望的抗争，便成了仇虎的宿命。无奈之下，只得将目标转向焦家其余的人——焦母、焦大星、小黑子，甚至花金子身上。戏剧正文（第一至第三幕），展开的便是仇虎与焦母的斗争，虽然似乎可以推断焦母一定也参与谋害仇家的罪恶行径，但剧中并未如此言明，因此，焦母与仇虎并没有直接的仇恨。然而，她无可推脱地必须为丈夫造下的罪孽承担全部责任。因而反复仇便成为她难以摆脱的宿命。她之所以手执铁杖，怪戾

1　曹禺：《〈日出〉跋》。

2　曹禺：《原野》，北京：人民文学出版社，1994年，第4页。

多疑，是因为她必须时刻提防仇虎的归来。由此可知，复仇与反复仇两方都笼罩在焦阎王的阴影下。焦阎王虽从未亲身出场，但又无时无处不在，支配、控制着场上的人们，是《原野》“漏掉的主要人物”。剧中数次出现焦阎王照片“在笑”的幻觉；第三幕更借仇虎黑松林中的幻觉将焦阎王的鬼魂和阴曹地府的惨景搬上舞台，与美国奥尼尔表现主义剧作《琼斯皇》的表现手法，有许多近似之处，但并不能凭此便判定《原野》为表现主义剧作，因为仅凭手法的相近是不足以判定一部作品的性质归属的，正如我们不能将《诗经》的“兴”说成象征主义一样。通观全剧，我们可知，第三幕正是集中表现命运的无可逃避和人对命运无望而悲壮的抗争，类似于《雷雨》第四幕周家客厅夜半时分的大结束。之所以采用如此手法，是受《原野》的戏剧形态本身决定的。

马俊山《曹禺：历史的突进与回旋》论及《原野》时说它“是《雷雨》的一支审美变奏曲”。“变奏”二字大有文章在。如果说《雷雨》是古希腊式高悲剧的话，《原野》则是这一体式的极端发展，可视之为“超级高悲剧”。《雷雨》虽以“命运”为剧作主题，却呈现了在中国现代史初期极典型的一个封建资产阶级家庭，因而尚可理解为一部社会剧；《原野》则将这一主题推到极端，作了完全符号化的表现。

《雷雨》女主人公蘩漪尽管内心炽热难耐，外表却仍显出中国旧式女人的明慧哀静。她的无限激烈的抗争和复仇女神般的决绝初一出场是隐匿在平静之下的，随剧情的开展才一步步由暗到明、由弱到强地逐渐展示出来。然而《原野》里，这种内在情绪力量却借人物外貌最直接地得以被表现。秋天薄暮，狰狞旷野的大背景下，凸显一幅怪异的面目，“人会惊异造物者怎么会想出这样一个丑陋的人形，头发像乱麻，硕大无比的怪脸，眉毛垂下来……”，而且脚上戴着沉重的镣铐[1]。与仇虎相对的焦母同样有着不同寻常的外貌，“头发大半斑白，额角上有一块紫疤，一副非常峻峭严厉的轮廓，扶着一根粗重的拐棍，张大眼睛，里面空空不是眸子，眼前似乎罩上一层白纱，直瞪瞪地望着前面，使人猜不透那一对失了眸子的眼里藏匿着什么神秘”[2]。仇虎与焦母均非生活中实有的人，而是内在情感与非凡力量的符号化。就戏剧氛围而言，我们知道，高悲剧用超常氛围映衬非凡的人物及行动。如果说《雷雨》以郁热得使人丧失理智的夏季和阴暗压抑窒息的周宅作了鬖漓的背景的话，《原野》则由一所住宅而扩展为大旷野。序幕开场展示的便是沉郁、神秘、藏匿着郁勃的生命，但又充满杀机，像噩梦一般怪异、恐惧的秋天傍晚的原野，整个故事便在此氛围中发

1　曹禺：《原野》，第4页。

2　同上，第20页。

生。《原野》通过营造现实中绝不可能的氛围和人物，将高悲剧这一戏剧形态发展到极致。

《原野》可称《雷雨》之极端化还在于,《雷雨》在表层是蘩漪反抗周朴园以及周萍，作者表现周朴园本人为命运捉弄的深层意蕴却不易为观众体察。但《原野》不同，焦、仇二人尽管斗得你死我活，但都根源于命运的体现者——焦阎王——一方要找阎王复仇，一方要为阎王护嗣。因此实质上都受着阎王的控制、捉弄。他们之间的斗争根本都在反抗阎王象征的命运，希图冲决无可挣脱的天定怪圈。因此，仇虎、焦母表现虽异，实质则同。正由于此，复仇与反复仇发生交叉对转。

《〈雷雨〉序》中说:“愈挣扎愈深沉地掉在死亡的泥淖里”，这句话用于《原野》似乎更恰切些。不仅由于情节的设计，如焦母暗刺仇虎反误杀小黑子，或仇虎在黑林子中奔突反而精神崩溃，再冲不出黑暗，如此种种。更值得注意之处在于，仇虎、焦母这两个命运反抗者同时又充当对方“命运之神”的角色，即命运的反抗者和体现者奇妙集于一身。他们不仅相互设置陷阱，而且如神启般预言着对手无可逃遁的必然宿命。仇虎要把焦家人都杀完，留焦母一人活在世上；焦母则“看见”仇虎人头落地，血从颈子里喷出来。作者如此设计，将命运观念的两重含义愈加密不可分地拧合在一起凸显，加剧了剧作的命运悲剧与高悲剧的色彩。

我们主张《原野》是一部西式剧作的另一证据，取自它的结构。大家知道,《日出》“试探一次新路”便从结构起始，从剧中时间角度，突破“三一律”。《原野》则又回复到这一西方传统戏剧结构方式。明了这一点我们便不难理解，篇幅长达数十页，内容既非交代性，也非评论性，而是已直接介入戏剧冲突的“序幕”为何不直接称为“第一幕”？根本原因便是剧中时间的差异。序幕的故事发生在正文故事的前十天，若称其为第一幕，必然破坏“三一律”原则。正文三幕发生的时间从傍晚六时到清晨六时，跨度仅十二小时。《原野》的确承继而且发展了《雷雨》，是一部西方化甚至高度“古希腊化”的“超级高悲剧”。

《雷雨》的演出“以中化西”,《日出》之批评“用西范中”。《原野》的出现却让中国的文艺批评家和观众都不知所措。艺术接受根本上是作品与接受者固有审美倾向的契合，因而戏剧活动的两极有无共同点，无疑是最重要的。然而《原野》“这在大家期望中的第三部”[1]，非但不与接受者的设想全同，展现在中国观众面前的反而是一幅完全陌生的图景。不仅符号化、象征性的人物、事件让习惯从“社会剧”角度解读的

1　南卓:《评曹禺的〈原野〉》，载王兴平等编:《曹禺研究专集》(下册)，福州:海峡文艺出版社，1985年，第141页。

批评家感觉难以自圆其说（尽管自《原野》诞生已从社会视角作过各种各样的解释，但都穿凿太过，难以令人信服），而且在更深层次，无论剧作风格还是表现手段等都与中国观众审美期待大相径庭。

中国传统戏曲以娱乐为最大目的，观众看戏乃为寻求松弛与休憩，使身心在美的境界里得到舒展。因而中国观众观剧时常取爱玩旁观之态度，极少身心紧张地全部投入，处于居高临下的位置，而不是为戏剧情境所挟裹慑服。因而中国观众的“善感”是戏剧情境与观众已有情感因子的共鸣，并非西方戏剧追求的怜悯与恐惧的戏剧审美效果。然而《原野》几乎竭尽所有可能营造一种紧张、压抑、神秘难名的戏剧氛围，甚至着力追求恐惧的感觉，并希图“在黑的原野里，我们（即观众——引者注）寻不出他（即仇虎——引者注）一丝的‘丑’，反之逐渐发现他是美的，值得人的高贵的同情的”[1]，然而，中国的观众绝不会从恐惧中激发震撼心灵的大美感，从而净化或陶冶自己的心灵，而只可能真的“害怕”，但单纯的“害怕”是不属于审美情感范畴的，因为这种情绪使观众“身受其难”。不要说实现“心理现实主义”的审美目标，可能连正常戏剧欣赏都难以进行。

1　曹禺：《原野》，第20页。

“淡”是中国文化一个极具本质意义的审美范畴。作为中国文化土壤上生长起来的艺术奇葩，中国戏曲同样具备“淡”的审美特质。然而正如曹禺自己所言，“我的戏都写得浓，《原野》尤烈”。“浓”的含义除我们论述的戏剧氛围外，第二重含义便指戏剧情节发展的高度紧张。“阴阳平和”“一张一弛”为中国传统哲学所提倡主张，表现在戏剧方面便是悲喜交融，忧乐互见。然而《原野》与兹正相反。一开场，戏剧便做得很足，此后随剧情开展，紧张程度持续加剧。虽有白傻子、常五两个似乎有点丑角意味的形象，但并未起到如传统戏曲中小丑般插科打诨、调节气氛的作用，反更衬出紧张的情绪，如仇虎、金子屋内偷情，常五敲门一节。正如南卓批评的那样，有时为渲染气氛，让戏足到有点违背情理，也因之悖离了中国观众审美视野中的真实，而真实感是戏剧审美的基础。全剧长达四幕，观众从头到尾，几乎得不到一刻松懈。中国观众习惯的是“只为消愁设”的轻喜剧，或至多悲喜剧。《原野》却属高悲剧之最者，形态单调，情绪紧张，自然找不到两极相通契合之点。接受者对与自己审美心理彻底异质的作品只有“拒绝”一条路可走。事实也的确如此，据记载，有些剧团一成立便首先演出《雷雨》，非常之红，被视作“开门戏”。接着就演《日出》，又大红特红，大赚钱。可是《原野》却很难演好，一演就赔钱，被看作“关门戏”[1]。对《原野》与中国观众欣赏心理的巨大差距，曹禺似乎有很明确的认识与预见。写完《原野》，作者加上一个“附记”，其中预言“这个戏的演出比较难”，“想把它搬上舞台……无妨再三斟酌这剧本本身所具有的舞台上的‘失败性’”。虽然作者列举的理由都集中于表演，如“角色便难找”“布景，灯光都相当繁重”[2]等，但同时于深层却预见观众的难以接受。1937年8月《原野》在上海卡尔登大戏院首演，剧组集中了魏鹤龄（饰仇虎）、舒绣文、吴茵（饰花金子）、王萍、章曼萍（饰焦母）等当时及以后中国戏剧界颇有影响的骨干力量，又在当时全国最先进的大剧院，作者担忧的演出困难可以说都已克服，却未引起轰动，评论界也很冷漠。根本原因便在于剧作与中国观众差距过大。

为何以观众为旨归，表演为核心，自觉将自已融汇于中国现代戏剧职业演出大潮，已踏上现代戏剧本土化进程的曹禺会写出西化如此极端、彻底的作品呢？中国现代戏剧本土化本身便是一个涉及诸多因素的极复杂艺术历程，遵循螺旋式上升、浪波式前进的辩证运动规律，有所曲折不仅不为意外，反

1　钱理群：《大小舞台之间》，第123页。

2　曹禺：《〈原野〉附记》。

而正是历史潮流前行的题中应有之义。有论者认为《原野》是曹禺戏剧发展道路上的一次“前进中的曲折”[1]。如果放在曹禺戏剧本土化与中国现代戏剧本土化的坐标中审视，确有道理。然而，曲折回转自有意义在，《原野》不仅未顾及中国观众，而且连“观众意识”似乎都弃之不存了，该剧却将西化戏剧发展到极致。他钟爱的古希腊式高悲剧到此无路可走。在此情形下，本土化便不仅是中国现代戏剧发展的归趋和曹禺的自觉追求，而且是异质事物至于极端时的必然转向。再者，尽管《原野》没有唤起中国观众的审美愉悦，实现“心理现实主义”美学原则，但这一原则的另一面，即创作一极的展示人物灵魂的尝试却得到深入。作者用了多种艺术手段直接展现人物心理，《原野》“附记”，特意提醒演员注意“在每个角色的心理上展开每人的长处”。

文学史家通常将《雷雨》《日出》《原野》划为曹禺戏剧创作生涯的第一阶段。我们认为，在中国现代戏剧本土化进程中，这一阶段属探索前进期。虽然《日出》向本土化方向迈出可贵的一步，抓住许多非常本质的东西，然而由于曹禺当时生活范围的限制，不可能接触或较深入接触中国最广大的民众，所以这一阶段在总体上仍处于西方戏剧笼罩之下。本质飞跃是

---

1 《曹禺论创作》，第138页。

需要特定时机的，全民族抗日战争的爆发正为曹禺提供了这样的机会。

三、走向辉煌——曹禺戏剧与中国现代戏剧本土化的完成

抗战开始后，中国的戏剧工作者离开了熟悉的城市大剧院，走向街头、工厂、农村、医院、战地，在一切有中国人的地方演出，自觉以戏剧为武器，唤起国人的抗战激情，曹禺便是其中非常积极的一位。正是在走向民众的“广场演剧”过程中，曹禺才真正得以亲身接触、体察中国观众的戏剧审美心理。广场演剧的目的在于最大可能地发动最广泛的中国人，因而投合观众口味便成为第一要义。这似乎与“文明戏”初期革命党人借戏剧发动国人走上了同一道路。然而此时中国现代戏剧已走过它诞生发展的第一阶段，现代品格已牢固确立，观众意识也逐步完善成熟。诸多因素共同作用，决定着现在的广场演剧与“文明戏”阶段本质不同，不再可能堕落为迎合观众低级趣味的杂耍或旧剧的喜剧时代。通过“广场演剧”，曹禺对中国观众的认识逐步深化，由笼统的观众意识发展到对不同类型观众较为具体的分析，“城市内所作的抗战名剧，移到乡下，突然失却了它所凭借的特殊的‘观众’与‘舞台’”，“过去在都市里的那一套，如果一点不变搬了来，结果是弄巧成

拙，观众也莫名其妙”[1]，“抗战剧里的人物，是写他的‘个性’好呢，还是按‘典型’（即类型——引者注）？我想这种问题不能概括论定，须视观众性质如何而说。如果是在农村里演剧，观众接触话剧的机会少，理解力也比较弱，自然人物典型化，对他们是较易接受的。在城里剧院上演，观众平日对话剧接触的机会较多，理解力也强一些，有时对于过度夸张和重复的典型，不易受感动”[2]。虽然在特定条件和目的制约下，对观众的认识有其局限性，但涵养深邃的戏剧艺术大师曹禺却能超越局限，对中国现代戏剧观众的审美心理做深入全面的本质思考。时代的召唤和剧作家观众意识的进一步深化这两种因素共同作用，特别是后一因素的驱动，促使曹禺最终摆脱《原野》那种西方式戏剧的影响，再一次回到中国现代戏剧本土化的征途上来。如果说曹禺、宋之的合作改编的四幕剧《黑字二十八》，由于是集体创作和受戏剧本身性质的决定（《黑字二十八》的原作《全民总动员》由宋之的、陈荒煤、罗烽、舒群共同创作，是抗战初期典型的“抗战宣传剧”），尚不足以窥出复归本土化道路的雪泥鸿爪的话，曹禺独创的四幕剧《蜕变》虽也属“抗战剧”，却标志着曹禺创作的一次本质转向，

1　曹禺：《编剧术》，第282页。

2　同上，第286页。

具有极重要意义。尽管就单篇而言《蜕变》在曹禺创作系统中缺欠较大，成就不高。

如果说《原野》是《雷雨》的变奏的话，《蜕变》则为《日出》的回应。剧作第一、第二幕特别是第一幕再次实践《〈日出〉跋》提出的戏剧结构观念，以省立后方伤兵医院，视察专员将要到来的一天上午近乎无事的日常生活中从院长到普通公务人员各色人等“懒”“缓”“愚”“无耻”“自私”种种表现，用一个个“色点”共同点缀出抗战初期亟需刷新改革的恶浊现实。曹禺“试探一次新路”以结构为突破，因此这一艺术要素是曹禺戏剧本土化探索“感应的神经”。《蜕变》由《原野》的“佳构剧”模式再次趋于散文化的“横断面结构”，从一方面表明向本土化戏剧形式复归。

西方戏剧悲喜形态分明，中国戏曲则悲喜交融，有笑有泪。因而就戏剧形态而言，因本土化的起点《雷雨》是典型的高悲剧，故而曹禺戏剧的本土化进程就是由悲剧出发走向正剧的艺术之旅。实现这一审美超越的主要途径便是喜剧意识的强化。这一趋势《日出》中已有较显明表现，《蜕变》继续此一方向艺术探索的同时，更出现了某些趋于深化的新质。《日出》的喜剧性通过反面人物可笑的言行状态表现出来，作者将讽刺对象做了漫画化处理，有时甚至令观众感觉过于夸张，缺乏含蓄内敛的韵致。《蜕变》集中描绘旧机关众生相的第一幕中，出场人物除丁大夫外都属喜剧性人物，然而却难觅丝毫漫画夸张的痕迹，每个人的言谈举止都是日常的、平淡的，却渗透着很强的喜剧色彩。《日出》诸喜剧人物中唯方达生一人未被夸张，而是将“讽刺藏在里面”[1]，这一因素在《蜕变》里则拓展开来，成为第一幕的基本特色，而此一特色在《北京人》中得到最充分发挥。因此我们可以说《北京人》的艺术基质已在《蜕变》中初显形态。虽然由于特定时代政治观念的局限与介入，第一幕的尝试与风格没有继续下去，影响了剧作整体成就，然而毕竟标志着曹禺剧作本土化复归的新趋向。因此，所谓“蜕变”，实质是曹禺彻底走出西化戏剧笼罩，寻找到本土化坦途的一次蜕旧立新的变革。

抗战进入相持阶段，初期高涨的爱国热潮日渐退落，然而并非消退，而是更为成熟持久。与先前狂热然而不免浮躁的情绪相比也更加正常。与时代大环境相适应，话剧本身也发生转移。活跃于战地乡村从事“广场演剧”的戏剧家们又逐渐集中到大都市大剧院从事职业演出，由“广场化”复归于“剧场化”。这一战略转变，对戏剧艺术发展进步无疑极为有利，因为作为综合的、以人为模仿媒介的艺术种类，戏剧对其传播条件要求极高，临时流动的演出和因陋就简的设施必将大大妨碍

1　曹禺：《〈日出〉跋》。

它的发展提升。中国现代戏剧艺术若想求得真正健康的发展进步必须走职业化演剧的道路，而曹禺则是这一演剧运动最具代表性的作家。他在流动演剧、广泛接触下层民众期间获得深入的观众意识至此更趋成熟，于深入分析之后达于否定之否定的辩证融合状态，超越了不同类型观众表面的审美习惯差异而探寻出中国观众潜沉于心灵和审美意识最深处的共同点，即知识分子和普通民众，城市和乡村观众共同的审美心理定势。对中国观众审美心理深入本质的理解认识与现代职业戏剧演出相结合，终于促成曹禺戏剧的成熟，也即中国现代戏剧本土化历程的初步完成。曹禺创作伊始，甚至尚未走下“爱美剧”舞台便已确立的尊重观众审美心理，激发观众真正审美愉悦的观众意识至此方有在实践中较完美体现的可能，真正以中国现代戏剧观众审美兴味这一“最可怕的限制”来通约自己的创作，将创作建立在中国现代戏剧观众审美心理定势和审美期待的基础之上。曹禺一贯奉为旨归的“心理现实主义”美学原则至此方得以实现，体现这一全面成熟完成的创作便是《北京人》。《北京人》是“心理现实主义”美学原则和中国现代戏剧本土化的完美融合。

结构在曹禺戏剧本土化进程中具有标志性意义。《北京人》不仅采用与中国观众注意力分配方式和戏剧审美习惯相契合的流线型结构，依时间先后展开剧情，而且更进一步，以心理结构取代情节结构。挖掘戏剧人物深层心理是曹禺戏剧“心理现实主义”美学原则最基本特征之一，然而，由于对中国观众审美心理的隔膜，曹禺《北京人》以前的剧作无论结构密致或相对松散，西化或趋近本土化，人物心理活动都遮蔽在故事情节的发展流变之下，需先理解情节方可体味人物心理。其实，中国戏剧观众遵循“感知—情感”的戏剧审美心理流程模式，习惯超越理解而直通情感体味。因此，中国戏曲尽管大多演绎一段头尾完整的故事，采用的却是心理结构而非情节结构。中国戏曲顺叙式展开剧情，剧中时间却有极强的主观性。它不是独立于主体之外均衡而无限的流，而是与主体生命律动紧密关联的心理历程。在戏曲舞台上，不是时间制约人物的行动和事件的发展，而是人物控制着事件时间的疾迟。当矛盾冲突尖锐化，戏剧进入高潮时，剧作家往往让事件的发展速度减慢甚至“暂停”，用大段的演唱或表演动作抒发人物内心感受，瞬间的心理活动可以延展为长时间的精彩表演，“中国戏曲往往不受琐碎的生活真实的限制，不重要的事情，用两句话就闪过去了，到有戏的时候，也不管在生活中是不是这样突出，就大力渲染，毫不吝惜笔墨”[1]。这时的大段唱词往往成为众口传唱、历时不朽的名段，其原因盖在于它们最富抒情性，

1　张葆莘：《曹禺同志谈剧作》，第154—155页。

可直接表现人物心理活动，契合中国观众审美心理。中国戏曲以经过心灵改塑而成的“心理时空”为戏剧结构之基础，根本目的便为直接展现人物心理，不仅表现单个戏剧人物心理活动，而且将其上升到统领一切的主导位置，与观众欣赏时的心理流程基本同构。

作为中国现代戏剧本土化成熟阶段代表作的《北京人》吸取了中国戏曲的这一结构神髓，将戏剧人物心理从幕后推到前台，予以直观表现，循此展开剧情，剧情的伸展便是人物心灵的流变。整部剧作便是一系列情感孕育、释放的动态过程。那些直接坦露人物心灵的对话尽管似乎使剧情进展停滞，却正是情感发展、心灵律动的高潮。愫方是全剧核心的人物，一部《北京人》便可视作她心灵倾诉的哀歌。全部剧作便以她的心理变迁为基础结构组织起来。因而，第三幕第一景愫方与瑞贞之间展开的最集中深切展现愫方于寂寞压抑中忍耐多年，却始终怀抱最深沉的爱情与忘我牺牲精神的美丽丰富的内心世界的长达数页的心灵倾诉，无疑是此前场景孕育催生的全剧最高潮。

然而，正当愫方诚挚热切地做着自己“又凄凉又甜蜜”[1]的人生之梦时，曾文清的突然归来却使情势急转直下，本决心为

1　曹禺:《北京人》，第157页。

他牺牲一切的愫方毅然随袁氏父女和瑞贞走出曾家。这一组织安排似乎与亚里士多德《诗学》所主张的“发现与突转”的情节结构原则颇为合拍，然而亚氏悲剧六要素以情节最为重要，他的“发现”“突转”针对的是故事情节的突然转变。《北京人》则刻绘愫方多年希望与梦幻的彻底破灭，是心灵的震撼与对转。由此可知，戏剧人物心理的变迁内在推动《北京人》戏剧情节的进展，与西式剧作本质不同。

“心理现实主义”美学原则诞生伊始，仅提出戏剧创作和审美的最基本原则，并未具体深入戏剧艺术的每一环节。然而，人的文化心理由多种因子综合构成，作为文化心理之一的戏剧审美心理也必然如此。意欲激发观众深层审美情感，剧作必须全面本土化，因为审美心理定势本身便是审美对象的形式结构与审美主体的心理结构之间的因果对应。《北京人》之所以是曹禺戏剧本土化的代表，正因为它是全面本土化的。《北京人》写于1940年，虽然抗战进入相持阶段，艺术形式趋于多样，不似初期那般同一，但抗战题材的创作仍占绝对多数。在国统区进步文化界刚刚批判过梁实秋、沈从文的“与抗战无关论”，身处四川江安，且身为进步文化人士的曹禺却写出与当时现实相去甚远的《北京人》，的确让人颇感奇怪。作者却自有主张，“这个戏的背景是抗战，但不能那样写，一写出那些具体的东西，这个戏的味道就不同了”，“这么一个写法，戏就走了‘神’，古老的感觉出来，非抽掉不可”[1]，“要不就又写成《蜕变》了”[2]。这是一段非常重要的创作自白，虽是多年以后追述，却表明曹禺当时关于戏剧题材本土化的自觉。《日出》虽然在戏剧结构方面向本土化迈出极可贵的一步，题材却取自上海大都市，以“十里洋场”的黑社会、交际花、银行老板、“洋博士”等为表现对象。尽管都市戏剧观众熟悉这些情形，然而毕竟接触时间太短，入人心不深，难以取代或撼动数千年中华文化的深厚沉积。因此，都市洋场形形色色，只对应文化心理之最表层，只有选取最足以体现培植观众审美心理的特定文化深层内涵的题材，方可与真正纯正的审美情感相互对应，发生共鸣。曹禺有意模糊时代背景，疏离当时现实，而追求“古老的感觉”，其目的便是以题材直接深入观众文化积淀的深层。北平曾府与其说是个走向衰亡的封建家族，不如将其视作中国传统文化的表征。中国观众受中国文化熏染培植，这种文化意蕴浓郁的选材正可以拨动已为近现代中国无数迅疾变幻、纷繁芜杂的事件压制入意识深处的心灵琴弦，引发深度共鸣。

《北京人》是一部隐喻中国文化命运的交响乐，曾府的人

1　曹禺：《〈日出〉跋》。

2　田本相：《曹禺传》。

则象征它的不同声部。曾皓与曾文清作为“敬德公”的后人，出身北平世代书香门第，从容貌到行状通体都透出士大夫文化的面影，甚至堪称其中典范。然而曾皓将自己的全部希望都寄托在漆了十五年的棺材上；曾文清则“半生都在空洞的悠忽中度过”，“活得是那般无能力，无魂魄，终日像掉落了什么”，“懒于做任何严重费力的事情”，早已变成“一个生命的空壳”[1]；曾思懿完全剥去了“大家闺秀”的伪装，露出阴险刻毒的本来面目；曾家女婿江泰，虽然“是个专攻‘化学’的老留学生”[2]，但在北平的士大夫文化氛围里纵情欢乐，生机与能力日渐丧失，直至无事可做，在丈人家里乞食。曾氏父子象征“过度的腐烂的北平士大夫文化”[3]，江泰则是这一腐朽文化侵蚀先进文明的牺牲品。他们从各自角度共同体现中国传统文化的糟粕，必将随其赖以生存的时代的衰亡而退出历史舞台。愫方虽寄人篱下，在寂寞、压抑与爱而不能的心灵痛苦中煎熬了许多年，但她不仅在逆境里保持着自己形容的“哀静”，明慧、整洁的“苍白的脸上恍若一片明静的秋水，里面莹然可见清深藻丽的河床”[4]，更可贵的是她“心灵是深深地埋着丰富的

1　曹禺：《北京人》，第21页。

2　同上，第49页。

3　同上，第21页。

4　同上，第38页。

宝藏的”。在她身上，集中着中华民族传统道德的许多优秀品质，恬退隐忍，而又温厚慷慨，她怀抱着忘我无私的牺牲精神，虽自己身世飘零，多有不幸，但“时常忘却自己的幸福和健康，抚爱着和她同样不幸的人们”[1]。“把好的送给别人，坏的留给自己”[2]是她的人生哲学，永葆着对真的人的向往追求和人生意义的探寻。她的人格光辉成为烛照黑暗现实的荧荧灯火。作者对这一人物投入最多的关怀和爱护，他说“愫方是《北京人》的主要人物。我是用了全副的力量，也可以说是用我的心灵塑造成的……”，“特别是像愫方这样秉性高洁的女性，她们不仅引起我的同情，而且使我打心里尊敬她们。中国妇女中那种为了她人而牺牲自己的高尚情操，我是愿意用最美好的言词来赞美他们的，我觉得她们的内心世界是太美了……在那黑暗的年代里，我就是这样理解愫方这些妇女的，我没有夸张”[3]。因此，愫方与曾府其余的人，特别是与曾文清表面近似，甚至爱恋多年，视为知己，但实质存在极大差异，甚至正相反对。她代表着传统文化真正美好的、有着超时代永恒价值的那一部分。这种中华文化的真正美质与腐朽的封建士大夫文

1　曹禺：《北京人》，第38页。

2　同上，第158页。

3　曹禺：《曹禺谈〈北京人〉》。

化相比，更加持久，同时也更加深沉，因此，对应“心理现实主义”所意欲激发的审美愉悦。再者，审美愉悦是一种积极、健康的情绪，与之相对应的必然是优秀因子，愫方体现出来的超越具体时代文化心理的人格力量，凝聚着中华民族数千年文明积淀生成的精华，与“心理现实主义”美学原则的要求正相适应。

愫方是中华文化最深层美质的化身，但她并非“凭空而来”，而是有着历史的渊源。中国现代戏剧本土化的历程，同时便是戏剧人物的本土化进程。曹禺处女作《雷雨》塑造了两个性格正好相反的女性形象，那便是古希腊式的悲剧英雄蘩漪和静慧地闪耀着中国传统女性光彩的侍萍。其后的剧作便一直衍生着这两个人物系统。西式剧作着力表现蘩漪类型，趋于本土化的则以侍萍一脉主导。作为本土化第一次尝试的《日出》，陈白露虽占据较多篇幅，但翠喜无疑更贴近作者的心；将西化倾向推到极致的《原野》，仅刻绘内外俱魅惑的花金子，侍萍类型缺失；《蜕变》之丁大夫则又是侍萍的回应。愫方是本土化系列最完美成熟的创造。如果说蘩漪果决勇毅，“极端”“矛盾”的性格难以为中国的戏剧观众接受理解的话，愫方则由《雷雨》主人公的刚美变为哀矜婉顺的柔美。因此，在人物塑造及人物的美学取向上，《北京人》与《雷雨》是恰恰相反的。

中国古典戏曲应合中国观众超越理解层面，直接体味戏剧人物心理的审美倾向，其审美流程中感知因素与情感因素不是相互割裂而是高度统一，二位一体的。感知因素使情感因素外显，情感因素又反过来把感知因素提炼得更适合表现自己。正如布莱希特所说：“这种戏剧（指中国传统戏曲——引者注）最突出的特征就是有意识地使其中意味深长的成分直扣观众的心弦。”为此，中国戏曲逐渐发展完善了许多辅助性手段，其中最为重要的两类便是以修饰性、象征性为特征的程式和伴奏的音乐锣鼓。《北京人》同样直接表现人物深度心理活动，契合中国戏剧观众审美心理定势，然而中国现代戏剧即使完成本土化进程，仍是现代的，是现代化与本土化的完美结合。现代性内蕴决定《北京人》不可能照搬传统戏曲的表现手法，而只能取其神髓，另行创造。故而该剧运用了一系列代用艺术手段，来烘托、映衬、象征、表现戏剧人物心理。正如作者自述：“《北京人》中的北平的秋天景象和生活习俗，我是根据剧情费了些思索的。像白鸽的哨响，还有奶妈送给文清的鸽子，北京胡同里的水车的‘孜妞妞’的声音，剃头师傅打着‘唤头’的声响，我有的用来作为渲染刻画典型环境，有的就融入人物的创造。”[1]渲染刻画典型环境的目的仍是为了创造人

1　曹禺：《曹禺谈〈北京人〉》。

物，“融景入情”，作为人物心理的外在对应和形象表现。曹禺对季节气候与情绪的对应有着明确的自觉，《雷雨》激烈决绝的行为在炎夏展开，因为“夏天是个烦躁多事的季节，苦热会逼走人的理智。在夏天，炎热高高升起，天空郁结成一块烧红了的铁，人们会时常不由已地，更回归原始的野蛮的路，流着血，不是恨便是爱，不是爱便是恨，一切都走向极端，要如电如雷地轰轰地烧一场，中间不容易有一条折衷的路”。《〈日出〉跋》里则说“读毕了《三姊妹》，我阖上眼，眼前展开那一幅秋天的忧郁”。可见曹禺是自觉到“秋天”这一季节与“忧郁”情绪的内在关联的。剧中人的心境是沉静、凄凉、寂寞的，故而作者将自然季节背景安排在秋天。但更深层则根源于“悲秋”一直是中国文学艺术一个传统母题，古典诗词书画和中国人审美意识中万木凋零的秋天是令人伤感的。中国戏剧观众不仅熟知而且深味其中联系，因此借自然背景直接沟通所致力表现的心理内容。

至于音响，虽没有锣鼓丝弦，却是《北京人》中运用最多，也最出效果的艺术表现手段。《日出》第三幕用来营造妓院这一特定氛围的艺术手法，到《北京人》则贯穿全剧。除作者提及的外，尚可寻出多种，如更锣木梆声，苍凉的“硬面饽饽”声以及秋风吹动画轴飒飒作响的声音等。每一个声音都有一定的时间、长短、强弱、快慢、各种不同的韵味、远近，而且无论单独或多种声响同时采用，都与戏剧人物心境呼应连通，起着对意义点醒和着重的作用。中国古典戏曲的音乐锣鼓，除伴唱外更以节奏的轻重缓急映衬人物心理，《北京人》音响效果的使用正类于此。

《〈雷雨〉序》是曹禺“心理现实主义”美学原则最集中的表述，但他的论述指向表演，希望演员能体会创作用心，在表演中体现作者初衷，通过充实丰富的外部动用，完整准确地展示出角色的精神境界和心灵历程。然而，接受者（包括演员）却往往不能实现作者的艺术理想，因为一出戏的演出风格与该剧的表现风格是不可分开的，中国的戏剧接受者（演员和观众）很难从浓郁激烈的《雷雨》气氛中体味出诗意来。但到了《北京人》，作者将对接受者的要求直接融注剧本，戏剧活动两极达于同一对应。

塑造人物方面，《〈雷雨〉序》要求演员“化开他的性格上一层云翳，起首便清清白白地给他几根简单的线条。先画出一个清楚的轮廓，再慢慢地细描去。这样便井井有条，虽复杂而简单，观众才不会落到雾里”。《北京人》最大的突破便是消除情节阻碍，直接表现人物心理，而且剧作乃心理剧而非性格剧，每个人物的性格，在人物出场的小传里便有基本规定，在既定性格框架下开掘人物灵魂。随着剧情进展，流转变换的乃是人物心理而非性格（如果将愫方和蘩漪做一比较，便容易了然）。

曹禺企盼演员“最好能用各种不同的技巧来表达一个单纯的悲痛情绪”[1]，但剧作《雷雨》并未提供参考底本。《北京人》则不然，剧中人物凄凉、孤寂的情绪为作者从不同方面，运用各种艺术手段如氛围营造、气候暗示、音响衬托等予以表现，充分调动观众的视觉、听觉等知觉能力，以及通感能力和想象力，还有他们的文化心理积淀，构筑加强戏剧整体情境，引导观众更深入体味剧作表现的核心——人物情绪和心理。

我们以上论及的两点是“心理现实主义”美学原则在人物创造、心理表现方面的具体准则，它们统一于曹禺对于表演的原则要求，即既“应该有真情感”又要“收敛运蓄着自己的精力”，“找着自己情感的焦点，然后依着它做基准来合理地调整自己成了有韵味的波纹”，做到“思虑过后的节制或沉静”。《北京人》剧作本身便体现着作者的这些企求，不仅主要人物愫方优雅舒缓、沉静明丽的言行举止，渗透“怨而不怒，哀而不伤”的中华文化精神，本身便是“节制”“均匀”“恰好”的；而且戏剧整体情调也由曹剧向来的“浓”趋于“淡”，由“夏的郁热”变为“秋的忧郁”，一股淡淡的哀愁流注剧中，如第二幕始终寂寞地振抖的归营兵士的号声。因

1　曹禺：《〈雷雨〉序》。

此，其剧作风格必然表现为蕴藉、含蓄、深隽，诗意葱茏。

诗化风格是“心理现实主义”美学原则在艺术风格方面的必然体现。“心理现实主义”以挖掘人物深层心理为使命，因而本质是抒情的，文学诸体式中，诗歌以抒情为最基本属性，所以所谓“诗化”也即抒情化。这是曹禺一以贯之的美学追求，《雷雨》序幕与尾声的作用便是“要流荡在人们中间还有诗样的情怀”，希望“这剧收束应该使观众的感情又恢复到古井似的平静，但这平静是丰富的，如秋日的静野，不吹一丝风的草原，外面虽然寂静，我们知道草的下面，翁翁叫的多少爬虫，落下多少丰富的谷种呢”[1]。然而，由于未能契合中国观众的审美心理，作者的初衷与接受者的感受存在差距，有时甚至差别很大，因此剧作诗意风格不易为人体味得到。标志曹剧本土化历程完成之《北京人》则融注中国传统文化精神，契合中国观众审美心理，激发中国戏剧观众真正的审美的愉悦，必然为人深味到流注剧中的诗意情怀。

中国古典戏曲极少单一形态的悲剧或喜剧，多为悲喜互见，有笑有泪的正剧，因此，中国现代戏剧本土化进程在戏剧形态方面便是向成熟的现代正剧形态趋近，《北京人》标志这一历史进程的最高峰。

1　曹禺：《〈雷雨〉的写作》，第5页。

关于《北京人》是悲剧还是喜剧的争论，可以说成了曹禺研究的一桩“公案”，虽然作者多次申述，但仍诉讼纷纭，莫衷一是。这一旷日持久，难有结局的论争恰恰证明剧作本土化程度的高超。其实《北京人》既非纯粹的悲剧，也不是单一形态的喜剧，而是外显的悲剧，内涵的喜剧。剧作表现传统士大夫文化衰亡时的零落飘摇，难以为继，以及它的各类代表人物无奈而悲怆的人生状况。由于中国戏剧观众与这种文化的血肉联系，的确易于体味到“末世哀音”的沉痛，为曾老太爷洒一掬同情之泪。正如茜萍颇深刻指出的那样，观众“甚至还会对曾皓这种没落的人型发生可怜。这正是抓住了中国民族性之特点的原故，尽管同是没落的封建时代的产物，中国的这种人型……是掩盖在‘读书知礼’‘书香世家’的外壳下，所以有些‘文雅’”[1]。然而，在本质层面，剧作表现的士大夫文化已走到它真正的尽头，丧失了全部生机与活力。它的体现者拼死争夺护卫的东西——封建礼教与棺材——本身已没有丝毫存在的意义与价值。因此，《北京人》一剧除愫方、瑞贞外，曾家其余的人没有任何真正值得同情的东西。而愫方和瑞贞，特别是凝聚中华民族精魂的愫方的出走，象征着传统文化腐朽一面的衰亡和精华部分的超越和新生。《北京人》展示邈远深邃的

1　茜萍：《关于〈北京人〉》，载王兴平等编：《曹禺研究专集》（下册），第217页。

中华文化精神自身分化、撕裂和兴衰演替的历史进程，“历史不断前进，经过许多阶段才把陈旧的生活形式送进坟墓。世界历史形式的最后一个阶段就是喜剧”，“历史为什么是这样的呢？这是为了人类能够愉快地和自己的过去诀别”[1]。作者自己正是从这一层次认识《北京人》的戏剧形态的：“我说《北京人》是喜剧，因为剧中人物该死的死了，不该死的继续活下去，找到了生路，这难道不是喜剧吗？”[2]然而，任何艺术形态都是在作家与生活，与大众情趣的碰撞、融合中建立起来的，戏剧形态既表现了作家对生活的审美理解，同时也反映出作家对观众艺术期待的把握和选择，所以，戏剧艺术形态不能仅以作者的陈述为准（而且作者多年后的陈述，是否与创作初衷一致，很难论定）而更要充分注重接受反应。马丁·艾思林评论契诃夫戏剧说：“剧本既可以看作悲剧，也可以看作喜剧这一事实本身就说明了它们是悲喜剧的实质。”[3]这句颇具见地的判断同样指示着我们对《北京人》戏剧形态的认识。因此，在戏剧形态方面，《北京人》契合中国观众的审美心理定势，与

---

1 马克思：《〈黑格尔法哲学批判〉导言》，载《马克思恩格斯选集》，第一卷，北京：人民出版社，1995年，第5页。

2 曹禺：《我的生活和创作道路》，第143页。

3 马丁·艾思林：《戏剧剖析》，罗婉华译，北京：中国戏剧出版社，1981年，第70页。

中国传统戏曲相一致。不仅如此，作为中国现代戏剧本土化杰作的《北京人》，不似中国古典戏曲那样悲喜交错，有笑有泪（这是《日出》的艺术形态模式），而是更超越一步，由悲喜交错飞跃至于悲喜交融，融汇为一的艺术境界，由外显的悲喜剧发展成为内涵的悲喜剧，没有《日出》那样"酱紫与桔黄"[1]般对比强烈的悲喜渗透效果，更多一些悲喜交融、互为表里、难解难分的情调，因而更加隽永含蓄，韵味深长，真正实现中国文化所追求的"中和"审美境界。

许多研究者指出《北京人》受了契诃夫戏剧的影响，有的将之与《三姊妹》相比，也有的认为取自《樱桃园》，但就外在形式而言，《北京人》与曹禺曾讲解分析过的契诃夫另一名剧《海鸥》更相近似，曾文清与愫方颇似特里勃列夫和宁娜，而那只名为"孤独"的鸽子也有海鸥的影子。然而我们仔细分析戏剧构成的所有要素，却发现《北京人》完全是中国化、本土化的，正如作者反复指明的那样，"《北京人》和契诃夫的戏剧还是不一样的，因为《北京人》毕竟写的是中国人的思想感情。你可以把《北京人》和《三姊妹》中的人物比较一下，他们的悲哀，他们的憧憬和希望是不同的啊！人物的感

1 欧阳山尊：《〈日出〉的导演计划》，北京：中国戏剧出版社，1983年，第54页。

情表现方法，也是不一样的”[1]，“契诃夫的戏剧，中国是演不出来的，就是演得出，也没有很多人看”，即使学习外国的东西也要“融入，结合。……在这种融入结合之中，化出中国自己的风格，化出作家自己的风格”[2]。

《北京人》作为曹禺戏剧本土化完成的代表作，同时也标志着中国现代戏剧的文本创作层面本土化的完成，至此方可算作成熟（中国现代戏剧的艺术整体本土化与成熟有待建国后北京人民艺术剧院焦菊隐学派，以“人艺”《茶馆》的演出为标志。篇幅所限，本文不作详尽论述），话剧这种舶来艺术才真正从形式至实质都与中国戏剧观众审美心理定势相契合。从《雷雨》到《北京人》，曹禺戏剧所代表的中国现代戏剧走过一条由模仿到成熟、由西化到本土化的自身辩证发展的艺术旅程。这也是整个中国现代文学发展的内在逻辑与轨迹。

1 田本相：《曹禺传》，第280页。

2 曹禺：《曹禺谈〈北京人〉》。

《雷雨》人物姓名研究

姓名与所有者的关系，类似语言中的“能指”与“所指”，虽有极大人为性与随机性，非天然必定，却至为密切——具体的人赋予自己的名字以实体内涵，姓名则是其人专用之独特代号。故而人大多都非常重视自己的名字，在宗族观念根深蒂固，姓氏文化至为发达的中国，更是如此。

深谙中国姓名文化的中国古代文学家，特别是元明清小说戏曲作家，不仅以姓名字号为作品人物相互区别的标识，而且更进一步，使二者具有了本质层面的联系，以姓名字号暗示人物性格命运，收到“言简而意赅”“文约而事丰”的突出效果。中国现代文学的优秀作家，自觉继承和运用了这一传统艺术手法。新文学奠基人鲁迅于此即用力甚多:《阿Q正传》第一章不惮其繁地“考究”“传主”的姓氏名号，而最后一章主人公临刑前在判决上画押时虽立志要画得圆，但终于“向旁边一歪，做成一个瓜子的模样了”，其实这瓜子正是一个“Q”

字，而这个洋文更极鲜明深刻地标示着辛亥革命改革的核心"辫子问题"及承载旧的负荷的国民性；《药》中以秋瑾为原型的革命者名为夏瑜，舐食觉醒者鲜血的愚昧民众则姓华，两姓组合成的那个词足以震撼最深层的魂魄。至于古久先生、孔乙己、高老夫子、鸟头先生、阿金、宴之敖者等似乎顺手拈来却含寓褒贬、意韵深厚的姓字，更有许多。

中国现代文学史上，另一自觉于此的作家是曹禺。对这位中国现代戏剧大师，既有研究已从多层面深入发掘。但他如何纯熟驾驭戏剧人物命名艺术，以及在这支艺苑奇葩生长史上的杰出地位，至今尚未为人所注意。本文拟以其成名作《雷雨》为例，试作分析。

《雷雨》主要叙演周、鲁两家前后三十年的恩怨纠葛。之所以以周、鲁为姓，是大有渊源的。西周初年分封诸侯，鲁是周公幼子的封国，周王室血缘最近的兄弟之邦，剧中两家同样也是兄弟，以此为姓，清晰地标示出这一关系。

周朴园：我们先分析"朴"字的含义。屈原《九章·怀沙》有句"材朴委积兮，莫知余之所有"，注"条直为材，壮大为朴"，由此可知，"朴"古义为高大的树木。

周朴园的社会身份是某煤矿公司董事长，现代中国的民族资本家。他曾留学德国，接受近现代自然和社会科学的教育熏陶，并受到过流行欧洲的激进社会思潮的影响。因此，在经济基础、社会地位及思想来源各方面，似乎都是迈向现代化的中国时代大潮中最前列的人物。然而，中国现代民族资产阶级并非如他们的欧洲同伴一般，由小作坊主历经几个世纪的辛苦经营一步步成长起来，而是在外来大潮的冲击下，由先前的封建地主迅速转化而成。周朴园虽然从无锡乡下进入都市，办起现代企业，还去过外国，但他之所以能够如此，正在于原本是有钱的“周大少爷”，这一切都建立在祖辈传留的家产之上。而父祖在传他万贯家财的同时，更潜移默化传了与之血脉相连的另一层面的东西——全般的封建礼教。与物质的东西比起来，承载了数千年、积淀入灵魂最深处的思想意识更具强固性与稳定性。因此，当身处左翼思潮蓬勃的语境里，或会为其一时感染，但一旦重新回到向所从来的“襁褓”中，浸润一久，本不茁壮的独立思维便会一日日丧失，重新吮吸起“慈母”的乳汁，做她的孝子贤孙。迎娶“有钱有门第的小姐”（不是蘩漪）是转变的关节点。父母之命而外，同时有相当成分的自觉。感情固然是真实而且挚切的，然而就现实而言，娶一个下人出身的妻子，在他所从属的那个圈子里是很难走到人前的。将要独立成家、继承家业的周氏传人不会不虑及这一层，情感和“事业”相较，周朴园选择了后者（所以其后的三十年他一直在生活的细节上怀念侍萍，而她一旦威胁到自己的实际利益时立即避之唯恐不及）。

将侍萍赶出家门，标志着周朴园彻底抛弃了自己一度信奉、挚爱的一切，完全回复到旧的营垒。在社会上他是现代企业的“董事长”，在家则是“大少爷”长成的“老爷”。当卸下社会的职责回到家里时，所露无疑更本质。在以自己为家长的家庭里，他用全般的旧制度统辖着所有的人希图以此为规范，建立“最圆满、最有秩序”的独立王国，将治下的臣民与外世隔绝。因此，周朴园不是中国走向现代的依靠力量，而是旧道德、旧礼教的体现者、代理人，是那早就营建完成、承传了无数代、禁锢人性的园囿中森严朴茂的参天大树。而《雷雨》一剧演绎的便是对这棵礼教支柱的屈从与反抗。剧中人物正可根据对周朴园的不同态度分为两类。作者匠心独运之处正在于这两组人物从名字上便可看出其归属。周朴园是园中的大树，屈从其下的便是孱弱的细草，于是他们的名字都为“艹”头，计有周萍、鲁侍萍、蘩漪；“雷雨”象征反抗的力量，因此反抗者取名旨作“氵”旁，他们是蘩漪、周冲、鲁大海。鲁贵虽第一个出场并贯穿始终，却从未真正进入冲突，他的作用更多是从戏剧性的角度着眼，为本已紧绷的弦再加一把劲。四凤则从另一角度与之发生关系。

周萍：周萍是周朴园的长子，三年前从乡下来到周公馆，这一看似不经意的交代却有着极深邃的蕴含。所谓“乡下”，显然意指周朴园的故乡。正是封建性最浓厚、礼教禁锢至为严密的所在。它标示着周朴园式的资本家无论过去还是现在，无论在都市和现代工业企业里做出多大的事业，他的根仍牢牢扎在原先的土壤里。周萍之所以一直住在老宅，并非因其母早亡恐继母虐待，这在周朴园的家庭里是不可能的，根本缘由乃在于他是整个周家的事业继承人，故此必须先接受正宗的“家教”。所以，周萍从乡下来到城里时，虽“带着乡间朴野的气息”，但旧的东西早已潜入他生命的深处。

周萍与蘩漪私通，并非如有研究者据蘩漪追述的“你说你恨你的父亲，你说过，你愿他死，就是犯了灭伦的罪也干”所推论的那样，有着“共同的思想基础”，这大大高估了他们关系的质量。作者在人物小传中已指明，他之所以做出那样的事，乃根源自“渴”，即发乎本能的欲望与情感。正是在而且也只是在“当着一个新的冲动来说时，他的热情，他的欲望，整个如潮水似地冲上来，淹没了他”的情况下，他在行动上事实上违背了道德戒律，突破了礼教的拘囿，说出了上述貌似决绝的话，但在思想层面，根本没有任何本质的背叛。所以他一面被情欲俘虏，“昏迷似地做出自己认为不应该做的事”，同时则无时无刻不在反省自己的罪过，“在他的直觉过去，理智回来的时候，他更刻毒地恨自己，更深地觉得这是反人性”。他渴求“道德观念”，而“道德”的核心便是“天理人伦”，以人伦为天理，为一切道德律令之根本依归，周萍恰恰触犯了这最中枢的神经。他的忏悔并不是只对周朴园个人，而是指向更本质的层面。四凤的到来使他窥见一线光明，他抓住她，四凤可以满足他生命中的“渴”，而又不会犯下悖伦大罪，“在这一层他并不感觉得从前的冲突，他想好好地待她，心里觉得这样也说得过去了。经过她那有处女香的温热的气息后，豁然地他觉出心地的清朗，他看见了自己心内的太阳，他想‘能拯救他的女人大概是她吧’”，走出了自我道德救赎的第一步。然而这恰恰正是他们父母关系的重演，如果成功，四凤无疑将是第二个鲁侍萍。周萍挣扎着想要回归，不自觉重复着父亲早年的经历。作品的深刻之处在于以此象征旧礼教对周家两代同样浸润深深。周萍没有自己独立的思想，一切的努力都是为了最终成为像其父一样的“模范市民”“模范家长”。他的名字叫“萍”，是为纪念母亲侍萍的，这里“纪念”有着更深一层的意义。所谓“萍”是园中漂浮水面的细草，身轻无根，见不得强烈的阳光，只有在大树的庇荫护持下方可孱弱地生长。因此《雷雨》一剧中周萍对周朴园的屈从依附最为自觉。然而他掉进了更可怕的网罗里，再难冲决，最后的自杀并非为了四凤，而是回归之路彻底阻断之后的彻底绝望。然而归根到底，如果鲁侍萍不被赶出家门，一切悲剧都将不会发生，正是封建礼教毁灭了自己的孝子贤孙。

鲁侍萍：侍萍与周朴园的爱情长期以来争执不休，众说纷纭，其实答案从人物姓名中即可分晓。侍萍原姓梅，宋代退隐西子湖畔“梅妻鹤子”的大名士林逋林和靖《山园小梅》中有句“众芳摇落独暄妍，占尽风情向小园”；而仆在主侧曰“侍”。人物小传里，作者这样介绍鲁妈：“在那秀长的睫毛，和她圆大的眸子间，还寻得出她少年时静慧的神韵。……远远地看着，依然像大户家里落魄的妇人”，可见“疏影横斜水清浅，暗香浮动月黄昏”般流溢着东方少女之美的梅小姐的确曾为周朴园所深深迷恋。他们的感情是真切的。然而，她的“身世”使她不可能永远做在大树旁悄然开放、旁逸斜出的“山园小梅”，大年三十晚上，她被赶出周宅。

抱着刚生下三天的儿子跳河遇救后，侍萍开始了长长的漂泊生涯。少年的经历是生命中永难去除的印痕。她的多次辗转当然首先是为了生存，“为了孩子”，但深层则是心灵的一次次挣扎“远害”，力图逃避那巨大阴影的笼罩。否则我们便不能解释她既然已将家从南方迁到北方，鲁贵也根本不晓得过去的事情，却为何整整两年离开亲生女儿到八百里外的济南去做女佣，难道家居的城市就没有她一份工作吗？而且她明知鲁贵的为人，把女儿交给他很不安全。

然而一切努力都属徒劳，因为她尽管有“恨”、有“悔”，却没有根本的觉醒。她的“恨”与“悔”是情感上而非思想上的。在思想上，所有的遭际都归结为一点，那就是自己的命。而宿命论，正是旧制度与礼教的把持者、受益者为被侮辱与被损害者造就的终极寄托。侍萍辛苦“狂奔”的30年其实一直在“鬼打墙”的“围城”里转圈，最终回到周公馆，恰恰是心路历程的必然依归。唯其如此，走进熟识的环境时，才会把“恨”“悔”和“30年一天天自己受的苦”抛开，情不自禁生出许多留恋。周朴园一时未能认出，她却一再提醒，直到终于说“不是有一件（绸衬衣），在右袖襟上有个烧破的窟窿，后来用丝线绣成一朵梅花补上的”；“还有一件绸衬衣，左袖襟上也绣着一朵梅花，旁边还绣着一个‘萍’字”，前者才明白站在面前的正是侍萍。而将前后30年联系起来的，正是“梅花”和“萍”，说明侍萍本质上从未曾改变什么，仍旧是屈从于旧礼教这株大树下的无根细草。于是她最终留在了周宅。周萍由其母那里继承的，不仅仅是一个名字，更是这个名字的蕴含。

蘩漪：这个名字颇有些古怪，两个字都不常用，特别是“蘩”，使用频率更低（以至于许多人都误写作“繁”）。对戏剧这样大众性的艺术，过于繁难的字词是不大适合的，写作《雷雨》之前已演戏多年的曹禺不可能不知道这一点，却缘何“明知故犯”呢？笔者正是因此疑惑才研究曹禺戏剧人名艺术的。

“蘩”乃浮萍之一种，由此可知，蘩漪和周萍、鲁侍萍本质相同，都是周朴园的顺从者。许多研究者依据她对周朴园强烈的反抗而断定其具有资产阶级个人主义思想，受到五四个性解放思潮的影响，甚至作者本人后来也追认这种可能，并补充说她“上过中学”。其实这些都是不可能的，蘩漪到周家已18年，五四运动发生、个性思潮涌起之际，她已经在周宅度过了漫长的岁月。很难设想与世隔绝、封闭得令人窒息，甚至连下一下楼的自由都被剥夺的天地里，会刮进异质的热风。我们知道，中国民族资产阶级具备两面性，其家庭仍是完全封建主义的，故此虽然是资本家太太，却并非资产阶级女性，她的本质，正如作者在她出场时已指出的那样，“是一个中国旧式女人”。从小接受的大家闺秀的教育，早已沉潜入血液，熔铸着人格的主体，她“文弱”“哀静”“明慧”，喜爱而且长于书画，有着旧家族女子的一切特征。被父母包办嫁给周朴园做继室，尽管根本无所谓爱，但她服从了，到周家多年，也一样无声地忍受着。其实，只要作为“夫主”的周朴园对她稍微好一点，即使是虚伪的、不平等的，蘩漪都会毫无异想地忍从，在这狭小的笼里，安于自己奴隶的命运，做一株茁壮大木下微末的小草。

然而，中国封建家族制度与伦理道德对妇女的戕贼践踏是永无止境的，你退缩到什么程度，它便会随之压抑到什么地步，仿佛一个压缩气体的活塞。当压制至于极限时，便会发生爆炸式地强烈反弹。蘩漪反抗了，但是完全中国旧式的，在古代的小说戏曲中屡见不鲜，她也未为之增加任何新质。可她只能采取这种方式，她抓住了周萍，但他们的结合不是思想上的，而是情感上、欲望上的。蘩漪与曹禺亲身饰演过的娜拉不同，后者才是真正意义上的资产阶级女性。娜拉的觉醒和出走是认识到人之为人的本质，是真正个人主义、个性主义的，是思想的自觉；蘩漪则不是，她所理解的和需要的只是一点点可悲悯的温情。周萍的爱，这“闷死人”的屋子也会使她留恋，所以，直接激起她最强烈的挣扎的，不是周朴园为代表的礼教，而是对将要失去周萍的无限恐惧。她一次次愈来愈不可调和地向周朴园抗争的同时，更愈来愈卑微地向周萍屈服。而周萍恰恰是旧道德的另一代理人。她与侍萍尽管方式和激烈程度大不相同，本质上却都一样是在礼教的园囿中奔突，而没有也从来没有想过要冲开这最根源的网。正由于此，当周萍完全拒绝她时，她失去了理性的依归，仅剩下脱离羁绊、促使她于行动上走向叛逆的热情——烧疯了她的心。

虽然蘩漪的反抗仅仅是浮萍水草荡起的一圈涟漪，随着自身生命的消逝，这痕迹也化为乌有。但毕竟挣扎了，走出了第一步。《雷雨》的人物里，只有“蘩漪”是既带“艹”头又为“氵”旁的。这名字准确显示出她这个既想屈从又要反抗的矛盾体。她集两种情绪于一身，自然是全剧最复杂而又最有张力蕴含的人物，占据了舞台的中心。

周冲："冲"繁体（也是曹禺当时使用的）为"沖"，意为水波涌动之貌。《说文解字》释曰："沖：涌摇也。涌，上涌也；摇，旁摇也。"这个17岁少年的名字也与水相关，且较其母的"源"为大。《〈雷雨〉序》里，曹禺说周冲"原是可喜的性格"，"是我喜欢的人"。作者喜欢的，是他未为礼教所俘获的纯真天性。在周朴园的威权下，在这样的环境里，为何他独未受污染呢？或许可归因于太年轻，但看看《北京人》中比他还小一岁的曾霆就知道，年龄绝非根本。周冲之所以能如此，乃因他从未在乡下生活过。中国民族资产阶级的封建性与对扼杀人性的旧礼教的信奉，来自与他们血脉连通的、扎根于乡间土地之上的封建主义，而不是资本主义本身，这在剧中便以"乡下"象征，所以剧中凡为礼教浸染的人，都有着乡下生活的经历。曹禺并不反对中国民族资本主义，从早年的经历中他清楚地知道，这是中国走向现代化的必由之路，无论物质上还是人的精神上。作者反对的恰恰是阻碍资本主义健康生长，压抑与之相联系的个性主义、人的解放的封建主义。当他卸下"爱美剧"的戏装，提笔写第一个真正的中国剧本时，第一步便是催生中国的娜拉。多少年来，我们得意于鲁迅先生"娜拉走后怎么样"的超越外国大师的深刻，但五四运动过去13年后，一个年轻戏剧家却提出背后的问题：中国根本就没有真正的娜拉，造就大批个性主义的觉醒者，才是最急要的任务。曹禺不仅继承，而且在历史的高处深化了五四启蒙思想。剧作“发泄着被抑压的愤懑，毁谤着中国的家庭和社会暴露大家庭的罪恶”，所毁谤、暴露的并非现在的周宅，而是它的更强大的母体。在它面前，所有的人，包括周朴园自己，都是可悲悯的牺牲，这才是真正“残酷的井”“黑暗的坑”。

周冲不留恋这座自己生活了17年的宅子，他想“飞到一个真真干净、快乐的地方，那里没有争执，没有虚伪，没有不平等，没有……”，寻求“我们的世界”。所以，较之我们前文论及的人，包括蘩漪在内，周冲是有本质飞跃的，体现着没有被礼教侵蚀的本然的人性，正因如此，“有了他，才衬出《雷雨》的明暗”。然而，也仅止于此，他没有娜拉的深度，后者的出走是有思想、有自觉意识的，故而也是有力量的。周冲所有的只是连自己都茫茫然的梦幻，是不切实际的“飞”，而不是脚踏在地上的走。他有幻想，但仅仅是有幻想，没有力量自己挣得，只是“这烦躁多事的夏天里一个春梦”，在强固严密的孔教的铁网上，他的梦不仅被一个个撞醒，而且一个个撞碎。“周冲这样来去匆匆，这么一个可爱的生命偏偏简短而痛楚地消逝，令我们情感要呼出‘这的确是太残忍的了’。”周冲的死，作者是很痛心的，毕竟他象征理想，是“黑暗王国的一线光明”，但现实逻辑不容回避，在足以和旧道德对抗的个性主义大潮真正涌流之前，弱小的人们依然会被吃掉——即使孩子。

鲁大海：我们发现，反抗的一方从“漪”到“冲”到“海”，水势愈来愈大，愈来愈和“雷雨”的意象接近，这意味着抗争更为自觉，程度也越趋激烈。的确，全剧只有鲁大海始终毫不妥协地与周朴园斗争，《〈日出〉跋》里，作者更剧烈地呼号：“我也愿望我这一生能看到平地轰起一声巨雷，把这群盘踞在地面上的魑魅魍魉击个糜烂，哪怕因而大陆便沉为海。”因此人们很容易以为鲁大海便是冲决旧的东西的希望与力量之所在。《雷雨》作于1932年，当时左翼文学已成为中国现代文学主流，工人形象登上文学舞台，成为新的力量的象征和许多社会问题之最终解决者。司马长风先生《中国新文学史》也因这一形象而说《雷雨》“讨好左派”。其实恰恰相反，鲁大海正击中了“左派文学”的“阿喀琉斯之踵”。他揭露周朴园罪恶的发家史，撕下了他“道德家”“社会上的好人物”的面纱，一定程度上触及了周朴园所代表的封建道德的虚伪与残酷，但不是从反对封建道德本身，而是从工人反对资本家的角度，毫无疑问，这一视角与全剧整体相割裂。因此，鲁大海尽管进入矛盾，但与所有的人，包括自己的母亲和妹妹，都是隔膜的，始终没有真正融入核心，当积聚30年的悲剧雨夜总爆发时，一向活跃坚决的他却缺席了，因为这里没有他的位置，他的斗争属于别一世界。

那么，曹禺为什么要塑造这个人物呢？曹禺这批民主主义“同路人”作家是在30年代自觉继承五四启蒙思潮的。五四启蒙，“以新文学代替旧文学”，其核心便是“以新道德代替旧道德”，曹禺继续探求的正是这一主题。面对左翼文学大兴，张扬个性主义的文学已经被目为“死去了的阿Q时代”的文坛，他也将工人形象立于自己的舞台，却恰恰以此证明了两点：1. 争取个性解放，反对封建礼教并不是已经过时，而是相反，尚未真正开始；2. 无产阶级的左翼新形象并不足以完成这一使命，因此需要第九个人物——“雷雨”。

《〈日出〉跋》中作者说：“《雷雨》原有第九个角色，而且是重要的，我没有写进去，那就是称为‘雷雨’的一名好汉。”这正是寄托了真正能反抗旧道德、旧礼教的希望的力量，曹禺期待他的出现，现实中却没有，所以“总不能明显地添上这个人”，“把主要的人物漏掉”。所以，当别人或死、或疯、或失踪时，作为罪魁的周朴园却即便颓唐但仍然健康地活着。其实，另一主要人物也被“漏掉”了，那就是站在周朴园背后，作为他的支持和源泉的封建主义。如果说“雷雨”相当于《日出》中的打夯工人的话，另一“漏掉”的主角正如十里洋场的金八。

鲁四凤：四凤无疑是《雷雨》中的重要人物，但两组人物里都没有她。的确，作为一个出身下层的女孩子，她不可能“惠泽”大家族承传的礼教，故而没有理由在思想上向周朴园屈服，但也仅止于此，绝不会想要“抗争”什么。主要人物中，她与周朴园的关系似乎最为疏远，连对话都只一句：

> 周朴园：（回头看四凤）四凤，我记得我告诉过你，这个房子你们没事就得走的。
>
> 鲁四凤：是，老爷。（也由饭厅下）

其实不然，这个女孩子与周朴园紧密关联。

“凤”即凤凰，《说文解字》释“凤”曰：“过昆仑、饮砥柱，濯羽弱水，莫宿风穴，见则天下大安宁。”凤是“择木而栖”的，《雷雨》一剧中，只有周朴园是大木。故而四凤与周朴园深层对应。《雷雨》的悲剧剧中时间虽仅十几个小时，但事实上绵延蓄积30年，周朴园是其总的“结”，前台正面表现的已是一层层、一步步的“解”了，之所以得以被“解”，乃起于四凤。设使四凤不到周家，便不会对蘩漪造成威胁，侍萍也不可能来周家，一切都失去了发展的机缘。正是她，将由一个“结”生出却各自独立的两条线扭结起来，终于引发总爆炸。

“凤”素来被目为可以解人苦难的祥瑞之鸟。四凤虽是一个极普通不过的下层女孩子，没有知识、没有思想，更没有力量，却被赋予非常重大的责任。除周朴园外，进入冲突的几个人都希望通过她拯救自己。曹禺谈创作时说，他最先写出的，往往是最吸引他的片段。《雷雨》最先写出的，是第三幕四凤对母亲发誓后，周萍推窗要进入她卧室的戏。这一段为什么最“揪心”？因为它将屈服与反抗的每个人都最集中地表现出来，而其核心人物正是四凤。蘩漪要赶走四凤留住周萍，维持自己可怜的爱；周萍希望借由四凤将自己拖出乱伦的泥坑，重新成为父亲的儿子；侍萍逼女儿发誓不走自己当年的路，以期逃离生命中的巨大阴影；周冲幻想与四凤一起飞到“我们的世界”，找寻自己的梦寐；鲁大海唯恐妹妹被资本家欺骗，使自己在罢工失败之后再遭受新的失败。因此，她是他们心目中实现各自理想的希望之神、吉祥之鸟。除蘩漪外，其余四人都与她直接面对面地发生联系，故而将“四”冠于“凤”前，名之曰“四凤”。这一场景的人物间相互关系可以图示如下，而它也同样标示出《雷雨》全剧的人物关系：

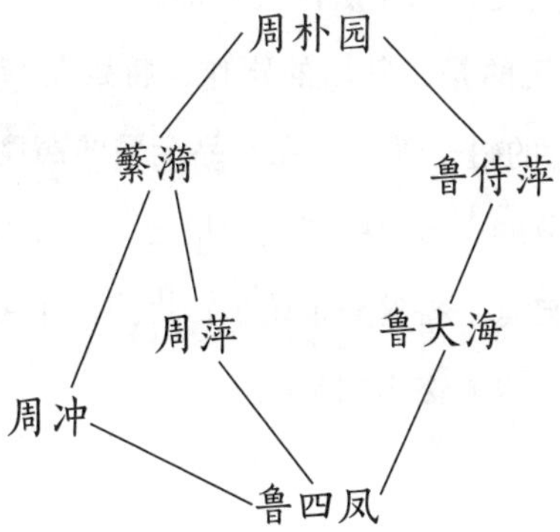

然而，四凤根本不可能完成这些使命。真正能与造成一切不幸的总根源相对抗、给每个人以想得到之事物的，应该是启蒙的、个性主义的思想，而不是这样的一个女孩子。人们把希望寄托于她，除了失败别无选择。结果，她的出现不仅未带来“天下大安宁”，反而引出一连串的大灾难，曹禺说《雷雨》里有“无心的讽刺”，我想，这讽刺不仅仅对周冲（他是作者最喜欢的），而且及于所有的人。

经以上分析我们发现，以戏剧人物姓名为切入点，可以一层层透视剧作幽深瑰奇的堂奥。中国文学中的姓名艺术尽管源远流长，成绩斐然，但即使集此项大成的《红楼梦》和中国现代最伟大的文学家鲁迅，也仅以之为“小招”，所用多信手拈来，最自觉者，莫过于以之点明某人的命运或一篇作品的主题。曹禺首次将人物姓名与作品全体相连通，将作品的主题及其表现、纷繁复杂的矛盾冲突，都隐含在戏剧人物姓名之中。更为难能可贵的是，其后的剧作，特别是与《雷雨》并称的“四大名剧”的每一部，都在作品全局的高度运用了这一艺术手法。从部分的、零星的“偶一用之”上升到作品整体，进而成为风格的自觉，将这一传统手法提到一个全新的层次，是曹禺的独特的，也是杰出的贡献。

论《雷雨》的“误读”

有学者认为，曹禺戏剧的接受史就是一部误读史[1]。若确如此，则其中当以误读《雷雨》为最。著名自述文章《〈雷雨〉序》便是作者面对与原意相距极远甚或根本悖反的观众接受所作的自我辩白，通篇充满不被理解的困惑乃至痛苦。然而，误读并非全无是处，因为文学活动本身就是个四元循环大系统[2]，在根本上，一部作品只有得到读者的接受才臻于真正完成。而每个读者的接受都必然以自己原有的文化积淀和审美心理为基础，创作主体与接受主体间的差异使误读往往难以避免。误读同样是接受者对创作的反馈，必然反过来对创作产生影响。而且诸艺术体式中，戏剧与其接受者的联系与交流最为直接密切，因之观众对于创作的限制与影响也

1　钱理群：《大小舞台之间》。

2　M. H. 艾布拉姆斯：《镜与灯：浪漫主义文论及批评传统》，郦稚牛等译，北京：北京大学出版社，2004年，第4页。

更加明显巨大。《雷雨》作为中国现代戏剧史上最称重要的经典，其作者原意究竟是什么？因何产生如许之大的误读？以及误读对曹禺本人的创作及中国现代戏剧有何影响？这些问题应该说是值得探究的。

曹禺反复强调《雷雨》“绝非一部社会问题剧”[1]，那么，它的原初主旨究竟为何呢?《〈雷雨〉序》中，作者对剧作的观念、情境、人物、审美效果诸方面都做了详细阐释，循此，我们可以探出它的本然意蕴。曹禺说：“《雷雨》所显示的，并不是因果，并不是报应，而是我所觉得的天地间的‘残忍’……连绵不断地若有若无地闪示这一点隐秘——这种种宇宙里斗争的‘残忍’和‘冷酷’。在这斗争的背后或有一个主宰来使用它的管辖。这主宰，希伯来的先知们赞它为‘上帝’，希腊的戏剧家们称它为‘命运’，近代的人撇弃了这些迷离恍惚的观念，直截了当地叫它为‘自然的法则’。……我的情感强要我表现的，只是对宇宙这一方面的憧憬。”[2]这是对剧作主旨的阐明。此处列出三种“主宰”，似乎意义完全相同，细致考辨，其实不然。“上帝”是基督教的最高价值依归，基督教强调人绝对顺从上帝，虔诚赎罪，以求得赐福而升入天堂，但

1　曹禺:《〈雷雨〉的写作》，第3页。

2　曹禺:《〈雷雨〉序》。

“《雷雨》所显示的，并不是因果，并不是报应”，而且在希伯来先知的心目中，“上帝”永远是无限圣慈的，绝不至于“冷酷”“残忍”；所谓“自然的法则”，或许指“一种不可知的力量的——机遇的，或者环境的——捉弄”，刘西渭阐释为“环境和遗传”。然而这一“自然的法则”并非不可知，且由此导致的血亲纠葛仍是家庭悲剧，属社会剧的大范畴，与作者的声明恰相反对。

至于“希腊的戏剧家们”所称的“命运”，与我们通常的理解不同，意指古希腊特有的“命运观念”。“命运观念”是古希腊人对宇宙人生的体认。作为“正常的儿童”[1]的希腊先民对身外的世界产生强烈的疑惑与思考，虽然自知难以认识超越自身之上的力量，但始终未放弃怀疑、探究的热情与努力。而“在起首，我初次有了《雷雨》一个模糊的影象的时候，逗起我的兴趣的，只是一两段情节，几个人物，一种复杂而又原始的情绪。……与《雷雨》俱来的情绪蕴成我对宇宙间许多神秘的事物一种不可言喻的憧憬。……我如原始的祖先们对那些不可理解的现象睁大了惊奇的眼”，与古希腊的命运观念如出一辙。古希腊人深层的疑惑导致两方面的结果，那就是，一方

1　马克思：《〈政治经济学批判〉序言》，载《马克思恩格斯选集》，第二卷，北京：人民出版社，1995年，第114页。

面承认先在超验的“神力”及由“神力”掌握赋予的命运（通常表现为“神谕”）的不可抗拒，但另一方面慑服的同时更怀疑“神谕”本身的公平与正义，质疑命运是否合理。两层面冲突的结果便是人对神谕的命运进行注定要失败的悲壮抗争。这种抗争最完美的体现便是古希腊的“命运悲剧”。“在《雷雨》里，宇宙正像一口残酷的井，落在里面，怎样呼号也难逃脱这黑暗的坑。”这句话包含两层意思：一、人无法逃脱命运；二、人在“呼号”，也即反抗挣扎。虽然《雷雨》的人物“正如一匹跌在泽沼里的羸马，愈挣扎，愈深沉地陷落在死亡的泥沼里”，但一个个年轻而无辜生命的死亡催发出“宇宙里并没有一个智慧的上帝做主宰”的充满深切怀疑与反叛精神的呐喊。由此可知，古希腊式的“命运观念”正是《雷雨》的核心意旨。

命运悲剧是人与有着超人力量的“命运”的抗争，且在这“反抗绝望”的过程中充分展示出人之为人的本质力量与无限价值。因此，悲剧主人公必须具备非凡的力量与意志。而曹禺倾全部热情乃至“偏爱”创造的《雷雨》主人公蘩漪，正是这样的悲剧英雄。虽然外貌、服饰乃至爱好都显示着“她是一个中国旧式女人”，但“哀静”“明慧”的外衣下，是“果敢阴鸷”“令人觉得有些可怕”[1]的尖锐魅惑的本真性情。阴森窒息的周宅里，她为自己作为一个真的人而顽强抗争着。虽然明知难以战胜无涯际的黑暗，但一次次激烈、无情、不顾一切地向自己的对立面发起冲击。尽管越来越清晰地显示出无可避免的必然毁灭，但她“火炽的热情，一颗强悍的心，敢冲破一切的桎梏，做一次困兽的斗”的“最‘雷雨’的性格”，正是“悲剧精神”最充分的展现。

“在《雷雨》的氛围里，周蘩漪最显得调和”，与具有超人意志与精神的悲剧主人公相应和的，是弥漫全剧的“苦夏”“郁热”“烦躁”的空气。虽有“夏天里的春梦”周冲这个“不调和的谐音”，可非但没有减缓紧张气氛，反而“因了他才衬出《雷雨》的明暗”，氛围更显紧张激烈，“‘极端’和‘矛盾’是《雷雨》蒸热的氛围里两种自然的基调，剧情的调整多半以它们为转移”。全剧整体情境也是古希腊“高悲剧”式的。具体到艺术手法，“《雷雨》这个戏的时间，发生在不到二十四小时……故事发生在一个城市里……还有一个动作的统一”[2]。剧作结构完全合乎古希腊悲剧的“三一律”原则。而最“令人疑惑”的“序幕”与“尾声”同样取自古希腊。

1 曹禺：《雷雨》，第83页。

2 曹禺：《曹禺谈〈雷雨〉》，第91页。

《〈雷雨〉序》中解释，之所以设计这两小段戏，原因在于考虑到剧中“事理变动太吓人，里面那些隐秘不可知的东西对于现在一般聪明的观众情感上也仿佛不易明了。”作者恐怕超越观众的审美承受能力，于是，“乃罩上一层纱。那‘序幕’和‘尾声’的纱幕便给了所谓‘欣赏的距离’。这样，看戏的人们可以处在适中的地位来看戏，而不至于使情感或者理解受了惊吓”。“‘序幕’与‘尾声’在这种用意下，仿佛有希腊悲剧Chorus一部分功能，导引观众的情绪入于更宽阔的沉思的海。”Chorus即古希腊悲剧中的“歌队”，其作用之一便是引导和收蓄观众的情感。由此可知，在戏剧审美取向上，《雷雨》亦承袭古希腊。不仅审美效果，即使“序幕”“尾声”这一艺术体式本身，亦可由古希腊寻出渊源。古希腊悲剧前有“开场”后有“退场”。“开场”部分叙述冲突缘起，介绍剧作背景与前史，提示将要发生的事件；“退场”则交代结局，议论人物，引起观众沉思，一般比较静穆，并伴有合唱队的音乐。

通过以上对作品主题、人物、情境、艺术手法诸因素的考察，我们发现，《雷雨》的确并非一部反映当时中国现实的“社会问题剧”，而是一部全面“古希腊式”的悲剧作品。

那么，曹禺为何会写出一部如此彻底“西化”的剧作呢？这是由当时的大文化语境和曹禺个人的具体情况共同决定的。《雷雨》创作于1933年曹禺在清华大学西洋文学系读书期间，但早在1929年已开始构思。其时曹禺尚在北方“爱美剧”的中心南开新剧团。所谓“爱美剧”，是五四时期自欧美归国的戏剧家们为救正因受商业资本控制而堕落的“文明戏”而倡导的。“爱美”是英文“Amateur”的音译，意即“业余的，非职业的”。为防止重蹈“文明戏”覆辙，“爱美剧”采取同人业余演剧的方式，用完全得自欧美的现代戏剧知识，廓清新旧杂糅的“文明戏”遗痕，建立真正的中国现代戏剧形态。南开新剧团由在美国学习戏剧归来的张彭春为总导演，严格按照莱因哈特现代舞台技术原则排戏。曹禺自述，正在南开新剧团“培养起我对话剧的兴趣”，“使我决定搞一生的戏剧”[1]，张彭春更是“第一个启发我接近戏剧的人”，是“我的导师”。由此可知，纯正的西方戏剧早已浸润入曹禺的思维深处。创作《雷雨》之前，曹禺在清华大学西洋文学系读过几百种戏，其中最引起兴趣的则是古希腊悲剧，“我喜欢埃斯库勒斯，他那雄伟、浑厚的感情；从欧里庇德斯，我企图学习他那观察现实的本领以及他的写实主义的方法，我很喜欢他的《美狄亚》”[2]。与此同时，曹禺还接触到朱光潜的美学著作，朱氏专论

1　曹禺：《我的生活和创作道路》，第129页。

2　张葆莘：《曹禺同志谈剧作》，第142页。

悲剧美学的著作《悲剧心理学》认为，只有古希腊悲剧才是将悲剧精神张扬到极致的真正的悲剧。这一观念对曹禺产生了很大的影响，多年后他依然主张“有崇高的理想，宁死不屈精神的人，才能成为悲剧的主人”[1]。受纯正西方戏剧熏陶的曹禺从作品和思想两方面汲取了古希腊戏剧的营养，由此催发了《雷雨》。

《雷雨》在爱美剧背景下被创作出来，根本当属爱美剧范畴。并且它不似先前的爱美剧那样的独幕短剧，而是长达四幕的大型戏剧，故而它可以说是最完备的“爱美”剧作，是爱美剧多年发展的最高峰。古希腊悲剧之于西方戏剧“不仅是它的武库，而且是他的土壤”，“是一种典范和高不可及的范本”[2]，《雷雨》却直接承之。因此《雷雨》不仅是爱美剧西化历程的集大成之作，甚至可以说是迄今为止中国现代戏剧史上西化最彻底的一部作品。

爱美剧经过十余年的艰难探索，终于建立起完备的脚本制度、排演制度、管理制度等一系列创作表演体制，使中国现代戏剧真正摆脱旧式戏曲的遗痕而具备了“现代”的品格。然而，戏剧就其本质而言是一种大众的艺术，与接受者的联系最

---

1 曹禺：《悲剧的精神》，第297页。

2 马克思：《〈政治经济学批判〉序言》，第114页。

为密切，知识分子和学校的小圈子及仅凭兴趣的业余演出极大地限制了中国戏剧更充分地发展。羽翼渐丰的中国现代戏剧必然会走出爱美剧这一新剧“实验室”，“破茧而出”，到更广阔的天地里成长壮大。

1934年春，唐槐秋领导的半职业性的“中国旅行剧团”（简称“中旅”）成立，拉开了与业余的爱美演剧相对立之“职业演剧”的序幕。1934年3月3日，“中旅”在南京陶陶大戏院作首场演出，剧目是顾德隆（顾仲彝）改译的美国剧作家欧根·瓦尔特（Eugene Walter）《捷径》之《梅萝香》，所用的依然是爱美剧时代的改译剧作。虽然后来在天津和其他地方演过丁西林的《压迫》、袁枚之的《一个女人和一条狗》、田汉的《名优之死》等创作剧，但这些剧作，包括《名优之死》，都不是大戏，难以适合职业演剧在大剧院上演的要求，结果只演一两场就收束了。

艰难之际，《雷雨》面世了。《雷雨》完成发表后，曹禺依爱美剧的习惯思维，“没有想到我的戏会有人排演”，也并未觉得会吸引读者的注意。然而，当这部剧作被留日学生搬上东京的舞台时，立即轰动了日本戏剧界，继而返传国内。1935年10月12日，“中旅”在天津新新电影院正式首演了《雷雨》。当日《大公报》报道：“中国旅行剧团计划公演万家宝氏所著之剧本《雷雨》酝酿已有一年之久。其排演经过已有三次之多，今日始得正式呈现于渴望已久之观众眼底。”结果“满座，空前盛况”[1]。其后移师上海，连演数月，场场爆满，“从老妪到少女，都在替这群不幸的孩子流泪”，出现“海上惊《雷雨》”[2]的热烈景象。上海卡尔登大剧院因“中旅”演出《雷雨》“卖座之盛，前不多见，甚至超过电影”[3]，于是决定今后只上演话剧而停演电影，并改名为上海艺术剧院，与“中旅”订立长期合同。自成立以来一直处于流浪状态的半职业的“中旅”至此方获得一个保留剧目而得以安定下来，成为真正的职业剧团，“是《雷雨》支持了中国话剧舞台，我们可以说，中国的舞台是在有了《雷雨》以后才有了自己的脚本”[4]。中国现代戏剧也由小剧场进入大剧院，开始了真正的职业性演出，而“从事话剧也可做职业的活动”是“以前所不敢想象的事”[5]。据统计，到1936年底，全国上演已达五六百场。正是有了《雷雨》，中国现代戏剧的职业演剧才蓬勃发展起来，并持续繁荣十余载。同样，《雷雨》也因职业演剧而展现出真正的价值，获得了长久的生命。《雷雨》为何如此恰合职业演剧的要求呢？有

1　《大公报》，1935年10月13日。

2　茅盾：《赠曹禺》。

3　《卡尔登改为话剧场》。

4　转引自钱理群：《大小舞台之间》，第43页。

5　郑伯奇：《1933年中国戏剧运动之展望》。

着复杂的情节、众多的人物且长达四幕数百页，需连演四个多小时的大型话剧是无法由爱美剧团在小剧场演出的，只有人员、设施、制度都更加充足完备的职业演剧团体在大剧场方可满足其要求，同样，也只有如此大型的戏剧才能充分发挥出大剧院职业演剧的优势与魅力。

然而，戏剧家本人却在这无边的“火爆”中独味着被误解的深深痛苦。因为观众的理解接受与创作原意大相径庭，甚至正趋悖反。《雷雨》本是“抒发作者情感的一首诗”[1]，然而，几乎所有的人都从社会问题剧的视界接受它。在日本演出时，著名戏剧家秋田雨雀即撰文评论《雷雨》为一部“近代中国社会家庭悲剧”[2]；曹禺致《雷雨》的第一个导演吴天，表白自己写作初衷的信在《质文》月刊发表时编者所加的按语更说明这种不协调：“就这回在东京的演出上看，观众的印象都似乎完全与作者的本意相距太远了。我们从演出上所感觉到的，是对于现实的一个极好的暴露，对于没落者的一个极好的讥嘲。”[3]1935年10月12日《大公报》所用的标题也是《〈雷雨〉著名伦理悲剧中旅今明公演》。“几乎总是在场，他手下操纵

1　钱理群：《大小舞台之间》。

2　转引自钱理群：《大小舞台之间》，第39页。

3　曹禺：《〈雷雨〉的写作》，第3页。

其余八个傀儡”的“主要的人物”，“称为‘雷雨’的一名好汉”却被“忘掉”了，以致“我看几次《雷雨》的演出，我总觉得台上很寂寞，只有几个人跳进跳出，中间缺少了一点生命”。——剧作本有的“命运”观念完全未得到表现。

观众对蘩漪的理解更与本意彻底悖反。蘩漪本是“抓住我的想象”的人物，依曹禺预设，她同样应以她的尖锐、魔性和魅惑揪住观众的心灵。然而“舞台上的她与我原来的企图，做成一种不可相信的参差”。观众们不能“把握着她的魅惑，只会觉得她阴鸷可怖”；有人居然当真将她看作一个不近人情、专门坏事的疯子，而将同情付于周萍，甚至周朴园。

“序幕”和“尾声”是实现悲剧Chorus审美效能的重要手段。因此曹禺非常重视，宣称删去它们，整部剧作便成了“无头无尾，直挺挺的一段躯干”。然而，自东京首演直到我们今天，“序幕”“尾声”却一次也未被搬上舞台，曹禺殷殷企盼的“了解的导演”一直没有出现。即使作者自己，虽“期待着好的机会，叫我能依我自己的情趣来删节《雷雨》，把它认真地搬到舞台上”，并且日后领导着中国最优秀的剧院，这个愿望也始终悬置。

《雷雨》的原初意旨与观众接受之所以发生如此巨大的悖离，根本在于爱美剧与职业演剧接受者的不同。曹禺是作为南开新剧团的支柱演员活跃于爱美剧坛的，这段经历带给他最大的收获便是“熟悉观众，熟悉如何写戏才能抓住观众”[1]。然而，爱美剧是知识分子和在校学生业余“同好”的产物，主要以校园为活动范围；加之有感于文明戏因一味迎合市民观众低级趣味而致使艺术堕落，决心“造成高尚的观剧阶级”[2]，更有意与普遍民众隔离，而限定在有一定新式文化修养的人群中。曹禺在爱美舞台上面对的，作为他的观众意识之基础的，正是这部分观众，而他们也便是曹禺为《雷雨》预设的观众。这些观众是可以理解剧作原初意旨的，《〈雷雨〉序》便提及“迷上了蘩漪”且准确把握住“她的可爱不在她的‘可爱’处，而在她的‘不可爱’处”的“一个朋友”。

然而，职业演剧却不再是同好者的业余活动，而是以此为专门事业，且借之谋生。这样，一方面演剧因此可更趋完备规范，艺术水准得以提高；另一方面剧团必须吸引尽可能多的观众来买票看戏，以维持剧团的生存发展，而先前爱美剧的观众数量显然不能满足这一需要。职业演剧必须走出校园，面对更广大的接受群体，“从老妪到少女”，都在其列。而这些人虽生活在“欧风美雨”东渐的现代，但事实上并未真正接受过西方文化知识，“培养高尚的观剧阶级”的爱美剧也根本没

1　曹禺：《回忆在天津开始的戏剧生活》，转引自马俊山：《曹禺：历史的突进与回旋》，第38页。

2　《时事新报》，1927年1月27日。

有惠泽他们。中国现代最广大戏剧观众所拥有的，仍然是根植于传统文化，特别是经由戏曲滋育起来的审美意识与心理。据记载，那时的戏剧商人则按当时邀请京剧名伶的条件，争邀“唱话剧”的“唐家班”，观众则“像听京戏一样，闭着眼睛，打着拍子来听《雷雨》的台词”[1]。他们只能以此为基础去解读这部剧作。普通中国观众的审美心理与西方戏剧的巨大差异导致了如此巨大的误读。

“有野蛮的儿童，有早熟的儿童，古希腊人是正常的儿童”[2]，“命运观念”是童年时期的人类对宇宙人生的体认，作为“早熟的儿童”的中华民族则跨越了这一阶段。中华民族重现世而轻玄想，对世俗生活及规范的关怀远胜形而上的讨究。因此，“命运观念”转化为“宿命论”，顺服于“天命”的安排，“乐天知命”，根本不会对命运的合理性产生任何怀疑。这一观念的深层则是对“命运”本身的漠然。占据中国人意识形态之核心的，是与宗法家族制度相适应的伦理道德观念，它构成中国人所有思想文化的基础。正基于此，中国观众（及同属儒教文化圈的日本观众）不可能解读出《雷雨》的命运观念，而只可能从家族伦理冲突的角度来接受它。

1　《时事新报》，1927年1月27日。

2　钱理群：《大小舞台之间》。

伦理观念在古希腊命运悲剧中不占任何位置，许多著名的悲剧人物都是非伦理甚至于反伦理的“美恶统一体”。曹禺将《雷雨》人物划分为“极端”“妥协”“间色”三类，也是根据性格的激烈程度，而不是道德标准。然而最广大的中国观众的伦理道德以“善”“恶”为两大基本准则，反映在审美观念上，便是以善恶二分来评判艺术人物。“尽善尽美”是中国文学评判的最高标准，不可得兼则宁善勿美。中国观众看戏，首先要分清“好人”“坏人”，同情善者，憎恨恶者。中国伦理道德的中心是家族伦理，要求“父慈子孝，兄友弟恭”“长幼有序”，而且“君子之道，造端于夫妇”，“夫为妻纲”更乃一切之最基本点。蘩漪背叛丈夫，与继子私通乱伦；为阻止作为情人的继子出走，情急之中更不惜牺牲自己的亲生儿子，“抛弃了神圣的母亲的天职”。再者，她的“尖锐”“极端”也与中国人遵奉数千年的中庸、平和、礼让、谦逊等为人态度大相反悖。垂传数千年，早已深浸入人心的道德被她一一损毁。她岂止“不可爱”，简直是“罪大恶极”“十恶不赦”，自然得不到观众的同情，被视作“疯子”也便事出有因，不足称怪了。

艺术手法的被拒绝同样根源于审美心理的迥异。《〈雷雨〉序》中说“《雷雨》诚如一位朋友说，有些太紧张”。依西方戏剧观念，“紧张”正是“戏剧性”的重要表现。然而中国观众于此并不认同。西方人的审美心理呈“焦点式”，各因素集中指向一个中心，构成密致的“团块”，因此，他们欣赏密致紧张的情节结构。“三一律”之所以成为西方戏剧的“铁律”，正由于其在高度集中紧凑的时间、地点里，采取以一个事件为核心，现在的事件回溯过去的事件，过去的事件又推动现在的事件的发展，相互交织、扭结的锁闭式来展开冲突，恰合了西方戏剧观众的审美心理。中国人的审美思维则是“散点式”的，没有统一固定的“焦点”，注意中心随事件进程做线性前移。与之相适应的中国戏曲，依事件发展顺序运演，剧中时间跨度很长，地点颇多变动，动作间的联系也相对松散。观众观剧的目的也是为了享受身心舒泰的休息，追求轻松、舒缓、飘逸、自然的境界，不习惯过度凝重紧迫。这些都与《雷雨》“做成不可想象的参差”。

若就原意，《雷雨》“序幕”“尾声”的表现效果堪称卓越。它们与正文发生的事尽管只相距十年，但破败的陈设、颓唐的老先生、无语痴望的妇人都给人“相当辽远的感觉”；季节差的运用更见绝妙，霏霏冬雪在氛围、色调等方面与郁热的炎夏形成巨大的反差与强烈的对比，的确可以产生“哀静的心情”。然而，命运悲剧的崇高美和随“怜悯”“恐惧”而至的“卡塔西斯”（对观众心灵的“净化”或“陶冶”）俱与中国观众相距遥遥。伦理至上之中国观众的审美判断亦是“善”“恶”两分评价，与道德毫无关系的“崇高”自不在他们的意识之内。而悲剧与其说可“净化”或曰“陶冶”中国观众的灵魂，不如说是为他们潜藏在心底的同情提供一个发泄口。也就是说，悲剧之于中国观众，只是导引他们将同情赋予善良的人，正由于此，才有“从老妪到少女，都为这一群不幸的孩子流泪”。“序幕”“尾声”在中国观众那里不仅实现不了本来的价值，而且差异巨大的戏剧情境之间的突然切换，反而阻断了戏剧审美流程，影响观众对规定情境的投入。它们始终不能呈现于中国话剧舞台，根本原因正在于此。

《雷雨》是在爱美剧的背景下，遵循爱美剧的理念与模式创作而成，却在职业演剧的视野中被接受，导致了极大的误读，但“错位的对接”之所以产生，《雷雨》之所以面对广大最普通的中国观众，乃有其坚实的原因。中国现代戏剧经过一味迎合观众低级趣味而丧失“现代”本质的“文明戏”和完整引进西方戏剧而隔绝观众的爱美剧两阶段，艺术的规律和历史的必然也要求和酝酿着一个“否定之否定”，即既面向观众而又是真正的现代戏剧，这就是第二次职业演剧。“中旅”和《雷雨》正是这一必然的产物与体现。“中旅”自觉跨出爱美剧范畴，而构思创作都早于它的《雷雨》则是爱美剧的高潮及总结，但高潮和总结本身就酝酿着新质与突破，“打算有力的推动中国剧运，创作长的剧本是目前的要图，只靠着翻译和改编外国剧本到底不能独立发展，回顾十几年来的国产剧本还是那些形式简短内容贫乏的几本，不能给观众以大量的满足。《雷雨》便是适应这种需要产生的”[1]。“中旅”和《雷雨》从表演和作品两方面突破爱美剧，走向第二次职业演剧。只有职业演剧才可以使戏剧真正获得独立性，充分体现出自身的本质力量。

曹禺虽然初创《雷雨》时将其观众限定在特定范围内，但亲身演剧实践培养起来的观众意识毕竟抓住了最基本规律，因此，当他面对先前未曾料到的新的观众群体时，能于反思之后迅速而准确地把握前进的脉搏，做出调整。《〈雷雨〉序》虽是一篇述说被误解的痛苦，自我辩解色彩浓重的文章，但辩解之下更隐藏着对这一现象的深深思索，“如若以寻常的尺来衡量她，她实在没有几分赢人的地方”；“《雷雨》有许多令人疑惑的地方，但最显明的莫如首尾的‘序幕’与‘尾声’”这两句话都隐约露出了曹禺对剧作与中国观众审美心理存在巨大差异的自觉。而真正完全的自觉与适应则体现在《〈日出〉跋》。

《〈日出〉跋》最大的特点便是明确的职业演剧的观众意识。曹禺说：“做戏的人确实也有许多明知其不可，而又不得已为五斗米折腰的。……如果无意中我已受了这种引诱的迷惑，得到万一营业上的不失败，令目前几个亏本的职业剧团，

1　白梅：《〈雷雨〉批判》，《大公报》，1935年8月20—23日。

借着一本非常幼稚的作品，侥幸地获得一些赢余，再维持下去。这也是一个作者所期望的。中国的话剧运动，方兴未艾，在在需要提携。”曹禺不仅清楚认识到新兴的职业演剧正是中国现代戏剧发展的正途，而且自觉投身其中。

职业演剧“以剧养剧”的方式使剧团只有通过门票收入方可生存发展。在这一情况下，观众的地位和作用被更加凸显出来，“一个弄戏的人，无论是演员，导演，或者写戏的，便欲立即获有观众，并且是普通的观众。只有他们才是‘剧场的生命’。尽管莎士比亚唱高调，说一个内行人的认识重于一院子groundings的称赞，但他也不能不去博取他们的欢心，顾到职业演员们的生活”。职业演剧的主要接受者——普通观众成了曹禺观众意识的基础与主体，“写戏的人最感觉苦闷而又最容易逗起兴味的，就是一个戏由写作到演出的各种各样的限制，而最可怕的限制便是普通观众的趣味”。先前“误读”者的审美心理受到了自觉尊重，戏剧诸因素俱需与此相契应，以此为评价取舍的根本标准。

我们前文说第二次职业演剧是文明戏与爱美剧的“合题”，而“合题”最重要的体现便是曹禺的观众意识。《〈日出〉跋》中说：“怎样一面真实不歪曲，一面又能叫观众感到愉快，愿意下次再来买票看戏，常是使一个从事于戏剧的人最头痛的问题。”“一面真实不歪曲，一面又能叫观众感到愉快”，正是曹禺站在历史高处，对中国观众审美心理与戏剧艺术本质的辩证把握。这里的“真实”并非逼真模拟现实的“真实的生活”，而是“用头脑去思索所看到的种种，并把真正感受和思索的东西写成作品”，经由作家提炼加工生活素材，而揭示出“生活的真实”。尽管这种真实表现为“像真实而非真的事物，像人生而非实际的人生”[1]，但恰恰是经过选择、提炼、加工的“真实”，才更合乎生活发展的内在逻辑，也即更近“情理”，而“只有近情理的东西，才不会遇到听众和观众方面的抗拒”[2]。

与“情理”相对应的“愉快”，也不再是文明戏的低级趣味，而是超越“多少皮相的手法，几种滥用的情绪”，“使观众的兴趣不停留在对生活的表面上”。虽然不少普通观众喜欢无聊刺激，但人的审美心理本身便分为不同的层次。“人也按照美的规律来构造”（马克思语），审美是人类的天性，而且每一个观众，无论有意无意，文化修养高下差异，都承袭着积淀多少代的审美经验，“一切戏剧的设施须经过观众的筛漏；透过时间的洗涤，那好的会留存，粗恶的自然要滤走”。因此，普通观众的心理深层是真正审美的。成功的戏剧，便是要

1　曹禺：《编剧术》，第282页。

2　余秋雨：《戏剧审美心理学》，第53页。

将这深层的审美愉悦激发出来。而依戏剧审美心理学原理，艺术的真实，即“真实感”是戏剧审美的基础，只有真实感才能催发观众真正的审美愉悦。

中国现代戏剧史上一度对立的“真实”“趣味”两大范畴，终于得以统一。但“人是文化的动物”，“真实”与“趣味”都不是抽象的，要受到特定文化的制约。具体到中国的职业演剧，当然是要面对中国的普通戏剧观众，适应他们的审美心理。于是曹禺“想脱开了la pièce bien faite一类戏所笼罩的范围，试探一次新路”。

《日出》的探索主要集中在三个方面：一、结构；二、人物；三、审美态度。曹禺说：“写《日出》的时候，我决心舍弃《雷雨》中所用的结构，不再集中于几个人身上。我想用片段的方法写起《日出》，用多少人生的零碎来阐明一个观念。如若中间有一点我们所谓的‘结构’，那‘结构’的联系正是那个基本观念……在《日出》里每个角色都应有相等的轻重，合起来他们造成了印象的一致。这里正是用着所谓‘横断面的描写’，尽可能的，减少些故事的起伏与夫‘起承转合’的手法。”曹禺选择结构作为“试探新路”的突破点，是颇具眼光的，因为“戏剧结构是戏剧家对于观众注意力的一种设计”[1]，

1　余秋雨：《戏剧审美心理学》，第221页。

而“观众注意力的张弛节律和分配方式是戏剧结构的基础”。曹禺舍弃密致的“三一律”结构，采取的新结构形式，显然是对中国观众不习惯高强度严密集中，注意中心点随事件进展不断变迁，较任意、绵延的审美心理的自觉适应。广遭批评的第三幕正以其与第一、二、四幕结构上的“欠统一”，最明显体现着“新路”的探索锋芒与本质特征。

《雷雨》创造了两个性情根本迥异的女性，蘩漪与鲁侍萍，善良静慧、恬退隐忍的侍萍反衬出蘩漪的勇烈决绝。但《日出》里，蘩漪式的人物已湮没无存，原本就不处于次要地位的“侍萍性格”却凸显出来。主人公陈白露在屈辱受尽、希望破毁之后，凄凉地服毒自杀，而不是做“绝望地抗战”；而第三幕中的翠喜，则无疑更充分饱满地展现出这一性格的内涵。翠喜身处最最底层的人间地狱，却怀抱“一颗金子似的心”，不仅无怨无悔地担负生活的重担，供养一家老幼的生活，更可贵的是，虽然自己被人无情践踏，却真诚地关心更加悲苦无告者。在中国观众眼里，陈白露是真正的悲剧，而翠喜则积淀着中国文化传统中最本真的善良。

剧作结构与人物塑造之后，便是审美评判问题。曹禺说：“不过以常识来揣度，想到是非之心人总是有的，因而自有善恶赏罚情感上的甄别，无论智愚贤不肖，进了戏场，着上迷，看见秦桧，便恨得牙痒痒的，恨不立刻一刀将他结果。见了好人就希望他苦尽甘来，终得善报。所以应运而生的大团圆的戏的流行，恐怕也有不得已的苦衷。在一个诗人甚至于小说家这种善恶赏罚的问题还不关轻重，一个写戏的人便不能不有所斟酌。”明确将“善”“恶”伦理评判放在最重要位置，更从这一角度重新审视五四时期最受批判的“大团圆”结局。所以虽然陈白露、小东西等不幸者惨亡，但方达生却在小工子们的号子声中迎着太阳走去，无论如何，毕竟是一抹亮色。潘月亭的破产和潘月亭、李石清的内讧，则确可引发观众“恶有恶报”的痛快。

戏剧结构、人物塑造、审美评判是构成戏剧最重要的因素，曹禺于此都显示出对中国观众戏剧审美心理的理解与尊重。因此，《日出》可以说就是立足中国观众审美心理的自觉创制，《〈日出〉跋》则是对这一创制及其根源的理论阐释。

在更本质意义上，一种文化传入另一异质文化中，必然也必须改变原有形态以适应新语境的要求，如此方可能与之沟通、融合，也就是必须本土化。话剧这种在西方产生发展、承传积淀三千余年的艺术，若欲在几乎完全异质的中国文化语境中扎根，为中国观众所真正接受认同，同样须经历这一转换生成的艺术历程。曹禺正是从职业演剧时普通观众的巨大“误读”中敏锐感受与把握到了这一点，自觉适应中国普通观众戏剧审美心理的限制，冲开自己先前和当时占据戏剧界主潮的西方戏剧观念[1]，迈出了戏剧本土化的第一步。其后，曹禺顺着这一方向前行，虽然难免曲折，但终于创造出《北京人》这样高度中国化的现代戏剧经典，以自己的剧作为中国现代戏剧的生长发展勾勒出一条清晰的轨迹线。曹禺之所以成为中国现代戏剧的中坚与代表，正由于这一自觉，而追根溯源，则一切全起于观众对《雷雨》的误读。可以说正是“误读”奠定了《雷雨》在中国现代戏剧史上承前启后的重要地位，造就了一位杰出的戏剧家，为话剧真正成为中国现代戏剧指明了正确的路途。

1　曹禺在《〈日出〉跋》中与朱光潜、谢迪克等批评家的争论其实就是两种戏剧观念的论争，曹禺对此有极清楚的认识。

能指与所指的悖谬

——从语义学角度看《北京人》的喜剧性

喜剧的基本审美定位在于以堂而皇之的形式掩盖本质的虚假，造成现象与本质的错位，错位幅度越大，喜剧效果越明显。深谙中国传统文学技巧和中国人深层审美心理定势的曹禺将《北京人》的喜剧特质隐藏在戏剧人物的姓名之中，表现为能指（姓名）和所指（人物实际行状）的悖谬。我们试作分析。

“曾”作姓氏读作“zēng”，但它另一常用读音为“céng”，意为“曾经”。作者用此字作姓氏，暗指曾家虽是世代书香隆盛之族，钟鸣鼎食之家，但“不是蓝顶子、正三品都进不来”[1]的全盛大景象已是昨日风光，现在则败落到大八月节被一帮小商人堵着门要账，几要打破门来的窘况。然而，曾家内里并未从根本上认识到自己今非昔比的现状，依然关起门来自称老太

1　本文译文未注明者均出自曹禺：《北京人》，北京：人民文学出版社，1994年。

爷、少爷、奶奶、姑太太、姑老爷、少奶奶，硬摆士族贵胄的残谱。对外界的抵抗力早丧失殆尽，却依然陶醉在读书世家的温柔富贵乡里，大骂别人“一种书都没有读过”，顽固而可怜地显示士大夫阶层超人一等的“高雅”，做一次阿Q式的精神胜利。在房客面前三叩九拜，炫耀“家教”，拼命维护不仅不能保存这些孝子贤孙，而且连自身都马上要就覆灭的“臭规矩”——封建礼教，还自以为庄严、伟大、神圣。

曾老太爷的银行存折上早已分文无有，他却死攥着不放手。一方面固然害怕真的露出穷相，儿媳威胁他的家长地位，但更深层缘由则是要借此营构心造的幻影，重温昔日“整千整万银子”的富贵繁华，骗别人更骗自己。更具讽刺意义的是，虽然早已穷相毕露，思懿、江泰却与曾皓一样，甚至比他更深地沉湎于依然有钱的梦幻里，为并不存在的钱心机费尽，斗得你死我活。

“曾”的另一义项即指中间隔两代的亲属关系。《北京人》中，曾老太爷幻想“四世同堂”的福气，为抱曾孙，将瑞贞、曾霆两个根本不认识，更谈不上有任何感情的十五六岁少年硬拉到一起，做了传宗接代的工具。然而，当瑞贞真的怀了孕，并被逼着在祖宗灵前许愿，“希望”近在眼前时，她却将孩子做掉，与袁氏父女一起永远走出曾家。曾皓的梦想终不过是一场梦而已。颇具讽刺色彩的细节在于，思懿反倒怀孕了，曾皓盼了多年曾孙，盼来的却是“曾孙”——曾皓自己的孙子！岂不滑稽荒唐。

曾皓：“皓”一义指潜迹山林，道骨仙风，远避人世是非，潇洒旷达之人。曾皓虽高龄六十有三，且可“约莫寻出曾家通有的灵秀之气”，却毫不存古之皓士的洒脱飘逸，而是“鬓发斑白，身体虚弱，黄黄的脸上微微有几根稀落惨存的短须，一对昏朦而无神的眼睛，时常流着泪水”，通体一派衰老羸弱之象，整日尽想自己的病和死，不断吃补药，将棺材当作自己最大的希望与慰安。同时，曾老太爷又陷在家庭斗争的漩涡中难以自拔，无数琐事时时刻刻烦恼着他，却又毫无办法，甚至堕入既不敢说有钱又不敢说无钱的尴尬处境，全无一丝洒脱。

“皓”的另一义项通“昊”，指天，亦引申为元气博大之貌。作为老太爷，曾皓是家庭最高统治者，然而，身无分文，老境凄凉，早已失去对儿孙的约束与威压。不仅再不是令晚辈闻声丧胆的家长，连他自己也既惧怕长媳，又不敢开罪女婿。具有喜剧意味的是，在他内心却阿Q般不承认这一事实，反而“故意夸张他在家里家长的威严”，“非常注意浮面上的繁文缛礼，以为这是士大夫门第的不可不少的家教”。至于“气蕴博大”云云，更无从谈起，无迹可寻了。

“皓”与“耗”同音，故《北京人》中一再出现老鼠。当江泰借钱未果，杜家终于将棺材抬走时，曾皓顿足道："活着要儿孙干什么，要这群耗子似的儿孙干什么哟！"殊不知，他正是最老、最大、最根源上的耗子。正是他和儿孙啮空了祖上的基业。《北京人》众人物中，曾皓是为作者讽刺所最着力、最无情的一个。

曾思懿：《说文解字》释"懿"为"专久而美也"，即指美好的德行，特指女性之美德。作为"自小便在士大夫家庭熏陶出来的女人"，又嫁到曾家这样的封建大族，本该躬守传统妇人三从四德、温良恭俭让，她却事事做得相反：虚伪、自私、多活，从来不知自省，在家中撒泼使坏，机关算尽，欺侮公公，威逼丈夫，奴役表妹，虐待儿媳，在自己造想的权诈诡秘的空气中钩心斗角，从里到外，整个一个泼妇悍妇的可憎形象，连最基本的人性都早已丧失干净，更遑论妇人之懿德了。不仅如此，她还自以为知书达礼、精明干练、慷慨大度、待人厚道。可见，她不仅品行卑劣，而且毫不自觉，自以为自己遍体"懿德"。可见，对传统的妇人之道，她是连"思"都不思了。

《易·小畜》云："君子以懿文德。"文德，意指以礼乐教化进行统治，常相对"武功"而言。曾思懿梦想曾皓早死，挤走江泰，管住丈夫，娶过愫方，曾霆从命，瑞贞服帖，由她坐稳这个王国统治的宝座，建立合乎自己理想的家庭秩序。但她借助的手段并非礼乐教化，而是虚伪狡诈，必要时甚至不惜动武。当曾老太爷犯病，抓紧门柜不肯离家时，她咬破了公公的手指——与“君子以懿文德”彻底背道而驰。

曾文清：“文”古多用作有德者之谥号，《逸周书·谥法解》：“经纬天地曰文，道德博闻曰文，勤学好问曰文，慈惠爱民曰文，愍民惠礼曰文，锡民爵位曰文。”这几乎包括了所有封建士大夫的人生理想与道德修养的至高境界。曾皓为其子取名“文清”，本愿他安邦定国，加官进爵，光宗耀祖，但腐朽没落的封建家庭压抑人之个性的自由发展和生机、活力的张扬，使曾文清三十七岁快有孙子的人仍未从心理上“断乳”，始终是一个没有独立生活能力，需要人照拂帮助的“大孩子”。不要说建功立业，名垂后世，连最基本的谋生能力都丧失殆尽，出门“飞”了一圈又回到原地，只有吞食鸦片自尽一条路可走。曾文清的“行状”倒印证了“文”的另一义项，即“礼乐制度，礼仪法度之谓文”——正是封建礼教熏陶教化出这样百无一用的废物。

“文”本意为色彩交错的纹理，引申为文雅，与“质”“野”相对。《论语·雍也》云：“质胜文则野，文胜质则史，文质彬彬，然后君子。”曾文清生着“在诗人也难得有的这般清俊飘逸的骨相”，举止大方，自然本色，淳厚、聪颖、敏感，灵气十足，“风趣不凡，谈吐也好”，通身上下都合乎文人雅士的理想，乃至可为其中典范。北平书香门第优雅、悠闲，文化氛围浓郁的生活更培养出他许多雅趣，琴棋书画，无所不知，无所不通。然而，他的生命也便消磨在这文雅里，渐渐成了一个温文有礼、清奇飘逸的空壳，如器皿上的花纹一般，只能做美丽的饰物，而于现实人生了无使用。

“清”与“浊”相对，可引为“高洁”之意，故古称德行高洁之士为“清士”。曾文清的确骨相清奇，文雅高洁，远避世俗风浪浊流，在传统文化积蕴最深的北平做着隐士。然而，他并非怀真而有意避世，而是如一只从未飞过的老鸟般失去了再学飞翔的能力和勇气，只得“莫名其妙地在家里踟蹰”，最终也没有“跳出这狭窄的门槛，离开北平到更广大的人海里与世浮沉”。高洁的结果是连自家性命都难以保全，岂不构成莫大的讽刺与喜剧？

江泰：《北京人》众生相中，江泰是喜剧色彩最明显的一个。与其他人物一样，江泰的名字与其本人行状也近乎完全悖离。

“泰”原属易卦之一，卦象乾下坤上，为上下交通之象。《易》云“泰，天地交”；又“泰，小往大来吉亨，天地交而万物通也”，引申为通畅，“乾下坤上，乾坤交和，后事乃通”。他的姓“江”亦有通达之貌。然而，江泰行事却处处不通，早年出国攻读化学，回来后抛弃本行做官，但“做了几次宦，都不能得意”。常常自作聪明想占些便宜，却总在大处吃亏。梦想发财，但“做官亏本，做生意赔钱”，到头来一事无成，两手空空，只得沉湎于自己虚造的昔日也曾阔绰过和将要阔绰的梦幻里，聊以欺人与自欺。将命运和希望寄托于看相算命，可“也不甚灵”，始终未曾“否极泰来”，撞上好运。当杜家要抢抬曾皓的棺材时，他忽然想显示一下自己交游的广泛、办事的通达，结果醉倒派出所，制造了一个最大的噱头。

“泰”的另一义项乃安宁。《易·序卦》“履而泰，然后安”。江泰却是全剧最不安分的一个，不是打老婆骂人，就是摔碟子砸碗，要么不顾场合地乱发议论。每当他不能自已时，其妻曾文彩便坚定而简捷地提醒道：“泰！”这单字的称呼，语义双关，反讽意味极浓烈。《论语·子路》云“君子泰而不骄”，江泰却“不泰而骄”，两手空空在丈人家乞食，寄人篱下，却还要作大，甩姑老爷的架子，希图以此让别人高看自己，结果反招致忌恨和嘲弄。作者的讽刺对象群里还有一个小人物——曾霆。“霆”意为霹雳，成语“雷霆万钧”即取此意。一潭死水般将要彻底覆亡的曾家，为其子弟取这样一个充满力量的名字。曾门的所谓“家教”和过早的婚姻，已将只有十七岁的他塑造成一个郁抑不申的小大人。尽管偶有些“突如其来的天真甚至于浮躁”，和袁圆接触期间甚至表现出从未有过的活跃与生气。然而，即使这时，他也没有走出那套扼杀人性的“臭规矩”哪怕半步。仅只在里面既向往又恐惧地向外偷偷窥视，随着袁圆和瑞贞的离去，他必将再次回复到毫无生气的“狭之笼”里。

“姓名技法”是中国明清小说戏剧中广泛使用的艺术手法，但多为信手拈来，随意点染，含蕴极其有限。曹禺在承继传统的基础上将人物姓名和戏剧的整体审美倾向紧密相连，不仅是对中国现代喜剧艺术的贡献，而且将中国“古已有之”的传统表现人物的技巧手法推到一个全新的境界，这可以说是曹禺对中国文学的一项独特贡献。

探寻真实与趣味的最佳结合

——曹禺的戏剧美学思想

曹禺是作为中国现代戏剧剧本创作大师而名垂艺术史的，虽然没有专门的理论著述，但他关于戏剧艺术的文章和谈话并不太少，尽管略显零星，似乎缺乏论著的周密严谨，然而其中的戏剧美学思想是自成体系、意蕴丰厚的。更为可贵的是，与专门的戏剧理论家不同，曹禺的戏剧美学思想由自己亲身的表演和创作实践中体味、总结得来，因而颇具实践性与可操作性，而且抓住了中国现代戏剧发展的轴心。本文拟就曹禺戏剧美学思想的产生背景、理论基点及其具体内涵作一初步探讨。

一、曹禺戏剧美学思想的发生背景

中国现代戏剧的上限虽可追溯到1907年春柳社在东京的活动，但无论全盘取法西方的春柳派，还是稍后于它而更多地保留了中国传统戏曲方式手法的“天知派演剧”，都以宣传革命思想、唤醒民众觉悟为标的，在根本上是革命思潮之组成部分，并不具有戏剧之为戏剧的较独立品格。中国现代戏剧第一次较“纯粹”意义上的兴盛是在辛亥革命结束，民气消歇而致使“新剧”剧坛一度沉寂之后，又于1914年（农历甲寅年）突然“爆发”的“文明戏”“甲寅中兴”。彼时不仅剧团为数众多，影响巨大，而且与先前最根本不同的是，“中兴”诸团都是职业演剧团体，以演剧为第一目的。由其他事物的附属而获得独立地位，对戏剧艺术的发展本极有利。然而职业性剧团必须完全靠票房收入生活，为投合观众习惯，纷纷上演散漫冗长的“连台本戏”，一步步退回旧戏的园囿，将多年学习引进的现代演剧方式大半抛却。更严重的是，为博观众一笑庸俗浅薄的低级趣味，违背剧情的滑稽表演，杂耍魔术充斥全台。甫一出现，虽确曾大赚其钱，然而艺术本身已被戕害，不久即遭唾弃。

为匡救“文明戏”艺术的堕落，创建真正意义上的中国现代戏剧，一批自欧美归国的戏剧家“仿西洋的Amateur和东洋的‘素人演剧’”[1]，发起“爱美剧”运动。经过十余年理论和实践的辛勤探索，逐步建立起较完备的中国现代戏剧创作表演体制，从根本上挣脱旧剧束缚，具备了“现代”形态。然而

1 《时事新报》，1927年1月27日。

“爱美剧”犯了矫枉过正的毛病，鉴于“文明戏”的前辙将普通观众的欢迎一概视作艺术的堕落，于是决心“造成高尚的观剧阶级”[1]。这就导致了始终局限于以学校和学生为主体的狭隘范围，不能获得最广大的观众，而这一点与戏剧自身本有的群体性相违背。“爱美剧”因之终处中国现代戏剧“实验室”的位置，无法更为茁壮地成长，反招致相反的命运——日渐凋零以至终结。

由是可知，中国现代戏剧发展的最初两个阶段“文明戏”“爱美剧”兴衰变迁的核心取决于观众。继“爱美剧”而起的，是以唐槐秋领导的中国旅行剧团（“中旅”）为先声的第二次职业演剧运动（“甲寅中兴”以后的“文明戏”演出史称“第一次职业演剧”）。观众对于职业演剧的重要性不言而喻，关键是，如何避免前两种偏颇，树立正确的观众意识。

我们再来看曹禺本人。曹禺回忆自己少年时代的观剧经历时说：“看得最多的还是‘文明戏’……印象深的是，中国的观众十分善感，像‘言论正生’演说过后观众那样热烈的欢迎，那种热烈鼓掌的情景。男女洒泪告别时，台下也有妇女一片呜咽抽泣，擦湿了手帕。可以说观众和舞台演出打成一片，真叫‘交流’之极了！”或许正是通过看“文明戏”，曹

---

1 《时事新报》，1927年1月27日。

禺萌发了最初的观众意识：既认识到观众对于戏剧的本质意义，同时从文明戏的堕落中明白了树立正确观众意识的极端重要性。

大家知道，曹禺早年曾在天津“南开新剧团”和清华大学演过整整10年戏，主演了一系列“爱美”名剧，并且达到了相当高的，甚至可以说“爱美剧”演出的最高境界。据当时的观众回忆，曹禺演娜拉“把娜拉和海尔茂夫妻间的感情，甚至她的感情分寸，都很细腻地精湛地表现出来”，以至于这位老观众多年以后仍认为“至现在这样好的艺术境界、艺术效果是很难找到的。曹禺的天才首先在于他是个演员，其次才是剧作家”[1]。虽然由于身体条件的限制，曹禺最终没有实现做职业戏剧演员的夙愿，但这段宝贵的经验为他的戏剧美学思想和创作奠定了难得的良好基础，而最核心的收获便是“熟悉观众，熟悉如何写戏才能抓住观众”[2]。他虽出身“爱美剧”却可以最终超越原有的拘囿，成为更广阔、健康、正确的第二次职业演剧之中坚的基因。

中国现代戏剧发展的客观需要和曹禺本人的主观意识不约而同地聚焦于观众。正是这一契合，使曹禺把握住了中国现

1 田本相：《曹禺传》。

2 曹禺：《回忆在天津开始的戏剧生活》，转引自马俊山：《曹禺：历史的突进与回旋》。

代戏剧的“中枢神经”。曹禺以观众意识为基点构建的戏剧美学大厦，不仅是个人的追求，更是中国现代戏剧发展的必然归趋。

二、曹禺戏剧美学思想的核心命题

曹禺戏剧美学思想的第一要旨便是对观众地位的强调。首先，观众是戏剧艺术存在的最基本条件。曹禺认为，舞台艺术之所以在更现代化的综合艺术（如电影）出现之后，没有而且永远不可能被取代，正在于“舞台上的戏与观众有直接的交流”[1]。因此，能否抓住观众是戏剧成败的标志，观众的审美认同是戏剧优劣的最终评判标准，“一切戏剧的设施须经过观众的筛漏；透过时间的洗涤，那好的会留存，粗恶的自然要漏走”[2]。再者，戏剧要想发展壮大，必须走职业演剧的道路，这种境况下，观众便直接决定戏剧艺术的承载者——职业演剧团体的命运。因此，曹禺非常明白地说：“一个弄戏的人，无论是演员，导演，或者写戏的，便欲立即获有观众，并且是普通观众。只有他们才是‘剧场的生命’。”

1　曹禺：《和剧作家们谈读书和写作》，第425页。

2　曹禺：《〈雷雨〉序》。

曹禺从前人失足的地方，深化自己的思考，即如何才能真正“获有观众”？虽然《〈日出〉跋》中举例说为“得到普通观众的欢心”，即使“莎剧里，有时便加进些无关宏旨的小丑的打诨，莫里哀戏中也有时塞入毫无关系的趣剧”，但曹禺当然非常清楚大师的永恒魅力并非源于这些小手段，而仅凭噱头的“文明戏”最终为观众所唾弃，更是前车之鉴。有着表演和创作双重经验，深入体察戏剧“自身的内在规律”[1]和“普通观众的趣味”这一“最可怕的限制”的曹禺，提出了自己的戏剧美学原理——“一面真实不歪曲，一面又能叫观众感到愉快”。

既不违背艺术，又充分顾及观众，并且是普通观众的情绪，这两方面的和谐统一正是艺术，特别是戏剧艺术自身的本然要求，它们不仅不矛盾，而且恰恰是相辅相成，不可分割的。中国现代戏剧发展的前两个阶段之所以俱归失败，正由于各自“顾此失彼”的偏颇。曹禺站在历史高处的这一主张正具有“否定之否定”的意义，是中国现代戏剧发展的必然要求。关键在于如何辩证理解，以及如何在实践中将二者统一起来。

《〈日出〉跋》中，与这一原则意思相近的话还有两句：

1　曹禺：《回忆在天津开始的戏剧生活》，转引自马俊山：《曹禺：历史的突进与回旋》。

“怎样拥有广大的观众，而揭示出来又不失‘人生世相的本来面目’”，“一面拥有大众，一面又把真实犀利地显示个清楚”。从这两句可用作“注释”的话里，我们似乎可以得出曹禺所谓“真实”乃指客观地反映现实生活的本来面目。其实，这恰恰是他激烈反对的。这一原理的提出直接源于孟实提出的一个剧作家究竟“应该很冷静、很酷毒地把人生世相本来面目揭示给人看呢，还是送一点‘打鼓骂曹’式的义气在人生世相中显出一点报应昭彰的道理来，自己心里痛快一场叫听众也痛快一场呢”[1]。曹禺针对这一批评道：“写戏的人是否要一点Poetic Justice来一些善恶报应的玩意，还是（如自然主义小说家们那样）叫许多恶人吃到脑满肠肥，白头到老，令许多好心人流浪一生，转于沟壑呢，还是都凭机遇，有的恶人就被责罚，有的就泰然逃过，幸福一辈子呢？……不过以常识来揣度，想到是非之心人总是有的，因而自有善恶赏罚情感上的甄别。”曹禺认为这是“文艺批评的大问题”，是“根本问题”。他之所以如许重视，是因为这里争论的其实是两种真实观，即文学艺术应该原样照搬生活还是有自身独特的艺术的真实，曹禺明确选择后者。日后谈及创作体会时，他仍多次强调要“用头脑去

1　《大公报》，1937年1月1日。

思索所看到的种种，并把真正感受和思索的东西写成作品”[1]，揭示出“生活的真实”（即艺术的真实。曹禺将生活的真实定名为“真实的生活”）。尽管这种“真实”表现为“像真实而非真的事物，像人生而非实际的人生”[2]，然而恰恰是经过选择，提炼，加工的“真实”，才更合乎“情理”，也更合乎艺术的本质。

艺术真实说到底是一种“真实感”。观众对戏剧作品是否“真实”的判断，并非以是否彻底符合客观实存的外部世界为标准；而是更多依照融合了接受者自身的生活体味、主观情感，以及特定文化语境下的价值观念、伦理准则等意识形态的所谓“情理”，“只有近情理的东西，才不遇到听众和观众方面的抗拒”[3]，因此，艺术真实同时也就是接受者感觉与期待视野中的真实。曹禺正在“真实”这一艺术活动的基本范畴上沟通了创作、接受两极。“真实不歪曲”，从观众意识的角度讲也就是自觉契合观众的审美期待。

曹禺戏剧美学原则的另一要点是“叫观众感到愉快”。但“愉快”本身便分许多层次。每一个智力正常的人，无论有意

1　曹禺：《我对戏剧创作的希望》，第405页。

2　曹禺：《编剧术》，第282页。

3　余秋雨：《戏剧审美心理学》，第53页。

无意，文化修养是高是低，都承袭着代代积淀的文明成果。故而观众趣味的表层尽管或有寻求、趋就刺激、噱头的低级倾向，但心理深层是真正审美的。观众看戏本质上是一个审美流程。那么，真正深刻的、合乎艺术本性的“愉快”，便应该是审美的愉悦。基于这一认识，曹禺主张“只有演出真实的人物，演出人物灵魂深处的东西，才能使观众兴趣不停留在对生活的表面上”[1]。

中国现代戏剧史上素来对立的“真实”“趣味”两大范畴终于在曹禺这里得到统一，即以“真实感”为引导，激发观众真正的审美愉悦。含蕴丰富的曹禺戏剧美学思想大厦，正在这一原则基础上建立起来。

三、曹禺戏剧美学思想的具体展开（上）——关于创作

戏剧文本创作的第一步是选材。要唤起观众深层审美情趣，剧本必须首先具有真实性。这就需要“写我们最感兴趣，最关心的东西”，因为“我们最有兴趣的，最关心的东西，往往是我们最了解的”[2]。不仅如此，更要“写自己的精神世界中

1　曹禺：《自己费力找到真理》，第53页。

2　曹禺：《切忌“浅尝辄止”》，第336页。

真正深思熟虑过的，真正感动过的，真正感情充沛的东西”[1]。只有经由创作主体充分过滤，投射着创作者自身情感的生活素材，才能达到艺术真实的境界。此外，戏剧题材的选择必须虑及观众的审美承受能力，过分刺激的材料不易选作戏剧题材，因为它带给观众的只有恐惧和残酷，使得观众心理承受巨大压力，难以产生审美愉悦[2]。

至于剧作主题，曹禺自然认为应由题材中自然生长出来。但他更强调两点：第一应该“显明不要含糊，令导演戏的人觉得眼花缭乱，东也是主题，西也是主题”；“第二应该‘简单’，应当清楚地指导观众怎样同情的方向，要紧紧地抓住他们的同情，死也不要放松”。这两点要求在抗战时期的演讲《编剧术》中提出，似乎印上“政治宣传剧”的色彩，而且有使剧作内涵“单薄”“浅陋”之嫌，其实正是深味戏剧艺术“个中三昧”的“知己之言”。戏剧虽然具有艺术的共性，但它又有不同于其他艺术门类如诗歌、小说等的独特属性（这一点是曹禺反复强调的）。诗歌、小说等的接受是个别的，而且没有时间限制，可以由特定读者依自己的特定接受能力，反复体味；戏剧的接受则不同，是文化水准各各不同的观众群

1 曹禺：《我的生活和创作道路》，第148页。

2 曹禺：《编剧术》，第285—286页。

体在一定的时间限定下进行的，且“重复性”不大。“写戏的人”必须充分考虑这些“由写作到演出中的各种各样的限制”。艺术接受流程一般可分为感知—情感两大阶段，即先是理解，而后是情感卷入，但最终还是要“以情动人”，唤起接受者的情感投入（专业研究者可能有例外）。如果主题不“显明”“简单”，观众将在剧情理解阶段耗费过多时间、精力，不知道“同情的方向”，从而阻碍了情感的共鸣，不能“紧紧地抓住他们的同情”，不利于戏剧审美流程的圆满完成。而主题要“显明”“简单”，便需“头绪不能太多”，而且“头绪应设法逐渐介绍，有兴味地来介绍，搀合着‘动作’来介绍”[1]。尽力减少观众情感阻隔的同时更利用感知手段将观众导入规定情境，激发审美同情。

人物永远是文学艺术的核心，一部剧作意欲激发观众的深层审美积淀，便“要放开眼界看到更多人的心灵”，“勇敢地、艰苦地探索人物的灵魂”，“写那些叫人揪心的，使人不能忘却的人物”[2]。具体写作，则要求“选择最动人的细节，加以不断地锤炼，使这些细节能集中表现出真正的戏来”[3]。此处所谓

1　曹禺：《编剧术》，第290页。

2　曹禺：《自己费力找到真理》，第53页。

3　曹禺：《为了写作的真实》，第388页。

“真正的戏”，并非指外在的戏剧动作，而是“人与人之间相互反应的精神活动”。曹禺认为，剧作导引观众审美趣味的深度与其刻画人物心灵的深度是相对应的。故而他创作时总是最先写出最富吸引力、最能抓住想象的片段。《雷雨》最先写出第三幕四凤对母亲发誓和周萍推窗进入四凤卧室的场面，因为这一段以四凤为中心，将全剧几乎所有人物的精神需求、灵魂挣扎集中表现出来。而且就曹剧整体风格流变而言，从《日出》开始便自觉取法契诃夫和中国古典戏曲的抒情品格，愈来愈趋于消解外在情节，直接展示戏剧人物深层灵魂。

曹禺主张刻绘“有层次，有发展，有两面性”[1]的深度性格，但身为熟谙戏剧艺术的大师，他对这一问题的看法又是辩证的。谈《雷雨》人物塑造时，曹禺说鲁贵的性格便“没有什么发展，只是一味地坏”，之所以如此，乃在于戏剧这种高度集中的艺术不允许写出次要人物性格发展的层次，免得占用观众过多的知解力，以便匀出更多时间和精力，体味主要人物。因此，塑造次要人物的最好方法是将某一类型的共同点集中在一个人物身上，使之类型化（曹禺名之“典型化”），但同时注意不要写得太夸张，以免违背情理。

除对选材、主题、人物等戏剧创作各具体构成因素有

1　曹禺：《自己费力找到真理》，第53页。

深刻独到见解之外，曹禺还反复强调戏剧创作应该“言不尽意”，给观众留下创造添补的空间，以便更好地发挥观众的想象力和创造性接受能力。只有能动地参与戏剧创作审美互动流程，观众心中积淀的审美潜能才可能被充分激发，从而达到真正审美愉悦的境界。

四、曹禺戏剧美学思想的具体展开（下）——关于表演

戏剧作为立体综合艺术，是一种见诸舞台和观众眼前的动作。尽管曹禺的第一身份是剧作家，但他极为重视舞台表演。加之舞台经验丰富，“对于演技有着自己的理论与方法”[1]，因之对表演有着自己深刻精湛的见解，构成其戏剧美学思想之重要一极。

曹禺认为，演员只有深切把握角色，特别是角色心理，才可能塑造出具备心理深度的人物。为此，演员首先必须切身体验所饰人物的真情实感，趋近角色心理。这就需要“接近实际的原型……在周围的人生社会里……挑选形形色色的人物来观察，来表演，来体会种种不同心理的真实”[2]，然后在自

1　刘念渠：《演员行列》，转引自马俊山：《曹禺：历史的突进与回旋》。

2　曹禺、丹尼：《我们的表演基本训练的方针和方法》，转引自马俊山：《曹禺：历史的突进与回旋》。

己的内心培养相应的角色心理，把握人物形象的基调，“实有所感，始能形于外；感到什么，才能表演什么”[1]。他为每部作品的主要人物配置的诗意葱茏的小传，虽涉及诸多方面，但都紧扣“传主”的精神品格与心灵状态。曹禺自述人物小传的目的在于“演员们可以借此看出些轮廓”，积蓄起与剧中人物相一致的真切丰富的“无量的情感”[2]，从而准确、传神地表现人物。

“体验”与“表现”构成戏剧表演相辅相成的两方面。曹禺注重情感体验但同时深知一味放纵情感，将导致滥情主义，反而使表演遭到破坏。因此，他主张体验积蓄的情感必须由理智节制，“情理结合”方可能恰切丰殷，获得理想效果。关于理智节制情感的原理、方式，曹禺所见尤为深切。

为恰切激发观众的深层审美同情，演员必须在运用自己体验得之的情感投入表演，融入戏剧规定情境的同时，匀出一部分精力来站在观众的角色与立场审视、反观自身。于是，两种相对相辅相成的视角便集于演员一身。这就要求演员在富有丰沛情感的同时自觉予以“收敛”“节制”。曹禺说“没有感情做柱石，一味在表面上下功夫令人发生厌恶，所以应该有真

1 曹禺、丹尼：《我们的表演基本训练的方针和方法》，转引自马俊山：《曹禺：历史的突进与回旋》。

2 同上。

情感。但是要学会怎样收敛运蓄自己的精力，到了所谓‘铁烧到最热的时候再锤’，而每锤是要用尽了最内在的力量”。他以《雷雨》第四幕鲁妈夜半周宅遇四凤那样情感极度强烈的戏为例，提醒演员注意“不要让情感的狂风卷扫了自己的重心，忘却一举一动应有理性的根据和分寸”，以至于“叹起来成风车，哭起来如倒海”。因为“过度的悲痛的刺激会使观众的神经痛苦疲倦，再缺乏气力来怜悯”——将观众从“上帝”的位置硬拉下来，使他们“感同身受”，完全陷入痛苦的网罗，便不再能激发审美愉悦。恰当的方法应是“找着自己情感的焦点，然后依着它做基准，来合理地调整自己成了有韵致的波纹”，也即以理性节制情感，使之合乎观众的审美心理。曹禺认为，这种“思虑过后的节制或沉静在舞台上更是为人所欣赏的”。

“原则问题”之外，曹禺对不同戏剧人物的具体表现方式也提出独到见解。他主张，主要人物应力避单调，“设法充实他的性格，令我们得到一种真实感”，将人物的复杂性表现出来。如对“行为不易获得一般观众的同情，而性格又是很复杂的”周萍，曹禺恳盼演员“设法替他找同情”；演周朴园也应注意刻画其孤独、幻灭的一面。但同时他又提醒注意降低观众理解的难度，仍以周萍为例，希望有个好演员“化开他的性格上的一层云翳，起首便清清白白地给他几根简单的线条。先画出一个清楚的轮廓，再慢慢地细描去。这样便井井有条，虽复杂而简单，观众才不会落在雾里”。“虽复杂而简单”极精确概括出曹禺的表演观念。充分把握、实现这种美学原则，演出效果必然是含蓄、隽永、静穆的。演鲁贵这样“本子上已经写得很足的人物”，更必须“小心翼翼地做到‘均匀’‘恰好’”。因鲁贵一型（包括《日出》之顾八奶奶、张乔治；《原野》之白傻子；《北京人》之江泰）虽属配角，却颇具“戏剧性格”，极易“出戏”，但同时便易演得过火，“既不真实，又很夸张”，以致破坏戏剧整体情境。戏剧美终究是由与观众全方位心理需求相对应之戏剧整体情境承载的，破坏了情境的整体统一，在观众眼中便会成为“头上凸起隆包，尻上长了尾巴”的“可笑的怪物”，减损了戏剧审美效果。

以上是我们对曹禺戏剧美学思想的初步探讨，尽管相当粗略，但已可见出其对戏剧艺术全面辩证的把握。可以说，正是深刻恰切的戏剧美学思想与过人的天分相结合，支持曹禺创作出一部又一部达到中国现代戏剧最高境界的作品，使其成为中国现代戏剧迄今为止最具代表性的大师。

第三部分

微小说述评

不要人夸颜色好，只留清气满乾坤

党的十八大以来，以习近平同志为核心的党中央，以前所未有的力度推进反腐倡廉建设，取得了历史性的伟大成就。廉洁文化建设也达到新的高度，各文艺门类纷纷以自己的形式，为廉洁文化繁荣发展，为构建不敢腐、不能腐、不想腐的廉洁制度体系贡献力量，微小说也是其中重要的一支。

湖南省常德市武陵区，是中国微小说重镇。在市委市政府支持下，作为常德市核心区的武陵区，已连续举办多届武陵国际微小说节，来自全国各地和世界多个国家的微小说作家齐聚桃花源中、穿紫河畔、丁玲故里，为荣获年度“善德武陵”杯全国微小说精品奖的作家颁奖，举行国际微小说高峰论坛，饱览常德市、武陵区建设发展成就，蔚为微小说年度盛事。同时，中国微小说微电影创作基地也落户武陵。更重要的是，经过多年培养，涌现出了以戴希、伍中正等为代表的一批微小说作家。微小说，已当之无愧成为武陵区的一张名片，成为常德市文化建设、精神文明建设的重要载体。

微小说是文学的轻骑兵，具有文学性和新闻性两大特征，篇幅精短，反映现实迅捷，读者众多，而且作者覆盖面广，创作参与度高。武陵区配合重大节点、重要主题、重要事件，及时积极开展微小说征文活动，2019“田工”杯廉洁微小说全国征文大奖赛就是其中之一。

收入这本集子的作品，就是在征集到的数万篇作品中，经初评委、终评委严格评审的结果，可谓众中选优、优中拔萃，思想性、艺术性、可读性都达到了相当水平。具体而言，获奖作品呈现出如下特点：

一是紧紧围绕主题。廉洁，是全国人民共同关心的大问题，八项规定、“打虎”“拍蝇”“猎狐”取得的显著成就和形成的心理震慑，以及从新闻中看到的具体案例，群众口耳相传的故事，都为创作优秀的廉洁微小说提供了丰富素材。此次征文中的作品，围绕廉洁建设的总主题，多角度、多侧面、多题材展开，既不离中心，又五彩缤纷。以收入书中的获奖作品为例，有的以被留置或判刑的贪官囚中忏悔为角度，有的以父母教育当官或将要走上实权岗位的子女为题材，有的以古代著名人物（如贺知章）清廉自守的典故为指引，有的以主人公耿直或两袖清风的高洁志行为核心，无意间，把推进廉洁建设，养成清廉品行、弘扬廉洁家风等内容，都用微小说的方式表达出来。

二是多从细微处着力。细微，主要包括两个方面。其一，人物细微。细致阅读，将会发现，集子中写到的贪官，无外乎都是小人物，没有惊动全国的大案要案，没有众所周知的“老虎”。如此取材风格角度，正反映了微小说作家们实事求是的创作态度。绝大多数的来稿者，是身处基层的业余作家，不可能接触到大案要案的核心内容，写身边熟悉的人和事，其面貌必然如此。《红楼梦》里，贾母批评说评书的不了解富贵人家生活，“编的连影儿也没有了”，我们的微小说作家，秉持了创作者真实真诚的品格。其二，细节微小。“风起于青萍之末”“从小不补，到大尺五”“千里之堤，溃于蚁穴”，腐败，绝大多数都是从细致之处开始，发展到胆子越来越肥，胃口越来越大，最终身陷囹圄。集子中的作品，细节的运用多有神来之处。如获得一等奖的《安检门》，父亲担心来家中的人给儿子送礼，受车站安检门的启发，给家里也装了安检门，既鲜明生动，又富有象征意义。

三是情节构思精巧。微小说通常不超过1500字，“螺蛳壳里做道场”，不可能面面俱到，关键情节、关键细节更显得重要。如高居榜首的《父与子》，有些读者可能觉得有点“矫情”，教育要当县长的儿子竭诚为民，也没必要把收养他的事讲出来啊。但这“反常”的情节，正是小说独到之处。其事劈空而下，不仅惊呆了将要走马上任、自以为光宗耀祖的儿子，也抓住了读者。篇章主旨没点明，却能深深体会到，你是由农民、由人民养大的，也要好好地为农民、为人民服务。反腐倡廉，如何“倡”大有文章。《王局长的自行车》，也是一篇在倡廉方面独具匠心的作品。老父亲在当局长的儿子再也不骑的自行车座位上抹上油漆，沾了他一屁股。看似恶作剧，却大有深意，曲终奏雅、卒章显志，环境污浊在所难免，想要屁股干净，就得用心去擦。

四是充满亲情温暖。不少腐败案件有个共同特点，就是全家参与贪腐，父子、夫妻，甚至其他家属齐上阵，结果全家覆没。中国古代著名家训和告子弟书中，无不把廉、俭作为最重要内容。诸葛亮《诫子书》云“夫君子之行，静以修身，俭以养德。非淡泊无以明志，非宁静无以致远”，司马光《训俭示康》中有“侈则多欲。君子多欲则贪慕富贵，枉道速祸；小人多欲则多求妄用，败家丧身；是以居官必贿，居乡必盗”。诸葛亮、司马光，都是中国历史上第一流的政治家，教育自己的儿子，无不突出“俭”“少欲”。好的家风，是廉洁从政的第一保证。2019“田工”杯廉洁微小说全国征文大奖赛征集来的作品，写父母教育子女、妻子劝诫丈夫为政清廉者，所在多有。集子中的作品《心经》，叙不大识字的农民父亲花1500元钱，请人写一幅“心”字有点歪的《心经》，提醒儿子为官做事心要正。当儿子领会父亲用意后，重新写一幅端正的《心经》让父亲看时："刘平爹连连摆手说，别，别为难你爹。那是你们文化人喜欢干的事儿。你爹我没那雅趣。再说，你爹心静得很，不用镇心。刘平怔怔地看着他爹，他以前咋没发现，他爹是幽默大师呢？"严爱相生，亲情温暖，跃然纸上。

五是人物形象感人。典型环境下的典型人物，是马克思主义文艺理论的重要内容，人物成败与否，是否站得住，直接关系到小说的成不成功。而且反腐倡廉需要以正面宣传为主，兼具文学性和新闻性的微小说，在这一结合点上表现出色。《耿直的命运》，主人公耿直，人如其名，性格也耿直，多次在会上就规划问题直抒己见，乃至丢掉职务也在所不惜。《张主任的哲学》，写一位校办公室主任两次被人举报，受到调查，结果却查出了他关怀弱小、帮助烈士家属的事迹，让人读之感动。清正，才能廉洁。笔者曾在中央巡视组工作过三年，纪检工作的亲身经历，让我更深切地感受到，纪检工作，反腐败工作，既要惩治腐败者，也要保护干部，及时为好干部澄清事实，为有担当者担当。这次以"廉洁"为主题的征文比赛，不少作品触及这一层面，以及更广泛的，与廉洁建设有关系的领域，说明大家对这一伟大而艰苦的事业的认识越来越深入全面。征文，不仅对读者，对作者也是一次很好的廉洁教育，起到了多方面的积极作用，产生了更深广的意义。

元代大画家王冕学画的故事，进入小学语文课本，人所共知。他有一首题为《墨梅》的诗：“我家洗砚池头树，朵朵花开淡墨痕。不要人夸颜色好，只留清气满乾坤。”经世致用，是古人对文学功能的一大期盼。开展2019“田工”杯廉洁微小说全国征文大奖赛的目的，同样是以期助力于廉洁建设。就其来稿的广泛性、优秀作品所达到的水平、读者包括专家评委阅读后的反映，应该说实现了活动的初衷。但作品再好，如果只停留在纸面，作用依然有限。“纸上得来终觉浅，绝知此事要躬行”，希望廉洁之风吹遍大地，留得清气满乾坤。

微小说丛林中的大树

蔡中锋多年孜孜投身微小说创作，数量宏富，质量上乘，成为微小说作家之林中一棵根深叶茂的大树。其作品单篇字数都不多，长不过一千五，短不足一千，然积少成多，终汇作鸿篇巨制。从这本宏大的作品集中，我们可以窥视出蔡中锋微小说创作的成就、特色，以及他为这一文体的繁荣发展所做出的努力。

一、当今世态的生动描绘

文学要“记录新时代、书写新时代、讴歌新时代”，新时代文学的壮美画卷正在徐徐展开，小说、诗歌、散文、戏剧影视、报告文学等体裁门类，都在为新时代文学大合唱发出自己的最强音。作为有过多岗位一线工作履历，在纪检战线工作近30年的资深公务员，蔡中锋伴随着改革开放而成长发展，观察、记录、思考自己在工作中、生活中的所见所闻，“以心为志，发言为诗”，以文学的形式、微小说的形式表现出来。

毛泽东同志《在延安文艺座谈会上的讲话》中，关于文学和生活的关系，有一个非常经典的论述，“人类的社会生活虽是文学艺术的唯一源泉，虽是较之后者有不可比拟的生动丰富的内容，但是人民还是不满足于前者而要求后者。这是为什么呢？因为虽然两者都是美，但是文艺作品中反映出来的生活却可以而且应该比普通的实际生活更高，更强烈，更有集中性，更典型，更理想，因此就更带普遍性”。微小说是文学的轻骑兵，既有文学性，又有新闻性，反映生活现实及时，撷取生活细节准确，表现生活情态生动，具有其他文体不可比及的独特优势。蔡中锋的微小说创作，在反映生活真实、抉发生活本质、展示生活色彩方面，有特色、有创意，可点赞处为数不少。

得益于多年市县工作经历，蔡中锋非常熟悉基层县乡党政机关干部，包括担任一定职务的领导干部，对他们的描述刻画最多，也最传神。

《徐县长卖礼》发表于1994年，当是蔡中锋早年之作。从此后，“县长”为一职务，或曰群体，或者说是小说形象，便成了他笔下最常见的人物。或许有读者认为，仅把关注点对准县长，不敢触及更高层面，是“胆小”，“不过瘾”。其实不然，“郡县治，天下安”，县是中国社会治理的基础，县长，包括县里的各部门，虽然级别不高，却与普通百姓息息相关，直接作用于广大人民群众最现实的工作与生活。在农民眼里，县长就是最大的官，就是国家政权的代表、政府形象的代言。蔡中锋于写“县长”最力最勤，在深层，是把握住中国政权结构和社会治理的根本关键所在。

《徐县长卖礼》，讲徐县长谁送礼都收，放到小卖部寄卖，半年后，把卖礼品的钱寄还给送礼者。小说原本不长，情节概述更加简单，却塑造了一个有原则、有人情味、有办法，同时又不失幽默的基层主要领导干部形象。还有一层意义在于，直面揭示了“送礼”这一屡禁不止的不良现象。“礼尚往来”“礼多人不怪”乃人之常情，但礼物一旦和职位、资源、利益联系起来，就变味，甚至变质了。为政以廉为本，当然不能收礼。有的领导干部一丝不取，当面退还、呵责、批评，当然令人敬佩。但现实生活中，却不能如此简单化处理，因为还有人情在，要保护送礼者的人格、隐私，以至于尊严。生活经验丰富，深谙其中奥妙的蔡中锋，为大家奉献出了《徐县长卖礼》的微小说。小说结尾，“说也怪，8个月后，虽然到徐县长家来的人仍然不少，可是却没有一人带礼品了”。“世事洞明皆学问，人情练达即文章”，生活的真实，特别是“官场”的真实，就是不仅要“世事洞明”，还得“人情练达”，“外圆内方”地处理好各方面的关系。

创作的真实，来源于对不同群体的细致观察与悉心体会，唯其如此，笔下的情节才经得起推敲甚至咀嚼，场景才会让人会心着意，人物才能如在目前，如读者自己，如他们的亲人、熟人、朋友。《舅舅的烹调术》即是此中佳品。这篇发表于《人民文学》，被多家刊物转载，进入众多选本的微小说，一共四个场景。第一个，“我”看作为县招待所大厨的舅舅为县里的企业负责人用蔬菜做全素席，而把荤菜全部端给职工代表。第二个，企业负责人和职工代表吃得都非常满意，吃素吃荤者，均赞不绝口。第三个，舅舅和“我”边喝小酒边分析为何两样席面各取所需，各得其所。第四个最有趣，结尾一小段“几天以后，我在省报上看到了一篇通讯，题目是《会议用餐全部素食安排　廉政建设已从小事抓起》，报道的正是我的故乡的那次城市经济工作会议上，舅舅做的午餐”，简直是神来之笔，曲终巨响，回味无穷，大大拓展了小说的空间。

“我”和舅舅把酒聊天的过程中，舅舅道出了为何给企业负责人吃素，职工代表吃荤的道理。企业负责人每天肉山酒海，早已厌倦，很多企业却发不出工资，“你看他们个个都瘦得猴子似的”，两桌菜，吃出了两样人生，两种生活境遇，更揭示出不为百姓着想的官僚主义、享乐主义、奢靡之风。

“舅舅之所以在全县的烹调界获得那么高的声誉，绝非只是个虚名，也不全在于他烹调技术的高超，而是在于他善于搞社会调查，精于作心理分析，能够准确地把握住顾客的全面情况，从而在烹调时可以做到因人而异，因时而化，各投所需。”这段话是评论烹调师的，其实作家写作也一样。要想创作出优秀作品，唯有深入生活、深入实际、深入群众，勤于观察调研，善于分析提升，精准捕捉生活细节，深刻发掘细节所蕴藏的哲理。在这方面，蔡中锋可称典范。

作为资深纪检干部的蔡中锋，“近取诸身”，创作了不少反腐倡廉的微小说。《王老五嫁女》讲述王老五把大女儿、二女儿都嫁给了低保户，却事实上一个成了贵夫人、一个成了老板娘。因为低保都是靠关系得来的，无权无钱的真正贫困户，根本不可能评上低保。结果，到老三这里却走了眼，小伙子家里是真正的低保户。因为实行精准扶贫，各级党委政府纪检监察部门对低保户严格认定并监督。三女婿家父母长期卧病在床，真的是“家徒四壁，一无所有”。俗话说，“村看村，户看户，百姓看的是村干部”，脱贫攻坚过程中“优亲厚友”，侵占群众利益的现象，表面是小事，其实直接关系到群众对党和政府的认知和认可程度，是党风廉政建设的重要方面。

在脱贫攻坚的伟大进程中，中国文学没有缺席、中国作家没有缺席，小说、报告文学、诗歌、散文、戏剧，各门类都有扶贫题材精品力作出世。李迪的《十八洞村》及其他作者的作品蔚为经典。蔡中锋以微小说的形式，加入到精准扶贫题材文学创作的大潮中。他的《张三回乡》，讲的是山东菏泽人张三到发达地区的江苏昆山打拼，有房有车后，想回乡见见当年患难时的三个朋友，言外之意，既是叙旧，也有显摆的意思。结果让张三出乎意料，三个留在老家的朋友，李四开了服装城，王五开了度假村，赵六开了五星级酒店。这让张三又没面子又感慨。结尾，张三“望着老家菏泽的方向很久很久，紧紧地握住了拳头，向天发誓：我张三，还会再回去的”。得益于党的好政策，曾经落后的鲁西南地区菏泽，走上了快速发展的道路，为留在家乡的有志青年提供了广阔舞台和成功机会。《张三回乡》是精准脱贫文学合唱中的一朵小小的浪花，依然不减其风采。正如赵树理的微小说《田寡妇看瓜》，千字小说，却与《暴风骤雨》《太阳照在桑干河上》一样，是反映土改的名篇。

二、讽喻文脉的当代传承

蔡中锋的微小说，每篇择取社会生活之一点一滴，连缀而起，便成社会人心的全景图画；以微带讽刺之笔法写出，“戚而能谐，婉而多讽”，渗透着的，却是对世道人心的大热爱。

鲁迅先生最后十年的主要精力在于杂文，尤以“杂文形象”为中国现代文学画廊增色。微小说同样具有杂文特质，发挥着针砭社会生活之弊的作用。概而言之，杂文以因讽喻造形象，微小说则由形象寓讽喻。蔡中锋微小说最可宝贵的品格，就是坚持继承从中国古典文学如《聊斋志异》《儒林外史》传递至现代的鲁迅、张天翼等结合现代生活、借鉴外国文学而发扬生长的讽刺文脉。长期在地方实际部门工作的深厚经历，为蔡中锋洞悉“官场”众生打下了坚实基础，发现了一个个“皮袍子下面的‘小’”，还有官僚主义、形式主义，脱离实际、脱离群众等林林总总的表现，而以微小说这一艺术形式表现出来，情节有所夸张，却又点到为止；形象令人发笑，更有启迪思考；不是“无情的冷嘲”而是“有情的热讽”，带着希望去除不足、改善进步的真诚愿望，虽然并非为每一篇加上一个“光明的尾巴”。

微小说《紧急电话》情节为天降大雨，县长想起群众反映河流大堤有几处不安全，刚想给在现场的工程师打电话问情况，又觉不妥，于是打给副县长，副县长打给水利局局长，再打给副局长，层层下达，电话打到现场时，情况已非常紧急。再层层上报，县长刚接到电话，河已决堤，“从窗口看到涌进县政府大院内的洪水，赵县长一下子跌坐到沙发上。此刻的他只想到了一个词：责任追究”。这活画出官僚主义、形式主义者的嘴脸，“揭出病苦，引起疗救的注意”，期待能采取措施，治愈这弊病。

讽刺的生命是真实，蔡中锋的数千篇微小说，几乎全部取材于当下现实生活，不仅没有架空、玄幻、穿越等，连历史题材也极少见，甚至没有近现代素材，改革开放前的题材内容也不多，都是正在进行的生活状貌。所以，读者在蔡中锋创作的微小说中看到的，是每天如水之于鱼一般，融会于生命中的真实。而唯有如此，他讽刺的笔触才更有针对性，更加能引起读者的共鸣和思考。

“找人”是我们日常生活中经常遇到的事，即使通信手段高度发达的今天，依然难以完全避免，因为可能不知道要找的人的联系方式，所以“边问边找”的古老方式，在今天依然时有出现。在这最平常的小事里，能蕴含什么具有小说性的故事呢？蔡中锋就能于平常中见出深意，甚至发掘出人之趣味中那些无意识的偏好。《寻找张五斗》即属此中精品。张五斗名字很“土”，却在多方面取得了不凡的成绩，是出过三十多本书的作家，是不久前刚为灾区捐款五十多万的爱心人士，是帮助一百多户脱贫致富的能人。出乎意料的是，这三方面“正能量”的事，都不为张五斗所在小区居民所知晓，而十多年前在演唱会上放响屁，却尽人皆知。靠这一线索，“我”轻而易举地找到了张五斗。人是找到了，但留给记者“我”和读者的思考却还没完。当然，“好事不出门，坏事传千里”本来也符合传播学规律，更深层次，却是人们对低级趣味的兴趣和对善良之举的漠不关心。文需有益于世道人心，这篇不足千字的小说，机锋所向，正在日常的普通人。鲁迅在中国现代文学起始之际，即提出“国民性”问题，并留下至今无人超越的经典。在理论作品《微篇小说十三问》中，蔡中锋说自己当不了鲁迅、曹雪芹，既是自谦，也是自省，但并不妨碍他，或者说微小说这一文体探讨重大主题。而且，鲁迅的《一件小事》，也是一篇微小说。《寻找张五斗》，就是当下国民性探讨的妙笔。

讽刺的真实，还体现在用力的“度”上。鲁迅《中国小说史略》赞赏讽刺小说而对谴责小说评价不高：“虽命意在于匡世，似于讽刺小说同伦，而辞气浮露，笔无藏锋，过甚其辞，以合时人嗜好，则其度量技术之相去亦远矣。故别谓之谴责小说。”其最主要原因，即“辞气浮露，笔无藏锋”，通俗一点说，就是“用力过猛”。讽刺是非常讲究技巧的，否则就变成了谩骂和低级趣味。林语堂《论幽默》开篇即云：“幽默本是人生之一部分，所以一国的文化，到了相当程度，必有幽默的文学出现。人之智慧已启，对付各种问题之外，尚有余力，从容出之，遂有幽默——或者一旦聪明起来，对人之智慧本身发生疑惑，处处发见人类的愚笨、矛盾、偏执、自大，幽默也就跟着出现。”在本质上，讽刺和幽默是一类的，或者说，比幽默更加地积极、入世，更加地“命意在于匡世”，从“独善其身”，到了“兼济天下”。蔡中锋的讽刺，正体现了这种真的性情、态度，以及情怀。

被多次转载，广为传播的《学无止境》，就是此类作品的典型。作品情节很简单，甚至有些“重复”。领导喜欢麻将，单位新人小王便买了《麻将入门》，如愿得到提拔；当了科长后，改而钻研《麻将夺魁技巧》，把输给领导的钱从下属处赢回来；小王成了王局长后，开始研究《麻将心理学》，琢磨哪些人的钱能赢、要输给哪些人。有一天，老婆发现王局长买了桥牌和《桥牌入门》的书，原来新领导喜欢打桥牌……也许有读者认为小说是夸张，但我的确亲身见过相当高层面机关的工作人员手捧桥牌书籍在“认真学习”，暗下功夫提高水平，期待有机会陪领导打牌。小说题目用反语，反话正说，其目的是希望领导干部能真正把心思和时间用在学习为人民服务、干好工作上，而不是浪费在麻将、桥牌等“玩物丧志”的游戏之中。其根本旨向，还是创造风清气正、干事创业的良好“官场”氛围。

三、微篇写作的着力探索

小说写作的技巧，自古及今一直有人在研究探讨，从中国古代的小说评点，沈从文及其他作家开设的文学写作课，到从西方传入的《小说叙事学》，以及王安忆的《小说课堂》等，林林总总，种类繁多，细致深入。相比较而言，微小说的探索少一些，大约名篇名作较少，也不为小说界之主流吧。

然而，微小说言简意丰，以微小篇幅述世间万象，言有尽而意无穷，“螺蛳壳里做道场”，是很讲究写作的技术和功力的。蔡中锋孜孜于微小说创作三十余年，创作了数千篇微小说，各有特色而不重复，各有千秋而不单调，各有风采而不僵化，进行了许多有益的尝试，并形成了自己的题材和风格特色，对微小说写作本身，甚至于当代汉语写作，都做出了贡献。

蔡中锋微小说写作技巧，可分为几个类型。

意象隐喻式。微小说作为一种文体被命名是很晚近的事，但事实上起源很早，中国上古神话，特别是先秦寓言故事，都是非常优秀的微小说。而“寓教于事”，以小故事阐发大道理，用标志性意象取譬连类，举一反三，则是寓言文学的共同特征。蔡中锋生长于孔孟之乡山东，在牡丹之城菏泽生活工作，深谙中华优秀传统文化。在微小说创作中，也自觉汲取其中营养，提升了作品的思想水平和艺术价值。

发表于2001年《中国监察》杂志的《壁镜》，讲述一位喜欢打麻将的县长，在任时屡战屡赢，退休后却接连输了40多万。仔细检查麻将室才发现，自己坐的位置后面永远有一面大镜子，把自己的牌印得一清二楚。以前能赢，根本原因在于别人有意输给自己。输牌之后呢？当然是利用手中权力进行利益交换。镜子映照出的，不仅是桌上的麻将，更是为政当权者的人格和官格。以铜为鉴，可以正衣冠；以人为鉴，可以知得失；以史为鉴，可以知兴替。《红楼梦》成书过程中有一版即名《风月宝鉴》。由此可知，中国传统文化中，镜子具有特殊的隐喻作用，而此意蕴也为当今之执政者所运用。蔡中锋将传统意象和中央要求化入微小说创作，收到了别样的效果。

重重谜题式。入选《小说选刊》的《最后一道考题》，即运用这种写作方式。小说写五位干部竞争花都县长的事。全篇共设置了五层“谜题”。其一，时间、地点之谜，县长选拔考试由8点半改为9点，由县委组织部改为市委组织部。其二，规则之谜，由县到市车程至少半小时，却规定迟到者取消资格。其三，考试之谜，四位竞争者准时到场，考试却未进行。其四，结局之谜，考试没开始，省委组织部长却宣布县长考试已结束，四位准时到场者都落选了。其五，结果之谜。结果是迟到的张为民胜出，而且他和省委组织部长一起来到考试现场。

五重谜题，让读者和参与县长竞争的四个人都堕入云里雾里。而后，省委组织部长亲自揭开了谜底，在从县到市的路上，有一位身负重伤的老太太，只有张为民停下车救护，其他四位一心赶路应考，对此场景完全无视。“试想：一个不顾百姓死活，一心只想着自己的人，能配当一个县的县长吗？王部长的话一落地，市、县在场的领导都热烈地鼓掌。四个落选人却都陷入了深思。”小说结束了，是结尾，是谜底，也是高潮。

重锤定音式。俗话说，“千锤打落，一锤定音”，读蔡中锋微小说，常常发现一种写法，前面的情节一再“重复”，甚至有些“机械重复”，最后却一记重锤，如洪钟大吕般振聋发聩又余音绕梁三日不绝。同样入选《小说选刊》的《第五套减肥方案》，讲一位体重严重超标的官员，用节食、锻炼、服药、按摩四套减肥方案，一点效果也没有。当“我”也即店老板采用第五套方案时，该官员却从200斤立竿见影地减到了120斤。重锤敲响，原来“我也只是向市纪委写了一封匿名举报信，信上罗列了中年男人滥用职权、贪污受贿、包养二奶等事实……”用纪检的手段减肥，的确不同凡响，效果明显。更重要的是，大大提升了小说的境界，从“减肥”这个都市时髦活动，上升到反腐败的大主题。

结局扑空式。有人说，幽默的本质就是扑空，严肃地进行了整个过程，到结局却没有得到预想的结果。反向思之，原来整个过程本身就是无价值的，正如鲁迅所言“喜剧是将无价值的东西撕破了给人看”。蔡中锋所讽刺的，正是外表严肃光鲜，内里却不可直视的现象和人物。《投资》写某机关工作人员，每当有提拔机会，就给领导送两万元，提拔不成，领导就退回五万元，如是者三。最后一次，新任领导退回了两万元。此人说，我送了五万，领导回“不可能，送五万的都提拔了！”某人“通过给领导送钱发财”的想法破灭了，结局“扑空”。带给读者的，却是更多思考。机关风气坏到这个地步，连最起码的遮羞布、掩饰都不要了，其最终后果，不是个人愿望的扑空，而是党和人民事业受到巨大损害。

蔡中锋微小说写作技巧，肯定不止我总结的这四类，他本人在《微篇小说十三问》中，就概括“十个要”的微小说写作奥秘。把从古希腊亚里士多德《诗学》中提出的本于戏剧艺术的“三一律”原则进行了契合微小说写作的改造。因此，蔡中锋不仅是一位微小说作家，还是一位微小说“文体家”，具有自觉的文体意识和文体写作的探索精神。

四、微小说理论的自觉提升

蔡中锋是微小说界的“有心人”。之所以这么说，根本原因是他不仅善于写作实践，而且善于总结提升，在长期大量微小说创作实际经验的基础上，进行“独立自主的”微小说创作的理论阐述。因此，蔡中锋的微小说理论具有非常明显的特色。

其一，不取法现成理论。理论，包括文学理论在内，都非常讲究传承，就文学批评而言，即有社会历史批评、神话原型批评、新批评等多种理论体系。后代理论的发展，首先需要继承先辈的遗产。蔡中锋的微小说创作“起于乡野”，正如《孟子》有言“舜发于畎亩之中，傅说举于版筑之间，胶鬲举于鱼盐之中，管夷吾举于士，孙叔敖举于海，百里奚举于市”，蔡中锋有今天的创作成就，是他数十年不断探索实践的结果，他的微小说理论，也是实践探索的结晶。其微小说理论阐述的代表作《微篇小说十三问》，第五问就是，“学写作为什么不去学大道理”，强调“在写作上，我不是不讲道理，而是不讲大道理”。“大道理要讲的是整个中外文学史，讲的是文学概论，讲的是名家名篇，讲的是一篇小说的一百种写法和九十九种要注意的事项。大道理要讲的是鲁迅是如何写短篇小说的，海明威是如何构思中篇小说的，马尔克斯是如何创作长篇小说的，他们每个人的写作风格又是怎么样的，他们的每句话都有什么深刻含义。结果学生们听了之后，是不是本来还能写点东西，还能发表点东西，但在听讲之后，反而会感觉不知如何下笔了。”虽然说得有点简单绝对，但正说明了他不慕虚文、单刀直入，不为现成理论所束缚的特色。

其二，格外注意实践效果。如果多看几种文学理论，或者说，多看几种不同身份的人写的文学理论方面的著作文章，就会发现一个问题，即文学研究工作者、文学评论家、作家写的文学理论文章是不一样的，这种不一样，首先是立足点就各不相同。文学研究者注重将作品纳入文学史传统，评论家注意对当下现实的意义，作家则更多是“行内人”说的“内行话”。蔡中锋是从创作一线总结出理论来的，因此，他的微小说理论，第一立场和最大特色，就是实践性。

蔡中锋对微小说理论的创造，主要集中于两点：一是“十要”，二是“三一律”。“十要”内容为，题目要好、意蕴要丰、故事要奇、角度要新、波折要多、容量要大、语言要精、结构要简、力量要强、夸张要大。单从小标题就可以看出，蔡中锋在微小说写作的各个关节都有自己的体会和总结，都把微小说这种文体的可能发挥到了极致。认真阅读对这十个要点的阐述就知道，每一个都包括了许多明确而可操作性强的技术和要求。比如，在“故事要奇”一节，他说：“写好微篇小说，有八字真言，即‘意料之外，情理之中’。每篇微篇小说最好都写别人没有写过的情节，写那些出乎意料之外又在情理之中的故事。故事越奇小说越好看，越容易发表。”蔡中锋举的例子，都是他自己创作的微小说，现身说法，让人可听可信可学。在“夸张要大”一节，他说：“微篇小说应该来源于生活，同时又要高于生活。要像放大镜一样，将小处放大，以小见大，穷形尽相；要像哈哈镜一样，将要写的素材加工变形，使之更能突出主题。”他非常自然地引用了毛泽东同志的经典论述，而后以“放大镜”“哈哈镜”相比喻，又很接地气。由此可知，蔡不锋不是拒绝理论，更不是不懂经典文学理论，他所摒弃的，是不能指导创作的“空头理论”，而这，也是鲁迅所批评的。

“三一律”更是蔡中锋的“天才创造”。作为西方文论的起源和最重要经典理论之一，它在中外文学理论界具有无可比拟的常识效应和无可动摇的权威地位。蔡中锋却借其名而更其实，将内容具体化为“微篇小说要有三个引人入胜的悬念，加上一个出人意料的答案”。蔡中锋以自己的作品《第五套减肥方案》《小小少年》《寻找张五斗》为例说明，除了《小小少年》，其他两篇前文均有分析。

其三，影响带动了一批微小说作者。孔子“述而不作”，胡适“但开风气不为师”，蔡中锋却与这两位中国古典文化和中国现代文化的标志性人物不同，是既开风气，也为师。多年来，他通过举办微小说培训班、办微小说报刊网站等，培养了一批又一批基层的微小说作者。通过深入浅出、明白晓畅、可操作性强的理论指导，一对一的实际创作辅导，推荐各类报纸刊物发表，越来越多的基层各行各业的人喜欢上了微小说，开始尝试微小说创作，并取得了很好的成绩。创作使人生活丰富、心灵充实、灵魂美好，可以说，蔡中锋用自己的努力，使微小说百花园中，开出一朵又一朵灿烂的牡丹。一枝独秀不是春，百花齐放春满园，唯愿蔡中锋老师的微小说事业越来越好。

共同耕耘华文微小说的桃花源

在庆祝改革开放40周年大会上，习近平总书记说："改革开放40年来……我国货物进出口总额从206亿美元增长到超过4万亿美元，累计使用外商直接投资超过2万亿美元，对外投资总额达到1.9万亿美元。"伴随着中国深度融入全球经济，越来越多的中国人走向世界各地，学习、工作、定居、入籍。"实现由封闭半封闭到全方位开放的历史转变，积极参与经济全球化进程，为推动人类共同发展作出了应有贡献。我们积极推动建设开放型世界经济、构建人类命运共同体"，这一伟大成就的实现，全球华人，包括海外华人，功不可没。

文化是民族精神的载体，也是民族最深长而强劲的纽带，文学作为文化的重要组成部分，自古就在表达情感、记录生活、传递心声方面，发挥着无可替代的重要作用。海外华人远居他乡，思乡之情非常深厚迫切。一句中国话，就会让彼此陌生的人成为亲人。

我的爱人曾在2009年8月至2010年8月，作为高级访问学者到美国加州大学圣地亚哥分校访学一年，带女儿同去。女儿当时只有五岁。刚到不久，她送女儿上学，看到一个有着亚洲面孔的男孩子要跑出校园，忙拦住，用英语问他要去哪里。孩子哭着说“我要找妈妈”，用的是汉语。我爱人马上用汉语，把他劝回教室。放学时，男孩妈妈来接，一聊，是从湖北到圣地亚哥来的。从此，她们成了好朋友。我爱人孩子初来乍到，他们家已来了一年多，情况很熟悉，又是一家人在一起，还有车。此后一年，他们对我爱人、孩子帮助很大，直到现在，大家依然是很好的朋友。

我2010年春节去探亲，带孩子在学校旁的沙滩上玩，遇到另一家中国人，都用汉语喊着孩子的名字，突然感到非常自豪！旅居国外，语言就是故乡，就是乡愁。

于是，不少人拿起笔，写出一篇篇微小说，在心为志，发言为诗，进而为文、为小说。我们通过电视、报纸、网络等媒体知道了死亡30万人的印度尼西亚大海啸，但由于距离遥远，始终有些“隔”。印尼作家袁霓的《飞与飞之间》，通过机场塔台指挥人员坚持指挥飞机起飞的细节，近距离为我们再现了大海啸来临时千钧一发的情景，扣人心弦，非亲历此大灾难者，不能写出此文。

我爱人和孩子在美国时，还没有微信。美国作家李岘的

《安之若素》，取材美国人用微信的小细节。被称为“新四大发明”之一的微信，已跨越国界，成为全世界华人交流、转账的工具。“身无彩凤双飞翼，心有灵犀一点通”，李商隐的梦想，在今天的中国实现了，也为全人类的交流沟通，创造了便利。

见老人摔倒，扶还是不扶？这个“世纪之问”不仅困扰着内地人，香港人也想不通。东瑞的《涟漪》，就把这日常纠结化为文学。最终，善良拯救了人心，结尾的反转，比欧·亨利更震撼心灵。

与国内文学作品多发表在期刊上不同，国外文学作品多以报纸为依托。华文报纸，是微小说成长壮大、开花结果的园地。《涟漪》就发表于印尼华文报纸《千岛日报》。发表于加拿大《大华商报》的加拿大华人司马策风的《失落的胡须》，用拟人浪漫的手法，善意地讽刺了以貌取人的习惯思维。

一些微小说曾入选《小说选刊》，身为《小说选刊》的工作人员，我打心眼儿里高兴，说明《小说选刊》的“‘善德武陵’杯全国微小说精品展”还是经得起检验的。而更经得起检验的，是常德市武陵区。2019年4月，第六届武陵国际微小说节开幕，来自世界各地的华文微小说作家，于春暖花开之际，荟萃桃花源中、丁玲故里，共话微小说发展繁荣。其实，千古名篇《桃花源记》，就是一篇微小说，且是最早脱离志怪的微小说。“陶令不知何处去，桃花源里可耕田”，2018年底，世界华文微型小说研究会在印尼召开大会，举行换届选举，为优秀作家颁奖，研究会更加年轻活跃，必将在世界华文微小说园地里更加辛勤地耕耘，收获一茬又一茬的累累果实。

共同推进精致的汉语写作

2016年武陵“德孝廉”杯全国微小说精品奖评选结果出炉、《2016年武陵“德孝廉”杯全国微小说精品集》编毕付梓之际，正是中国作家协会第九次全国代表大会在京召开之时，这是中国文学发展的又一个里程碑。如果说2011年第八次作代会召开时，网络文学是备受关注的新兴文学现象，此后的这五年里，微小说则是绕不过去的一个重要话题。王国维说，一时代有一时代之文学，当今社会发展迅速，变化快捷，加之新的传播手段助力，文学现象也不断兴盛蓬勃，亦是正常而值得肯定的。

虽然微小说在近年来得到了前所未有的关注，但向文学史追溯可知，其并非完全新兴，而是自有渊源，且起始非常之早，可以说，微小说是中国小说最基础的一个门类，是中国小说的雏形。大家知道，中国神话不同于长篇巨制的希腊神话，也有异于大部头的荷马史诗、印度传说，而是以精短的篇幅、精练的语言、精妙的构思、精致的表达，讲述含义隽永的精彩故事。盘古开天、女娲补天、精卫填海、后羿射日、夸父追日、嫦娥奔月等，既是美丽的神话，又是非常优秀的微小说。这些微小说以寥寥数笔，叙天地开辟、日月浮沉、桑田沧海、圣母英雄，在有限的篇幅里，描绘出无穷的大境界，流传至今，依然令人回味无穷。而一个又一个简短神奇的故事，是使《庄子》之所以为《庄子》的最本质要素。《孟子》《墨子》《韩非子》《吕氏春秋》等先秦典籍中，寓言、故事比比皆是，在取譬连类，说明道理的同时，留下来的，或者更为人所印象深刻、津津乐道的，则数这些中国最早的微小说。成书于东晋的《搜神记》，是中国第一部自觉的微小说集。历代笔记中，对微小说也多有著录，《聊斋志异》中还有不少微小说，清代纪晓岚《阅微草堂笔记》更得古代微小说荟萃之精华。鲁迅“废寝辍食，锐意穷搜”辑录成《古小说钩沉》，集隋以前遗落于各书之小说，其中最大部分的，还是微小说。这些微小说，不仅具有相当高的思想和艺术价值，可独立存在于文学史、文化史，而且为白话短篇小说、长篇小说的创作提供了丰富的滋养。鲁迅《故事新编》中，就有多篇取材于原文仅数语的神话故事而扩展之。

研究表明，纸张的广泛使用，以及雕版印刷技术的成熟，使文学传播变得更加便捷，对小说由文言变为白话、由短变长，起到了重要促进作用。较之简帛，纸张书写更方便，携带更容易，容量也更丰富，可以将内敛的表达，演变为滔滔的讲述。所以有了数十万字、上百万字的鸿篇巨制。虽然中国现代文学第一人的鲁迅没有写过长篇，但如果选一种文体代表中国现当代文学，无疑是长篇小说。到了今天，似乎物极必反，人们对于精短的文体，表现出更多兴趣。究其原因，智能手机的广泛使用是重要因素。手机实现了信息的零距离即时传输，但其屏幕有限，一次显示不了多少内容。虽然人们好像一天到晚都盯着手机，但看手机还是多在工作学习之余的零星时间，随时可能被其他事情打断，也无法潜心认真阅读。于是，以有限的文字量表达完整的意思，在小篇幅里看出大文章，得到思想教益、人生启示、艺术享受，便是当下人们的共同需要了。有人戏称，当前最具代表性的文学体裁是“段子”，有夸张之嫌，但微小说无疑是时代的宠儿。而且，“段子”和微小说外观相似，实质不一。“段子”一味以机巧或色情取胜，与真善美尚有距离，严格而言，不能归于文学之列。微小说则源远流长、代有殊胜，可以兴观群怨，并插上现代传媒的翅膀而高远翱翔。

在微小说空前兴盛的浪潮中，湖南省常德市武陵区是绕不开的重镇和高地。在陶渊明写下千古名篇《桃花源记》的地方，在中国现代文学名家丁玲的故乡，不仅诞生了戴希、刘绍英等高产高质、以微小说为主要创作门类的中青年作家，而且武陵区委、区政府高度重视微小说创作，多方予以支持培育。武陵区建立中国微型小说（小小说）创作基地，广泛汇集微小说作品，系统收集微小说研究资料，积极团结微小说作家，做了大量卓有成效的工作；其即将投资建立的中国微小说微电影创作基地，将成为世界上最大和最为专门的微小说微电影创作研究孵化机构，必将为微小说的发展注入更为强劲的动力。一年一度的中国微小说节，已成为在海内外产生广泛影响的重大微小说主题节庆活动。可以说，每年的十二月中旬，整个武陵区、整个常德城，都是属于微小说的。节会期间，来自世界华语文学界的作家、研究者、读者，以微小说的名义荟萃一堂，创作、评论、朗诵、吟咏、表演，共同抉发、弘扬着微小说的美轮美奂。

与中国作家协会《小说选刊》杂志社合作推出“武陵‘德孝廉’杯全国微小说精品”专栏、评出“武陵‘德孝廉’杯全国微小说精品奖”则是及时发掘全国微小说精品力作和优秀作家，促进微小说繁荣发展的重要举措。这个栏目已推出数年，成为展示微小说创作成就，培育微小说作家和研究者，引领微小说创作方向的主要园地和阵地。2016年，该栏目共刊载微小说力作119篇，20篇作品荣获2016年武陵“德孝廉”杯全国微小说精品奖，其中，一等奖3篇，二等奖7篇，三等奖10篇。

这些作品，原发于全国不同类别的报刊，作者的地域、年龄都有很大差异，既有专业作家，更多的是业余作者。大家通过《小说选刊》，通过这个栏目聚集在一起，催生出几个共同特点：一是都在传播正能量，以文学为帆，引领芸芸众生崇真、向善、爱美；二是都在有限篇幅里，展现出开阔广远的大境界，既有历史沉思，也有现实关照；三是普遍追求艺术性，不少作品达到了较高的造诣，在精致汉语写作的道路上，迈出了可喜的步伐。就获奖作品而言，著名作家毕淑敏的《紫色人形》，用哀而不伤的笔调，淡淡叙写坚忍如金的忠贞爱情；刘绍英的《渔鼓》，借散文的笔调，亦实亦虚中，为传统文化技艺的衰落奏出一曲无尽的挽歌；安谅的《寻车》，如行山阴道中，峰回路转、曲径通幽，最后豁然开朗，自警自励之品格直击人心。我们常说艺术源于生活，微小说作为小说的轻骑兵，介入现实生活的能力更强，《你与谁聊天》就是一个突出例证。作品把人人痛恨、已成社会公害的电信诈骗，反其道而用之，写独居老人通过与电信骗子聊天排遣寂寞，“其乐融融”的背后，“鸟鸣山更幽”，更表现出寂寞的绝望。

鲁迅先生在《中国小说史略》中考证出中国“小说”的名字起源，《庄子》有语“饰小说以干县令，其于大达亦远矣”，又取桓谭言“小说家合残丛小语，近取譬喻，以作短书，治身理家，有可观之辞”，这些定义，似乎就是针对微小说的，逮于今日，其意旨特质依然。虽不作高头讲章，但亦有益世道人心，同时，注重文辞优美和表现的特别，努力贡献于精致的汉语创作，古今同一，一元复始，万象更新。

架起华人世界的微小说桥梁

微小说不仅在国内得到繁荣发展，形成了以河南郑州、湖南武陵、广东惠州、上海、吉林延吉、江苏太仓等重镇为核心，各有特色、各有队伍、各有成果，争奇斗艳的喜人局面，在国际上也产生着越来越大的影响，成为海外华人表达思乡之情、叙述他乡生活、交流思想感受、促进文化互鉴的重要平台，也成为国内外文友相互学习写作经验，共同推动中华文化走出去的宝贵桥梁。

湖南省常德市武陵区举办的、每年一届的武陵国际微小说节，不仅是常德市、武陵区文化建设、精神文明建设的重要抓手，更是国内最大的微小说专业节会，在国际上的影响力也日益增强，每年都呈现出新的面貌。来自海外的参会者越来越多，作家们从美国、加拿大、德国、瑞士、印尼、新加坡等地，不远千里万里来到中国、莅临常德，和国内作家、读者共聚盛会，共话文学，共同研讨进一步促进华文微小说繁荣发展，就建高原、树高峰畅所欲言，同时，把他们的作品、见闻、感受、情怀带过来，展示海外赤子始终不变的中华情怀。

既然武陵微小说节打上了“国际”的标志，就把世界华文微小说作为一个整体来构建、来推进。此次“武陵”杯世界华语微型小说年度奖，便是一项重要举措。集子中的作品，来自海外华人写作者的，所在多有，质量水平都相当不错。

新加坡作家艾禺的《神秘人》，写爷爷丧礼上连续几天神秘出现的影子，人乎？鬼乎？读者也跟着情节发展在讨究、猜测。最后谜底揭开，是“我”出生之前就因涉及黑社会、被爷爷宣传“断绝父子关系”的大大伯。他的归来，家人对他的接纳，爷爷终身的思念，在真相大白的一刻达到高潮，让人感慨。孔子讲“父为子隐，子为父隐”，中国古代法律讲究“天理、国法、人情”，在亲情和国法之间，“情”和“理”如何平衡，的确是千古难题。小说的可贵之处，在于写出了“度尽劫波兄弟在”的不变亲情，而这，正是生生不息之中华文明最值得骄傲的东西。

《特定单双号》，是日本华人作家解英创作的，发表在吉林延吉的《天池小小说》杂志上。所叙故事，也是普遍的中国老年夫妻间的生活。从中透出来的，正是中华民族最为珍视的“天伦之乐”。天伦之乐，并非只存在于有血缘亲情的父子、兄弟、爷孙之间。多年夫妻成亲人，退休了的老夫老妻间的矛盾甚至争执，去除了由于家庭背景、教育养成、职业差别等因素形成的不和谐，变成了兄妹亲人间如儿时玩耍的意趣。只有真正体味到此中真味的人，才能写得出来。

无论用“异域风情”还是“他乡记事”或其他什么标题，背井离乡、异国生存的酸甜苦辣，都是海外华人每天面对的现实。“在心为志，发言为诗”，海外华人生活题材创作，成为他们对世界华文文学无可替代的贡献，微小说也是其中一支。匈牙利作家阿心的《我不是个好老板》，围绕“一个二三百平米的店，雇两个人足够了。该炒谁的鱿鱼？”展开，三个雇员，都有留下的理由，都是弱势群体的一分子，都面临生计问题。让哪个离开？中国老板很纠结。而三个当地雇员却想出了解决办法，既减少小店用工成本，又不让某人彻底失业。“协商民主”在国外落地开花、行之有效，而其基础，是心心相通的信念，是中外人民间纯朴真挚的友谊。受新型冠状病毒肺炎影响，一些小微企业可能面临困难，如何通力合作，共度时艰，这篇小说的例子，可以参考。

报纸是文学作品发表的重要园地，为微小说发展繁荣创造了条件，也成为国人观察外国人生活的一个小小窗口。加拿大《环球华报》上发表的马新云的《“Honey！Honey！”》，就把笔触对准了一家加拿大临终关怀机构，写两位地道的加拿大人——护工露丝和肺癌晚期鳏夫亨利之间的故事。在不长的篇幅里，小说峰回路转、曲折有致，卒章见意，乃亨利对爱人终身不变的深情。读此篇时，忽然想起《泰坦尼克号》，无论惊天动地的大事件，还是平静无为的日常生活，甚至老年失智，行将就木者，真情不灭。而文学，正是以表达感情为主的事业。

印尼归侨、香港作家东瑞刊载于台北《文创达人杂志》的《世家·药方》，写印尼雅加达中药铺健安堂的传人因骨刺难忍，回乡寻找药方，与济世堂传人相见，寻得全部三十六味药方的故事。医者仁心，以及重信守义、知恩必报的中华传统美德，在小说中展露无遗，温馨感人。

“人生若只如初见，何事秋风悲画扇”，不只贵公子纳兰性德如此感叹，中国远嫁德国的老太太和她的德国丈夫，同样生出如此心事。《欧华导报》发表呢喃的《人生如戏》，正述此事也。

让读者印象深刻的，还有菲律宾作家钱昆的《买房》。重男轻女，为儿子不顾女儿死活的事，并不因离开中国，定居国外就能根本改变。小说中一桩桩一件件让读者瞠目结舌的事，或许有夸张和漫画化的成分，但在现实生活中却不同程度地存在着。当然，中国自古如此，并非于今更盛，但为何在今天大家发现其荒谬呢？根本还在经济社会发展、家庭成员之间关系的变化上。以前，家庭关系是社会的根本关系，父子兄弟之间，负担无限责任。而今，绝大多数人走出家庭，首先走出父子兄弟组成的大家庭，到了社会上，陌生人之间建立起赖以生存的职业关系、社会关系。以前，没有家庭支持，人难以生存，《红楼梦》就是传统家庭关系的高峰，如今，没有社会关系、职业支持，人无法生存。因此，社会关系成了人与人之间关系的基础，而后反过来改变家庭关系。父子兄弟之间，由无限责任变而为有限责任，由血缘关系变而为法律关系。因此，小说结尾处，“母亲看到我张开大嘴无言以对时，继而说道：此次回来，你还是抽空去做一份公证，表明：你放弃温陵花园1号楼1701的继承权”，结果“母亲的雷语有如当头一棒，使我眼前一黑，差点晕了过去……”

列举海外华人微小说作家的若干作品，我们可总结出如下特点。其一，中华传统文化、中国人向所从来，根植于灵魂深处的性格品德，依然是海外华人文学，包括微小说最关注的。其二，中国人在海外平凡点滴的生活，其中映照出中外“民心相通”的可贵，是海外华文文学的独特贡献。其三，国内经济社会发展变化，包括由此带来的人际关系、家庭关系的改变，始终是身在海外的华文作家们不忘的题材。其四，作为近距离观察者，海外华文作家也乐于把所在国土著或其他种族人的故事作为创作素材。

习近平总书记指出："文明因交流而多彩，文明因互鉴而丰富。"海外华文文学，包括数量众多的微小说创作，具有认识世界、交流文明、沟通民心、服务大局等多方面的功能，是独具特色的桥梁、紧紧团结的纽带、当空飞舞的彩虹，日益发挥出无可替代的作用。

精彩纷呈，代有所胜

中国当代文学已走过七十余年岁月历程，就时间跨度而言，已超过现代文学两倍以上，虽然定论似乎是有“高原”，缺“高峰”，还没有产生鲁、郭、茅、巴、老、曹这样的文学巨匠，但创作者队伍之宏大、体裁门类之齐全、作品数量之丰富、发表传播之广远，都已远超中国现代文学三十年。其中，微小说是一个很小的文学门类，但依然精彩纷呈，代有所胜，留下许多精品力作。《新中国七十年微小说精选》中的140篇作品，就是其中的杰出代表。这些作品，是从1949年至今浩如烟海的微小说作品中仔细筛选出来的。综合看来，有如下特征：

其一，微小说创作呈现出越到近来越繁荣的整体态势。策划这本集子时，最初的设想是“编年体”，七十年，每年选两篇，共140篇，查找资料的过程中发现，这个设想无法实现，因早期微小说创作数量很少，如野山采参般，得之不易。故而改革开放前三十年，作品只选了两篇。近八九年来的作品，占了一半以上。说明随着社会生活和传播形式的变化，微小说呈现出空前繁荣的态势。究其原因，工作、生活节奏空前加快，简短的、可以在零碎时间里以最快速度获得信息和艺术欣赏体验的作品，受到越来越多人的青睐。互联网等传播载体飞速发展，微博、微信、微视频等越来越深地介入人们的工作、生活，甚至成为不可或缺的工具，作为“微家族”的一员，微小说的繁荣可以说天时、地利、人和齐备，势不可当。

其二，名师大家积极进行微小说创作。在人们的印象里，微小说作家多是业余作者，来自各行各业，但鲜有以从事微小说创作为职业的。职业文学写作者，网络文学写手最多，报告文学、长篇小说，也可以成为生存的依托，中短篇小说、诗歌、散文，此类功能略差，但其中不乏职业作家或从事编辑、教学等工作者。而微小说作者群，仿佛文学界的小行星或柯伊伯带星体，数量众多，但都属无名之辈，游荡在文学的边缘。这次全面梳理新中国七十年微小说精品，却发现许多名师大家，都在积极关注和进行微小说创作。集子的第一篇，是赵树理的《田寡妇看瓜》，被选入小学语文课本，我读小学四年级时学过。至今犹记得老师声情并茂地朗诵课文的情景，虽然时间已过三十五年，老师也已过世十多年了。

收入这本集子的名家作品有：赵树理《田寡妇看瓜》、

孙犁《懒马的故事》、汪曾祺《陈小手》、高晓声《摆渡》、冰心《一个不重要的军人》、夏衍《两个不能遗忘的印象》、王任叔《河豚子》、胡也频《便宜货》、史铁生《秋天的怀念》、何立伟《永远的幽会》、贾大山《莲池老人》、冯骥才《苏七块》、林斤澜《惊树》、毕淑敏《紫色人形》、王安忆《指路男孩》、贾平凹《挖参人》、铁凝《一件小事》、王蒙《刻舟求剑》、迟子建《那盏叫父亲的灯》、韩少功《蛮师傅》、方英文《握手》、李敬泽《壶碎》、阿成《打猎》，共计23篇，占全部入选作品的七分之一。不包括微小说名家，这些作家，都是以长、中、短篇小说成名的文学大家，他们的作品，是微小说星河中最闪耀的明星，也是这本选集质量的保证。

尤其值得珍视的是，“左联五烈士”之一，牺牲于1931年的胡也频的微小说作品《便宜货》，也被编辑者钩沉了出来。这篇作品创作于何时，不确切知道，发表于1991年。不长的篇幅，却细致刻画出旧军阀小军官克扣军饷，玩弄女人的丑恶面目，入木三分，显示了出手不凡的大家气象。冰心《一个不重要的军人》、夏衍《两个不能遗忘的印象》等，再现了久已远去的时代的细节，让读者恍若隔世，又如在目前，受到警醒、感动。

其三，微小说映照出大时代。巴尔扎克说“小说被认为是一个民族的秘史”，中国新时期文学经典、史诗式巨著《白鹿原》扉页上也写了这句话，作为文眼。此语可能主要指长篇小说，但优秀的微小说，同样有此功能，尤其是将微小说精品力作依时间为序编辑在一起，整体观照，历史风云、百年流变、世道人心，都闪烁出来，并由一个个点，绘成清晰宏伟的轮廓。《田寡妇看瓜》，写农村最可怜的、甚至“上不了台面”的两个小人物，“二流子”和寡妇之间的矛盾与和解，反映出来的，却是土改的大事件。司马迁“究天人之际，通古今之变”，得出“仓廪实而知礼节，衣食足而知荣辱”的结论，在秋生身上，通过半亩园地，就实现了。

再举个例子。游睿《父亲的证明》曾获得“茅台”杯《小说选刊》奖。一位年轻业余作者的微小说，情节很简单，最多有点“脑筋急转弯”。这是一位在外打工多年归家的父亲，到幼儿园接女儿，但女儿不认识他。父亲急中生智，面对面打通老师手机和女儿说话。女儿听到电话里熟悉的声音，确认来人是自己的爸爸。小说有个“大团圆”的结局，却让人高兴不起来。打工父母和留守儿童，今天非常普遍的社会问题，在这个细节上，不言自明。每次讲到这篇微小说，我都眼眶湿润。

习近平总书记和已故河北作家贾大山的友谊，让全国文学界备感温暖。第五届武陵国际微小说节上，两位武陵区的朗诵者把贾大山的微小说《莲池老人》搬上了舞台，用声情并茂的朗诵和优美贴切的视频，虽未现其人，却让一位睿智、幽默、尽职尽责、不计报酬保护古建筑的老人形象呼之欲出。总书记教导我们“看得见山，望得见水，记得住乡愁”，乡愁，是杨莲池老人悉心爱护的古建筑，也是像他这样，被优秀传统文化滋养的贤者。

其四，探索精致的汉语写作。微小说是“螺蛳壳里做道场”，每一句话，甚至每一个词、一个字，都是宝贵的，必须恰到好处，才能产生最佳表现力。因此，“短小精悍”“短小精致”成为微小说的最显著特征。优秀的微小说，也的确达到了这水平。冯骥才微小说集《俗世奇人》，获第七届鲁迅文学奖。其中《苏七块》获“德孝廉”杯全国微型小说奖一等奖。千余字篇幅，却一波三折、峰回路转，曲终奏雅，活画出一位有情义、讲规矩、自尊、敬人的老天津骨科医生形象。江湖医生，在旧社会没地位，属于三教九流之类，冯骥才用“奇人”二字，为他和他的同伴们定位，跳出善恶分野，区别只在正奇。奇者，有趣味、有意味、有韵味。而语言，也随之意韵十足。以《苏七块》为例分析之。“他（苏大夫）人高袍长，手瘦有劲，五十开外，红唇皓齿，眸子赛灯，下巴一绺山羊须，浸了油似的乌黑锃亮。”用略有文言气息的四字句，几十个字，便刻画出这位市井高人的形象。

王蒙的《刻舟求剑》，化用中国人早已烂熟于胸的故事，却古今通变，以现代之人之事连接之，在荒诞的面目下，显出可能古今都有、都会以不同形式发生的未发生之事。其将现代派写作手法运用于微小说，拓展了这一小文体的表现力。

习近平总书记强调，文艺要记录新时代、书写新时代、讴歌新时代，为包括微小说在内的各类文体提出了光荣的责任和使命。常德市武陵区高度重视、积极投入，着力把微小说作为地域文化发展的重要抓手和靓丽名片。每年举办武陵国际微小说节，邀请海内外微小说名家共襄盛会，探讨微小说在新时代繁荣发展大计；评选颁发“善德武陵”杯全国微小说精品奖，从每年发表的数万篇微小说中优中拔萃，秉持社会主义核心价值观，弘扬主旋律和真善美，为善德武陵精神文明建设助力，成效显著；在全国微型小说（小小说）创作基地基础上，投巨资建设设施一流、独立的微小说微电影创作基地，微小说和微电影结合，延伸产业链，多方位多层面开拓微小说的价值。一系列富有前瞻性和情怀的举措，不仅使武陵成为全国甚至海内外微小说创作传播重镇，而且为微小说在新时代更高、更远、更大的发展做出了有益努力。我们相信，中国特色社会主义新时代文化的繁荣发展，一定会伴随着微小说的繁荣发展。回首代有所胜的过去，迎接精彩纷呈的未来。

民族精神的别样图谱

——申平动物小小说论略

广东省小小说学会会长申平，虽居惠州多年，心却依然流连在故乡内蒙古大草原。草原是万类霜天竞自由的广阔天地，在苍茫的“腾格里”和无边无际的草原上，众生平等，万物有灵，都是大自然的子孙。生于斯长于斯的申平，其体会当然深切而长久，化而为文学作品，便是独具一格的动物小小说。

动物题材的作品，并不罕见，有些影响颇大。《聊斋志异》里的很多作品，就是非常优美的动物小说。当代文学中，姜戎的《狼图腾》、杨志军的“藏獒系列”等，都产生很大影响，跟风所及，一时纸贵。申平的动物小小说，取材多样，马羊狗猫汇聚笔端；情节多彩，有激烈曲折，有静水深流；情感多思，有哲理感悟，有情怀关照。但这些作品中，共同荡漾着一个内核，那就是民族精神，以动物为题材，刻画民族精神的别样图谱。

申平动物小说，首先弘扬以马为象征的伟大精神。根在草原，最钟情者，首先当然是马。《蒙古马》，先抑后扬，将其貌不扬的蒙古马置于和凶残狂妄的日本侵略者对峙的第一线。不是人们印象中天马行空、快马如风的蒙古马形象，而是“个头不高，其貌不扬，更谈不上威武雄壮”的马。它的主人也非剽悍的蒙古骑士，而是一位老实巴交、走村串户的木匠，马的日常工作，就是载着木匠和木匠的工具慢腾腾地在山路和村子间走，仿佛已丧失了奔跑的功能。然而，当与高大嚣张的东洋马比赛时，“居然如有神助，它就像一道闪电，一眨眼就飞到了天边，再眨眼它已经飞了回来，把那几匹东洋战马甩得七零八落”。这正如中华民族精神，谦逊、内敛、不与人争强好胜，关键时刻却会显出强大的力量，最终战胜敌人，正如毛泽东主席说的，敢于胜利，而且善于胜利。日本侵略者手里不仅有马，更根本的，是有枪、有刀。赵木匠敢于让自已的蒙古马超越东洋马，是冒了被杀头牺牲的危险的。因此，在本质上，胜利的不是马，而是人，是赵木匠这样最普通的中国人。《论持久战》中深刻指出：“战争的伟力之最深厚的根源，存在于民众之中。”申平撷取一个小细节，一朵小浪花，映照出的，却是人民战争的汪洋大海和民族精神的本质力量。

众所周知，马有灵性。中国传统文化中，马最早被赋予的，就是智慧。八卦前身河图洛书，就是分别由龙马、神龟背负着，从黄河、洛河里浮出水面的。而后，才有天马行空的速度，“向前敲瘦骨，犹自带铜声”的坚韧，“所向无空阔，真堪托死生”的忠诚。在生于草原、长于草原的申平那里，马不仅有灵性，而且“有思想”。《一匹有思想的马》，以草原知青的“我”为第一人称，写草原马毛莫利和自己的过命交情。其中，有智慧，跑回居民点叫人来救被困雪中的人；有速度，踏雪飞奔而来、飞奔而去；有胆略，面对饿狼群，临危不惧；有正义感，把持刀快要杀人的主人叼起来抛到草地上，成功避免了一起杀人案；有忠诚，主人离开后，面朝主人离去的方向，不食而死；甚至，有审美，原本暴烈的毛莫利听到短笛声，“目光一点点变得温柔痴迷”。音乐之美，让马和人成了知己。礼失而求诸野，许多人早已失去的品行，在马的身上，却保存着、闪耀着人性的光辉。

人与自然界、人与动物的关系，是古今中外哲学、文学的永恒母题之一。从原始泛神论的万物有灵，到佛教的众生平等，再到人文主义的人是万物的灵长，直到现代保护环境善待野生动物，以及中国民间的动物成仙、成精、成怪等，无不渗透着人对动物的情感和认知。在哲学层面，与人一样有生命、能活动的动物，是“人的本质力量”最早也最直接的“对象化物”。而且，在神话传说中，动物往往给人以启示、神示，是人类的指引者。申平之于动物，无论野生动物还是家养动物，无论猛禽猛兽还是猫狗鱼鸟，都充满感情，“民吾同胞，物吾与也”，申平以平等之心对待众生，收获的，是不一样的感悟。

“天苍苍，野茫茫，风吹草低见牛羊。”草原上的人，对牛羊的情感，自与旁人不同。申平为一只羊立传，并为其取了个很具有“人类共同价值”的名字——“和平”。忠于职守，尽心尽力保护羊群的和平，被瘸羊倌算计，撞石而亡，“头在石槽上开出了鲜花，两只漂亮的犄角也断了”。羊当然没有人的认知能力，但它忠直勇毅的品格，却映照出某些人性的卑劣。中国古代有动物比德的传统，如《韩诗外传》载“鸡有五德”:“首戴冠者，文也；足搏距者，武也；敌在前敢斗者，勇也；得食相告，仁也；守夜不失时，信也。”申平继承这一文脉，并以此为镜鉴，反思某些不仅出离人性，而且连动物都不如的品格。孟子云“人之异于禽兽者几希”，其实，人之不如禽兽者，所在多矣。

孔子云“泛爱众，而亲仁”，申平对野生动物，同样施以赞赏之心，甚至委以民族大义。《中国狼》中，当日军在东北如入无人之境，只有杂牌军在抵抗时，不可一世、武装到牙齿的日军，却被一群中国狼消灭了。中国狼不惧任何强权和武力，视死如归的精神，不正是潜藏在民众之中的伟力吗？毛泽东同志讲“人不犯我，我不犯人。人若犯我，我必犯人”，狼群自由嬉戏的平静生活被打破，生命被无端残杀，领地被入侵，虽手无寸铁，依旧拼死抵抗，并最终取得胜利。

寓言，是动物故事的一大功能。小学课本里的《小马过河》《狐狸和乌鸦》《骆驼和羊》等寓言故事，影响了一代又一代人。申平的动物小说中，具有寓言色彩的，也所在多有。《羊族秘史》借为羊族写史的老绵羊之口，回溯羊族由凶猛的肉食动物，由于不思进取，缺乏危机意识和斗争精神，沦为食草动物，最终成为人类豢养的盘中餐。小说写的是羊这个种族，其实，民族精神也一样。中国近代以来，面对民族危亡以及中华民族伟大复兴的历史使命，国民性、民族精神成为重大命题，“民气论”“民力论”争论多有。《羊族秘史》告诉我们，失去了“气”，“力”最终也将不复存在，“气之不存，力将焉附”。没有宏篇大论，也不需复杂的情节或者叙述技巧，却雄辩地阐述了如此深刻而有辩证色彩的主题。

习近平总书记深刻指出，实现中华民族伟大复兴，就是中华民族近代以来最伟大的梦想。为实现这个梦想，无数优秀儿女前仆后继，战斗在疆场，其中被誉为战士最亲密战友的战马，同样做出了巨大贡献，正如李世民的昭陵六骏一样。《去找战马墓》就是为无名无声的战马书写的墓志铭。驰骋中原的战马因不适应南方的气候而被野放，却翻山越岭追赶部队而来，死在战士们面前。这里面，有友谊、有感情，但更本质的，是战马对于战斗的渴望，是战马，就要牺牲在战场上，而不能成为放弃责任的野马。这篇微小说与《羊族秘史》，从正反两方面，为民族精神画像。中华民族之所以历苦难而不倒，终于迎来伟大复兴的光明前景，就因为有这种百折不挠、不怕牺牲的精神。

以动物为图腾，是人类社会部族意识形成的标志，中华民族精神的象征“龙”，是多种动物形象汇集而成的神灵。在申平的小小说里，龙又化而为各种动物，在每种动物身上，都凝聚着民族的精魂。

清廉：精神富裕的重要构成

习近平总书记在十九届中央纪委第六次全会上发表重要讲话指出："落实关于加强新时代廉洁文化建设的意见，从思想上固本培元，提高党性觉悟，增强拒腐防变能力。"要实现不敢腐、不能腐、不想腐一体推进的战略目标，从思想上筑牢拒腐防变和抵御风险的能力，文化包括文学的作用非常重要。微小说作为既有文学性又有新闻性，介入生活、反映现实及时生动，深受广大群众喜爱的文学形式，在倡导廉洁文化、弘扬清廉社会风气、树立廉洁从政美好形象等方面，都发挥着独特的作用。

已举办数届的"田工"杯清廉微小说全国征文，就很好地履行了这一职能，在全国兴起写廉洁微小说、读廉洁微小说的热潮，精短而富有内涵的文字使清廉思想入脑入心，成为人们精神生活的重要组成部分，弘扬真善美、针砭假恶丑，增强了人民精神力量。

2021年度的“田工”杯同样如此。而且，由于是中国文联第十一次、中国作协第十次全国代表大会召开之年，2021年“田工”杯的来稿质量、获奖作品质量等，都有明显提升。在微小说领域深耕多年的知名微小说作家，如伍中正、马河静、侯发山、赵明宇等，都提交了自己的作品。而获唯一一篇特等奖的《一轮明月》的作者崔立，写作微小说的时间并不长，且在上海虹桥开发区管委会工作，非常繁忙。在有限的业余时间，联系一线工作实际和其中所思所悟，以微小说形态表现之。

《一轮明月》以一席师生宴，引出了跨度三十年的往事和今天的事，设置了三个有迷惑性的情节。许凯上学时常和人打架，商人许凯找已当局长的同学周其要揽工程，吃完饭后有人已提前买单。归根到底，是要说明一个问题，一名领导干部清廉与否，自身修养固然重要，身边的老师、同学等是“助廉”还是“助贪”，同样不可小视。如何共同营造清廉的社会环境，需要每个人共同努力。

习近平新时代中国特色社会主义思想是马克思主义普遍原理同中国具体实际相结合、同中华优秀传统文化相结合的时代产物。而“清廉”从来就是中华优秀传统文化的重要内容。宋代大儒、理学始祖周敦颐赞扬“出淤泥而不染，濯清涟而不妖，中通外直，不蔓不枝，香远益清，亭亭净植，可远观而不可亵玩焉”的“花之君子”莲花，盖青莲谐音清廉也。而清官故事，历代传扬、为人敬仰，是“中国故事”中最可洗涤心灵、增强精神的部分。伍中正的微小说《沈自远》在优秀传统文化中寻觅清廉文化的当代表现。“少昂头多躬身，但把黎民尊父母；勤洗脸常照镜，不教乌帽染泥尘”，是两位乡村贤士共勉共励的对联，每年都写、内容一样，贴在门户，一贴一年，“又把新桃换旧符”，内容却是依然。其中蓄含的，是党的十八大以来为民务实清廉学习教育活动的主体要求。

2021年是中国共产党成立一百周年。7月1日，我在天安门广场亲耳聆听了习近平总书记的重要讲话，深切感受到党百年奋斗的伟大与荣光。而“坚持真理”，是作为中国共产党精神之源的伟大建党精神第一位的内涵。中国共产党百年奋斗与成功的基础，就是追求真理、求真务实、实事求是。青年微小说作家赵明宇曾凭《父亲的证明》荣获“茅台”杯《小说选刊》奖微小说奖，这次入选的《老假》，以假寓真，因假更真，让人感动感怀，更有所悟。志愿军战斗英雄老贾，在战场上伤了左眼、断了小腿，装了假眼假肢，被人起绰号“老假”，但他的心永远是真的、红的。虽遭磨难而忠诚之心不改，实权在握时，敢于坚持原则、不徇私情，“一身假货，但是我这个党员不是假的，也从来不说假话，更不能造假”。反腐倡廉、永葆先进性和纯洁性，是中国共产党一贯的追求，也是取得百年辉煌的根本原因之一。

“比兴”是自《诗经》以来，中国诗歌常用的表现手法，扩而广之，其他文学体裁也“托物言志”“取譬连类”，借物喻事警人，微小说鼻祖中国古代寓言即多取此法。当代微小说写作中，比喻常被运用，提升了艺术水准，达到以小见大、言近旨远的效果。荣获二等奖的侯发山的微小说《逮麻雀》即为此中精品。父亲以雪天逮麻雀为例，告诉刚当局长的儿子，贪心就会被捉，落入牢笼，亲人也跟着担惊受怕伤心。写出因腐败被捕对亲人造成的伤害，是这篇微小说的出色之处，明确了反腐败对稳定家庭的重要作用。大多数领导干部之所以腐败，一个最根本的原因是为了家人的利益，实际效果却正好相反，是给家人带来深重烦恼和心理、经济上的负担。生活为艺术取之不尽、用之不竭的唯一源泉，作家生长在农村，有丰富的农村生活，包括捕麻雀的经验，作品因之具有灵动的生活气息。

习近平总书记在中国文联十一大、中国作协十大开幕式上发表重要讲话强调，文艺工作者要“努力以高尚的操守和文质兼美的作品，为历史存正气、为世人弘美德、为自身留清名”，历届“田工”杯清廉微小说全国征文的作品，正落实了这一根本要求。作品弘扬正气为先、美德为本、清名为要的清廉文化，使清廉思想成为人灵魂深处的根本构成，并由之实现精神的高尚、满足和富裕。共同富裕，不仅包括物质上的共同富裕，精神上的共同富裕同样是重要内容。清廉，使人一身正气、百毒不侵，具有强大的精神力量和人格自信，足以支撑富裕的精神生活。

日常生活中的笑与泪

——评戴希的微小说

戴希读大学时所学的专业是卫生计划统计，毕业后曾一度在医院工作。因其执着于微小说创作，成绩越来越明显，而被调入文化单位。在中国新文学史上，“弃医从文”是一种现象，或曰美谈。现代中国作家中，最著名的是鲁迅和郭沫若，以及郁达夫，当代则有毕淑敏、冯唐等，戴希大约也属此列。

与戴希相识，是我到《小说选刊》杂志社工作后。《小说选刊》与湖南省常德市武陵区（就是陶渊明《桃花源记》开篇“晋太元中，武陵人捕鱼为业”的“武陵”，所以常德被称为“桃花源里的城市”，下属有桃源县、武陵区等）合作开办“‘善德武陵’杯全国微小说精品”栏目，并支持武陵区举办“武陵国际微小说节”。长相和表情与著名笑星大兵有几分相像的戴希，永远是一幅微笑的面孔，镜片后一双眼睛微眯着，讲话腔调含义丰富，可以同时读出热情、认真、亲切、无奈等，而又相辅相成、互不矛盾。他为人谦逊真诚、工作不温不火，有担当、有韧性，而绝不任性。

经过多年努力，在常德市委市政府、武陵区委区政府领导支持下，武陵国际微小说节已成为中国乃至世界华文文学领域最为重要的微小说专门节会。每年都有来自中国各地，以及美国、加拿大、日本、韩国、德国、瑞士、印尼、新西兰、捷克、新加坡等国的微小说作家、专家与学者，齐聚穿紫河畔、柳叶湖边，做一回“桃花源中人”。颁领“善德武陵”杯全国微小说精品奖，召开年度微小说高峰论坛，领略武陵区、常德市日新月异的发展成就和“黄发垂髫，怡然自乐”的美好生活。武陵区还设立了中国微型小说（小小说）创作基地、《小说选刊》创作基地，正在投资建设专门的中国微小说微电影创作基地。如今，微小说已和桃花源一样，成为常德市文化建设的靓丽名片，成为武陵区城市发展的重要抓手。戴希作为活动的具体策划与组织者，担负了繁重的事务，付出了巨量的心血，也经历了心情的起伏。有成功的喜悦，也包含着不易的泪水。笑与泪，构成了戴希从事微小说事业的主体表情。

与业务工作相伴随的，是戴希的微小说创作。可以说，戴希首先是一位优秀的微小说作家，然后才有机会为此项事业投入巨大的心血。和“笑中有泪，泪中带笑”的工作体味一样，“含泪的幽默”也是戴希微小说的特色。这本《柳暗花明》，是戴希的微小说集，风格体现较为典型。

“楚虽三户，亡秦必楚。”湖南乃举大义、成大事的地方，英雄辈出，豪杰蜂起。但同时，又非常重视生活，“芒果台”湖南卫视，多年来引领时尚生活之潮流，以至于湖南电视大厦和岳麓书院、橘子洲头一样，成为长沙的标志性景点。因此，湖南作家中，有唐浩明、王跃文写历史风云、名臣铁相、官场沉浮，也有戴希这样，把目光和情感投注凡人小事、日常生活，以微小说写小事情、小人物，却令读者情感共鸣，其哲理深思，余韵绵长。

中国人讲究“天理人伦”，人伦是天理的基础，也是为人之本。戴希的微小说，相当部分正是取材于亲情。因不愿让母亲看到自己的凶残，身背十四条人命，杀人不眨眼的悍匪放弃顽抗，束手就擒（《因为母亲》）；春节将至，父亲从外地赶来，想看一眼在门诊忙碌的儿子，为了遵守出诊时间不会客的规定，父亲挂号后，排了一上午队，一见面，就先给儿子递上矿泉水（《挂号》）；为了不让六岁的儿子失望，向来胆小怕事的男人成了勇斗歹徒的英雄（《其实很简单》）……

孝，乃人伦之基。“善德武陵”的核心价值，就是德、孝、廉。私德重孝，公德崇廉，是武陵区精神文明建设的重要依托，也是戴希微小说所着力弘扬的。这本集子中，《儿女》就写儿子为老人尽孝。小儿子已百般孝顺，母亲却无论如何不满意，让人感觉不可理喻。从后文才知道，这小儿子是机器人，不是老人的亲生儿子。但就这机器儿子，老人去世后悲痛不已，自毁电脑程序、取出高能电池，还随老人而去。与机器儿子相对照的，老人的亲生儿子、女儿，都事业有成，却直到父母去世，都没有来看一眼。孟子说“人之异于禽兽者几希”，“无君无父，乃禽兽也”。对父母不孝，丧失人伦，连没有灵魂的机器人都不如，枉为人子啊。小说虽然一句直接的评论也没有，褒贬却尽在文中。

人伦之大者，父子、兄弟、夫妇。家庭乃社会的细胞，夫妻关系是家庭的结构基础，尤其是如今的“小家庭”。爱情是浪漫的，婚姻却是现实的。作为洞察力超强的小说家，戴希笔下的夫妻，同样有笑有泪。灰娃和金克木夫妇常常生气，一生气，妻子灰娃就砸东西，锅碗瓢盆全砸碎，直到有一次花费2000多元重买全套家什，才感到真正心疼，以后再生气，也不对生活用品施暴了（《双赢》）。作品2000余字，篇幅不长，画面感却很强，把一对各有性格的农村年轻夫妇的动作、行为、情态，尤其是心理，刻画得惟妙惟肖。微小说作为文学的轻骑兵，有时也如杂文在散文家庭中的作用一样，带有匕首和投枪、解剖刀和显微镜的功能，把生活的脉络、真相，一一显现出来，不是心灵鸡汤般地矫情虚饰。这正是微小说与小故事的本质区别。

居家则孝，为政则廉，才能建成桃花源。多次去武陵，当地领导干部亲民、务实、自律的作风，让我印象深刻。我在多个党政机关有过工作经历，以我之经验，依然感觉为政作风如此，很值得珍惜。戴希曾写一组历史题材的微小说，把历史典故，“取其一点，敷衍成篇”，旧事新说，完成了以古鉴今的创作构想，而立意选材的角度，则在于廉。此集便集中收录数篇。《鹿战》中，齐楚争霸，齐国高价收购楚鹿，楚国从国王、大臣起，为获利纷纷弃农养鹿，结果粮食无收。齐不再购鹿而楚已无粮，只得败于齐国。小说有寓言气息，意旨亦明确，即只顾眼前小利，而忘记根本，终究要承担严重后果。《鹞鹰之死》和《特别赏赐》，都述唐太宗之事，都含着幽默，让人忍俊不禁。前篇唐太宗玩鹰而魏徵进见，帝藏鹰于怀，而臣不离去，直至鹰窒息而死。后篇长孙皇后叔父受贿20匹绢绸，唐太宗不仅不惩，还再赏他50匹，条件是让他自己背回家去，结果可想而知。贞观之治之所以千古典范，不玩物丧志、不贪污受贿，无疑为其根本也。果然，下一篇《死亡之约》，重述了著名的唐太宗放死囚回家过年，来年秋天死囚们自己回来领死的故事。四篇历史题材微小说连读可悟，唯有为君者勤政，为臣者不贪，君主从善如流，忠良直言敢谏，才可得海晏河清，才可实现“修文德以来之”的王道理想。

善德武陵，善、德并举，德举孝廉，善则更包容更宽，人之善、物之善、情之善，武陵人“一一为具言所闻”，取得多方面实际成效。比如在武陵城区，看不到一处道路隔离栏，因为遵守交通规则已成市民自觉行为，“隔离栏在心里”。而戴希的微小说，也以仁柔之心，叙小才微善，直指人心。《每个人都幸福》叙写不同残疾的孩子，在老师引导下，认识到相互帮助弥补，就能得到幸福。《啊，太阳》讲的是，为了让化疗后的同学回到班上不感觉自卑，全班男女同学都自觉剃了光头。联想到支援武汉抗击新型冠状病毒肺炎的年轻医生护士剃光头、剪长发，冲击力格外强劲，每个光头，都是明媚的太阳，着实感人。

生态文明，善及万物。《发现》写一对夫妇错怪了家养的贵宾犬，知道真相后“妻的眼角不知怎么有了泪。我笑，眼里也有泪光闪烁”。《你看你看这蜂鸟》则将主人公直接赋予南美丛林这全世界体型最小的蜂鸟，写了被人类欺骗之后蜂鸟的报复，万物有灵，不可欺生啊！

戴希在微小说领域耕耘多年，集子中不少作品在发表时即产生不小影响，被多次转载、收录，获得多种奖项。《每个人都很幸福》就被转载、收录了15次。具体为：原载《中国铁路文艺》2009年第7期，转载于《小说选刊》2009年第9期、《小小说选刊》2009年第18期、《教师博览》2009年第12期、《优秀作文选评（小学版）》2010年第9期、《新语文学习（小学高年级）》2011年第5期、《作文成功之路（下）》2010年第6期，选入《2009中国年度小小说》《2009年中国小小说精选》《2009中国微型小说年选》《中学生创新阅读·2009名家励志故事排行榜》《草是风的一面旗帜·校园小说白金版》《21世纪中国最佳小小说2000—2011》《中外经典微型小说大系》以及冰心奖获奖作家精品书系之《爱的冬天不会有寒冷》。我之所以把这段介绍摘录在这里，是想告诉大家，好的小说，无论长篇、中篇、短篇，还是微小说，都可以广为流传、众口称赞。

读戴希的微小说，常常会心于渗透在作品中的、淡淡的幽默感。幽默是智慧的化身，戴希的微小说，也很有些“烧脑”的感觉，不少都仿佛智力测验题或脑筋急转弯。在生活和工作中，他幽默而真诚，随和而沉稳，忍耐而坚持，从他的作品里，我们发现了智慧、善良、道德，被感动、浸染、陶冶，而这，也是常德文化、武陵文化的精髓。

闪烁历史的浪漫星光

改革开放以来，文学进入新时期，各种体裁包括小说，都呈现出空前繁盛之势。《小说选刊》应运而生。在发刊词中，茅盾先生说："作家们解放思想、辛勤创作、大胆探索，短篇小说园地欣欣向荣，新作者和优秀作品不断涌现。大河上下，长江南北，通都大邑，穷乡僻壤，有口皆碑。建国三十年来，曾未有此盛事……有必要及时推荐全国各地报刊发表的可作年终评奖候选的短篇佳作。为此……决定增办《小说选刊》月刊。《小说选刊》还将对选载的具有较高思想水平和艺术特色的作品，重点评介，以便对读者的欣赏水平乃至培养文学新人都有所助益，此亦争取短篇小说创作的更大繁荣之一道。"

创刊四十几年来，《小说选刊》始终牢记茅盾先生的嘱托，不忘初心，以"披沙拣金，功归无名英雄；名标金榜，尽是后起之秀"为己任，努力做好中国文学风向标，及时发现优秀作品和青年作家，追踪引领新的文学思潮与现象，扶持新的文学形式体裁。自觉的责任感和使命感，在微小说发展历程中，得到充分体现。而微小说，也不负众望，如改革开放以来遍地开花的小微企业一样，虽处民间，然数量繁多、精彩纷呈，产生了越来越大的效益和影响。《小说选刊》与常德市武陵区合作开设"'善德武陵'杯全国微小说精品"专栏及同名奖项，出版作品集，就是助推微小说事业发展的重要举措。几年来，《小说选刊》刊发的近千篇微小说，是全国25万余篇微小说作品的杰出代表，而获奖作品，更是优中拔萃，可谓经典。

中国文学发展的轨迹，都是先民间后庙堂，诗、词、曲均如此，小说更是从"稗官野史"而成长为现代文学主体。微小说也一样。改革开放以来，微小说创作者日众，并逐渐形成若干中心，涌现出一批很有成绩的微小说作家。一个值得关注的现象是，和其他小说家往往兼顾长篇、中篇、短篇小说创作不同，微小说作者大多只写这一种文体，形成作者职业门类众多，但创作体裁一致的独特文化现象。

春华秋实，武陵国际微小说节在湖南省常德市委市政府、武陵区委区政府的领导关怀下，越办越好。来自全国各地和美国、德国、加拿大、日本、韩国、新加坡、瑞士、泰国、捷克等国的微小说作家会聚沅江之畔，为荣获"善德武陵"杯全国微小说精品奖的作家颁奖，回顾一年来微小说创作的丰硕成果和代表佳作，召开论坛，共商微小说发展繁荣大计，到武陵区和常德市其他区县采风，体验世外桃源的美丽与宁静、气息与精神。常德武陵，已成为当之无愧的微小说重镇，广大微小说作家心向往之的好地方。

微小说发展史上另一标志性事件是，冯骥才先生的微小说集《俗世奇人》（足本），荣获第七届鲁迅文学奖。授奖辞云："冯骥才的《俗世奇人》（足本）回到传奇志异的小说传统，回到地方性知识和风俗，于奇人异事中见出意趣情怀，于旧日风物中寄托眷恋和感叹。精金碎玉，以少少许胜多多许，标志出小小说创作的'绝句'境界。"其中作品《苏七块》曾获2017年度"善德武陵"杯全国微小说精品奖。《俗世奇人》的获奖，填补了微小说自第五届鲁迅文学奖进入评奖行列以来，在实践层面零的突破。而《俗世奇人》体现出来的风格特色、艺术追求、题材取向，也是优秀的微小说所共同具有的。

就小说创作整体而论，长、中、短篇小说更关注现实，尤其是中短篇小说，历史题材非常少见，可谓凤毛麟角。而微小说创作，却多有把视野投向中国历史深处的兴趣。《俗世奇人》即是其中的杰出代表。它对天津卫旧时风物的叙写，甫一出版，便引起读者广泛关注，一纸风行，大家从中看出的，不仅是天津气息，更是旧时中国的本真气象。

《看座》，言有尽而意无穷，打出哑谜，有心的读者却更深地体味到旧时大家族夫人难以言表的寂寞，以及为保持所谓“名节”做出的克制。这样的克制，在《红楼梦》里，也曾出现过。《鉴宝大师》，写的是今天的事，瞄准的却是古画，在真做假时假亦真的转折中，透着中国画的禅意。《红杏枝头春意闹》，题目来自宋词，却反才子佳人小说之意而用之，佳人所思的，不是才子，而是邋遢的放羊汉，爱情之梦，终于敌不过现实。而《苏轼的房子》，直接把今人最烦心的“房事”，与潇洒千古的绝世文人苏东坡联系起来，既道出苏轼购房的辛苦，更绘出仁者爱人的大爱之心，以古事写古人颂古风。《赵家米铺》，则是为仁义从商的古德古训谱写的一曲赞歌。《柳先生的正骨膏》，颇有《俗世奇人》的味道，而又上升至民族大义，将传统的职业道德和伟大的爱国胆识似乎违反情理，但其实相反相成地连接起来。把关注的目光和灵妙的笔触伸向古时和近现代的，本集中还有《老街担家》《高僧》《1938年的鱼》《半座桥》等多篇。

常言道，微小说是文学的轻骑兵，意为可以灵活地及时地介入现实生活，发挥出文学关注当下、有益于现实世道人心的作用。其实，微小说因其体制短小，更加具有实验性，题材的选取也更加广泛、灵动，在运用历史题材，发掘民族精神方面，也有独到的长处。比如，戴希就写过《死亡之约》《特别赏赐》《鹞鹰之死》等系列历史题材微小说，这些微小说篇篇闪烁着历史的浪漫星光。

最早的中国小说集《搜神记》，即历史神话题材微小说的汇集，而《阅微草堂笔记》，更将此类作品发挥到极致，数语而神情毕现，境态全出。今天，广大微小说作家，开始有意识地抉发古代和近代生活素材，不仅使微小说百花园更加五彩缤纷，也契合了实现中华民族伟大复兴中国梦的要求。

武陵国际微小说节，以“国际”称之，必有国际视野，海外华文微小说创作亦越来越繁荣。期待有更多反映华人海外生活，甚至外国人生活的微小说佳作问世。

微小说点染大时代

举国上下深入学习贯彻党的十九大精神之际，《2017“善德武陵”杯全国微小说精品集》出版了。虽然它只是当今大潮中一朵小小的浪花，但依然沐浴着时代的阳光，辉映着盛世的风采。

习近平总书记在党的十九大报告中庄严宣告，中国特色社会主义进入新时代，新时代要有新气象、新面貌。文变染乎世情，作为小说的轻骑兵，微小说应该最快捷、最生动、最鲜活地对新时代、新气象、新面貌进行反映，点染大时代，在壮丽的画卷中，留下自己的色彩。

令人高兴的是，我们的微小说作家和微小说文体，没有辜负领袖的要求、人民的期盼。《小说选刊》的编辑们，从散见于报刊的海量微小说作品中，披沙拣金，优中选佳，把精品奉献给读者，留给文学史。

短短一两年，微信就极大地深入并改变了我们的生活，包括人际交往、支付方式、信息获取，甚至思维习惯，都已成为“微时代”最主要的标志。与微信文章篇幅相近的微小说，及时、准确地捕捉到了这一变化。侯发山的微小说《朋友圈》，千余字，绘出了朋友圈的热闹与浮华，冷漠和虚假，而最深沉坚定的，依然是古老的亲情，读之令人唏嘘感慨。不约而同，林永炼的微小说《有微信说……》，也把笔触对准微信改变生活的事实，海量信息，既带给人选择的自由，也极大地增加了辨识的难度，只有自由，没有权威，产生的，是无所适从的困境。余清平的微小说《一副从城里来到乡下的麻将》，似童话，又像寓言，把微小说的艺术特长淋漓尽致地发挥出来。这副麻将，正如贾宝玉的通灵宝玉一般，从城里到乡下，由热闹到澄净，却逐渐体味到空巢老人无边无助的寂寞。中国全面建成小康社会，一个都不能少，而老龄化、青壮年大量离开农村等现象同时出现，正需要及时关注解决。微小说《中国式公仔》，表面写布娃娃，深层触及的，却是文化自信的大课题。文化自信，不是宏观的概念，而是具体的细节，布娃娃没有生命，却承载着文化，有文化生命力。它让我们心灵一震，更深切地理解了中央提出文化自信，把中国特色社会主义文化写入党章的深远意义。

微小说的发展繁荣，也引起了著名作家、文学大师的兴趣。在这本集子里，就收录了诺贝尔文学奖得主莫言的两篇微小说《马语》和《奇遇》。其中,《奇遇》获得2017“善德武陵”杯全国微小说精品奖一等奖。布封说“风格即人”，莫言的微小说，一如既往地延续着他的标志性风格，大师并未因小说短微而有丝毫懈怠。魔幻现实主义的表现方式，让人与马、人和鬼的界限了然无存，反而爆发出强烈的能量。大师“螺蛳壳里做道场”，两篇微小说，都有人物、有故事、有氛围、有奇思，更曲终奏雅，见出尊严、信任、诚信的哲理意味。

党的十九大提出，中国社会的主要矛盾，已由人民日益增长的物质文化需要与落后的社会生产之间的矛盾，转变为人民日益增长的美好生活需要与不平衡不充分的发展之间的矛盾。中国没有全民宗教，最普遍的信仰，即自求多福。因此，“美好生活”从古到今，就是中国人最渴望的目标，而其最美的体现，当数陶渊明笔下的桃花源。“土地平旷，屋舍俨然，有良田美池桑竹之属。阡陌交通，鸡犬相闻……黄发垂髫，并怡然自乐”，让古今多少人心向往之。而且，桃花源并不在世外,《桃花源记》开篇即点明“武陵”。晋之武陵，一脉垂传至今，为常德市之武陵也。常德乃湘西北重镇，武陵又是常德的核心区带头区，经济社会发展一派繁荣。与之比翼齐飞的，是文化和核心价值观的塑造弘扬。由“德孝廉”文化提升为“善德武陵”文化，以一“善”字，标明区域文化特质，更普遍、更深入，上接传统文化，下通人心人性。正如作家书城在其微小说《太阳》中所描述，全班30多个学生，无论男女，全部剃成光头，给患病的同学以力量。“勿以善小而不为”，小善，能见出大爱无疆。而经过五年坚持，影响日益扩大的武陵国际微小说节，蔚为武陵文化之靓丽名片，吸引着来自全世界的目光。

用微小说揭出灵魂的深

——略评凌鼎年的微小说

如今“头部”的微小说作家中，有一个现象，那就是不少人不仅有自己的体裁领域，而且有自己的价值指向——或褒或贬，关注一点。如戴希于日常细节中体会生活的滋味，安谅将笔触对准上海市井画出大都市世态人情，蔡中锋用幽默和机巧针砭时弊，申平以动物喻人弘扬别样的精神……作为资深微小说大家的凌鼎年，数十年躬耕文苑，创作宏富，林林总总，也可归纳出明显主题，那就是，不懈探索人性的复杂与深刻。现试以其新集《庚子年笔记》中篇目为例分析之。

我与凌鼎年先生有一共同点，都有较长期的煤矿生活经历。他在徐州的煤矿工作20余年，我则是第三代煤矿人，自小在山西潞安集团长大，从上世纪50年代至今，我家一直有人在煤矿工作，爷爷、父亲、弟弟、妹妹……煤炭黄金期如此，衰败期亦如此。我18岁上大学离开矿上，但亲人、同学、朋友，依然在这片土地和这个行业里生产生活。由于行业的危险性，煤矿人经常要面对伤残甚至生死，因此，养成一种独特的生命观，即看淡生死——我小时候隔段时间就会看到女人在矿招待所门前躺地痛哭，不用问，肯定是儿子或丈夫在井下因工死亡了。年少的我，经见既多，不以为奇，不以为怪，也不以为悲，同时却一直暗暗担心，害怕爸爸在井下出事。既习惯了生死无常，又更知生命的脆弱与可贵，种植在每一个煤矿人的心底。有人说，除却生死，其余都是小事，从生死中提炼出的价值观，当更其深切。凌鼎年的《庚子年笔记》中，多有涉生死之篇。一开卷，《劫道》便将金枝玉叶的柳小姐送到了生死关头。无论私塾先生的“真诚”，还是小姐的镇静，抑或管家的机智，其实都于事无补，真正使局面化险为夷的，是未出场的柳老先生多年前的善良。孟子主张“人性本善”，土匪即使为生计所迫落草为寇，依然保存着报恩之心，动物性依然受到社会性的约束，原欲依然服从于善良的本性。

但人心向善也应有边界和节制，正如毛泽东指出的，任何事物的发展都有一个“边”的，过犹不及，甚至可能变质为愚昧和非理性。凌鼎年作为有世界眼光的作家，对人性善恶之界限，有着清晰的把握，并通过微小说来表达之。《禁燃指碑》借佛教故事，表达了以人为本的人道主义思想。任何善举，都不能以损害普通民众的生存为限。虽未明示，小说却对宗教极端主义进行了形象而严厉的批判，体现了一位著名作家的正义感和责任感。

历史唯物主义认为，人之善恶是随环境条件之变化而变化的，好的制度，使坏人无法做坏事；坏的制度，使好人无法做好事。“疾风知劲草，板荡识诚臣”，当制度无法对人产生有效约束时，人性中自私、贪婪、不负责任等恶的一面便会显现，甚至膨胀。黄仁宇《万历十五年》以一本书、七个人物的故事阐述了明朝由盛转衰的历史必然，凌鼎年则用一篇微小说《明崇祯十七年》，呈现明朝灭亡时的世之乱与人之恶。不仅明朝高官拥有巨额财富不拿出来为国所用，坐视王朝灭亡、皇帝自尽，而且李自成部下的高级将领一进京城，马上腐败，争抢金银、房舍、美女，骄奢淫逸，进得京城却守不住，为清军所败。数百年后，毛泽东深自感慨和警醒地说，“我们决不当李自成，我们都希望考个好成绩”，以之为历史的反面典型。

凌鼎年具有自觉的文化意识，“娄城”是他的“邮票”，正如鲁镇之于鲁迅一样。没有历史烽烟里的大奸大恶，当代之娄城，是东南发达地区的一方土地，你我般普通之人栖息于斯、歌哭于斯，同样展示出千人千面的丰富复杂。凌鼎年近取诸身，以周遭人与事，发掘人性与国民性。《编撰〈娄城名门望族〉一书》，以鲁迅杂文的笔法，漫画式地活画出一段时期以来“修族谱”“争名人”，编修真假难辨的所谓“地方志”

等假文化之名，行名利之实的风气。表面上，小说针对的是枉攀高枝、乱认祖宗的市井众人，深层意指却在发起、编撰此书的金水木，特别是他借传敛财的不齿行为。

娄城地处东南，如《红楼梦》所言，是“人间一二等富贵繁华之地”，古代如此，于今更盛。经济发达带来的，是文化兴旺，及今，古物收藏越来越为人所好。传承优秀传统文化，本是好事，但人各有心、人各有志、人各有面，其中折射出的复杂人性，令人掩卷深思。《“一根筋”的梦想》，活化将要倒塌的旧房子，变其为艺术空间，一派清雅，仿佛回到《浮生六记》或袁枚“随园”的时代，背后却是人们各怀心思，经济利益的算计把表面的风雅一句话就击穿了。而这，在很大程度上真实反映了当今不少所谓“文化空间”的本质。但有经济考量并非不应该，“文化搭台经济唱戏”，事物复杂的两面性，正是多面人性的外化。

当然，利益考量之下，依然有真情存在，如同雪下的笋芽。《匾额收藏家》里，一对优秀的夫妇因志趣不同而分道扬镳。小说没有学步“一兴一衰”，负心者必然后悔这一民间故事般的固有模式。分手后，男收古匾女经商，都取得了巨大成功，虽不比翼，也算齐飞。奇特的是，两位众所瞩目的成功人士，并未如常见桥段般红颜蓝颜纷飞，反而各自单身二十年。文末，男方提议复婚，“白沁沁有些心动”，意在言外，余音绕梁。两位市场经济的弄潮儿相守的，便是与利益相连接，但不为利益所吞噬的真情与初心。

作为成熟的微小说作家，凌鼎年取材广泛，“各体皆工”，《庚子年笔记》一集，即分“历史篇”“宫廷篇”“文化篇”“近代篇”“异域篇”“民间篇”“武侠篇”“情感篇”“动物篇”“荒诞篇”“法制篇”共11类，可以说古今中外、天上人间、理性荒诞、拟物拟人，无所不有，但其主题，仍紧紧围绕着人与人性。荒诞派文学，本意指以荒诞的手法，表达人类生存的无奈，凌鼎年借此概念而另有发挥。《三个和尚》《农夫和蛇》是小学生都耳熟能详的故事，也是传统微小说的精品，凌鼎年从两个方向反其道而用之：以“民主”手段解决了三个和尚没水吃的问题，但团结协作的裂痕却越来越大；农夫的儿子自恃武功高强，便故意重蹈“父”辙，让毒蛇咬了一口，结果毒性发作，先产生幻觉，而后死去。“情节纯属虚构”的背后，是对自作聪明、自以为是的人性有情的热讽。

讽刺小说是小说家族的重要成员，尤为鲁迅所称赏。凌鼎年以深广的生活阅历、深厚的人文关怀、深切的悯人之心、深沉的创作态度，对人“皮袍子下面的小”做了撕破和展出。有时，他会以动物喻人，仁孝之士、狡猾之徒、巧言令色，在狮子、蝙蝠、猴子身上上演，却可让读者“对号入座”般窥出人世的种种。

文学是人学，既是人文之学，是关爱人、赞扬人、弘扬人性之善良的艺术形式，又是社会生活的“一面镜子”，是匕首、投枪、手术刀，承担着“揭出病苦，引起疗救的注意”的社会功能。微小说有小说属性、杂文属性，也有新闻属性，在变动不居、生动鲜活的现今社会，产生着空前而独有的作用。凌鼎年中装缓语，一派吴中风雅，创作却时时以笔为刃，剖出灵魂的深刻与复杂，而又以宽容待之，文学大家的责任、情怀、风范，汇而为一。

以文促廉，清风拂面

“田工”杯勤廉微小说全国征文大奖赛已成为廉洁文学、廉政文化建设领域一朵不可或缺的鲜花，越来越绽放出珍贵的清香和色泽。通过该比赛呈现在广大读者面前的微小说作品，就是海内外作者踊跃投稿，经初评、终评严格评选出的精品力作。

党的十八大以来，以习近平同志为核心的党中央全面从严治党，反腐败压倒性优势逐渐形成，不敢腐、不能腐、不想腐的格局体系全面形成，廉洁文化深入人心，众人倡廉、众口说廉、众心向廉成为社会普遍风习，廉洁文化也以多种形式蓬勃开展起来。“田工”杯勤廉微小说全国征文大奖赛之所以能取得如此巨大的成功，与这一大形势密不可分。

习近平总书记非常强调家风建设。无数案例也证明，家风好坏，家庭成员品质善恶，对一个干部保持清廉还是滑向腐败，产生重要影响。《高庭长的“好保姆”》中，法官高庭长的母亲，穿着朴素，衣服上还打着补丁，外表像一个保姆。家庭经济情况很不宽裕，但她坚强不允许当事人把礼品拿到家，宁愿自己受穷，决不让儿子以权谋私，在廉洁上出问题。小说渗透着幽默甚至黑色幽默的气息，却让人深深感动，尤其是对母亲衣着的描写。穷且益坚，不坠青云之志，一个清廉自守的母亲，定会培养出好家风、好子弟。

家严、家慈，是中国古人对自己父母的尊称，涉及反腐倡廉，慈也会严，那么严呢?《三砖砚小筑与三十砚轩》给出了答案。文人陆少贤为人谦和，喜好收集祖传的汉砖砚，一生信奉沉默是金，可能从没向人大声说过话，“家严”实际上成了“家慈”。但面对当了市委组织部长的儿子突然捧出的三十块古砖砚，一向温和的陆少贤一反常态，连连问儿子：“你出任组织部长才两年，一下子有了三十块汉砖砚。你说说看，正常吗？你还记得祖上的遗训吗？”“被老爷子这么一说，陆韶山额头上汗都渗了出来，意识到了问题的严重性。”儿子把汉砖砚全部无偿捐给博物馆，陆少贤去世时，“可以堂堂正正地去见列祖列宗了”。这就是家风啊。家风，不仅要对自己和子孙负责，还要对故去的先人负责，慎终追远，继往思来，心存敬畏，才能不忘初心、牢记使命，永远清正廉洁。两篇微小说，从两个角度阐释了家风的深刻意义。

《诗经》六艺，风雅颂赋比兴，比就是取譬连类。以比喻述道理，更加形象、生动、鲜明而可以直入人心。先秦寓言，是微小说的源起之一。而寓言最大的特点，就是以比喻述哲理。《上钩的鱼都不长记性》，便运用了比喻手法。小说写了局长伍西堤三次钓鱼。童年玩伴陈老板约不善钓鱼的伍西堤钓鱼，告诉他“刚受伤的鱼一秒钟就忘了痛，看到饵料又会继续咬钩”，让伍局长“头皮一震”。在纪监委工作的朋友张程用水里本有的水草钓鱼，一无所获，“伍西堤头皮又一震”。第三次，伍西堤退休了，伍、陈、张三人同钓共庆伍西堤没有成为“上钩的鱼”。两次震动和一次释然，伍西堤的心灵和人生都受到洗礼净化。在中纪委通报中，经常会看到某某干部“甘于被围猎”的表述，这篇微小说，就形象地以鱼为喻，描绘出如何下饵，如何围猎干部，以及干部一不留心、“不长记性”，即可能最终落到“愿者上钩”的境地，那不仅不可能“光荣退休”，而且会身陷囹圄。这篇微小说的独特之处还有，老板没有围猎官员，反而成了“咬耳扯袖”者。与家风一样，周围朋友品质如何，对领导干部走哪条路，作用巨大。

“窝案”是腐败的“最高形式”，许多重大安全事故背后，都可查到官商、警商勾结的影子，有的还以“发展经济”“繁荣市场”“解决就业”等为幌子。作为文集殿军的《百货大楼》，笔锋所向，即在于此。所有人都明白平地盖三层的所谓“百货大楼”迟早会塌，“谁看到都害怕”，“可是，谁都不说，一是不敢得罪王大肚子，二是知道说了也没用”。为啥没用？因为王大肚子和镇党委书记是“铁哥们儿”。居民石柱反映问题不仅得不到重视，还被诬陷“敲诈勒索”而进了监狱。直到楼真的在暴雨中倒塌，埋了上百人，才“上上下下来了一车领导”。小说加上了光明的尾巴，镇上建了地基结实的六层百货大楼，正如鲁迅在《〈呐喊〉自序》中所言“是不主张消极的”，但人死不能复生，本可以避免的灾难，由于镇主要领导的不作为而发生。

海晏河清、朗朗乾坤，自古以来就是中国人世世代代的梦想，清官廉吏，从来就是人民崇敬的对象。中国共产党“为中国人民谋幸福，为中华民族谋复兴”，从成立之初起，就反对北洋军阀的腐败，反对国民党四大家庭的腐败，也毫不留情地刀刃向内，反对和去除自身的腐败。十八大以来，以习近平同志为核心的党中央反腐败成就空前未有、世所瞩目，国民公认，极大地增强了全党和全国人民实现中华民族伟大复兴中国梦，建设富强民主文明和谐美丽的社会主义现代化强国的信心。廉政文化、廉洁文化，作为社会主义精神文明建设和文化建设的重要组成部分，得到了空前弘扬。

常德市武陵区的廉洁文化建设成效显著。“善德武陵”的核心内涵就是德、孝、廉，具体而言，即居家私德则孝，为政公德则廉，二者共同构成善。会同中国作协《小说选刊》杂志社举办的"'善德武陵'杯全国微小说精品展"和武陵国际微小说节，以微小说的形式，将善德文化、廉洁文化传播到世界各地，树立起当今"武陵人"芳草鲜美的品格形象。

以文促廉，清风拂面。

用短章留驻辉煌

习近平总书记在庆祝香港回归20周年大会上的重要讲话中强调："20年前的今天，香港回到祖国的怀抱，洗刷了民族百年耻辱，完成了实现祖国完全统一的重要一步。香港回归祖国是彪炳中华民族史册的千秋功业，香港从此走上同祖国共同发展、永不分离的宽广道路。"

香港回归，是举世瞩目的大事，更是每一个炎黄子孙萦绕心头的记忆与骄傲。1997年，我在位于甘肃兰州的西北师范大学中文系读研究生，宿舍没有电视，我们就到导师家看直播。回归倒计时，在屏幕前一秒一秒地闪动着，像我们跳动的心脏和心情。只感觉时间过得慢。离7月1日零时还有两小时、一小时、半小时、十分钟、五分钟、一分钟……终于，导师、师母和弟子们一起读秒，十、九、八、七、六、五、四、三、二、一，回归！中华人民共和国国旗、香港特别行政区区旗，光荣地升起来了！

当时只嫌钟表走得慢，转眼已过20年矣。在“一国两制”伟大设计和《香港基本法》坚强保障下，东方之珠愈益璀璨，紫荆花开更加鲜艳。但香港回归这一洗刷中华民族百年屈辱，在伟大复兴的历史进程中具有重要意义的瞬间，永远留在人们的记忆里，值得大家反复回忆吟咏表达。

“紫荆花开”世界华文微小说征文大奖赛，是香港回归20周年纪念大潮中的一朵浪花。自活动启动以来，海内外作者围绕主题热情写作、踊跃投稿，既有在微小说创作园地耕耘多年，成就斐然的海内外名家，也包括近年来活跃的青年作家，更多的，是被香港回归的主题所感召，勇敢尝试创作微小说的。无论成就、水平如何，浓郁的爱国主义情感，对香港由衷的热爱，希望香港繁荣稳定、国家民族富强的强烈愿望，都是共同的声音。

评审过程，也是受到感动，接受教育，提升境界的历程。初评、复评中，中国作家协会副主席、著名小说家叶辛和各位评审专家，边看稿子，边感动着。取舍很难，但毕竟名额有限，经过认真筛选，评委们从1万多篇来稿中，最终评选出一等奖2篇，二等奖5篇，三等奖10篇，优秀奖30篇。

纵览入选作品，可总结出几大特点。其一，作品来源广泛，真正体现了世界华文微小说的风采。中国内地作家和香港作家，与美国、德国、澳大利亚、泰国、加拿大的作家同台竞技，均有佳作入选。其二，主题鲜明而题材丰富。此次征文，可以说是“命题作文”“主题先行”，但依然为作家的艺术创造留下了广阔空间。作为来稿的杰出代表，获奖入选小说，既有缅怀自1840年以来，香港人民不屈不挠、浴血斗争的《义冢》，也有表现回归前后变与不变的《回家》，还有歌颂香港、内地人民相亲相融的《香港亲家》，以及吟咏思乡情怀、荡漾着不绝乡愁之《父亲的米粉》，等等。其三，以小见大，文短旨远。微小说是小说的轻骑兵，篇幅短，反应快，言有尽而意无穷。入选的微小说，都凝聚着浓烈的情感，通过一事一物，一景一人，折射出一百年风雨，二十载繁荣的历史大变革。其四，强烈的主人翁意识和民族自豪感贯穿在每一篇作品里。香港回归，许多人只关注“舞照跳，马照跑”，资本主义制度五十年不变，五十年之后，更不会变，似乎“不变”就是宗旨、目标、保证。但如此，香港回归的意义何在？这次征文特别是获奖入选作品，一个共同的特征就是，写出了香港回归祖国，带给香港人空前强烈的主人翁意识和当家做主的自信心、自豪感。这也是港人治港、高度自治的民众基础和香港基本法实施的民意基础。文学可以兴观群怨，这次纪念香港回归20周年微小说大赛，就产生了这样的效应。

在微信蓬勃而起的“微阅读”时代，微小说因其文学属性、人文情怀、巧妙营构、回味无穷而成为其中翘楚。微小说创作、阅读、传播，包括朗诵、表演、演绎，都插上现代传播媒介的翅膀“怒而飞”，化作其翼若垂天之云的大鹏，产生着空前巨大的影响，为繁荣文学创作阅读，传播社会主义核心价值观和真善美正能量，做出了重要贡献，社会效益日益显著。

“唯楚有材”，湖南自古人文荟萃，文学大家代有斯人，各题材门类精品力作源源不断。常德市特别是武陵区，在各级领导和湖南省港澳办及相关部门的关心支持下，经多年辛勤耕耘，已蔚为全国微小说重镇。每年一届的国际微小说节更是常德市一张亮丽的文化名片，与常德丝弦比翼齐飞。而征文大赛，则如轮毂，支持着微小说随时代大潮澎湃前行，追逐中华民族伟大复兴的中国梦。

优秀微小说的若干特征

“‘善德武陵’杯全国微小说精品”栏目，是《小说选刊》杂志社和湖南省常德市武陵区合作推出的，每月在全国报刊发表的数以万计的微小说中遴选10到12篇精品佳作，集中呈现给读者。这些作品见仁见智、各有千秋，异彩纷呈、各有所胜，不一而足。虽然文无定法，但有常规，优秀的微小说都具有一些共同的特点，我总结，主要有以下六个方面。有的可能同时具备多种优点，或者至少居其一。我主要以2019年转载于《小说选刊》“‘善德武陵’杯全国微小说精品”栏目的作品为例，作一阐释解读。

一、直面现实，敏锐及时。微小说是小说领域的轻骑兵，兼具文学性和新闻性两大特征，篇幅短小、创作便捷，生活中的新现象、新事物，一点一滴、一人一情，都可以成为微小说创作的灵感触点、取材基点和情节要点。习近平总书记2019年3月4日下午参加全国政协文学艺术界、社会科学界联组会议时发表重要讲话，强调文学要记录新时代、书写新时代、讴歌新时代。践行这一伟大使命，微小说不仅可以承担，而且具有独特优势。2020年春节之后，新型冠状病毒引发的肺炎疫情成为重大公共卫生事件。在全国上下众志成城防控疫情的战斗中，中国文学没有缺席。在传统的诗歌创作、朗诵催人泪下的同时，微小说作家也纷纷把笔触和情思对准这场前无古人的战役，形成创作热潮，显示了微小说微而不小、见微知著的精神和以业余作者为主体的微小说作家强烈的责任感与使命感。2020年，脱贫攻坚任务全部完成，全面建成小康社会，几千年来中国第一次全面消除贫困，也是世界扶贫史上的里程碑。在这本集子里，三石的《打米糖》以扶贫干部请帮扶对象，“一人吃饱全家不饿”的单身汉老槐给自己手工打两锅米糖，不仅让老槐每天有了几十元的收入，而且使久已消失的传统食品制作技艺重新恢复起来。不长的篇幅，寻常的故事，却包含着提高居民收入、复兴传统文化、发展特色旅游、振兴乡村经济等多层面的内容，都是当下党和政府大力倡导、积极推行的。刘浪的《拼车》，将关注点集中到“共享经济”氛围下越来越普遍，甚至是时尚的“拼车”现象。但和“心灵鸡汤”式的暖心故事不同，小说直面友谊关系和雇佣关系之间的矛盾，写出了经济利益介入之后人心的微妙变化，每一步都是合理甚至理性的，却导致了二人都无益处的尴尬结局。

二、继承传统，旧事新说。微小说作为一种独立小说体裁兴起，虽然是中国现代文学出现，特别是改革开放之后的事，但溯其渊源，却在中国古代典籍中大量存在。著名神话后羿射日、女娲补天、精卫填海、夸父追日等，用微小说的标准来看，都是非常优秀的作品。包括一些诗歌，其实也是诗体微小说。比如杜甫的《石壕吏》、白居易的《卖炭翁》，而且写法不同，各有长处，这里试比较分析。《卖炭翁》由远到近，从终南山写起，写了卖炭翁的心理活动，早起赶路，一直到将近中午时光，“牛困人饥日已高，市南门外泥中歇”，篇幅也用了一大半，冲突才启幕。《石壕吏》却一开头就进入冲突，“暮投石壕村，有吏夜捉人”。《卖炭翁》是全知视角，《石壕吏》是限制视角，从投宿者“听”的角度展开，篇幅主体是老妇人的口述。出色的是，杜甫把关键细节都点了出来，“吏呼一何怒”，因为这一大声，投宿者被吓醒，才听到妇人的讲述。从现代社会治理层面审视这两篇作品，发现《石壕吏》里的差役尽管“一何怒”，但自始至终没有侵害这一家人，没有伤害年轻的媳妇，没有进屋搜查，说明虽然国家大乱，但基层治理依然合规有效。《卖炭翁》里的宫廷太监却在首都当街抢取民财。因此可以管窥出，为何唐朝可以平息安史之乱，之后却走向衰亡，知道“朝纲废弛”在细节上是怎么体现的。

众所周知的《聊斋志异》《阅微草堂笔记》，当然更是微小说的高峰。因此，在诸文体中，微小说是和中国优秀文学传统衔接最紧密的。中短篇小说中，历史题材作品相对较少，微小说领域却较多。第一部荣获鲁迅文学奖的微小说集，冯骥才的《俗世奇人》，就写清末民初的天津故事。这些作品中，历史题材也所在多有，不少荡漾着传统的传奇气息。

三、意味无穷，回味悠长。微小说篇幅小，但不等于容量小。以有限写无限，言有尽而意无穷，让读者掩卷沉思，反复品味，是其成功的重要标志。例如，获得2019“善德武陵”杯全国微小说精品奖一等奖的蔡中锋的《中华神耳》，写了机关秘书张华练就通过脚步声就可以准确判断出来者是谁、心事如何的绝活，屡试不爽，大为得意。结果，他却听不出自己父亲的脚步声。小说至此打住，留给读者的，是深深的思索。孝乃人伦之本，是什么造成了张华忘记自己的初心呢？现实生活中、自己身边，甚至就是自己，有没有这种情况，是不是这样的人呢？再如，刘国芳的《我们到此结束》，小说以“我们到此结束”结束了，读者的感悟可能还没结束，有的读者，估计要琢磨一会儿，才能明白其中的含义。“浪漫邂逅”是多少人幻想的，真的发生了，回忆大约也很“美好”“奇妙”，不料抵不住现实的一点点冲击，两条信息，一条刚收到，一条未发出。内容相同，也属于“心有灵犀”，却映照出此类感情的无比脆弱。“余音绕梁，三日不绝”，是中国古人对于卓绝歌唱的高度赞誉，孔子闻韶乐“三月不知肉味”，都是意味无穷，回味悠长的例证，也说明这一特征之于优秀文艺作品的重要性。微小说要想“笼天地于形内，挫万物于笔端”，显然不可能，但一个耐人寻味的结尾，却可以使作品升华。

优秀文学作品应包含三个层面，社会生活再现、思想心灵体悟、哲学象征意蕴。能带给人哲理思考的作品，无疑乃其中上品。戴希的《穿袜还是戴帽》，写中国妈妈和美国爸爸围绕孩子穿袜重要还是戴帽重要争执不下，最后离婚。小矛盾造成了大后果，但仅指袜子还是帽子吗？具象后面，是中美两国，甚至东西方文化、思维方式的差异。表面上不同文化交融互补，完美无缺，但深层次里，却如袜子和帽子一般，一个在脚，一个在头，距离遥远啊。

四、以点带面，小中见大。“微小说”有很多别名，微型小说、小小说、一支烟小说、掌上小说、闪小说等，重点指向只有一个，就是篇幅短小，通常每篇不超过1500字。亚里士多德《诗学》给悲剧下定义时说，悲剧“是对有一定长度的动作的摹仿”，长度，是文学作品，尤其是小说一个非常重要的考量因素。微小说字数少，容量受限，不可能表现广泛的、具有大时间跨度和复杂内容的事件，通常是撷取生活中的一点一滴，叙写一事一物，但小说的元素必须有，而且优秀的微小说，其记录新时代、书写新时代、讴歌新时代的责任和使命同样要履行。因此，以点带面、小中见大，就成了必由之路。

在吴建的《奶奶的小木船》中，两位行将就木的老人的外人不可理解的举动，带出一段中国人民解放军进军海南岛、解放全中国的历史大事，以及数十年不曾改变的纯真爱情、真挚战友情。作品读来让人仿佛回到数十年前烽火连天的岁月。而小木船载着布鞋顺河而下的意象，牵引着读者的思绪和心情，让人久久不能平静。黄标的《抢镜头》有点黑色幽默。“八项规定”出台之后，县里的张局长第一次坐公共汽车回老家，引起了父母、大伯、村里乡亲普遍的担忧，以为他出事了。张局长只好“抢镜头”上电视新闻，用这种方式“告诉乡亲们，我真的没事儿”。“国民性”问题，是鲁迅及其他现代文学大家关心的问题，但直到现在，“改造国民性”的任务依然任重而道远。

五、峰回路转，曲折有致。世界短篇小说三大家，莫泊桑、契诃夫、欧·亨利各有所长，其中“欧·亨利式的结尾”尤其为中国微小说作家所喜欢，但仅仅一个出人意料又在情理之中，令人感动的结尾，并不能造就一篇好的微小说。文似看山不喜平，“山重水复疑无路，柳暗花明又一村”，“有小口，仿佛若有光……初极狭……复行数十步，豁然开朗”这样的阅读体验，无疑是一篇好的微小说应该着力追求的。

岑燮钧的《猫眼》，似乎有点“文不对题”，通篇只有两处写到猫，一处还是画中之猫，整个故事中，猫绝对是配角，甚至不如虫子。但猫的眼睛有个特征，就是瞳孔可以随意缩小或放大，表面眯着眼，其实一切尽在眼底。女主人公和老师的情愫，师母心知肚明，却一直没有说破，不仅不说，仿佛还在牵线、支持、默许，甚至助长。而师生间的情感，也始终没有突破限制，虽非“发乎情，止乎礼”，但读者的阅读惯性，却一次次遇到了挑战。三人之间的无声和较量，又似乎是默契，使作品有了别样的张力。桃子是最常见的水果，桃树在农村也多见，陆惠明《一棵桃树》的情节包括了栽树、搬家、挂果、打围墙、送桃子等，桃子的有无、大小，树的丰歉，都像谜一样，让读者产生疑惑甚至误解，结局是“欧·亨利式”的，让一篇取自生活小事、身边琐事，都是小人物的小说，给读者提供了特别的阅读体验。

六、言语精致，一字千金。“精致的汉语写作”是很多作家追求和读者期待的目标，微小说以微篇而言大者，是有得天独厚的条件，也是文体本身的写作要求。中国古代诗人特别强调“炼字”，杜甫“为人性僻耽佳句，语不惊人死不休”，“晚节渐于诗律细”，现代白话写作的微小说虽然不用如此着力于个别字句，但言语精致，一字千金，依然应该着意以求，而且有许多成功的例子。

《小说选刊》杂志社和常德市武陵区中国微型小说（小小

说）创作基地共同主编的《新中国七十年微小说精选》第一篇是赵树理写于1949年10月的《田寡妇看瓜》，这篇微小说写出了田寡妇、秋生、赵善人三个经济地位、立场、性格各不相同的人物，映射出土地改革这一改变中国数千年土地制度的伟大变革，更宝贵的是，分了地的秋生用牛车拉自己种的南瓜要送给田寡妇，反映了得到土地对农民道德水平有显著的提升作用，使小说达到司马迁“仓廪实而知礼节，衣食足而知荣辱”的高度，但全文不足千字，进入小学语文课本，成为孩子们学习语言的典范。本集子中肖建国的《三更月呜咽》，有“诗小说”的意蕴。他描绘贫穷的湘西小城，既写出小桥流水人家的美好景致，又于文字中透出年轻人全数外出的凋敝现实。而老人们月下思儿、集体哭泣的情境，由听而见，由虚而实，自然环境、老人心情、月亮云朵，共同营造起无限凄凉悲伤的氛围，使人不觉已处其中。而结尾处极简短的两字——“没有”，如一记重锤，击碎老人们的思念，也打破之前的一切氛围、情境，留下的是儿女不关心留守老人的残酷现实。

当然，优秀微小说的特征不止上文总结的六点十二条，而且大多微小说兼具数条数点之长处。与丰富多彩的创作实践和层出不穷的精品力作相比，理论总结永远是滞后的、简单的，甚至苍白的。一点阅读思考，请作家和读者批评。

第四部分

序言数篇

一枚乡村政治经济的“邮票”

——《山沟梦》序

美国作家福克纳创立了著名的“邮票论”，将自己家乡密西西比州约克纳帕塔法县杰费生镇这个“邮票大的地方”作为自己写作的最重要根据地，取得了辉煌成就，以“对当代美国小说做出了强有力的和艺术上无与伦比的贡献”荣获1949年诺贝尔文学奖。许多中国作家同样有自己的“邮票”，如绍兴之于鲁迅，长治之于赵树理，商洛之于贾平凹，高密之于莫言。而《山沟梦》却真正是“邮票般大”，故事的发生地不是市、不是县，甚至不是镇，而是村子。

小说叙述了山西东部资源丰富的山村西南沟村在市场经济大潮下十余年政治经济发展的历程。山西的资源，众所周知是煤炭，以至于“煤老板”一度成了山西版暴发户的代名词。山西资源以煤为主，但其他类型也很丰富，包括似乎不成其为资源的铝矾土，也就是小说中偏僻荒凉的西南沟村各色人等围绕争夺的核心经济要素。

改革开放初期，为尽快过上好点的日子，政府的政策是“有水快流”，在有矿产资源的地方，便土法上马、火力全开、各显神通，小矿小窑遍地。大家普遍有种想法，快挖！挖出来就是钱！至于生态保护、土壤修复等，根本没这方面的意识。当时的矿，有村集体办的，也有私人开采的，说是企业，其实质就是临时拼凑的采矿队，企业运营所必需的制度、机制、规范、税收缴纳等，一概全无。铝矾土是做耐火砖的必备原料，于是西南沟村便形成了采矿和烧制两大类“企业”，都是原始粗放型的。但并不妨碍财富的积累，反而由于不付出环保、税收等方面的成本，真金白银的膨胀速度更加快，于是，造就了最先富起来的一批人。贯穿全篇的主人公平凡，便属其中之一。

经济基础决定上层建筑，西南沟村的党支部、村委会的反复变迁更易，背后的深层力量无不紧紧连着经济。西南沟村虽然偏远，但并不小，有2000人，在山西绝对是大村。有矿产资源的大村，支部书记、村主任等掌握着实际权力，谁上谁下，斗争激烈，政治氛围很浓。而且，可以鲜明地划分为两个阶段，前一阶段，是支部书记、村主任等村政权领导人，通过权力控制铝矾土产业的实体，无论实体的名字是企业、矿坑，还是耐火砖窑。后一阶段，则是铝矾土事业做成功的人，通过选举或其他途径当上支书或村主任，获得政治地位。两类人的代表，便是熊明珠和平凡。

熊明珠似乎是西南沟村“政坛”的不倒翁。他先任村主任，后当支部书记，无论“一把手”还是“二把手”，实权都在他手里，或者说，他都要千方百计地掌握权力，并运用权力为自己谋取利益。而所用的办法，包括了拼资历，越过比他年轻的村支部书记，一个人说了算；使强蛮，自家修房子，把邻居的路全占掉，使人无法出行。表面上，是不讲道理，根本上却在测试，测试村里人对此事的态度，评估自己是否可以为所欲为。结果，本来事不关己的前中学生平凡第一个反抗，用“小兵张嘎”式的手法，夜里砸了熊主任家的玻璃。以“敌驻我扰”的方式，与当权者进行了第一次交手，也为后来的“江山更易”埋下伏笔。

平凡则走了另外一条路。他学习成绩出奇地差，且淘气异常，可归入“不学好”的农村青年一类。但平凡毕竟读过中学，走出了西南沟村，比之村里的长辈，他有一定知识，有眼界，也具备超出身边人的胸怀格局。做耐火砖推销员的几年，又为他积累了远及兰州，近到河北的社会关系。较之村中其他人为利益玩尽阴谋甚至不顾颜面，平凡有他善良、正直，甚至光明磊落的一面，其他人用阴谋，他用的是阳谋。因此，同样办耐火材料厂，平凡显出了不平凡的一面。来自外面的投资，解决了资金问题，多年推销积累下来良好信誉，又让他销路畅通。而技术改造，虽然还是土法，没有本质改变，未曾上马现代化设施设备，但已与同村其他所谓“企业”大不相同，属于转型升级了。如果说熊明珠代表传统势力的话，平凡则负载着走出西南沟村的，更具现代意识和开阔眼光的一类人，是旧的、粗放型生产经营方式的自觉反叛者。

然而，在本质上，平凡和熊明珠们没有根本区别，保护环境、生态文明、可持续发展等理念，当时在全社会尚未出现，平凡当然也不可能接受和践行，他心心念念的，依然是尽快、尽多地挣到钱。但平凡不仅“取之有道”，即使当了村主任，也没有贪污受贿、吃拿卡要，或者掏空集体资产，反而多次出资修建希望小学。这里面藏着一个很有意味的“梗”，平凡自小不爱学习、不喜欢学校，却有巨大的热情和责任感为下一代的教育做出贡献。这同样是平凡对自我的一种超越，是新的生产方式将要出现的曙光。

科学发展观，特别是生态文明战略提出后，高污染、高能耗、低产出、低效益的发展方式被大力清理，但并不能由此就全面否定先前发展经济所走过的路。马克思说，旧的生产关系蕴藏的潜力没有完全发挥出来之前，是不会退出历史舞台的。改革开放以来山西这样的资源型省份所经历的悲欢浮沉，在《山沟梦》这枚小小的邮票上，具体而微地展现了出来。

作者本身就是小说中事件的亲历者，也是讲述者，以

“山药蛋派”传统的讲故事的方式，用第三人称，却并非全知视角，讲述人似隐实显，不疾不徐地细细道来，亲切、平易、扎实、踏实，如村头大树下二三老友负曝闲谈。是非成败已成烟云，但赞扬真善美、针砭假恶丑的基本立场和格调始终未变，并且随着岁月流逝而愈见本真。

把画绘在祖国大地上

——《从乡野麦香到国色天香》序

姚桂元老先生自述式散文集《从乡野麦香到国色天香》读罢，心中颇感慨。一位年逾古稀的老画家，一生经历坎坷，可谓艰难谋生，却将终生志向、志趣、志业投向了最美丽的事业——绘画。在生活的艰难处，用画笔描绘美好的事物，尤其是牡丹。理学始祖周敦颐名篇《爱莲说》有句，“牡丹，花之富贵者也”，歌唱家蒋大为《牡丹之歌》则唱道“有人说你富贵，哪知道你曾历尽贫寒”，读毕此书，感觉作者此生此世，就是历尽贫寒而始终盛开的牡丹。

我上世纪70年代中期生于山西长治农村，三叔是个木匠，堂叔是油匠。自记事起，就看他俩相互合作，一个把木头锯锛刨凿黏合，做成家具，一个在白色的箱柜上画上花卉鸟鱼，再用清漆增亮。我对堂叔工作的兴趣远大于三叔的，眼睛老是盯着那些红红绿绿的油漆和图画不放。

有时，堂叔也会离开三叔“单干”，那就是给村里或者外村人家画“炕围子”。晋东南山区，无论窑洞或者平房，都盘土炕。炕两面或三面靠墙，墙上便要画“炕围子”，多戏曲人物故事，“楼台会”“天仙配”等，也有画红色娘子军这样的题材人物的。最让我们这些孩子兴奋的，是堂叔还会画大老虎，一只斑斓猛虎，回首啸日，把锅台上方的墙，占了好大一块。听大人说，画炕围子不用油漆，用的是什么“广告色”，或许更加珍贵。所以，尽管兴兴头头地跟着，最多手指蘸着洗笔水在地上画画，其他是万万不敢乱动的。可这些童年记忆，让我读姚桂元老师文章时，多了一份感同身受的亲切。

姚桂元老师生于苦寒，他走上绘画之路，一开始，确为生活所迫，到东北谋生，走家串户画家具，和我堂叔做同样的工作。所不同的是，我堂叔守家在地，足迹不出本乡，即便如此，他也已是村子里精明能干的“本事人”，大家说起他来，都带着赞许和羡慕。由此可知，姚老师实在是很有本事的人。从文章中我们可以看出，他最开始的本事，或者说个人品质，首先是穷则思变，不向命运低头，不自怨自艾，更不怨天尤人，而是勇敢地寻找生活出路。鲁迅所代表的五四新文化运动的先驱者们，“别求新声于异邦”，到国外探求救国救民的正确道路。姚老师虽心中无此理想，也未出国，却到了他乡，到了遥远的东北，到了东北最遥远的黑龙江。虽然当时济宁火车站挤满了去东北谋生的人，但抛下年轻的妻子和两个幼年的孩子远走，无论如何是需要勇气和胆识的。他心中所有的，是对于美好生活的向往。“人民对于美好生活的向往，就是我们的奋斗目标”，他虽然心中装的是小家，但每一个普通人改善家庭生活的合法努力，就是民族复兴的细胞。第二是靠技术吃饭。古语所云“家财万贯，不如薄艺在身”，“皇天饿不死手艺人”，马克思的论断“复杂劳动等于多倍的简单劳动”，其实都说明了一个道理，靠技术比单纯靠体力能挣来更多的钱。文集中收有姚老师弟弟的文章，回忆兄弟俩初到东北时进山采木耳的故事，姚桂元老师深山迷路，两天后才找到家。而且“挖木耳挣不到钱”，他才决心全身心开始画家具挣钱。这看似普通的一个变化，其实意义重大。马克思总结人类社会三大分工，其中之一就是手工业从农业中分离出来。有手艺的人，在传统农业社会里，属于经济状况相对较好，而且受人尊敬的。姚老师以笔为锄，在东北的黑土地上，收获了自己的“第一桶金”。这引出了他的第三个品格，就是忠诚，对于家庭的忠诚。第一年年关回家，他带回来四百元钱，这在当年，绝对是天文数字。也可以推测出，姚老师在东北的一年，几乎没有个人生活开销，走家串户，是吃在雇主家的。刘绍棠《蒲柳人家》讲爷爷走西口时，在内蒙古有个“相好的”，语气似乎原谅甚至赞赏。姚老师在东北多年，却绝无此事，心中牵念的，是远在故乡的父母妻儿，这正显示了孔孟之乡的大仁大义大忠大孝。

孟子云“穷则独善其身，达则兼善天下”，姚桂元老师以实际行动，践行着这句圣人之教。最典型的，就是以努力带领乡邻以画致富，不仅改善自家生活条件，而且全心全意、尽心尽力帮助周围的农民，包括农村妇女，还有残疾人学画、画画、卖画，让毫无绘画基础、与艺术本不搭界的农民兄弟姐妹，能以自己的画笔走上小康之路。作为一名曾在落后地区挂职过市委常委、副市长，亲身参与脱贫攻坚工作，体会到其中酸甜苦辣的人，我是至为感动的。

感动之一，姚桂元老师把握市场动向积极开拓市场的眼光和毅力。改革开放，让一部分人先富起来，姚老师虽不算大富，却无疑属于“先富”群体。但他的致富，不是煤老板、铁老板，开发地下资源，而是开发自身的潜能，看准市场前景，在巨野县第一个开设画廊。用今天的话说，就是开设了“工作室”，首先带动妻子、孩子参与其中。为卖画，他和朋友、和妻子北上南下、东进西出，不仅辛苦，还数次遭遇被人欺骗、画作丢失，甚至落入传销组织，但从未后悔、退缩，在创作、经营农民画的道路上坚定地走下去。

感动之二，姚桂元老师带动乡邻走出一条“以画致富”的“巨野之路”。邓小平同志指出，要先富带后富，最终实现共同富裕，这一宗旨，姚老师同样实现了。他免费教人学画，学员画作卖不出去，他照样付给工资。他不是简单地把绘画技能教给别人，而是培训就业一体化，确保学员可以通过这一渠道真正实现增收。全县二百多人跟着他学画、卖画。脱贫战线有一句话，“一人打工，全家脱贫”，就是依照现行年收入4000元左右的脱贫标准，一个人在外务工，全家就达到脱贫线了。二百多人，背后是二百多个家庭啊！在庆祝中国共产党成立一百周年大会上，习近平总书记庄严宣告，经过全党全国各族人民持续奋斗，我们实现了第一个百年奋斗目标，在中华大地上全面建成了小康社会，历史性地解决了绝对贫困问题。其中，包含了许许多多像姚桂元老师一样的人的努力和奉献。

感动之三，是他甘为人梯的精神。鲁迅在其著名演讲《未有天才之前》中希望，大树未长成之前，先要做培植大树的泥土。姚老师之于巨野农民画家群体，却既是“树”，又是“土”。他既是路标、引路人，又是培育画家群体的园丁。文集后部，学生们几篇文章即可窥出。学生们对他，都饱含着深厚的感情，根本原因，是他对学生们感情深厚。而且，当优秀的学生显示出更出色的才华时，他毫不犹豫、毫不吝啬地让他们离开自己，到更高的平台上去。如果单纯从经济效益考虑，优秀学生的离去，也是优秀员工的损失，会直接影响收益，但他坚定地选择了后者。中国文联授予当地“中国巨野农民画之乡”的称号，最深层肯定的，就是这比学赶帮超的美好氛围。

回望来时路，苍苍横翠微。姚桂元老师的七十多年，是平凡的，也是伟大的，但无论平凡还是伟大，肯定是美丽的。他以美的眼看世间风景，以美的笔绘百花争艳，以美的心助万千乡邻，让我又想起了领袖的话，人民对美好生活的向往，就是我们奋斗的目标。姚老师不仅自己实现了目标，也帮助别人实现了。

仁者寿！

故乡的味道

——《那些年》序

故乡是中国文学最普遍而深情的主题，中国人学的第一首诗，便是“床前明月光，疑是地上霜。举头望明月，低头思故乡”，无论坚守故土还是离家在外，“思故乡”作为一个最初的母题，已深深地根植于内心最柔软处。如果说安土重徙的古代，人们离开故乡大多属于被迫无奈，如杜甫因安史之乱而颠沛流离，一听到官军收复河南河北，就迫不及待地“青春作伴好还乡”，“即从巴峡穿巫峡，便下襄阳向洛阳”——连路线图都设计好了。即至今日，市场经济和城市化浪潮浩浩荡荡，真有顺之则昌、逆之则亡的态势，越来越多的人因经济和生存的原因，和平而自愿地离开了祖居之地，正如鲁迅冷静而无限深情地说“老屋离我愈远了，故乡的山水也都渐渐地远离了我”。但人离开了，心却拳拳地牵挂在老屋和故园的土地上。

与纯粹生长于城市的人相比，有故乡的人是幸运的。因为故乡不仅增加了生活的感受，而且拓展了生命的空间，更重要的是，亲身而直接地感受到了城市化——由乡土中国而城市中国这一华夏五千年未有之大变局。以自身之际遇、心境、沉浮，折射历史发展的必然，一溪印月、一叶知秋，小心灵直通于大世界，不能不说是一种机缘、一份福报。然而，正如苏东坡《石钟山记》中所感慨的，“渔工水师虽知而不能言”。有经历，而又能诉诸文字，与人分享者，最为难能可贵，《那些年》正应了这一境界。

这本书的作者陈炜先生，1978年出生于浙江省台州市黄岩县。众所周知，1978年是我国改革开放的起始之年，而浙江又是得风气之先，商品经济、市场经济最为活跃发达，民间的创造性最为强烈，成效也最显著的地方。我一边读这些文章，一边回想自己的少年时代。我年长陈炜先生四岁，可以说和他同时成长，一样经历了这个时代、这些历史。但我的家乡地处内陆山区，虽也在政策的要求下，先后由生产队而生产组而土地下户家庭承包，可集体经济组织解体，原来的生产设施弃之不用、继而荒废，生产力水平更趋下降。小水库坍塌了，完全回到了靠天吃饭的状态；从村子低处的水井向村子里梯级送水的泵房无人管理，水泵在被抛弃数年后，终于卖了废铁，顺村子架设的水管先成了孩子们的健身器，继而一节一节地失踪，村里人又开始用水桶担水，担起水桶就上坡，最远的人家一个多小时担一趟；切草机只剩下底盘，推着可以转，小伙伴们纷纷爬上去，算是小村迄今为止唯一出现过的游乐设施；拖拉机放在窑洞里无人问津，成了蜘蛛的家园，牛拉肩担石滚子碾的田园风光重新回来了。略带机械化的扇车（不知学名如何称呼，就是打场时给谷物去皮的装置）倒例外地留下来，打场时，几户人家组成临时“变工”的互助组，相互帮忙，扬场这一更有诗意的生产方式，终于在20世纪下半叶的中国北方部分地失传了。传统的田园风光更加传统，并且直到今天，也没有太大改变，除了青壮年渐渐离村，只剩下老人、妇女和孩子。如今到了老家，随处所见，都是“八路军的故乡”，到处是墙画、雕塑、八路军文化园，仿佛回到了上世纪三四十年代，市场经济的冲击变化，似乎独与这方老区土地无关。

地处东南的浙江却大不相同了。从《那些年》这本书里，我们可以看到，在市场经济的浪潮下小城黄岩空前而无比巨大的变化。如果说前几年一纸风行的《我们台湾这些年》，以编年的形式，一步步展示台湾近三十年渐变，表面不知不觉，却静水深流，物是人非的话，《那些年》则从多个侧面，纵向闪现一方土地上的巨变。可以看出，作者在题材选取上颇费了一番心思，既叙写家乡父老、亲戚长辈生活的拼搏挣扎、命运的变迁浮沉，又反顾自己少年时的伙伴发小、读书游戏；既记述区划分合，又描摹人情风物；既深情寄语河流橘林，又款款回忆老屋学校。“此情可待成追忆，只是当时已惘然”，少时故乡的一人一物、一花一草，甚至一颦一笑，在时光的河流中沉淀过滤后，变得如此意蕴绵长。

在抒情的间隙，作者又显出深刻的思考能力。日常交往中，时时能感受到陈炜先生看问题的敏锐与思考的深入。作为新闻学、经济学双料博士，陈炜既有新闻人的敏感独到，又现出经济学者的深刻条理，这一特色，在《那些年》中也展示了出来。关于“散文写法”之类的文章书籍，汗牛充栋、言人人殊，但含蓄蕴藉，抒情而不议论，似乎成为共识。《那些年》中的诸篇，却是夹叙夹议，用许多文字直接表达自己的想法和看法，但见解从人、情、事、景的描写中自然地生发出来，行于当行，止于应止。许多见解警拔而不失中道平和理性。

对于过去和今日之中国，各种议论可谓多矣，以至于舆情成为专门的工作领域，动用大量人力、物力以及技术力量去观民风、察民意。遗憾的是，偏激之声多而理性之论少，从历史的角度客观分析更难以见到。究其原因，我认为根源在于国人的文艺思维，总希望所有的过程都是浪漫的，可以不付出艰苦努力即能获得大量收获，稍有不如意，便归罪于体制，幻想着在一个桃花源中歌舞升平地无所不有、无所不能。于是，在许多文章，特别是回忆文章中，出现了诸多人间神迹：有人小时候打架逃学，后来神奇暴发；小城里某个毫无艺术基础的孩子，在一个极偶然的机会下被发现天赋超人，从此星途灿烂；有人上课从不听讲，一味只看小说，金庸、古龙、琼瑶、乔伊斯、普鲁斯特无所不通，现已出息为日进万金的网络大神；等等。仿佛再用普世性价值的神光一照，整个神州大地便真的会变为天宫月宫。《那些年》里，却以亲历的事实和亲人、朋友的经历为例证，说了许多真话。无论色彩属于感慨、欣慰还是淡然，中心只有一个，那就是，即使在诞生了无数甚至无穷无尽奇迹的时代与地方，不劳而获依然不可能或至少不大可能，坚韧的努力在任何时候都是走向成功的不二法门。作者才36岁，但他对事物、中国和人性的见解，却超过了许多打着思想、启蒙等名义混饭吃的所谓知识者们。作为与他几乎同龄的人，我是以为骄傲的。

“有影响的精品力作还不够多”似乎成了对当下中国文学状况的最大共识，而且也正式地进了中央文件。细究起来，这一论断至少可有三种解释：一、没有精品力作所以没有影响；二、精品力作没影响；三、有影响的不是精品力作。其实，在信息如此爆炸，阅读如此分众的时代，指望再出现“三红一创”和《青春之歌》那样竞相传阅的盛况，已绝无可能。匹夫而为万世师、一言而为天下法的孔子，最真诚的愿望却是“暮春者，春服既成，冠者五六人，童子六七人，浴乎沂，风乎舞雩，咏而归”。一部作品的出现，无须洛阳纸贵，二三知己真诚阅读、真心感受、真话交流，便足了。我认真阅读一过，感慨如上，意似未尽，期待同道同好者继续。

人生世事的诗意华章

——《月明星稀蝈蝈叫》序

我认识解老师，感觉他首先是一个实业家，先在大型国企任职，后转战房地产和建筑业，叱咤行业风云，营造高楼大厦，人生经历不可谓不丰富，世事人情不可谓不洞明。“汝果欲学诗，工夫在诗外”，宋代大诗人陆游之句，也是解老师诗作成功之至论。正是多年离开书斋，驰骋社会立业建功之举，为其诗歌创作奠定特别而坚实的基础。这基础，不仅是立足生活，选取素材，更本质的，是对于现实的及时观照、生动感悟和哲理省思，是对于正义的热情呼喊，对于真情的无限珍惜，对于人生的光明希冀。

庚子伊始，新冠疫情突如其来，全党全军全国各族人民，在以习近平总书记为核心的党中央坚强领导下，万众一心，共克时艰，涌现出无数可歌可泣的事迹。“歌诗合为事而作”，从古至今，富有家国情怀的诗人没有缺席。众声齐歌，汇聚抗击新冠的磅礴声部。解老师的诗作，也是这沧海横流中一朵绚丽的浪花。

空前严重的疫情带给人们的，是恐惧和悲伤，万花零落，解老师却反其道而用之，以“这个春天，盛开一座花园”为标题，向白衣战士，向无数各行各业的英雄唱响如花的赞歌。“这个春天，盛开着一座花园/花园里，开着争奇斗艳的花/花香四射，超越时空/花色美艳到让人落泪动容/这花园，盛开在湖北的大地上。”这花，是英雄之花、奉献之花、生命之花。为了无数如花的生命，一起去战斗。这花，不仅盛开在湖北的大地上，同样盛开在中国的大地上。“所有的天使就是天上的月/总在暗夜里播撒着清辉”，月印万川，全国人民“看到钟南山、李兰娟、张定宇等伟岸的身影”，追随着英雄的步履，也成长为英雄！

习近平总书记深刻强调，文学要记录新时代、书写新时代、讴歌新时代，记录疫情，不仅是报告文学的责任，诗歌同样义不容辞。抗疫过程中许多难忘的瞬间，都以诗的形式保存在这本集子里。《空姐》《手——写给胡佩护士》《特殊的送别——写给蔡利萍同志》《丈夫的泣别》等，只看诗题，读者就可以知道记录的是什么事情。这些诗，篇幅精短，抒情与记述相间，事例感人，诗意真挚，达到了书写新时代、讴歌新时代的效果。

灾难终将过去，生活之树常青。诗集中，既有直面灾难的激情昂扬，也有日常起居的小吟低唱。中国文化是儒道共存而互补，陶渊明“误落尘网中，一去三十年。羁鸟恋旧林，池鱼思故渊……久在樊笼里，复得返自然”，于是挂印而去，归园田居，成就千古诗宗。经过商场拼搏的诗人，也起归隐田园之志。诗集第二部分，即名“山中人”，希望“远离江湖，月夜星空”。“我的心田里盛开的娇艳玫瑰/妆扮着清香着我心的原野/就像山中人闻着草香听着鸟鸣/让我的世界时刻都充满着清新。”诗人回忆小时候在乡村自由自在、无拘无束的生活，盼望“这个梦后，淡出江湖/去听月明星稀时蝈蝈的叫/去看小溪流水中蝌蚪的游/和牛对视，喂鸡下蛋/泥地里光脚走路/草地上青蛇蜿蜒/海边，沙滩，挖蟹洞/观潮起潮落，望云开雾走/唱首《大海》，和海风共鸣/困了，大地为床，长天为被/面对夜空，数着星星，——酣睡”。这首诗，让我们想起海子的《面朝大海，春暖花开》。诗人生长在山西，是典型的北方人，却把心灵交给故乡的小溪、牛、蝌蚪，构筑出一幅如鲁迅《故事新编》中《好的故事》的同时，也向往海边，大大拓展了传统山水田园诗“采菊东篱下，悠然见南山”“池塘生春草，园柳变鸣禽”，近取诸身的“小确幸”，而拥有更广阔之天地。现代交通工具的发达，把古人仅停留于想象之中的事物，变成了实际的行为。陆机云“笼天地于形内，挫万物于笔端”，在古时，还是艺术家的天才想象，甚至有些夸张蹈虚，于今，却成为实实在在的事实，诗人将艺术之想象与现实之体验融而为一，故有此诗句意境也。

“一粥一饭，当思来处不易；半丝半缕，恒念物力维艰。”每一件日常的事物，无不凝聚了千万人的劳动，并因之而起，是匠心独运。诗人将诗之心、诗之眼、诗之意，赋予寻常所见之一事一物，在心为志，发言为诗，化作秀美华章。诗集之第四部分，辟出“人间至味”专辑，题记云：“人生如花草/春生，夏茂，秋枯，冬烬/一切安好，自在，静美/这，才是人生至贵的礼物！”如日本俳句，“青蛙入水中，水至有清音”，人生之况味禅意，乃遍历艰难之后的大解脱与大境界。此部分考其诗题，有“眼”“鸟”“壶”“虫”之属，甚至没有诗意审美之开会的“台签”，诗人都用诗之语言和感悟表现之。“主席台的台签上/亮着的名字如星星眨眼/台签后面坐着的人/面色静如秋水/会场有多大/就有多少双眼睛盯着他们”，准确、鲜明、生动，活画出开会的细节和情态，读之味之，拍案叫绝也！

中国古体诗词，起于先秦、发展于魏晋、成熟于盛唐，诗圣杜甫“晚节近于诗律细”，而后宋诗重理，代有所长，及于五四，近现代诗诞生。然无论如何兴变，农业社会的印痕却很难去除，“枯藤老树昏鸦，小桥流水人家，古道西风瘦马，夕阳西下，断肠人在天涯”，依然牵动中国诗人最深处的乡愁。“周虽旧邦，其命维新”，国运如此，诗亦斯然，如何以诗之形式表达新的时代新的审美，是一大难题与挑战。所幸的是，近现代以来，诗人们都在孜孜以求，不懈探索，解老师即其中之一也。

陆游亦云“纸上得来终觉浅，绝知此事要躬行”，生活是艺术永远的老师，我们衷心希望解老师生活事业之路越走越宽，诗歌艺术之途愈行愈广。

是为序！

石嘴山上的追梦人

——李晓园散文诗集序

海梦老师来电，嘱我为宁夏石嘴山市青年散文诗女作家李晓园将要出版的散文诗集写序。海梦老师是中国散文诗领域不老的旗帜。曹孟德诗云“老骥伏枥，志在千里，烈士暮年，壮心不已”，海梦老师虽已年过八旬，却全然没有英雄暮年的苍凉沉郁，而是充溢着青春的热情和诗人的浪漫，真如他的笔名——大海一般浩瀚、梦一般唯美。李晓园回忆当初和海梦老师先通过邮件联系，海梦老师给他留言：“你的散文诗像一枚半青半熟的果子摇曳在浓荫的枝头，不被人发现，孤芳自赏地散发出醉人的芬芳，我要向你呼唤，出来吧！”这就是海梦老师，发电子邮件，也是用散文诗的。

陆机《文赋》言“诗缘情而绮靡，赋体物而浏亮”，散文诗作为诗与散文的共生体，在内容上，是缘情和体物并存，在风格上，是绮靡和浏亮交融。虽然严格意义的散文诗是一种近现代文体，代表作家为法国现代派大师波特莱尔，但其渊源，无论中外，都很久远，可以说包括无文字民族口口相传流下来的史诗，其实质就是长篇散文诗。中国古代，第一个专心创作散文诗的，是伟大的屈原。《离骚》述去国怀乡、哀民生多艰、悲家国苦难，一唱三叹，情致强烈、深切、凄婉，以美人香草作喻，意象唯美、意境葱茏，具有强烈的节奏感和美感。古代名士以《离骚》下酒，散文诗可直接美化生活。赋者，铺也。汉赋以叙事铺陈、辞章华丽为特色，用今天的文体观念来看，就是叙事型散文诗。至于四六骈文，其散文诗的特质就更明显了，我们读《与陈伯之书》《滕王阁序》，无不为其情所感怀、美所沉醉、韵所共鸣，达到心灵陶冶、情感愉悦的审美最高境界。

李杜并称中国诗史之双峰。严谨的杜甫“晚节渐于诗律细”，将律诗推到顶峰。李白则更喜古风，《将进酒》《梦游天姥吟留别》，都是精彩绝伦的散文诗。而诗之后的词、曲，趋势是诗的散化，字数最多达240字的《莺啼序》，以及元曲中的长篇套曲，都近于散文诗了。

散文诗还是中国现代文学最早引进的文体。1915年第2卷第7期的《中华小说界》刊登用文言翻译的屠格涅夫的四章散文诗，当时列入“小说”栏，译者刘半农，是外国散文诗在中国的最早译介。鲁迅的《野草》，则一起手就将中国散文诗推向了世界的高峰，为散文诗的发展树立了高不可及的范本，奠定了扎实牢固的基础。其后，虽然和小说、诗歌、散文相比，散文诗作者人数相对较少，但依然不乏代表作家和经典之作，何其芳的《画梦录》、丽尼的《鹰之歌》，一直为广大读者所喜爱传诵。柯蓝、郭风、耿林莽、徐成淼、海梦等老一代作家，为新中国散文诗的发展进步，做出了辛苦的努力，为后人栽下一棵棵大树，育成一片片绿荫。

李晓园的散文诗，就是在这两个宝贵传统的养育下成长起来的。中国古代韵文、散文诗凝练的意象、意境、韵律，特别是根植于庄子、屈原、李白等天才的瑰奇想象与审美风格，与各类中华优秀传统文化一起，浸润到年轻的李晓园的血脉里，让她深味汉语之美，并为这棵越来越美丽而繁茂的大树增添新叶。中国现当代散文诗名家的作品，更是李晓园创作道路上学习取法的范本，从她的作品里，我们可以找到鲁迅的深沉、何其芳的梦境、丽尼的啸吟、柯蓝的丰富、海梦的热情。“别裁伪体亲风雅，转益多师是汝师”，正是广泛的学习，使李晓园虽写作散文诗的时间并不久，却精品迭出。

还有一个不应忽略的因素——石嘴山。“塞下秋来风景异，衡阳雁去无留意。四面边声连角起，千嶂里，长烟落日孤城闭。”这首范仲淹的《渔家傲》千古传诵，而李晓园成长居住的宁夏回族自治区石嘴山市，正是塞上名城。不同于“小桥流水人家”的江南风致，石嘴山位于宁夏北部，贺兰山下、黄河岸边，因此处贺兰山石突出似嘴而得名，为西夏王朝核心区域，岳飞名作《满江红》有句“驾长车，踏破贺兰山缺”，即指现之石嘴山。大漠孤烟、长河落日的苍凉，王朝更迭青山不语的厚重，让虽为女儿身的晓园，体味一份别有的重量。

所以，细读李晓园的作品，我们发现了几个明显特色。其一，题材非常丰富。“诗言志”，“饥者歌其食，劳者歌其事”，诗歌，主要反映作者个人的所思所感所爱所怨，而“绮靡”“浏亮”的散文诗，更是用优美的辞藻表现梦一般的心境。李晓园散文诗却不尽然。作为女性，细腻敏感是天性，所以，她一样伤春悲秋，吟花诵月，歌云唱雪，通常所见之散文诗题材意象，李晓园仿佛一样不少。难能可贵的是，她把散文诗这一似乎天生就是最梦幻、最抒情、最个人化的文体，和历史、和现实、和多种多样外面的现实联结了起来。长篇散文诗《勇敢的心》，歌吟一代天骄成吉思汗波澜壮阔、千古流传的一生，历史大跨度、场面大开阖、情感大激荡，真有辛幼安词之气象，岂料出自当代李易安之手！

其二，直面当下现实。在李晓园的散文诗作中，我发现了《上合之合，青岛之岛把世界倾倒》《叙利亚，请不要哭泣》《意志托起生命的腾飞，石银之声》等作品，感到意外的惊喜。所喜，在于作品的题材与视角。用散文诗，把习近平主席主持上海合作组织峰会，展现大国力量的，刚刚落下帷幕的重大政治活动表现出来，使散文诗具有了新闻性。在重大活动中，散文诗不仅没有缺席，而且比其他文体更快、更美。当我们从电视、网络、报纸上远隔千山万水地感叹中东叙利亚在西方霸权下的苦难时，李晓园这个侠女子，却已以笔为枪，以散文诗为号，发出了深沉而严厉的斥责。让读者强烈地感受到，散文诗不仅是婉约的，也是豪放的，不仅浅吟低唱，更长歌大风。一篇长长的，石嘴山农商银行三十周年庆的朗诵诗，好像离散文诗远了些，其实不然，艺术来源于生活，同时更服务于生活，当艰苦创业的团队发现他们原本枯燥的工作，可以被诗、被散文诗表达出来时，是多么意外和兴奋，何等喜悦而幸福！

其三，艺术表现科技。改革开放以来，现代化建设日新月异，科技创新日新月异，但中国文学是农业时代发展积淀而来，素习题材、表现意象、审美取向、风格特色等，依然保留非常明显的农业时代特征，具体而言，写传统、写乡土、写人物、写风景、写山河等熟悉擅长，写现代化、写城市、写工业、写高楼大厦、写科技创新等，比较陌生，特别是用诗的形式表现，更加困难。而散文诗，又是诸文体中最情绪化、最唯美的，李晓园却做出了可贵而成功的尝试。她把散文诗的笔触，伸向现代纺织工业、伸向高科技光伏产业、伸向金融保险业，这些向来“见物不见人”，甚至“见钱不见人”的行业，在散文诗的观照下，一样富有浓郁的诗意，而又不失其本然本真。我认为，李晓园的这种尝试，已超出了散文诗一个文体的范畴，对于当下中国文学创作批评，对于现代化语境下文学审美标准的重塑，都具有重要价值。

李晓园笔名梦南飞，不知何意，我也没向她问过。可想起六朝诗“南风知我意，吹梦到西洲”，小桥流水江南的人，向往大漠孤烟、长河落日的西部，身处西部，却也“江南忆，最忆是杭州”了。好在中国很大，中国梦很美，足够散文诗尽情挥洒，也祝愿年轻的晓园能融汇南北，从石嘴山腾飞，万里追梦，北冥有鱼，其名为鲲，化而为鸟，其名为鹏！

第五部分

文化阐发

端午门户插柳考

今天我国北方不少地方（如山西）端午节时都在门户上插柳枝。这一仪俗与诸多书籍文献所记“清明插柳”之习和端午民间风俗都不相同。杨柳初春即发，清明郊游踏青之际正值垂柳依依，最堪攀折；而端午序属仲夏，杨柳已甚茂密，不复占得天时，故此风似颇费解。

诸民族民间节日虽种类繁多，林林总总，但就其本质，正如马利诺夫斯基所揭示的，根本决定于特定人群获取食物的途径和方式。中华民族生息大河流域，春耕夏耘、秋收冬藏的农耕是赖以生存繁衍的最主要支持，与之相应的中国传统节日，在根本上便是农事生产和对于农事生产愿望的仪式化。为掌握农时，华夏先民测定二十四节气，一年中的大部分节日，特别是“×月×”的系列节庆，与节气关系更为密切，甚至可以说就是节气的简便记忆。华夏先民对历法、节气的测定以夏冬二至最早，其余据此推定。虽然相传端午源于招屈，但学界今已公认为后人附会。或许屈原选择此节日自沉汨罗，但节日习俗绝非因之而起，而是发生在前。农历五月初五端午节真正起源于夏至日。由于夏至在二十四节气中的特殊地位和夏至前后的仲夏是一年中农业生产最重要的时期，端午成了中华民族全民族共同的最重要和最大的节日之一。

农耕为主的生产生活模式，决定了中国传统民间节日的“春祈秋报”特征，即耕作之时祈神护佑，收获之际向神明谢报，所谓春秋倒不拘一定为这两个季节。唐代韩鄂所作《岁华纪丽》即云：“端午角黍之秋。”农历五月，长江中下游地区适逢早稻成熟，民众将收获的谷物包裹成一定形状，投诸江河，向水神谢报，庆贺收获。

中国民间最重要的三个节日是并称“人三节”的春节、中秋和端午。分属春、秋的两节各自施行着“祈”“报”的功能。唯端午时值年中，在一年两熟的长江中下游地区，收获的同时也要开始新一轮播种，因此它“一身二任”，是祈报一体的节日。如果说食粽子其意为“报”的话，这一盛节的另两项为国人共知的习俗——门户悬艾草（或菖蒲）和龙舟竞渡，则具有“祈”的意义。《后汉书·礼仪志》载：“仲夏之月，万物方盛。日夏至，阴气萌作，恐物不茂……以五月五日朱索五色印为门户饰，以难止恶气。”中国古人将一年以夏冬二至为线划为夏半年和冬半年，且与阴阳消长之理相配合。冬至及于夏至为夏半年，阳气渐长，阴气日消，万物感之而更生，到夏至日则阳气臻于极致，盛极而衰，阴气从兹日萌。在门户挂有辟邪作用的符印，其目的便是逼退阴气，后为更易得的有刺激性气味、夏日燃之可驱蚊虫的艾草和菖蒲取代，但含义未变，仍旨在祈愿作物丰收。

三项传统仪俗中以龙舟竞渡最富节日气氛，不仅参加人数众多，而且竞争非常激烈，甚至经常“相殴成狱”。人们如此重视，个中缘由恐绝非仅为喜庆游戏。专书此项活动的《武陵竞渡略》详细描绘了一次古代的端午竞渡：“花船……刻神像于龙（即龙舟）之首，涂其鳞尾五色，两旗白质龙文，或刺或绘五色头梢，旗鼓和拍之人服黄白色；所隶地曰神鼎、清平、常武三门及七里桥。赛花船，鳞尾、旗服多同花船；其庙神曰灵官；所隶地曰渔家港、竹笮湾等处。紫船，鳞尾、旗绘皆紫，服黄白色；庙神曰李才将军，手赤棒，典江湖舟簰，未详所出；所隶地曰槐花堤、清泥湾。白船，鳞尾、旗服纯白；庙神曰老官，曰羊头三郎、竹马三郎，皆一手操桡，一手或拳，或弄彩球，古有竹郎神，未知是否；所隶地曰拱辰、永安二门及善德山。乌船，鳞尾皆乌，红船，鳞尾皆红，旗皆赤色，服皆纯青，诸船桡服杂色，此两船桡亦纯青；庙神曰黄公、大伯、二伯、三伯，黑面，手操桡，相传兄弟皆靛客，溺水为神者也……”由此我们可知，端午龙舟竞渡，每条船都代表着统辖一定区域的水神。“诸船分界，惟士民割据，胜负嚣争”——龙舟的胜负象征水神的胜负，而水神是年成丰歉的决定性因素，因之直接判定自己能否获得一个好收成，“俗相传歌，花船赢了得时年……储光羲竞渡诗曰：‘能令秋大有，鼓吹远相催’”，于是才“儿童妇女无有肯逊”。龙舟竞渡旨在“卜岁”，“盖未有好事，划船非乐岁者也”。

端午是中华民族的共同的大节，理应南北共庆。悬艾草菖蒲南北相同，粽子在北方虽然包裹黄黍米，失去“报收”的内涵，但仍聊可对应。唯龙舟竞渡那样的大型的祈岁活动现今北地却无有。然而夏至之后，对一年仅得一收的北方而言，较数收的南国当更为紧要，那么，北方以什么保佑自己的年成呢？从浩繁的古代典籍中我们发现，历史上北方曾广泛流传着一种端午习俗——射柳。

《古今图书集成·端午部》引《识小编》云：“北人以鹁鸽贮葫芦中，悬之柳上，弯弓射之，矢中葫芦辄鸽飞出……往往会于端午日，名曰射柳。”《山东志书·登州府》也记载：“端午，军校措柳于校场，立彩门，悬葫鸽于上，走马射之，中葫则鸽飞，谓之演柳。”我们发现，这项活动有两个要点：一、需有鸽子。二、需射箭。先分析鸽子的意义。《史记集解》记西汉端午习俗：“汉使东郡送枭，五月五日为枭羹以赐百官，以其恶鸟故食之。”《中华古今注》亦载“汉中兴，每以端午赐百僚乌犀腰带”。无论“枭羹”还是“乌犀腰带”，都与枭鸟相关。因此，端午射柳时的鸽子由枭羹中的枭演化而来当极可能。尽管善恶美丑相差极大，但“人也按照美的规律来构造”，随着人类审美意识的愈来愈趋自觉，古代的许多神话传说都有着由丑渐化为美的历程，如中国神话中的西王母由豹头虎尾变为高贵的天宫主母、上帝之妻；月宫中也由最早的蟾蜍而一步步变为玉兔、嫦娥仙子。那么，端午食枭羹其义何在呢？《古今图书集成》引祁阳县风俗：“五月五日作枭羹，以其恶鸟故以五月五日食之。苏颖滨帖子云：百官拜却枭羹赐，凶去方知舜有功。古重枭炙，盖欲去其类，则民间有然矣，不必大官之赐。”由这条资料可得知两点：其一，这项习俗在古代流传极广，上至天子宫廷，下至百姓，各各奉行，而且相当自觉；其二，恶鸟枭曾大大危害人类，人食之欲尽灭其种。至于如此痛恨的，当是某种对人类生存造成绝大威胁的灾害，或至少与大灾有决定性联系。那么，到底是什么呢？引文曰“古重枭炙”，关键便在“枭炙”为何？“枭炙”二字构成一个主谓结构的词组，意为“枭炙某”。“炙”即用火烤肉，枭是一种鸟，固然凶恶至极，也绝不可能“炙”。农业生产可能遭遇的诸灾害中，与“炙”有关系的唯有病于烈日的旱灾。但旱灾名之为“枭炙”源出于何？引文曰“古”，到底古到什么时候？苏颖滨帖子云“凶去方知舜有功”，据此推测，大约根源应上溯到尧舜时代，即原始神话时代的华夏先民。

中国上古关乎太阳的神话很多，这同样取决于特定民族的生产生活方式。太阳在农耕生产中的地位使她有资格享有如此殊荣，正如源出海岛的古希腊神话多与海相关一样。《淮南子·本经篇》记载："尧之时，十日并出，焦禾稼，杀草木，而民无所食。"可见上古之时的确发生过相当严酷的大旱灾。解除的办法我们今天人所共知："尧乃使羿……射十日……万民皆喜，置尧以为天子。"也即古神话中最著名的"后羿射日"。

马克思说："神话都是用想象和借助想象以征服自然力，支配自然力，把自然力加以形象化。"这段经典论述其实是不大确切的，单纯观念层面的东西是不足以征服物质世界的。原始人"用想象和借助想象征服自然力，改造自然力"的现实的手段不是神话，而是在想象支配下的巫术，作为原始意识形态的神话则是对巫术行为的记录。后羿的身份，相传为东方有穷国的国君，"后"即上古时对国君的尊称。但原始社会部落联盟的盟主一般由法力最高的大巫担任，因为巫能通鬼神，而鬼神的超自然力显然是原始人所最需要的，"当部落的福利被认为是有赖于这些巫术仪式的履行时，巫师就上升为一种更有影响和声望的地位，而且很容易地取得一个首领或国王的身份和权势"。由此可知，后羿的真实身份应为古之大巫。《山海经·海内经》记曰："帝俊赐羿彤弓素矰，以扶下国，羿是始去恤下地之百艰。"此更为足证，因巫可代上天行事，故其弓箭被认为是天帝所赐，"后羿射日"则是大巫施行的抗旱巫术。巫术与宗教都信仰超自然的力量，却是根本不同的，宗教是人类认识到自我无力之后的驯服，故采取拜祭乞求的方式；巫术则在原始前理性思维的支配下，借助想象力对自然界予以征服，所以巫术是以惩戒和威吓为手段的。遭遇天旱，先民不是如后世子孙一般"求雨"，而是"射日"——以超自然的力量来迫使自然顺从。

射日具体如何施行呢？前理性思维支配下的原始交感巫术遵循相似律和接触律两大原则。所谓接触律意指事物一旦互相接触过，它们之间将一直保持某种联系，即使它们已相互远离。在这样一种交感关系中，无论针对其中的一方做什么事，都必然会对另一方产生同样的后果。中国最早的神话集《山海经》记载："有扶木，柱三百里，其叶如芥。有谷曰温源谷。汤谷上有扶木，一日方至，一日方出，皆载于乌。"《淮南子·精神篇》也云："日中有踆乌。"踆乌即三足鸟。无论日载于乌背还是乌藏于日中，根据接触律，太阳与这种怪异的鸟都有永难割舍的联系，伤害它也便意味着伤及太阳。因而所谓"射日"，并非当真举箭向天，射向太阳，而是用乌鸦或以羽毛扎成三足乌的形状，以"彤弓素矰"射之，如此方有"射十日，九乌皆死，堕羽翼”。

经过上述考析，我们可确证，谓“枭炙”的确指旱灾，枭则由三足乌演化而来。当前理性思维为理性思维取代后，现实中不存在的踆乌便被找到了真实存在的替身。至于为何不用真的乌鸦而用枭，或可解释为枭较为凶猛，易联想到灾害，但其实深层仍是人类的审美自觉决定取舍的。

人类进入文明社会，巫术分化发展为科学和宗教，不复有昔日的巨大威力，于是一部分巫术行为渐渐演变为节日仪俗。端午节的射柳便由上古的射日衍化而来，但抗旱祈年的功能并未消失或改变。且与纯群众性的龙舟竞渡不同，射柳同时为上层统治者所奉行，具有君民同庆的性质，大概历代大一统的朝代都建都北方的缘故罢。据《开元天宝遗事》记载：“宫中每到端午节，造粉团角黍，贮于金盘中，以小角造弓子，纤妙可爱。架箭射盘中粉团，中者得食……都中盛行此戏。”《金史·礼志》也云，“金因辽旧俗，以重五、中元、重九日行拜天之礼……行射柳击球之戏……凡重五日拜天礼毕，插柳校场为两行，当射者以尊卑序，各以帕识其技……驰马以无羽横镞箭射之。既断柳，又以手接而驰去”，更由天子在最隆重的祭天礼之后亲自参加，足见在以农耕为本的社会里对于抗旱的重视。如果说南国的龙舟竞渡是祈愿河流之神，意在地上之水的话，“靠天吃饭”的北方的射柳则为天上的降水。

“射日”作为先民的抗旱巫术，于天旱时施行，本不拘一定时日，它因何演变为端午习俗，而不是天气更热，也更容易发生旱情的时段，比如根源大暑节气的六月六？其原因盖在于端午本乎夏至，其后便“入伏”，且是阴阳相交的生死关头，依中国理性思维的精髓——阴阳辩证思维，当然需“防患于未然”，将灾害扼杀于方生未长之际。古俗并且同时于这一天占卜雨水。唐玄宗《端午三殿宴群臣探得神字》诗云：“喜麦秋之有登，玩梅夏之无事。时雨近霁，西郊霾靡而一色。炎云作峰，南山嵯峨而异势。”这首诗并非实记当日气象，皇上与群臣宫殿大宴，不可能看到西郊、南山之景，此乃就探得的“神字”所显示的征兆而言。中国古代农学的集大成之作，明代徐光启《农政全书·农事·占候》说得更加明白：“重五日只宜薄阴，但欲晒得蓬瘪便好，大晴主水。雨主丝绵贵。……端午日雨，来年大熟。”

射柳习俗上溯久远，一度极为盛行，于什么时候失传呢？现存有关这项活动的最晚记载是《识小编》：“永乐中，禁中有剪柳之戏，剪柳即射柳也。”我们发现，射柳之习与龙舟竞渡不同的另一点是，它一直在不断变异，愈来愈与原初形式远离。中唐时已以小弓射角黍，元代更直接射柳枝，明代所录未详，但既名之曰“剪”，且有一句颇类注释的“剪柳即射柳也”，既需专门注解，可知其时已与传统方式差异极大，很可能是以剪刀剪柳枝为戏。明以后未见更有记载，大约“戏”的成分已日渐消亡，成为一种极小而且普通的节日习俗。今天北方人端午节剪柳枝插于门户，便由这一轨迹逻辑衍化而来。

对话李晓东

——“要立足家乡这枚‘邮票’，把生养之地写深写透”

胡晓宜：晓东先生好，首先祝贺你的新书《天风水雅》出版，另外作为天水人，很感谢你为天水写了这么多的文章。

李晓东:《天风水雅》共29篇文章，包括天水风光、天水民居、食在天水、人文天水、天水人天水情几个部分，都是我在天水挂职期间和回北京之后写的关于天水的散文，也包括少量诗歌、辞赋，还有给天水作家作品写的序言。数量不算多，体例也不太统一，但其中的确包含着一个曾经的天水人，一个中华子孙对于这片土地的眷恋和景仰。

胡晓宜：在天水供职几年，天水留给你最深刻的印象是什么？

李晓东：天水是一个美丽丰富的地方。《天风水雅》里有一篇小文章《五彩天水》，说天水的色泽主要有五种：一黄，女娲在天水抟黄土造人，黄皮肤成为华夏子孙共同的颜色。“百王之祖，万帝之先”的太昊伏羲氏诞生于天水，天水可以说是中华第一都城，黄也是皇家的色泽。二绿，天水被誉为“陇上江南”，拥有良好的自然生态，绿水青山胜过金山银山。天水着力落实创新、协调、绿色、开放、共享的发展理念，实现人与自然和谐相处、协调共生。三白，很多外地人都知道“天水白娃娃”，说天水的女孩子皮肤白皙，容貌美丽，温柔贤淑。天水还是重要的老工业基地，我到天水挂职，就是中组部西部地区、老工业基地、革命老区干部锻炼项目选派的。星火机床、华天电子封装，在全球都处于领先地位，“白电”产业实力强劲。四红，天水花牛苹果红深如海，毛主席亲自赞扬过。秦州大樱桃、秦安水蜜桃都鲜红欲滴，林果产业是天水乡村振兴的重要支撑。天水红色文化同样深厚，红军一、二、四方面军长征均路过天水，在全国地级市中是唯一的，武山县还保存着毛主席路居的房屋。五蓝，“天水”，天和水都是蓝色的，因此，蓝是天水名字的底色。而清洁的空气、清澈的河流，将“天水蓝”深深印在人们心底，同时，天水还是四面八方的有识之士生活兴业的无限蓝海。

胡晓宜：天水独特的地理环境、人文历史对你的创作产生了怎样的影响，哪些人事风物最能触动心弦触发灵感，让你产生了一种逸兴遄飞不吐不快的创作激情？

李晓东：我出生在山西省长治市，古称上党，也是中国历史文化名城、“神话之乡”，是女娲补天、后羿射日、精卫填海、神农尝百草的地方。我到山西省会太原读大学，兰州读硕士研究生，上海读博士研究生然后留下来工作，到天水之前，又已在北京工作多年。由于参加中央巡视组及其他机会，我深入走过多个省、地、市。比较下来，天水的确有它非常独特和珍贵的地方，值得深入发掘。天水对中国历史的影响，主要表现在两方面，其一当然是伏羲“一画开天，肇启文明”，十四大功绩，奠定中华文明的根基，大地湾先民燃起家庭的第一缕炊烟。其二同样重要，那就是秦之先祖在天水牧马，日益壮大，立国而后统一中国。毛泽东主席有诗句“百代都行秦政法”，秦之郡县制，奠定了数千年国家治理的基本格局，天水下属之甘谷县、清水县，古称冀县、邽县，是最早设立的两个县。这些独特的历史文化资源，值得长久考察、发掘、弘扬。

大家熟知的天水五大文化，每一项都在中华民族发展史上产生重大影响。除上段提及的伏羲文化、大地湾文化、秦早期文化外，三国文化、麦积山文化同样具有全局的意义。三国后期，天水是曹魏和蜀汉拉锯的前沿，在今天的天水方言里依然可以体现出来，如称“我”为“曹”。北伐失败，是诸葛亮的悲剧，但体现着历史的进步。三国归晋，司马氏取代了刘氏，“家天下”的概念受到根本打击，以后王朝兴替成为正常。中国四大石窟，云冈石窟、龙门石窟构成纵轴，麦积山石窟、敦煌莫高窟构成横轴。纵是改革、横是开放，处于交汇点的麦积山，包括所在地天水，则融汇了改革开放。

胡晓宜：“馓饭市长”。这是街头巷尾的天水百姓对你的称谓，另外我读到秦岭老师最近给你新书所写评论中，说“陇上学界这样评价李晓东：‘李市长是天水具有标志意义的文化使者’”，这点我很认同，那你自己怎么看待这种赞誉？

李晓东：“馓饭市长”我很喜欢，虽然我四年前的这个时候就不是天水副市长了，但直到现在，在北京遇到天水老乡，大家都还常这样称呼我，或给不认识的人这样介绍我。我有个习惯，从来不自称什么“职务”，我敢负责任地说，没有自称过“李市长”，哪怕转述别人的话，我也会改为“晓东”。我一直记着一位老领导说过的话，“岗位是暂时的，感情是永久的”，我也真切地感受到了天水人的深情厚谊，无论我在不在天水工作，都是一样的纯朴真实，没有“人走茶凉”的落差感。我唯独喜欢“馓饭市长”这个名称，有时也会说，“市长不当了，馓饭一直吃”。

秦岭是天水籍著名作家，也是我多年好友。他对天水有很深的感情，也有很深的研究，把“天水具有标志意义的文化使者”授予他，是很合适的，我是真心不敢妄称。但我希望这本《天风水雅》的小书，能为天水文化建设和传播发挥绵薄之功用。

胡晓宜：你觉得自己笔下的天水和本土作家笔下的天水有什么明显不同的特质？

李晓东：天水人文底蕴深厚，养育出许多优秀的作家，有的走出天水，如已故的霍松林、雷达，天津的秦岭、兰州的王选等。本土作家有王若冰、杨清汀、汪渺、李晓东（女，秦州区作协主席）、汪彤、胡晓宜等，不少是中国作协会员或已具备入会条件。王若冰、汪渺的诗，杨清汀、胡晓宜的散文，李晓东的小说辞赋，王元中、阎小鹏的文学评论，薛林荣的鲁迅研究等，都各有特色，达到相当水平，延续了天水文脉。我待的时间不长，对天水的了解也许还不够全面，或许还有些作家的作品未曾阅读，但仅凭已知的一部分，已足见天水的人文积淀。

我写这些散文时，是有意从“天水人”的身份和视角观察书写的。第一篇文章《我的乡愁是一碗馓饭》发表于2017年2月14日，距离我到天水已近一年。一年里，我在天水工作、生活、学习、体验，渐渐成了一个天水人。因此，我更关注的是与天水人生活日常密切相关的事物，如呱呱、馓饭、苹果、桃子、核桃、树木、民居等，两处最著名的国保单位麦积山、伏羲庙倒没有专门写文章。首先当然是还想再深入研究，不敢冒昧动笔。其次，麦积山、伏羲庙多为外地来天水旅游人士的首选，天下闻名，吟咏甚多，作为新天水人，我还是想说一些外面人不太知道的故事。虽然写的是凡尘小事，但我从中国文化的大坐标中去考察，文中因此也时有宕笔，由天水之人、事、物生发出关于更宏观层面的感悟和论述。

胡晓宜：天水正在打造伏羲始祖文化传承创新区，你觉得怎么才能更好地宣传伏羲文化，讲好伏羲故事，让更多的人知道天水、了解天水？

李晓东：“伏羲始祖文化传承创新区”的概念非常重要，它再次明确了伏羲作为中华人文始祖的地位，明确了天水作为中华文明源头区的“长房长孙”位置，明确了天水落实国务院《关中平原城市群发展规划》在文化上的具体举措。我们宣传弘扬伏羲文化，既要注重伏羲文化的历史价值，更要开发伏羲文化的当代价值，将民族精神与时代精神结合起来。

从当代视角看，伏羲文化主要有三方面意义，一是求取新知、探索真理的精神。伏羲登卦台山观天成圆、观水成曲，绘成太极图。太极生两仪，两仪生四象，四象生八卦，因此，中华文明最初的两个概念就是“天”和“水”，太极圈用文字表述，就是“天水”。正是这种从日常事物中的提升抽象，迈出了从形象思维向抽象思维飞跃的第一步。二是为民服务、公平公正的情怀。伏羲实际上不是人名，而是岗位。又名庖牺氏，意即掌握食物分配权的人。只有公平公正、德行高尚的人才能承担此任。伏羲十四大功绩，涉及方方面面，但为大家服务，建立和谐的制度是核心。三是开放包容，不断进取的意志。有一个现象，全国多地有伏羲，《天风水雅》里有一篇文章《天水平江话伏羲》。南方北方都有伏羲文化和传说，这很正常。天水是伏羲谱系的起源，伏羲沿渭河而东，走出大地湾，向更广远的天地，厚德载物、自强不息，创造中华文明的辉煌。

胡晓宜：你在中国作协工作，负责社会联络，对作家群体应该是比较了解的，那你觉得作家的使命应该是什么，怎样才能成为一个好作家？

李晓东：习近平总书记在中国文联十一大、中国作协十大开幕式上发表重要讲话，对广大文艺工作者提出五点希望。第一，希望广大文艺工作者心系民族复兴伟业，热忱描绘新时代新征程的恢宏气象。第二，希望广大文艺工作者坚守人民立场，书写生生不息的人民史诗。第三，希望广大文艺工作者坚持守正创新，用跟上时代的精品力作开拓文艺新境界。第四，希望广大文艺工作者用情用力讲好中国故事，向世界展现可信、可爱、可敬的中国形象。第五，希望广大文艺工作者坚持弘扬正道，在追求德艺双馨中成就人生价值。我认为，一个好作家，就要以这五点为标准和追求，这也是新时代作家应该自觉承担的使命和责任。

作为西部作家，包括甘肃作家或者具体到天水的作家，我建议大家还是要立足家乡这枚“邮票”，把生养之地写深写透。作家秦岭离开天水到天津已经二十多年，担任了天津市和平区文联、政协的领导职务，但他的创作从未离开过天水，他最好的作品如《皇粮钟》《借命时代的家乡》等，都是反映天水人民生活的。最近加拿大北美出版社出了他小说集的英文版，小说集名就是《天上的后窗口》，讲天水人与水的故事。

胡晓宜：以后还有继续书写天水的计划吗？

李晓东：天水是人文富矿，值得持续发掘。接下来会写关于伏羲庙、麦积山的文章，努力从现在的眼光视角，抉发先辈的智慧和精神的价值意义。曾经想写个系列散文，只写出一篇《彩陶大地》，收在《天风水雅》里，后面计划还有三篇，题目分别为《非子牧马》《郡县治国》《关陇大道》，以学术的视角、散文的笔法，探索书写天水在中国国家治理史上的标志性贡献。在天水工作时，也有些县区的领导、朋友给我出题目，让再写写天水的鸳鸯玉、雕漆、古琴等，争取再出本书。天水已成为我文化积淀的重要财富，在今后的研究和写作中，将会时时出现天水元素，努力不负天风水雅的风范气质。

胡晓宜：愿这些美好的财富源源不断，也希望我们早日读到这些天风水雅的文字。

李晓东：谢谢晓宜。

生态文学

——新时代文学的新视角和新空间

中国生态文学体现的时代性意义

李景平（《中国环境报》驻山西记者站站长，高级编辑，作家）：我注意到，在2021年12月举行的中国作家协会第十届全国代表大会上，张宏森书记所作的中国作家协会工作报告有一句表述："……生态文学展现着新视野和新空间。"据我所知，这是"生态文学"这个词第一次写入中国作家协会的工作报告。这个表述，表明生态文学得到了中国最高层面的文学机构在最高代表会议上的首肯，也意味着中国生态文学走过一段历程后又开启了一个新的文学历程。应该说，生态文学作为中国文学新拓展的一个时代性标志，其具有的现代性标志意义是不言而喻的。生态文学作为新时代文学的新视角和新空间，它的新体现在哪里？

刘友宾（生态环境部新闻发言人、宣传教育司司长，作家）：生态环境问题不仅是政治、经济、社会问题，也是文化问题。生态环境问题反映到文化及文学上，同样也可以是一个文学问题，即，以文学的审美视角，如何认识和表现生态环境保护的问题，如何认识和表现人与自然关系的问题。生态环境保护的新领域、新发展、新变化、新观念，在社会关注的前沿视野里本身是一种新视野和新空间，反映到文学上必然成为文学关注的新视野和新空间，也成为中国作家关注和书写的新视野和新空间。

在2018年全国生态环境保护大会上，习近平总书记提出，要加快建立健全以生态价值观念为准则的生态文化体系。繁荣生态文学，推进生态文化建设，提高全社会生态文明意识，是生态文明建设的重要内容。为此，生态环境部在整个生态环境保护系统进行了全面部署，推进生态文化及生态文学的发展和繁荣。中国作家协会也高度重视生态文学给新时代文学带来的新变化和新发展，号召作家们创作生态文学作品，为中国生态文明及生态文化建设注入新活力。

2022年是联合国第一次人类环境会议召开50周年。半个世纪以来，中国一直高度重视生态环境保护，特别是党的十八大以来，中国生态文明建设取得了举世瞩目的历史性成就，为广大作家施展才华提供了广阔的空间和舞台。继承和发扬中国优秀传统文化中的生态智慧，关注和书写新的现代的人与自然的关系，展示污染防治攻坚战和美丽中国建设的生动实践，向国际社会贡献生态文明的中国智慧、中国方案和中国形象，具有重要的历史意义、现实意义和世界意义。

李晓东（中国作家协会社会联络部副主任，作家）：生态文学在中国文学发展史上的传承源远流长，《诗经》中的许多篇目，如《蒹葭》，《庄子》中的作品，如《逍遥游》，就是非常上乘的可称为生态文学的作品。山水田园诗派一起始，即在谢灵运，特别是陶渊明手中达到高峰，其后代有所胜。李白、柳宗元、苏轼、辛弃疾都有此类名诗名篇传世，宋明笔记、小品文中，可归入生态文学者也甚多。常言中国古代文人“外儒内道”，其实无论儒道，“天人合一”都是核心内涵。《老子》云“地法天，天法道，道法自然”，孔子论《诗经》之功能，有“多识于鸟兽草木之名”，均表达了对自然的热爱与敬重。包括民间意识中，认为动植物皆有灵性，甚至可以修炼成精，化而为人形，具有人的外貌、意识、情感，有善有恶，然善良者居多。这些，都是中华优秀传统文化之于生态文学非常宝贵的成果和资源。

党的十八大以来，以习近平同志为核心的党中央高度重视生态文明建设，在习近平生态文明思想指导下，“绿水青山就是金山银山”的观念日益深入人心，创新、协调、绿色、开放、共享的发展理念化为亿万人民的自觉行动。在脱贫攻坚的伟大战斗中，中国作家没有缺席，诞生了李迪的《十八洞村》这样的一大批优秀作品。目前，中国作家协会正在推进“新时代山乡巨变创作工程”，继承赵树理、柳青、周立波等老一辈作家的优良传统，到人民中去，下得去、蹲得住、“打深井”，创作反映新时代乡村振兴的精品力作。生态文学同样是中国作协重点关注的，中国作协与生态环境部合作，已开展三次“大地文心”生态文学采访采风及征文活动，创作和遴选出多篇精品佳作。2021年，中央文明办、生态环境部、中国作协、青海省政府联合举办了首届生态文学论坛，时任中国作协副主席吉狄马加发表主旨演讲，全面阐述了生态文学的理念。

他说，就生态文学诞生的条件、包含的内容、承担的使命来看，它显然有别于单纯以风物为描写对象的自然文学，也有别于寄情山水或借物言志的传统抒情文学。生态文学必然体现一种全新的美学思想，包含一种融天道和人伦为一体的世界观和方法论。生态文学需要思考的是人与自然如何才能和谐共生这个命题。文学家既是又不单纯是自然保护主义者，既是又不单纯是人本主义者。文学家要思考人在自然中的地位，也要检讨人对环境的破坏；既要警示生态对文明发展的灾难性影响，又要反省人类行为的得失。生态文学要成为人类生态文明的预言和先驱。

李景平：文学应当追踪和反映社会发展的历史脉络和时代现实。中国的生态文学，从年代和概念上看，从20世纪90年代王蒙、高桦等许多作家提倡环境文学，到21世纪20年代李青松、李炳银等众多作家纵论生态文学，已经走过了40多年的历程。这期间，中国生态环境发展的历史与现实之间脉络是什么样子的，中国生态文学作品又是怎样跟踪和反映生态环境发展的历史与现实脉络的？或者说，在中国生态环境发展的历史与现实之间，从环境文学到生态文学的变化，呈现和表现出了什么样的变化发展？

刘友宾：近年来，生态环境问题受到全社会的广泛关注，我们感受到作家们对生态文学的热情也日益高涨。早期环境文学更多是描写自然之美，揭露生态破坏和环境污染问题，对全社会进行警示教育，对于公众生态环境保护意识的觉醒发挥了重要作用。

如今，生态文学视野出现了新的拓展。一方面，随着生态环境保护事业的不断发展、生态文明建设的深入推进，人民群众对生态环境领域文学产品的精神需求与日俱增，从打好污染防治攻坚战到深入打好污染防治攻坚战，作家们对生态环境问题的关注度也不断提升。另一方面，随着中国生态环境质量的持续改善，生态环境保护的范围不断扩大，作家们的关注角度也在发生改变，认识不断深化，原来更多关注污染和破坏问题，现在也开始关注生物多样性、气候变化等领域。生态文学的内容更加丰富，形态更加多样。

当前，新时代在召唤作家们的参与，展现党的十八大以来生态环境保护工作成就，讲好中国生态环境保护故事，进一步鼓舞人心、激励士气，增强人们的道路自信、理论自信、制度自信和文化自信，坚定深入打好污染防治攻坚战的信心和决心，生态文学有了更为广阔的施展空间，更加艰巨的历史使命。

李晓东：中国现当代文学对生态环境的表达，经历了立场的根本转变。上世纪20年代，郭沫若等人写诗歌颂上海等城市的烟囱，将冒出的黑烟比作“黑色的牡丹”，从中看到了中国工业的发展，却全然未想到污染环境。50年代写给伐木工人的赞美诗也不少，热情讴歌大树被运出深山支援祖国建设，甚至以树为主人公，用第一人称表达希望快快长大，快点被砍伐，以支援国家建设。这样的表达，在当时是符合那个时候的现实需要的。落后的中国社会急需发展，生态环境要么未被顾及，要么考虑到了，也难以避免走“先污染后治理”的老路，以环境代价换取经济发展。这种观念，直到改革开放初期，从官方到民众，包括文学界是一种普遍认识。

之后，严峻的环境问题引起了作家们的关注并用文学的形式表达出来。如山西作家哲夫的系列环境小说和电影，就属于中国最早以文学的方式揭露和批判环境问题的作品。1991年上映的电影《毒吻》曾引起广泛反响。再后，随着生态文明理念的日益深入人心和生态文明建设的丰富实践，生态文学作为一个新的文学门类越来越受到重视。

中国生态文学研究的开拓者之一王诺，给生态文学下的定义是："生态文学是以生态整体主义为思想基础，以生态系统整体利益为最高价值，考察和表现自然与人之关系和探寻生态危机社会根源的文学。简言之，生态文学是一种反映生态环境与人类社会发展关系的文学。"因此，较之主要表现人对环境的破坏和自然对人报复等激烈冲突的"环境文学"，生态文学更具哲学意蕴，与中国传统观念也更吻合。反映生态文明建设、人与自然和谐相处、绿水青山就是金山银山等，成为中国生态文学的主流。电视剧《右玉和她的县委书记们》，将"右玉精神"化为生动的故事、情节、人物，讲述了山西省右玉县委数十年带领全县干部群众植树防沙、改善生态的事迹，就是一部生动感人的生态文学作品。

李景平：中国走向生态文明时代，成为生态文学的背景，也成为前景，生态文学进入空前活跃的时期。国家生态环境部门发起和连续开展了大型生态文学活动，中国作家协会所属的《人民文学》杂志，全国性的生态环境报刊和地方性文学刊物，陆续组织了多种生态文学采风活动、征文活动和评奖活动，许多作家也参加了生态文学采风活动和征文活动。可以说，新的一波生态文学繁荣和振兴的时刻已经到来，中国生态文学的发展，兆示了一种新的趋势。应该认为，这显示了中国文学界对于生态文明建设的文化自觉和文化自信。或者就是一种中国化的文学自觉和文学自信。

刘友宾：确实如此。近年来，越来越多的作家开始关注生态环境问题，参加调研采风，创作推出不少生态文学作品，体现了作家们对生态环境保护的自觉意识，生态文学已经成为新时代文学创作的一个重要领域。

伟大的时代呼唤伟大的作品。党的十八大以来，在习近平生态文明思想的指引下，中国生态环境保护事业发生历史性变革，取得历史性成就，产生了许多生动实践和感人故事，为全球生态环境保护和治理提供了中国智慧、中国方案，也为生态文学创作提供了源源不竭的鲜活素材。当代生态文明建设的伟大实践，呼唤诞生更有深度、更有广度、更加震撼人心的作品。

当前，中国生态文明建设正在如火如荼的推进过程之中，我们相信，作家们一定会把握时代脉搏，聆听时代声音，从生态文明建设的宏伟画卷中发现创作主题，捕捉创新灵感，讲好中国生态文明建设的故事，一定能够产生不愧于这个时代的名篇佳作。

李晓东：王蒙先生在接受《中国环境报》采访时说，作家更富有对于自然、对于祖国河山、对于一切生命的感受和热爱。作家往往也能更早一点自觉或者不自觉地发出保护自然、保护环境的呼声，警惕环境破坏的危险。如今，作家们参与生态环境保护的自觉性更高，生态环境部聘请的特邀环境观察员，每年都有著名作家参加，作家们参与“大地文心”这样的生态环境专项采访采风的积极性更高，责任感更强。在中国作协社联部组织的“美好生活基层行”这样的活动中，生态治理和保护都是重要内容。近年来，作家们走进甘肃省古浪县八步沙，亲身体会总书记肯定过的八步沙精神，写出了抒情长诗等优秀文学作品；到山西长治考察漳泽湖城市湿地建设保护工程，体会北方水城的意蕴和成就；2022年拟举办“大地文心”生态文学采风活动，作家们将走进重庆、辽宁等省市，多侧面、多题材、多风格表现生态文明建设成就和风貌。

生态文学怎样呈现生态文明时代

李景平：就我所知，当前的生态文学创作，普遍体现一种走向荒野、走向森林、走向自然的文学写作。可以说，这代表了一种新的生态文学创作思潮或审美认识，是人类越来越进入城市而远离自然之后对于自然的一种情感回归，而不是提倡人们真的回归荒野，回归山林，回归僻远的自然。现代人没有人会真的归去的，即使像胡冬林那样的作家，在长白山森林里居住长达五年之久，也是因为创作生态文学而投入森林世界。生态文学作家关注自然，将大自然作为文学书写的对象主体，这无疑是生态文学的应有之意，其体现的是人们重新认识大自然、重新认识人与自然关系的一种历史和现实的自觉清醒。

刘友宾：当代生态文学，重要的是体现现代生态文明理念，体现习近平生态文明思想的创新理论和实践成果。这是当今人类世界关于生态环境保护的最先进的思想理论和最前沿的社会实践。生态文学不是简单地向过去看，不是提倡回到原始的自然环境中去，更重要的是向未来看，重在展现人与自然的和谐交融之美，反映更高层次的人与自然的文明形态。

“人是社会性动物”，人本身就是自然的构成部分。人对自然之美的亲近与回望，本身也是人作为社会性群体的一种审美方式。作家天然具有一种自然情怀，但生态文学不只是要关注自然之美，更不是只怀念原始自然之美。生态文学依然是人的文学，其文学视野，应该与政治、经济、社会、文化更加紧密联系，从更多维度展现人与自然的和谐共生关系、共生共荣之美，即生命共同体之美。

伟大的文学作品一定来源于生活，生态文学也一定要从实践中来。人类在尊重自然、顺应自然、保护自然和改造自然的伟大实践中体现的伟大精神，付出的艰辛努力，取得的丰硕成果，实现的人与自然和谐发展的美好境界，是生态文学需要极力书写和展现的。自然的人化和人的自然化相统一，即人对自然生态环境的改造、建设和人对自然生态环境的恢复、保护高度统一，才是生态文学真正的至高境界。

李晓东：2010年上海世博会的主题是“城市，让生活更美好”，城市化是不可逆转的时代潮流，但“城市病”也越来越显现，城市在让生活更美好的同时，也让生活不那么全面美好。其实，自古以来，即使在农业社会，城里人向往山野也是常见现象。清明踏青郊游，“人面桃花相映红”，杜甫的诗句“细雨鱼儿出，微风燕子斜。城中十万户，此地两三家”，都表达了对自然生活的热爱。现在城市规模越来越大，工作繁忙，人们亲近自然生态的机会比古代少了许多，阅读生态文学作品，包括观看《人与自然》《动物世界》等节目，《帝企鹅日记》等电影，成为亲近自然的替代满足。工业化进程前期，过度强调对自然的征服和改造，包括我国社会主义建设和改革开放初期，机械理解马克思“人的本质力量的对象化”理论，过度开发，过度砍伐，过度开采，引发荒漠化、采空区塌陷、泥石流等地质灾害和自然灾害，从反面唤醒了人们的生态意识，更加向往纯粹的大自然和原生态。因此，现代人明知“原始人部落”回不去，不可能生活在神农架，人类也不可能变成阿凡达，相关文学影视作品却层出不穷。在某种意义上，生态文学作家是替公众探索大自然、表现大自然，唤醒人类基因中潜存的原始记忆的群体。公众通过阅读生态文学，从精神上亲近大自然，获得审美享受与情操陶冶净化。

李景平：是的，生态文学作品应该聚焦于这个时代深刻变化的生态环境现实。但就目前的生态文学创作看，更多的生态文学作品聚焦于山水草木的自然书写，就生态文学聚焦当下看，在反映生态环境保护现实和社会转型发展进程上是存在明显距离的。比如环境保护，比如绿色转型。中国生态环境保护和经济转型发展已经发生了历史性的变化。过去，生态环境遭受严重破坏的时候，曾产生富有社会影响的生态文学作品；而生态环境现实发生历史性改善的时候，却反而缺少具有足够影响力的生态文学作品。这个现象值得深思。

刘友宾：越来越多的作家在关注自然生态变化，进行生态文学创作，这是一种新的好的文学现象。著名作家王蒙曾经说过，作家是生态环境保护的天然同盟。但生态环境保护毕竟是求新创新的领域，对许多作家来说，生态环境保护领域也还是一个新鲜领域。

从水污染治理、空气污染治理、土壤污染治理，到全球气候变化、碳达峰碳中和、生物多样性保护，都是新东西，就像整个社会对生态环境保护有个认识过程。原来，很多人对生态环境保护是陌生的，认为“环保”就是“环卫”，环境保护就是环境卫生；甚至，不少人对生态环境保护的认识是矛盾的，总拿“环保”重要还是“温饱”重要说事，实际代表一种轻视环境保护的倾向。现在，全社会生态环境意识和科学文化素养提高，人们对生态环境保护的认识也发生了变化。至少表现在没人会认为“环保”就是“环卫”了，且已认识到既要“温饱”也要“环保”，既要“生活”也要“生态”，既要“金山银山”也要“绿水青山”，而绿水青山就是金山银山。作家们创作生态文学作品，这本身就是生态环境意识的变化和进步，是生态环境行动的自觉和提升。

当然，生态文学作家要进入生态环境场域创作，就要进入生态建设的现实场景，进入环境保护的火热现场。这当然是需要时间的，需要热切深入地关注、熟悉、体验、经历。只要我们的作家本着作家的社会责任和历史使命，为生态文明建设和美丽中国发展提供强大的精神动力，为生态环境保护和污染防治攻坚营造良好的社会氛围，真正走入火热的生态环境保护的广阔实践，就一定能够写出更多更好的有深度、有广度、有温度、有影响力的优秀生态文学作品。

李晓东：习近平总书记在党的十九大报告中提出防范化解重大风险、精准脱贫、污染防治的三大攻坚战。脱贫攻坚任务完成，相关文学作品的大规模写作也面临转型，而配合蓝天保卫战的生态文明建设将成为重要任务，生态文学创作面临空前的历史机遇。当前生态文学创作显现出繁荣发展的良好态势，从生态环境部每年评选“十本生态环境好书”推荐情况看，每届均有近300部作品备选，相当一部分是生态文学作品。

著名生态文学作家刘先平在今年1月逝世，他的《云海探奇》《呦呦鹿鸣》《千鸟谷追踪》《大熊猫传奇》《南海变色龙》《追梦珊瑚》以及探险纪实系列，以生动的语言、优美的图片、亲入大自然深处的经历，为中国生态文学留下了宝贵财富。徐刚的《伐木者，醒来！》等经典名篇，陈应松的“神农架系列”，李青松的“森林系列”，胡冬林、任林举等东北作家的生态文学写作等，都是非常可贵的成就。新时代以来，何建明的《那水，那山》、阿来的《三只虫草》、刘醒龙的《上上长江》、李成才的《影响世界的中国植物》等，都是生态文学领域值得关注的最新成果。这些作品从不同角度记录了这个绿色发展的时代，呈现了人与自然新的关系，生动诠释了生态文明理念。

李景平：生态文学作品的创作，可能还有个题材撷取和文学转化的问题。生态建设和环境保护是中国生态文明建设的主体，工业生态环境保护又是中国生态建设和环境保护的主体。在当下的生态文学中，写山水草木的多，而写环境保护的作品少；即使写生态环境保护，也是写山水河流治理的多，而写工业生态环保的少。这个问题，我也曾经与作家朋友交流过，作家们认为，写环境保护门槛高，写工业环境保护门槛更高。想想也是，山水草木毕竟与人是生命相通的，工业世界与人则存在天然的隔膜。所以把枯燥的铁一样的东西转化为文学，转化为光彩鲜活的生动形象，就有一道门槛的阻隔。的确有个文学感受问题，也是个艺术表现问题。

刘友宾：人们常说艺术源于生活，又高于生活。生态环境问题与人们的生活息息相关，每个人无时无刻不在参与、感受着生态环境的变化。生态环境的变化，来自全社会的行动。这样的行动，就构成了我们这个时代的生态环境保护中国故事。

生态文学面对的生态环境保护，是一个涉及面广阔的领域，也是一个专业度颇高的领域。在我国生态环境保护进程中，发生了许多环境保护的故事，产生了许多可歌可泣的人物事迹，而这些故事和人物中，也包含着许多环境保护管理和治理难题的解决和突破。这里确实有一个作家怎么进入和文学怎么书写的问题。

相信在中国生态文明建设实践的不断推进中，作家们会密切关注生态环境保护，用心书写生态环境保护的生动实践，用情讲述有血有肉、可歌可泣的人物故事，从而从生态环境保护的角度反映一个时代的政治、经济、社会和文化的变迁，从政治、经济、社会和文化的变迁中记录一个时代的生态环境变化，进而创作出真正属于中国生态文学的不朽篇章。

李晓东：工业题材文学创作在中国一直是个明显短板，新时期以来，虽然诞生了蒋子龙的《乔厂长上任记》、张洁的《沉重的翅膀》、张宏森的《车间主任》、谈歌的《大厂》等工业题材佳作，但相比较农村题材，可谓九牛一毛。

工业企业的环境升级改造、淘汰落后产能、关闭重污染企业和生产线、生态环保产业兴起等，是生态文明建设的重要组成部分，也可以说是“蓝天保卫战”和“碧水攻坚战”的基础工程。其中，蕴藏着大量“具有许多新的历史特点的伟大斗争”，真实的事例、生动的情节、激烈的矛盾、感人的形象层出不穷，是生态文明创作丰沛的活的源泉，理论上，是可以催生出文质兼美、思想性与艺术性高度统一，有筋骨、有道德、有温度的精品力作的。实践中之所以未能如此，正如苏轼《石钟山记》之感慨：“士大夫终不肯以小舟夜泊绝壁之下，故莫能知；而渔工水师虽知而不能言。此世所以不传也。”国有企业中有大量班组通信出身的业余写作者，有生活经验，但创作水平也有限，大部分难以超越业余写作的局限，而职业作家已很难像赵树理、柳青、周立波那样长时间深入生活。因此，工业题材创作整体质量仍有待大力提升。与之相关，反映工业环境保护的文学创作，无论是小说、诗歌、散文、戏剧或者网络文学，都有巨大发展潜力。

李景平：中国生态文学曾经以超前的思考和深刻的思想实现对历史的反思和对现实的批判，从而成为中国生态环境意识的启蒙，也成为一个绿色时代的引领。而今，生态环境意识已成为国家理念，生态文明意识和思想迅速改变着人们的思维方式、行为方式、生活方式、生产方式。生态文学反映时代现实，这是当然的，也是必然的。在走向生态文明的时代，生态文学不仅仅只是现实的反映和时代的解读，生态文学能不能再度成为一种新的时代性引领？怎样成为一种新的时代性引领？这应该也是值得思考的问题。

刘友宾：生态文明是人类到目前为止最为先进的文明形态。生态文明建设在迅速推进着中国社会、经济、发展的转型，也推进着人们思想、认识、行为的转变。可以说，社会的转型和人的转变，就起始于生态文明理念和思想的引领。

生态环境保护是全人类共同的事业，需要全社会广泛参与。习近平总书记强调，每个人都是生态环境的保护者、建设者、受益者，没有哪个人是旁观者、局外人、批评家，谁也不能只说不做，置身事外。那么，要动员全社会成为生态环境保护的力量，放在首位的，就是在全社会树立生态文明的理念。

生态文学确实应该具有生态文明时代的引领和担当意识，而且，生态文学本身是生态文明思想和行为引领的一种方式。“绿水青山就是金山银山”，这样形象的生态哲学警句就是一种引领；“像保护眼睛一样保护环境”，这样的生态文学比喻也是一种引领。

作家是人类灵魂的工程师。如何促进全社会共建生态文明，共建美丽中国，体现中国在全球生态文明建设中的重要参与者、贡献者、引领者作用，是摆在我们面前的一个迫切问题。我们殷切期望作家们能够积极参与到生态环境保护实践中去，身体力行、知行合一，做践行绿色生活方式的参与者、先行者、引领者，在思想上、行动上为广大公众提供榜样示范。只要主动融入当代生态环境保护的伟大实践中去，与人民群众打成一片，一定能写出贴近生活、契合时代、生动感人、影响社会的具有引领性的优秀生态文学作品。

李晓东：新时期伊始，伤痕文学、反思文学、改革文学等文学思潮和现象曾成为社会变化的先声，产出了超出文学之外的效应，这种引领作用在今天已经不具备出现的条件了。2021年第20期《求是》杂志发表中国作家协会党组署名文章《新时代文学要牢记“国之大者”》，生态文明建设作为实现中华民族伟大复兴中国梦的重要组成部分，就是“国之大者”，因此，生态文学要自觉围绕、服务、表现生态文明建设的理念与实践。这就要求生态文学创作要以习近平生态文明思想为指导，秉持正确的观念，尤其应该警惕“生态原教旨主义”或者生态极端化，不能把生态等同于“原生态”，也不能将现代工业化、信息化与生态文明对立起来，更要避免落入西方某些意识形态的话语陷阱。

如何推进生态文学创作的繁荣发展

李景平：人们经常问，文学的作用是什么？人们也经常说，文学的作用是潜移默化的。生态文学的作用不仅是潜移默化，也是警世猛醒式的。生态文学的力量是影响人，进而影响生态，它比我们想象的要大。《寂静的春天》开启了人类现代环境保护的历史，《伐木者，醒来！》肇始了当代中国森林保护的发展。作为一种文明形态，生态文明对于塑造其灵魂形象和精神气质，具有一种内在要求，也需要一种外在推动。生态文学作为深刻凝聚生态文明时代精神和生动塑造生态文明时代形象的文化形式，体现的不仅是为民族可持续发展培根铸魂的作用，而且是为人类可持续发展培根铸魂的作用。在引导和推进作家创作生态文学精品力作上，生态环境部和中国作家协会会做些什么？

刘友宾：好的作品只有先打动自己，才有可能感染他人。创作生态文学精品力作，需要更多地依靠作家自觉践行生态文明理念，真正热爱生态环境事业。

作为生态环境部门，我们将竭尽所能为作家们深入生态环境保护现场，实际开展作品创作提供机会、创造条件。比如，邀请作家到生态环境部门开展生态文学座谈交流对话，组织作家奔赴生态环境保护第一线开展生态文学采风采访，鼓励作家到生态环境保护领域定点深入生活，发挥生态环境部所办媒体主阵地作用，推出生态文学作品，举办生态文学征文活动并开展评奖，动员广大作家广泛开展生态文学创作活动，把支持生态文学创作安排进生态环境宣传计划，号召生态环境保护系统自上而下推进生态文学繁荣发展。

总之，我们欢迎和支持广大作家关注生态环境保护，参与生态文明建设，投身生态文学创作。

李晓东：我们在赞叹《寂静的春天》的同时，也要汲取它的教训。首先要增强科学性。书中的许多论断，如DDT致癌，与科学事实相违背。生态文明、环境保护必须立足科学，生态文学也如此，不能夸大环境危机、生态危机，人为制造心理恐慌。其次，生态保护不能超越发展阶段。从解决全球粮食问题的角度看，化肥、农药的作用无可替代。有观点认为，近年来非洲的粮荒与受《寂静的春天》这样的环保著作影响，农药生产大量减少，病虫害大量增加有关。因此，生态文学应该避免“未富先娇”，为生态而妨碍发展。第三，生态文学要补短板。特别是加强反映工业转型升级，以先进科技手段减少环境污染、促进生态建设等题材，关注生物治理等既美化环境又降解污染物的生态保护手段，改变当前生态文学基本等同于大自然文学的状况。

在推进生态文学产生精品力作上，中国作协与生态环境部合作举办的生态文明论坛和生态文明采访采风活动成效显著、成果丰富，以后还会更加深入。中国作协主办的国家级奖项茅盾文学奖、鲁迅文学奖、全国少数民族文学创作“骏马奖”、全国优秀儿童文学奖都欢迎优秀的生态文学作品参评，在已获奖的作品中，也有不少涉及生态保护，或者就是生态文学作品。

李景平：生态环境部和中国作家协会在联合推进生态文学繁荣发展上是有历史传统的，相信也会有新的行动。可以说，现在，生态文学已经进入中国文学界的主流话语系统，生态文学已经进入中国“世界环境日”的主场活动日程。2021年，生态环境部在青海举行的“世界环境日”中国主场活动中，专设了“中国生态文学论坛”，发表了“中国生态文学宣言”——《青海宣言》，那么，2022年，生态环境部将举办新的“世界环境日”中国主场活动，在生态文学上将会有什么新的动作？“世界环境日”是世界性的盛大纪念活动，在这样的场景里，新时代的中国生态文学将给世界一个什么样的信号？

刘友宾：生态文学是生态文明建设的重要组成部分，生态环境部高度重视作家在生态环境保护中的重要作用，积极为作家深入生活、了解生活创造条件。连续多年，我们联合中国作家协会围绕繁荣生态文学举办座谈会、论坛，每年组织作家深入生态环境保护一线调研采风，开展生态文学作品征文等活动，推出了一批反映生态环境保护工作实际的优秀作品。

今年是联合国第一次人类环境会议召开50周年，我们将在辽宁省举办2022年“六五环境日”国家主场活动，继续联合中国作家协会举办生态文学相关活动，结合生态环境保护工作实际，引导动员更多作家投身生态文学创作，一如既往地为作家们了解生态环境保护工作创造条件。我们欢迎更多的作家关注生态环境保护和生态文明建设，奋力书写50年来，特别是党的十八大以来中国生态环境保护工作的历史性成就，尽情歌颂这些成就背后的感人故事和生动实践，讲好中国生态环境保护故事，传播中国生态文明建设好声音，让世界看到中国生态文明建设的伟大决心、伟大信心和伟大实践。生态文明时代为生态文学创作提供了广阔的舞台，生态文学作家只要真正投身于生态文明建设，一定能不负时代，写出最新最美的、具有深远影响力的生态文学作品。

李晓东：2022年6月5日“世界环境日”主场活动将在辽宁沈阳举行。通过直接参与“六五”活动，相信文学不仅仅会成为

“国之大者”的记录、书写、讴歌者，而且会成为直接的参与者、行动者。在中国作家协会第十次全国代表大会的工作报告中，中国作协党组书记、副主席张宏森总结出新时代文学的八方面显著特色：新时代文学是书写中华民族新史诗，凝聚伟大复兴精神力量的文学；新时代文学是以人民为中心，激励人民创造美好生活的文学；新时代文学是以提高质量为根本，奋力铸就艺术高峰的文学；新时代文学是以创新为动力，勇于拓展新空间塑造新形态的文学；新时代文学是坚定文化自信，光大中国气派中国风范的文学；新时代文学是铸牢中华民族共同体意识，建设各民族共有精神家园的文学；新时代文学是参与人类命运共同体构建，体现广大人类关怀的文学；新时代文学是主动融入现代传播格局，有力证明文学地位价值尊严的文学。那么，在新时代文学的广阔天地里，生态文学必将大有作为，从高原攀上高峰。

外国人在中国寻梦

中国不仅是中国各族人民实现梦想的舞台，也是世界人民追梦、寻梦、圆梦的天堂。外国人在中国的寻梦之旅由来已久、源远流长。

外国人在中国寻梦，最早可以追溯到西周。古书《穆天子传》载，周穆王西巡见西王母，而镐京至西王母之邦，行程共1.21万里。西王母即王母娘娘，后世尊为母仪天下的典范，蔚为中国女子心中的最高标准。一个外国人，成为中国文化中的最高女神，足见中国人的宽容与包容，也为后世无数外国人在中国寻梦奠定了内在基础。

汉代以降，丝绸之路兴起，佛法东渐，一批又一批的商人、僧侣越过沙漠来到中国，寻求财富、追随信仰、实现梦想。而盛唐时的首都长安，是人口超过百万的国际化大都市，各国的商贾、学生、僧侣、游客奔走街市、流连酒肆，诵读诗书、立业庙堂，“春风得意马蹄疾，一日看尽长安花”的风流倜傥、万众仰羡中，也有高鼻深目、卷发连髯的白种人。而“遣唐使”则是外国人中华寻梦的代表。史载，自公元630年到894年，260多年间，日本共向唐朝成功派遣“遣唐使”12次，单次人数最多的逾500。“遣唐使”一登岸，即受到中国的真诚接待，地方官一面将“遣唐使”迎入馆舍，一面飞马上奏朝廷，并护送使团的主要成员前往长安，觐见皇帝，接受赏赐。许多日本留学生在中国朝中为官，有的官职相当高，著名的如阿倍仲麻吕，在长安学习考中进士，官至唐左散骑常侍兼安南都护。李白《哭晁卿衡》的名篇千古传诵：“日本晁卿辞帝都，征帆一片绕蓬壶。明月不归沉碧海，白云愁色满苍梧。”而其背景，则是汉名晁衡的阿倍仲麻吕以唐朝回聘日本使节的身份，随日本遣唐使代表团归国。一个外国人被任命为出使其母国的使臣，足见阿倍仲麻吕在中国的成功和唐朝对他的信任。而美国直到2011年才派了一位已是第三代美国人的华裔驻华大使。

马可·波罗的故事，相信东西方人都不陌生。这位生于意大利威尼斯的商人，来到中国后受到了元世祖忽必烈的重用，在元朝为官、旅行长达17年，享尽富贵繁华。回国不到3年，却在威尼斯和热那亚间的战争中被俘。他的《马可·波罗游记》是寻梦中国早期最杰出的代表。不仅马可·波罗在中国实现了事业发达、财富增长、眼界开阔的人生之梦，而且其著作为整个欧洲点燃了对中国的憧憬。16世纪的意大利收藏家、地理学家赖麦锡说，马可·波罗在1299年写完《马可·波罗游记》，“几个月后，这部书已在意大利境内随处可见”。1324年马可·波罗逝世前，《马可·波罗游记》已被翻译成多种欧洲文字，广为流传。现存的《马可·波罗游记》有119种文字的译本。西方研究马可·波罗的学者莫里斯·科利思认为，这本书“不是一部单纯的游记，而是启蒙式作品，对于闭塞的欧洲人来说，无异于振聋发聩，为欧洲人展示了全新的知识领域和视野。这本书的意义，在于它导致了欧洲人文的广泛复兴”。在根本上，文艺复兴有两个思想来源，一个是古希腊，一个是中国。哥伦布、达·伽马等都是《马可·波罗游记》的铁杆粉丝。他们读了游记，燃起了到东方的梦幻之国寻找和实现人生梦想的强烈愿望，于是扬帆远航。哥伦布到达美洲，但他一直认为到的是印度，是通往中国的一站。文艺复兴把欧洲带出了长达千年、野蛮蒙昧的中世纪，《马可·波罗游记》就是烛照这场伟大思想和艺术解放运动的灯火，而中国和关于中国的梦想，将这枚灯火点燃。哥伦布、达·伽马们则是寻找中国，发现世界。

思想启蒙运动是文艺复兴之后欧洲第二次最伟大、广泛的思想解放运动，它反对王权、神权和特权，提倡理性与科学，导致了法国大革命的爆发和《人权宣言》的诞生。现今所谓民主、科学、自由、平等、博爱等核心理念，思想启蒙运动时已完整地提出。与文艺复兴一样，思想启蒙运动同样以中国为榜样。当时的欧洲普遍崇尚中国文化，形成了全欧洲范围的“中国热”。《中华帝国志》等一批著作的面世，为法国乃至整个欧洲塑造了一个“理想的中国”。几乎所有欧洲哲学家都涉猎了中国文化，其中思想启蒙运动最杰出的代表之一，被后世尊为“法兰西思想之王”的伏尔泰，对中国文化极为推崇。1755年8月20日，伏尔泰根据元杂剧《赵氏孤儿》改编的戏剧《中国孤儿》在巴黎上演，轰动法国剧坛。作品颂扬中国道德和儒家文化，在欧洲文化界和文学界产生了很大反响，东方题材风靡一时。伏尔泰在著作和书信中多次提到孔子，认为“孔子是真正的圣人，他自视清高，是人类的立法者，绝不会欺骗人类。没有任何立法者比孔夫子曾对世界宣布了更有用的真理”。德国启蒙运动的先驱莱布尼茨著有《中国之哲人孔子》一书，以程朱理学的基本范畴“理”为基础，建构了自己以“理由律”为核心的哲学体系。《人权宣言》中最重要的一句话，正是中国典籍，那就是《论语》中的名言“己所不欲，勿施于人”。正是对中国的梦想，给了思想启蒙运动的哲人们以信心和力量。“东风西渐”为欧洲近代思想文明、政治制度、社会治理提供了无可替代的思想资源、人格榜样和治理典范。

中华民族是爱好和平的民族，自古以来，关于中国之梦，带给世界的就是交流与交融，是和平与发展。在国内，汉代继承秦朝疆域的基础上，进一步促进民族融合而形成汉族，历经“五胡乱华”大融合而形成中华民族，甚至一度对抗激烈的蒙古族和满族入主中原，其最终结果，也是文化交流、思想交融、民族交汇。对于外国人，同样如此。元代疆界广远，色目人众多，形成了一个阶层，地位仅次于蒙古人，高于汉人和南人。“色目”意指各色名目。除了蒙古人和原宋朝疆界内的人，其他都被称作色目人，包括吐蕃人、西域人，还有来自今天中亚地区和欧洲的人。他们可以在元朝政府中担任要职，拥有与蒙古人相差不多的权利。再举一个广为人知的例子。犹太人自被赶出原住地迦南后，被迫在世界各地流浪，受尽迫害和屈辱，到了中国的犹太人，境遇却大不相同。最早来到中国的犹太人可以上溯到汉朝，最晚的则在第二次世界大战时期，时间跨越近2000年。江山数易，朝代更迭，唯一不变的，是中国政府和人民对他们的包容尊重。有人因古代来华的犹太人都已汉化而感到遗憾，认为没有保存住优秀的犹太文化，其实，文化的消失与存续，都是环境决定的。犹太人的历史告诉我们，当外界压迫甚紧时，他们要抱团取暖，共同的文化成为守望相助的支撑。而在中国，他们得到了包容、尊重、接纳，与当地人一起自求多福，追寻着梦想。如果说，在世界的其他地方，犹太梦就是重回以色列的话，在中国，则成为中国之梦的一部分。他们并不希望开封成为以色列，而希望以色列成为安宁和平的开封。

外国人中国寻梦，如果寻求的是和平共处、共同发展繁荣的梦，中国人民由衷欢迎，和他们一起寻梦、追梦、圆梦。正如阿倍仲麻吕归国时作《衔命还国作》诗篇中所云："衔命将辞国，非才忝侍臣。天中恋明主，海外忆慈亲。伏奏违金阙，骈骖去玉津。蓬莱乡路远，若木故园林。西望怀恩日，东归感义辰。"在中国，他不仅取得了个人的成功，而且感受到亲切的关爱和真挚的友情，还能促进中外友好交流。

然而，若想在中国寻侵略之梦、殖民之梦、掠夺之梦，中国人民是绝对不会答应的。中华民族的复兴之路，自1840年鸦片战争起始。鸦片战争之所以发生，正是由于受文艺复兴滋养、思想启蒙运动培育的西方人，忘记他们的文明来源，转而向老师宣战，想趁中华帝国暂时落伍之际捞一把，将无尽的噩梦带给善良勤劳、热爱和平的中国和中国人民。他们没有想到的是，从三元里抗英，到义和团，到全民奋起的抗日战争，历经一百多年，付出无数牺牲的中国人民，终于站起来了，终于成了自己土地的主人，中国作为世界大国屹立于世界东方。中国的抗争，惊醒了东西方帝国主义的迷梦，让他们清醒地看到，噩梦醒来是早晨，只有与中国和平共处、共同发展，才能互利共赢、多元共生，才能和而不同、和光同尘。

今天，改革开放的中国为世界人民提供了更多更好的机会，越来越多的外国人在中国求学建功，安居乐业，编织、实现着我的梦、中国梦。一个艺名“大山”的加拿大人，已在中国家喻户晓二十多年，可以说是外国人于新时期在中国逐梦、圆梦的代表。而来自不同国家的“大山”们，是越来越多了。笔者十余年前在华东师范大学攻读博士学位期间，曾兼职做过三年对外汉语教师，真正体会到了什么叫“桃李满天下”。来自亚非拉美澳各地区的学生，不同国籍、不同肤色、不同信仰、不同文化背景，聚首在一间教室里，异口同声地学念着ɑ o e，怪声怪调，一边摇头一边努力地发准“妈、麻、马、骂”。他们中的许多人不仅学习语言，而且要在中国拿得学位，不仅对中国传统文化感兴趣，更希望了解中国当下的经济、社会与文化。因为中国对他们，已不是旅行考察的对象，而是实现事业发展、人生辉煌的圆梦之地。根据第六次人口普查结果，以2010年11月1日零时为标准时点，居住在中国境内并接受普查登记的外籍人员593832人，接近60万，还不包括为数不少的在华“三非”外国人。而来中国旅游的外国人，2011年达2711.2万人次。这些数据距今已两三年，毫无疑问，又得到了明显增长。“各民族大熔炉”是美国引以为傲的标牌，也是美国梦的基础，而中国，不仅境内各民族共同团结奋斗，共同繁荣发展，而且开放的中国、发展的中国，继承发扬和而不同的中国精神，成为世界各国人民共同的梦想家园。在这里，没有种族隔离、没有民族歧视、没有宗教纷争，大家在同一片蓝天下，同一个中国，同一个梦想，那是中国的梦，也是我的梦。

我们的山西，我们的文学

——在《山西文学》2018年笔会上的发言

一、山西的文学根基非常好

非常高兴今天有这个机会到岢岚和大家交流，昨天和罗书记、吴部长交流的时候，发现很多是山西大学的校友。回想从1992年到1996年在山西大学中文系读书时，有一个很著名的活动叫作“约题学术讲座”，每天晚上7点钟到9点钟，会请一些校内外的老师来讲课，我记得请过张平、成一、李锐、燕治国，还有很多山西文学界的领导和著名作家。

那个时候就感觉咱们山西作家每一个人都是非常有性格的，而且创作各有特色。印象比较深的是李锐，当时他刚刚从斯德哥尔摩回来，写了一篇叫《寂静的高纬度》的长篇散文。我们请他来讲课，他就讲《我所知道的中国和中国人》。他从当年在吕梁山插队的时候开始讲起。他一个四川人，又是北京知青来到山西，一直留下来，包括他夫人和女儿，应该说都是山西文学界的主力军。成一就比较内敛一点儿，讲课的时候声音比较小，但是成一的小说写得非常漂亮。燕治国老师个子很高，一米八六，典型的河曲保德州人，有点蒙古血统。他讲他的散文。那是我们第一次感觉到山西文学在小说和散文等方面可圈可点的成就，影响了我很多年。

后来韩石山老师给我们讲课的时候，有一段话令我到现在印象还非常深刻。他讲的是马尔克斯的《百年孤独》里面，刚开始说中年以布恩迪亚上校面对行刑队的枪口时，想起了祖父带他去看冰。他说，这句话不知道启发了多少中国作家愚钝的思维。他举了一个《白鹿原》的例子，说白嘉轩自豪的是一生娶过七房女人，讲第一房怎么样、第二房怎么样、第三房怎么样……可这七房女人和白嘉轩后面的故事一点儿关系都没有。陈忠实不过是就学了一个开头。

我23岁去兰州读研究生以前，从没有离开过山西。我在长治武乡县的农村出生，在潞安矿务局长大，然后到山西大学读书。我觉得山西这块土地上的文化特色、人文精神，还有文学创作，都有非常深厚的积淀，不仅培养了我，也培养了我们在座的很多作家。山西文学的根基非常好。

二、山西文学亮点纷呈

山西最有影响力的是什么？我觉得，山西有四个东西在全国有影响力。第一个是票号。山西的票号题材，拍了好多影视片，其中一个就叫《乔家大院》。第二个是煤炭。我是从小在煤矿长大，对煤炭的感情非常深。第三个是山药蛋，就是山药蛋派文学。现代文学史上的流派众多，什么九月派啊、新感觉派啊、为人生派啊、创造社啊，社团流派非常多。新中国成立之后，社团流派相对来说比较冷落一些。但有两个流派，一个山药蛋派，一个荷花淀派，在文学史上得到普遍认可。和清新雅丽的荷花淀派不一样，山药蛋派确实立足于山西的这块土地，不管是马烽、西戎、孙谦、胡正、束为，还是后来我们山药蛋派新的作家，包括张石山、田东照、王东满，这是山西的一张名片。第四个就是反腐败。张平那个时候写《法撼汾西》《天网》《国家干部》。这些腐败案，我们怎么样用文学的方式表达出来？

整体感觉，山西文学有四个特点。一是历史悠久。历史上著名的山西文人，如王维、王勃、柳宗元、白居易，还有流落在各地的，包括一直在山西的傅山。近现代也有很多著名的作家，还有文化现象。

二是星光璀璨。刚才说的山西大学约题学术讲座，每天晚上都有一个讲座主题，星期一叫一阶良宵，星期二是二龙伴月，星期三叫三晋华灯，星期四叫四季晚钟，星期五叫五星璀璨，星期六叫周末夜雨，星期天叫七夕师话。请了很多人来和大家聊文学聊哲学，包括聊一些科技进步方面的东西，我们确实开阔了眼界。当时正是“陕军”和“晋军”崛起的时候，“晋军崛起”和“陕军东征”，应该算是中国当代文坛的两支非常重要的力量。

三是新锐迭现。今天我们在座的这么多作家，就是我们山西文坛的新锐。这几年看来，山西的作家和刊物在全国文学版图中，不能说是最靠前的，但不落后。从《小说选刊》选稿发稿来看，山西的小说特别是中短篇小说，成效还是非常显著的。包括葛水平、蒋殊、杨遥、手指、杨凤喜、陈克海，还包括现在离开的孙频这些作家。这些年轻作家，每个人风格还是相当不一样的，各有特点。像葛水平对乡村，特别是对晋东南地区的一些诗化的书写。我感觉杨遥的一些小说和克海的小说，都是很精彩的短篇。山西文学是不是能重现“晋军崛起”那么一种态势？能在全国有那么大影响力吗？现在可能暂时还难说，因为现在整体的中国文学版图，被网络文学冲击得非常严重，传统文学或者我们所说的雅文学能再成为一种真正的现象，非常难了。

四是刊物办得好。以刚才被大家反复提及的，《山西文学》上发表的《小花旦的故事》为例。王占黑是一个1991年出生于浙江嘉兴的年轻作家，能把作品写到这个程度，特别是在里面展现的一种非常从容的心态，这种心态很难得。她这篇小说整个感觉是非常沉静的，有点像《红楼梦》。曹雪芹晚年的时候，经过多少风浪，最后发现半生多事还不如闺阁中几个良友，举家食粥的时候依然不如风光霁月。作为一个“90后”作家，她能写出这种感觉，是相当不容易的。《山西文学》能推出这篇作品，作品也很长，大概5万字吧，也是相当可贵的。我刚才看了一下“步履”栏目，“步履”里面应该是会不断有新的作家出现。

当前山西文学在茅盾文学奖、鲁迅文学奖获奖的情况还不容乐观，但是在全国文学群阵里在创作的均衡程度，以及年轻作家的培养上，还是走到了一个比较靠前的位置。当然和上海、浙江、江苏、广东是没法比的，因为他们有一些别的措施，还有一些人才引进。比如孙频，就到江苏去了。他们有实力把一些苗子挖过去，那么，怎么样把我们的苗子培养起来后留下来，是个问题。前辈作家，比如李锐是北京人是吧？像郑义，包括焦祖尧，都是外地人，来了山西以后，扎根多少年，成为山西文学的领军人物。

三、当前小说创作的明显不足

当前小说创作有几个缺点，不仅是我们山西文学的缺点，我觉得中国的中短篇小说创作，以及长篇小说创作都有这样的缺点。第一就是同质化非常严重。为什么同质化很严重？以前的山西文学，比如张石山的《仇犹遗风录》、曹乃谦的《温家窑风景》、李锐的《厚土》以及他后来写的农具系列，都是乡土，乡土之间相对来说同质较少，因为这个村和那个村感觉不太一样。山西15万平方公里，长治和大同的差别太大了，运城和和阳泉那完全不是一回事。长治可能听的是豫剧，大同听二人台，晋南听的是秦腔，完全不一样，乡土的事件，相互差异非常非常大。

但是城市化就不一样了，现在全世界的城市都是一样的。城市的同质，一个是建筑的同质化，一个是生活的同质化。建筑的同质化，可能上海和北京还不太一样，上海有陆家嘴金融贸易中心，还有外滩万国建筑博览会，和太原不一样，和北京也不一样，但是生活都差不多。只要你进了楼房，用上煤气、用上抽水马桶。只要进了县城，生活方式和北京、上海是一模一样的。生活同质化的时候，对生活的认识也是同质化的，再加上人开上车，从这个“盒子”里进到另一个“盒子”里，然后从车里出来以后就直接上了电梯了，所以人永远在盒子里面生活着。

网络文学很同质化，纯文学也走到了同质化状态。同质化的城市表达怎样有所突破？所以《小说选刊》选稿子的时候，第一条就是题材上的突破，只要题材有一点儿突破，哪怕技巧还不是很成熟，创作还不是那么到位，都优先选择。这个时代应该说变化很大，现实主义创作，首先要什么？不是干预生活，而是要反映生活。比如上海作家姚鄂梅，从江苏去的，她能非常准确地反映现在都市生活里一些目前为止大家还不太知道的但是已经出现了的现象。比如《小说选刊》选了她一篇中篇小说《尖叫的乌鸦》，它讲什么？讲保姆在上海做钟点工，工作以后，她回到住的地方，也雇个钟点工打扫卫生洗衣服。为什么？因为她觉得我也要享受一下，像这种事情就会觉得很有趣。所以不管是生活在太原这样的大城市也好，还是生活在长治、阳泉，或是生活在县城里，怎么样把生活的异质化表达出来，我觉得这个还是蛮重要的。

第二是灵气少。中国文学一向是风骚传统并行的。风就是《国风》，从《诗经》开始的现实主义传统，骚就是《离骚》，从楚辞开始的浪漫主义传统。现实主义传统里面，灵气也很重要，像“蒹葭苍苍”，以及唐诗里面的好多作品，都是很有灵气的，可惜的是现在的作家灵气比较少。就从小说来看，过于贴近生活。小说要贴着地面走，接地气，但还要接

“天气”。如果光接地气，趴在地上的话，高度不够，怎么能影响别人呢？作家是人类灵魂的工程师，不是人类灵魂的砖头。高尔基说过，当个砖头是毫无意义的。看贾平凹，我感觉中国文学里面他是一个非常有灵气的人。其实到现在为止，在中国作家里面真正继承了道家精神的人没几个。莫言不是，莫言继承的是《搜神记》和《聊斋志异》的精神。贾平凹就是一个。《山本》或者《秦腔》，写的是一些现实生活，但字里行间流露出来那种灵气，令人叹服。现在“90后”作家里面，有灵气的人比较多，可能和他们看玄幻小说、看网络小说有点关系。他们整个的思维方法打开了，打开了它对社会的认识，比我们这些生活在三维空间里的人，可能拥有四维、五维甚至六维的生活思维方法。

第三是有浪漫主义色彩的作品还是偏少。现在中国最缺乏的不是现实主义作品，现实主义真的太多了。我觉得中国文学一直有个非常可贵的东西，就是从《庄子》开始，一直到《红楼梦》，包括到鲁迅的《故事新编》，再到郭沫若的作品，浪漫主义传统一直是中国文学非常宝贵的东西。可惜的是我们在1942年延安文艺座谈会讲话之后，走上一条独尊现实主义的路，但是毛主席是讲究“两结合”创作方法的，结果到新时期就把“两结合”也给否定了。虽然现实主义有广阔的路，但是一条路不能走到黑。怎么样把中国传统文化里面浪漫主义的元素或者精神传承下来？

比如《小说选刊》2018年第8期选的田瑛的《生还》。我给他写的稿签，我说中国自晚明之后，生活的压力把所有墨家的侠义精神全部抛弃得一干二净，中国文学里面再找不见一个像战国时期豫让式的人物，或者是为侠义为精神而死的人了。在中国文学形象画廊里已经变成了小人当道，整个中国文学没有一种超越的形象。比如像贾宝玉这样的形象再也找不着了，为什么？是文化心理和文化高度达不到。中国文学里面只有半个人有点像贾宝玉，就是金庸笔下《笑傲江湖》里的段誉。段誉刚开始的时候，见到所有女孩子，和贾宝玉的感觉一样，都是一种审美性的。但最后，不管是王语嫣还是什么人，全部变成段誉后宫的妃子。这就是金庸和曹雪芹的差别，他学了30%以后就跟不上了，因为精神状态达不到曹雪芹那么高。我们这个民族精神里面，除了儒家的经世致用，还能体现比如说道家的飘逸洒脱，墨家的侠义、为大义而死。在我们当代社会里面，怎么样通过文学的方式来唤醒？通过其他方式已经不可能唤醒了，其他方式都是科技、政治，甚至产业，已经不可能把我们非生活的东西唤醒。有庄子气息的人，有墨子精神的人，生活中其实这种现象很多，我们怎么去表现它？

第四就是语言表现力不足。刚才杨遥讲到汪曾祺，汪曾祺好像用的都是比较简单的字，但是他语言的表现力非常强。

在五四新文学开始的时候，文学到底是为人生还是为艺术，或是为语言，争论不休。其实中国人是讲究语言的，白话首先是语言的白话，比如周作人的小品散文为现代汉语写作奠定一个比较好的基础。作为一个成熟的写作者，对语言的使用还是要从容。有时候用一些闲笔，写一些看似没有关系的东西。作为一个小说写作者，要注意怎么样把语言的表现力写出来。实际上语言更多的时候是一种你对生活的把握的能力，只有把握到那个细节上面，才能用非常精准的语言来表达出来。

我觉得这四个方面确实是当下的中国小说，特别是中短篇小说里面比较麻烦的一些问题。

四、期待更好的小说出现

（一）要有三个突破。从《小说选刊》来说，三个突破里具备一项就可以了。一个是题材的突破，一个是叙述方式的突破，一个是语言的突破。我们原来选过刘庆邦的《银扣子》。刘庆邦写了很多煤矿的小说，我从一个土生土长的煤矿子弟看来，他对煤矿工人精气神的把握还是漫画化了一点，但是他有些短篇写得非常精彩。他的《银扣子》，建议大家拿来看一下，没有用什么魔幻的叙述方法，没有用倒叙、插叙，没有用一些新鲜的叙述方式，就是很平实的，但是你能看出来里面对几个关节点的把握，草蛇灰线，伏脉千里，对情节的处理非常好。

（二）要汲取中国传统小说营养。小说是一个很综合的东西，不讲故事也不行，光讲故事也不行。好多时候感觉，哎呀，我这个写法那是创新了，其实去翻翻“三言”“二拍”，里面早就用了。唐传奇里的《李娃传》《虬髯客传》，以及《搜神记》《聊斋》，大家都要读一读，要知道中国传统小说是个什么写法，还有哪些可以取法借鉴的，哪些形象在中国当前文学中已经消失了。

（三）要悬浮在生活70%的上空。有人问《小说选刊》要求的稿件是什么样子，我说是离生活70%，这是我们所喜欢的。如果太高，就成莫言了，可也就一个莫言，如果《小说选刊》的作者都变成莫言，作品都选莫言，那一千本都卖不了。但是如果要是离生活50%以下，就变成一个通俗刊物，也不是我们的目标。《小说选刊》是中国文坛风向标，是导向型刊物。文学是更高地悬浮在空中的意识形态，也不能悬得太高，到了逃逸层就抓不住了。悬在什么地方？悬在平流层和对流层交界处，既能阳光灿烂，又能风雨激荡，就差不多。如果你想得鲁迅文学奖、茅盾文学奖，就不能把作品写成民间故事，如果想上《小说选刊》，就不能写成通俗文学。怎么样把握好这些？我觉得还是要多读好作品。

（四）要有意识地告别人性论，特别是泛人性论。从卢新华的《伤痕》开始，到现在为止，人性论对中国文学的祸害太多了，不管是写作还是评论，除了人性没别的话。不是人性的张扬，就是人性的戕害、人性的扭曲。但是大家知道人性这个东西，本身就是一种假说。到底性善、性恶，还是性无善恶？人是社会关系的总和，人性也不是先天的，不是无缘无故就变成了这样的人性。那么，人性的发生和形成是怎么个过程，可能是文学更加应该关注的。还有评论。现在很多的评论语言，感觉比文学还要文学。评论应该是把文学背后社会历史的东西挖掘出来，而不是用人性去评论人性，然后翻来覆去地去讲同样的话。

（五）细节不能有硬伤。作为一个作家，要把生活细节写得不犯常识性错误。有个叫《胭脂》的中篇，作者张翎，写得非常好，我们本来想选它，但是里面就发现了一个常识性错误，说圆明园是八国联军烧的，其实是英法联军烧的。然后他说圆明园里的物件，是老佛爷晚年喜欢的。英法联军烧圆明园那会儿，慈禧太后还年轻得很。这么一个著名作家，犯了这样一个错误，实在是不应该。毕飞宇就做得非常好，他写《推拿》，到按摩店里面待了半年，和按摩师天天混在一起。写《青衣》，研究京剧，一招一式都是行话。这个很重要，不能说有文学情怀，有人性这个盾牌，然后就犯好多常识性错误，这不可以。

（六）要把握真实的当下生活。包括现在写扶贫。扶贫是个很好的领域，2020年之后依然可以写。《小说选刊》2018年第9期选了一个写扶贫的，为什么选这个？我说他没有用漫画的方法来写扶贫或者写基层扶贫干部。扶贫是个很具体的事儿，也有很多利益纠葛。贫困户的心态很有意思，很有小说基础。甘肃天水的作家秦岭，现在在天津，我们刊登了他的《天上的后窗口》。甘肃很缺水，天水也非常缺水。他写了一个仪式，农村要供水神，村子里面通自来水之后，就不供水神了。后来有一天自来水突然断流，所有的井都干涸了，大家都吃不上水，很着急。这个作品可贵的，不是写水断流，而是写出了农村在扶贫之后，有很大变化，包括原来没有自来水，现在有自来水了；原来出行是走路，现在都有车，道路村村通，这种变化是我们小说里面应该写的。然后比如说你再写文化的消失，如果纯粹写文化的消失，写不出它的变化，那也是不现实的。

（七）要努力表现现代化。山药蛋派是中国乡土文学的代表，但是现代社会是一个工业化、信息化的社会。怎么样把中国的工业化、现代化和信息化写出来，文学如何表现这些，是个大问题。到现在为止，中国文学五千年乡土积淀，不管是创作还是评论，包括审美标准，全部是乡土化的。看到乡村景色觉得美，下笔如有神，可看到火车跑得快，飞机飞得高，怎么进行审美表现呢？这涉及审美标准和创作标准的现代化转型。

山西其实大工业非常好。我们有太钢，有重机，有同煤、阳煤、焦煤、潞安、晋煤几大煤业公司，还有煤变油、煤化工，太阳能，铝厂，等等。在这个大工业的时代，小说家该去反映工业化时代的中国，而不是天天在琢磨乡土时代。我们老说为什么好莱坞能拍出好片子，我们拍不出？因为好莱坞都是向前看的，说发现了一颗星球，就拍个《阿凡达》到外星去搞拆迁去；发现了基因突变，就搞《X战警》；发现了新的科技，马上用艺术方式表达出来。讲的都是明天的、后天的事。我们现在都是《满城尽带黄金甲》之类的影片，讲的是历史上的事情，为什么？不是没有想象力，而是文化根基还是农业性的。怎么样去把山西现有的工业资源用好，不仅做成经济发展的蓝图，也作为文学转型的基础？这一方面山西有长处，不能老抱着“山药蛋”不放，再好吃，也快啃完了。

向幸福出发

春节是中国人一年中最重要的节日，与春节直接相关的春运、春节晚会、春节旅游、春节期间物资供应、合家团聚、节日安全等，也成为舆情热点。虽然也有这样那样的不顺利、不如意甚至意外，但亲情、温暖、祥和、企盼永远是这个节日最鲜明的主题。节日就像生活篇章中的标点符号，有了它们，生活才有节奏、有韵味、有感情。而春节无疑是一个圆满的句号，总结一年收获的同时，又一元复始，万象更新。

其实，中国的节日与老百姓的日常生活本来就是密切相关、水乳交融的，这一点，与以宗教为来源的西方节日明显不同。如果说在西方或其他宗教氛围浓郁的国家，宗教就是生活的话，在中国，生活本身就是国民最崇尚的宗教。自古及今，中国人信奉的核心只有一条，即“自求多福”，通过自己的努力，收获更多的幸福。而幸福的核心是拒绝匮乏。匮乏由低到高，分别包括物质的匮乏、空间的匮乏、时间的匮乏和尊严的匮乏。在中国人的观念里，真正有“福气”的人并不一定是，或者说往往不是官大钱多的，而是物质生活富裕、居住宽敞舒适、无俗事劳身费神、受到别人真心尊敬的人。《红楼梦》里的贾母是中国作家塑造的有福之人的典型，她虽然有诰命夫人的封号，但其实乃一介平民。但袭了一等爵的族长贾珍，在工部做员外郎的贾政，手握管家实权有大把银子的女强人王熙凤，以及离经叛道的贾宝玉和多愁善感的林黛玉，都对“老祖宗”服服帖帖。曹雪芹在这里构筑的，其实是一个人生境界的金字塔，众人服膺的，是贾母的福气。“福”同样是春节的核心主题，“迎春接福”代表着中国人对于来年幸福生活的祈愿。

但幸福不会自天上掉下来，必须“自求”，通过勤劳的双手创造。福气的基础是丰衣足食，在传统农业社会，必须由农业生产中收获。因此，中国的节日与节气紧密相连，一些公众熟知的节日，其实是节气的简易记忆。春节，是立春的简易记忆。农业社会春耕夏耘秋收冬藏，以立春为一年之始，意味着走出冬天、大地苏醒，要开始新一轮的耕作了。古俗要在立春日鞭春牛，以示一年生产的开始。

元宵节是雨水的简易记忆。元宵节舞龙灯，其实是一种求雨的仪式，是请龙王现身，保佑风调雨顺。“元宵佳节雪打灯”之所以被视作煞风景，正因为大家希望的是春雨降临，而非再下雪。元宵观灯万众云集，标志着人们真正走出家门，彻底结束漫长的冬日生活。二月二，是惊蛰的简易记忆。“二月二，龙抬头”，其实是“虫抬头”，是蛰伏、冬眠的生物纷纷破土而出，田野生机重现。三月三，是清明的简易记忆。三月三踏青、放风筝，正是清明习俗。

五月五，即端午节，是夏至的简易记忆。端午节拔艾草、点雄黄酒，盖因盛夏蚊虫疫病增多，用以防治。北方端午有门上插柳枝的习俗，据笔者考证，是由后羿射日演变而来，本为上古抗旱祭神的仪式。至于屈原和端午节的关系，应是节先而人后，因夏至之时，江南一带早稻已熟，人们划龙舟、投粽子，意在祭河神。屈原应是在江边看到国人节庆，感喟自己报国无门，而国人不知亡国已近，于是自投汨罗。

六月六，是大暑的简易记忆。大暑在中伏，为一年中最热的时节，风俗为饮凉茶、吃凉面，意在消暑。七月七，是处暑的简易记忆。处意即去，宋代词人秦少游名句“金风玉露一相逢，便胜却人间无数”，金风就是秋风，意为暑意明显消散，秋风渐起，而下一节气正是白露。古代七月七有放河灯的习俗，男女于河边放灯游戏，祈求丰收，同时也是爱情萌发的佳期，牛郎织女的故事，正由此而来。

中秋节是秋分的简易记忆。秋分为秋之中，所以称中秋。八月为秋之中，十五为八月之中，故定在八月十五。八月十五吃月饼，其实是庆丰收的仪式，与端午吃粽子异曲同工。

九月九，是霜降的简易记忆。九九登高赏红叶，而红叶是“霜重色愈浓”的。之所以命名为重阳节，表面上九为阳数之极，九九故称重阳。其实，霜降之日起，进入有霜期，农业生产基本停止，下一个节气就是立冬了。由阳入阴，称重阳，意在阴阳交替，阳极而阴。

重阳之后，虽有节气却再无节日。因冬天无农事，不需要记忆了。到腊月二十三，人们再次忙了起来，有谚歌描述一天一天迎新年的事项。腊月二十三，是大寒的简易记忆。阴极而阳，“猫”了一冬的人们，舒活筋骨，又一次向幸福出发。

守 望 思 想　　逐 光 启 航

LUMINAIRE 光启

文苑散录

李晓东 著

责任编辑　苏　本　顾逸凡

营销编辑　池　淼　赵宇迪

装帧设计　翁　一

出版：上海光启书局有限公司

地址：上海市闵行区号景路 159 弄 C 座 2 楼 201 室　201101

发行：上海人民出版社发行中心

印刷：商务印书馆上海印刷有限公司

制版：北京方圆创智文化传播有限公司

开本：850mm×1168mm　1/32

印张：16　　字数：279,000　　插页：2

2024 年 6 月第 1 版　　2024 年 6 月第 1 次印刷

定价：82.00 元

ISBN：978-7-5452-1998-2/I · 12

图书在版编目 (CIP) 数据

文苑散录 / 李晓东著 . —上海 : 光启书局 , 2024

ISBN 978-7-5452-1998-2

Ⅰ . ①文… Ⅱ . ①李… Ⅲ . ①文学评论－中国－文集

Ⅳ . ① I206-53

中国国家版本馆 CIP 数据核字 (2023) 第 254394 号